熔果《ようか》

黒川博行
Hiroyuki Kurokawa

新潮社

熔果

主要登場人物

堀内信也——元大阪府警暴対課の刑事。
伊達誠一——堀内の相棒で元刑事。現在はヒラヤマ総業の調査員。
生野——ヒラヤマ総業の営業部長。
金子——ヒラヤマ総業専務。元平山組若頭。
荒木健三——鴻池署暴対課の刑事。伊達の大阪府警柔道強化チームの後輩。
嶋田——藤井寺署暴対係の刑事。堀内と伊達の元同僚。
田中栄作——情報屋。

《金塊密輸グループ》関連（博多）

豊川聖一——オレオレ詐欺グループのリーダー。指名手配中。
三好翔——オレオレ詐欺の掛け子。金塊密輸グループの指示役。
松本清美——金塊の運び屋。幾成会の準構成員。
宮川研介——松本の前の運び屋。
村瀬敏博——幾成会の組員。
兼井大輔——「兼井商会」社長。金塊密輸事件の金主のひとり。

《当銘グループ》関連（大阪）

当銘和久――博多の金塊強奪事件の主犯。半グレグループのリーダー。
江藤晃――当銘の友人。元大阪中央署刑事。
寺本成樹――当銘の先輩。麒地組組員。
大西麻衣子―当銘の愛人。
藤本結花――麻衣子の友人。
藤本真人――結花の従兄。「淡路炬口水産」勤務。

《胡桃会》（小倉）

山下達彦――金塊強奪事件の被害者。胡桃会のメンバー。
湯島裕――金塊強奪事件の被害者。胡桃会のメンバー。
木元次郎――胡桃会のメンバー。
梨本知明――胡桃会のメンバー。

《木犀会》関連（名古屋）

堤田靖夫――宝石・貴金属ブローカー。
安永光次――木犀会系永犀会会長。
梁井――安永のガード。
矢代――永犀会組員。

1

スマホが鳴った。伊達《だて》だ。

――はい。

――わしや。待ってる。

――いま、行く。

煙草を消した。ステッキを持って廊下に出る。ドアを閉め、施錠した。

伊達から電話があったのは昨日の昼だった。堀《ほり》やん、どないしてる――。どうもしてへん――。それやったら、明日、わしにつきあえや――。飯か、酒か――。飲むのもええけど、仕事もあるんや――。仕事な。誠《せい》やんひとりでやれんのか――。それがどうも、極道か半グレが嚙んでるらしい。わしは堀やんとふたりでやりたいんや――。分かった。何時に、どこや――。朝の十時。堀やんのヤサに迎えにいく――。伊達は仕事の内容をいわず電話は切れた。

外に出ると、塀のそばにイプサムが駐まっていた。リアフェンダーのタイヤハウス横にけっこう大きい凹み傷がある。

堀内《ほりうち》は助手席に乗った。

「後ろの傷、どうしたんや」

「よめはんがぶつけた。スーパーの駐車場で。相手は柱や」

「自損事故か。保険は」

「対物にしか入ってへんし、どっちみち直す気はないけどやな、腹が立つのはよめはんの言いぐさや。もっとええ車やったら当てへんのに、とこうやで。わしの車をぶつけといて、屁とも思とらへん」

伊達の家には車が二台ある。伊達の車は中古で買った旧型のイプサム、よめの車は今年の春に新車で買ったBMWミニだ。

「スーパーに買物に行くんやったら、チビ車のミニのほうがええと思わへんか。わしはそれをいうた。そしたらよめはんは、フンと天井向いて、走行距離が伸びるやんか、といいよった。つける薬がないで。……どうや、堀やん。どう思う」

「そら、よめさんの言い分が正しいな」

「これや。世の中に正義いうもんはないんかい」

伊達はダッシュボードのファイルをとった。「物件は堺や。読んどいてくれ」

堀内はファイルを受けとり、シートベルトを締めた。イプサムはマンションを出て、天神橋筋へ向かう。

「それは先月、うちが落札した。ほいで、担当者が立ち退きを通告に行ったら、調査書とは別の占有者がおった。担当者がいうには、見るからに堅気やない。そこで、わしが引き継いだと、そういうこっちゃ」

伊達はサイドウインドーをおろして煙草を吸いつける。堀内はファイルを広げた。競売情報誌の『メディアサポート』をコピーしたものだった。

《大阪地裁堺支部　20―4号　118
［物件目録］
①　堺市南区槙原台1丁目72番6　宅地479・20㎡（144・96坪）
②　同所同番地　居宅・診療所　鉄筋コンクリート造陸屋根2階建
1階　154・78㎡　2階　113・41㎡（81・12坪）
未登記附属建物　軽量鉄骨鋼板葺平屋建　床面積　約62㎡
未登記附属建物　車庫　軽量鉄骨造鋼板葺平屋建　床面積　約27㎡
［登記簿謄本の概略］
差押年月日――平30・2・1
申立債権者――大阪府中小企業信用保証協会
所有者――黒沢寛之
債務者――黒沢寛之
①根抵当権　14000万　昭52・6・20　申立人
②抵当権　6000万　昭53・9・21　オーエス・キャピタル合同会社
他抵当権等有（4件　5825万）
建築　昭和53・3月
［物件番号　1・2］

基準価額　3171万円
可能価額　2536万8000円
［租税公課等］
固定資産税（平成29年度）323、695円
都市計画税（平成29年度）88、692円
［物件明細書］明細書日付　平30・5・20
買受人が負担することとなる他人の権利――なし
売却により成立する法定地上権の概要――なし
物件の占有状況等に関する特記事項――未登記附属建物につき、田村雅彦が占有している。同人の占有権原は使用借権と認められる。
［現況調査報告書］
本件建物一階と二階部分に債務者　亡黒沢寛之の相続動産類が残置された空家状態。
その余の未登記附属建物を使用借権者　田村雅彦が住居として居住占有。
占有開始日――平30・9月頃
看板表示――「黒沢クリニック」
［現況調査書より関係人の陳述等］
占有者の陳述内容等
1――私は債務者の長女の夫である。
2――私が目的建物に居住したのは平成29年6月に義父が死亡した以前からである。
3――私が目的建物を住居として使用するについて、義父とは賃貸借契約書は作成して

いないし、賃貸料も支払っていない。
4――物件診療所と住居は債務者が営業、使用していたが、死亡後はそのまま放置された状態で、誰も使用していない。
5――物件2階1室の天井に雨漏りの跡がある。
［目的物件の位置・環境等］
画地条件――北東側間口約21m、南西側間口約21mのほぼ四角形地。画地規模は地域内の標準的画地と比較して大きい。本件土地は住居付診療所の敷地の用に供されており、隣地の状況は北東＝道路、南西＝道路、南東＝住宅、北西＝住宅。
付近の状況――中規模以上の戸建住宅が多い閑静な住宅地域。付近の道路の幅員・系統・連続性は概ね良好。最寄駅からの接近性はやや劣るが、生活利便性は普通。今後、格段の変動要因はないため当分の間、現状を維持すると予測する。
［主たる公法上の規制等］
都市計画区分――市街化区域
用途地域――第1種低層住居専用地域（建ぺい率40％　容積率80％）》
堀内はファイルを閉じた。
「なかなかの物件やな。落札額は」
「三千四百万。現況のままやと三千八百万、更地にしたら四千万で買い手がつくんとちがうか」
買った建築業者は土地を二つに分筆し、建築特約条項をつけて売りに出す――。堺の槙原台地区は昭和四十年代末から造成、分譲された泉北ニュータウンの一角だから、区画も整っていて、権利関係も複雑ではないだろう。

「誠やんは事前調査せんかったんか」

「その現況調査書で分かるやろ。なんら問題のなさそうな優良物件や」

だからヒラヤマ総業は現地調査を省いて物件を落札した、と伊達はいう。「ところが、立ち退きを通告にいったら、めんどいのがおったというこっちゃ」

「この、長女の夫か。田村雅彦」

「いや、そいつやない。田村に金を貸してるとかいうゴロツキがおった」

「ゴロツキは未登記の建物で寝起きしとんのか」

「らしいな。田村の使用借権を金にする肚《はら》やろ」

「いまどき、占有屋みたいなもんがおるんか。地上げ屋の時代ならいざ知らず」

「ま、行ったら分かる。面会が楽しみや」

こともなげに、伊達はいった。


阪神高速松原線から阪和自動車道、堺インターチェンジを出て泉北2号線を南へ走った。伊達はナビを見ながらニュータウンに入り、槙原公園のテニスコートをすぎたところで車を徐行させた。

「一丁目はこのあたりや」

「あれやな」

堀内はいった。四つ角の手前、陸屋根の住宅の門柱に《黒沢クリニック》と看板が立っている。伊達は門前にイプサムを駐めた。

「堀やん、先にいうとくけど、ゴロツキを放り出す手間賃は二十万なんや。折れでええか」折れ、は折半をいう。

「先にいうとくんやったら、昨日の電話でいえや」

堀内は笑った。「十万でも一万でもかまへん。どうせ、おれは暇や」

そう、たまにゴロツキを叩くのはおもしろい。退屈しのぎになる——。

ステッキを持って車外に出た。伊達も降りて、門柱のインターホンを押す。何度もコールして、ようやく応答があった。

——はい。どちらさん？

——ヒラヤマ総業の調査員ですねん。わしは伊達。こっちは堀内。

——競売屋かい。なんの用や。

——こないだは、うちの担当者が追い返されたということで、それやったら、改めて立ち退き条件をおたくさんに提示せないかんと、参上した次第ですねん。

——なんや、その立ち退き条件て。

——端的にいうたら金ですわ。折り合いのつく立ち退き料を詰めたいんです。

——あんたが決められるんか。

——金額については上から一任されてますねん。立ち話もなんやし、中に入れてもらえますか。

——入れや。錠はかかってへん。

声は途切れた。伊達と堀内は門扉を押して邸内に入った。

前庭はけっこう広い。タイル敷きの通路を右へ行くとクリニックの玄関、左へ行くと別棟の平屋だ。黒いジャージの小柄な男がプレハブの平屋のそばに立っていた。

「どうも、すんませんな」伊達は声をかけた。

「おまえらな、ひとの家に来るときはアポをとらなあかんやろ」

いきなり喧嘩腰だ。ぎょろ眼に出歯のネズミ顔で、小さいくせに威勢がいい。齢は三十代半ば、左眉からこめかみにかけてミミズ腫れのような創傷痕があるのが勲章なのだろう。こいつはどうやら筋者《すじもの》だ。

「アポはとりたいんやけど、おたくさんの携帯番号を知りませんねや」

にこやかに伊達はいう。ネズミ男より頭ひとつ背が高い。太い首、なで肩、今日は珍しくスーツを着ているが、盛りあがった胸筋でワイシャツのボタンがちぎれそうになっている。

「おう、そらそうやの。こないだのおっさんは名刺だけおいて帰りよったわ」

「営業の高橋ですやろ。入札価額調整のベテランですねん」

そう、高橋はベテランだ。だから、落札した物件にどの程度の事後処理が必要か熟知している。占有屋には占有屋処理担当の伊達を派遣するのだ。

「おたくさん、お名前は」

「松本や。松本清」

「ドラッグストアみたいですな」

「やかましわい」

わざわざフルネームをいうのは、それが売りなのだろう。仲間うちではマツキヨと呼ばれているのかもしれない。

「松本さん、家に入れてくださいや」

「…………」松本は舌打ちして、平屋の玄関ドアを開けた。

中はゴミ屋敷だった。大小のビニール袋や潰れた段ボール箱が壁の両側に積みあげられ、廊下にもゴミが散乱して足の踏み場もない。黴《かび》のような臭いもする。松本は靴も脱がずに廊下にあがり、ゴミを蹴散らして奥へ行く。左のドアをこじ開けると、そこはリビングだろう、ソファのまわりだけはゴミがなく、薄汚れたカーペットが見えた。

「家中がネズミの巣ですな」

伊達はソファを手で払い、腰をおろした。堀内も座る。

「おい、口に気ぃつけや」

「寝るのはどこですねん。このソファでっか」

「あほぬかせ。隣の部屋にベッドがあるんじゃ」

「ベッドで寝るときだけ靴を脱ぐ。アメリカみたいや」

伊達は部屋を見まわして、「いつから、この家に住んでますねん」

「去年の九月や」松本は煙草をくわえる。

「そらおかしいな。去年の九月にここを居住占用してたんは田村雅彦。亡くなった黒沢寛之さんの長女の婿さんでっせ」

「なんや、おまえ、どこで調べたんや」

「な、マツキヨさんよ、わしはおまえやない。伊達というんや」

「どこで調べた」松本は脚を組む。黒のスポーツシューズに赤のソックス。

「んなもんは競売の物件目録に載ってる」

伊達はソファに片肘をついて、「いうたら、あんたは部外者や。黒沢家に縁もゆかりもない部外者が落札物件に居住してる理由をいうてもらおか」

「おれは田村に金を貸してる。五百万」

「ほう、そら大金や。借用書は」

「ある」

「見せてくれるか」

「なんで、おまえに見せないかんのじゃ。んな権利があるんかい」

「そら、すまなんだな。……けどマツキヨさん、占有者に金を貸してんのと、あんたがここに居住してるのは、筋がちがうで」

「おれは田村から委任状をもろてる」

「なにを委任されたんや」

「ここの片付けや。土地、建物はヒラヤマ総業が落札したかもしれんけど、この家の家財道具やなんやは、ヒラヤマの所有やないぞ」

「せやから、ガラクタを整理して機嫌よう出ていってくれと頼んどんのや。ちがうか」

「おれは毎日、片付けをしとるわ」松本は煙草に火をつけてけむりを吹きあげる。

「そうかい。このゴミ屋敷は嫌がらせやないんかい」

いって、伊達は堀内を見た。「堀やん、この男は占有屋か」

「そうやろ」

「占有屋て、なんや」

「競売物件を落札した人間に対して善意の第三者を装い、または暴力団等の示威によって当該物件に居座りながら膨大な立ち退き料を要求するゴロツキのことや」

「そういうゴロツキに対する刑事罰は」

「強制執行関係売却妨害罪。……偽計または威力を用いて、強制執行において行われ、または行われるべき売却の公正を害すべき行為をした者は、三年以下の懲役、もしくは二百五十万円以下の罰金に処す。……なお、組織的な犯罪の処罰及び犯罪収益の規制等に関する法律、組織犯罪処罰法の適用を受ける場合には、法定刑は五年以下の懲役、もしくは五百万円以下の罰金、またはこれらの併科となる」

「競売屋が雁首そろえて、なにをヒネみたいな講釈たれとんのじゃ」

松本はせせら笑った。「警察でも裁判所でも連れてこんかい」

「おまえ、どこのもんや」

伊達の口調が変わった。「半グレにしては肚が据わっとるで」

「あほんだら。舐めとんのか」

「や印か」

「どつかれんなよ、こら」

「おもろい。やってみぃや」

伊達は上体を起こした。松本の顔を間近で睨《ね》めつける。松本は眼を逸らした。

「マツキヨいうのは本名か」

「やかましい」

「そうかい……」

伊達はシャツのポケットから名刺を出した。テーブルに放る。「ほら、とれ」

松本は名刺を手にとった。

「ヒラヤマ総業、伊達誠一《せいいち》、営業部調査係……。ヒラやないけ。そんなもんに立ち退き料が決められるんかい」

「わしが決済したら、三百万でも五百万でも出せるんや。ほら、おまえも名刺を出せや」

「へっ、名刺てなもんは持ったことないわい」

「さっき、おまえ、ヒネとかいうたな」

「それがどうした」

「わしらはその、ヒネやったんや」

ヒネとは筋者の符牒で刑事のことをいう——。「府警捜査四課から所轄の暴対。や印との馴れ合いがすぎて、いまは競売屋の調査員や。おしゃれやろ」

「笑わすなや、おい。ヒネにイモ引くとでも思とんのか」

「誠やん、めんどい。おれが話《ナシ》つけよか」堀内はいった。

「いや、ここはわしに仕切らせてくれ」

伊達はいって、松本に、「名刺がないんやったら、免許証見せてくれや」

「じゃかましわい。ごちゃごちゃと、しつこいやっちゃ」

「おまえ、弁当持ちやろ。そんな顔しとるぞ」

弁当とは執行猶予のことをいい、弁当持ちが猶予期間を満了させることを〝弁当切る〟、満了できずに取り消されることを〝弁当食う〟という。

「もうええ。去《い》ね。ちゃんと話のできるやつを連れてこい」

「そうやの……」

瞬間、伊達の左腕が伸びた。松本の襟首をつかむなり、引きつけた。ガツッと頭突き。煙草の火が飛び、松本はのけぞったが、伊達は離さず、襟首を絞って持ちあげる。松本は喘ぎ、必死の形相で腕を外そうとするがびくともしない。伊達は立って松本を吊るしあげ、暴れる股間に膝を突き入れて、ゴミでも捨てるように投げ倒した。松本は床にうずくまって呻く。顔を覆った指のあいだから血が滴った。

「堀やん、やってしもた」伊達の表情は変わらない。

「しゃあない。こいつは態度がわるかった」

堀内はステッキをついて立ち、松本のそばに行った。かがんで、肘の内側を見る。静脈に瘤状の注射痕があった。

「誠やん、食うとるわ。シャブや」

「道理でな」伊達も松本のようすを見て、覚醒剤を疑っていたのだろう。

松本のポケットを探ると、ジャージの右ポケットに財布があった。運転免許証を抜く。

《氏名——松本清美　昭和52年10月22日生　住所——大阪府富南市広浦2－6－54－103》

「こいつ、キヨシやない。マツモトキヨミや」

振り仰いで、いった。「四十一やで」

「四十もすぎて占有屋の居座り派遣員か。情けないの」

「照会するか」

「おう、ちょっと待ってくれ」

伊達はスマホを出した。かける相手は生野《いくの》だろう。生野は競売歴三十年の古狸だから、松本の氏名と生年月日をいえば、生野のルートで松本の犯歴を調べられる。生野は府警本部捜査四課の刑事、某の〝S〟であり、生野と某はたがいの情報を売り買いすることでその関係を成り立たせている。

「――伊達です。――そう、堺にいてますねん。――いまからいうやつのデータをとって欲しいんですわ。――よろしいか」

伊達がうなずくのを見て、堀内は氏名と生年月日を読みあげた。伊達は復唱し、電話を切った。

「な、マツキヨくんよ、おまえの犯歴データは今日中にとれる。おまえがや印やったら、さっきいうた組織犯罪処罰法と強制執行関係売却妨害罪の併科になる。組にガサが入ったらおまえのせいやし、や印の覚醒剤使用は安うても五年の実刑や。……よう考えるんやの。猶予は一週間や。それでまだ、おまえが居すわってるようやったら、次は現役のヒネを連れてくる。……ええな。分かったな」

「…………」松本は呻いている。

「こら、聞こえとんのか」

伊達はテーブルを蹴った。灰皿が落ち、吸殻が飛び散る。

「分かった……」松本の声が聞こえた。

「わしはヒラヤマ総業の伊達。文句があるんなら、いつでも来いや」

伊達は背中を向けた。堀内も立つ。

「待て」松本がいった。

「なんや」伊達は振り返る。

「立ち退き料や。引っ越し屋を雇う金が要る」

「しぶといのう、おまえ」

「十万でええわ」

「堀やん、この破れ提灯はまだ、金くれいうとるぞ」伊達は笑い声をあげた。

堀内はポケットから金を出した。

「これで絆創膏でも買え」一万円札を抜いて松本の頭に放った。

イプサムに乗った。伊達は運転席のシートベルトを締めて、

「一万はよかったな」

「あいつの鼻、折れとる」

「明日になったら、ぼた餅みたいに腫れてるか」

「相手がわるい。誠やんに突っかかったらあかんやろ」

「けど、極道をいわすのは楽しいな。わしのレクリエーションや」

そう、桜の代紋を背負っていたころの伊達はもっと喧嘩早かった。チンピラを殴り倒しても、手帳を見せればそれで終わった。ヤクザがマル暴の刑事《デカ》に返しをすると組が潰れるのだ。

「堀やん、ジャンケンや」

「なんやて……」

「さっきの一万。負けたほうが出そ」

「いらん。おれはええ」

「そういうわけにはいかん。堀やんとは折れや」

伊達が拳を振るからジャンケンをした。堀内が勝った。伊達は堀内の膝上に一万円をおいて、

「そろそろ十二時や。信濃庵で蕎麦でも食うか」

「そうやな」信濃庵はヒラヤマ総業が所有する西天満のヒラヤマビルの一階にある。

伊達はエンジンをかけて走りだした。

「足の調子、どうなんや」

「あかんな。痺れてる」

「リハビリは」

「やめた。なんの効果もない」

「リハビリはせんでも、外には出ないかんぞ」

「しかしな、この足ではな……」

「淋しいことをいうんやないで。堀やんらしいない」

「誠やんはタフや。精神がな」

——伊達と堀内は大阪府警今里署暴力団対策係の相棒だった。三年前に堀内はヤクザとの癒着、情報漏洩が監察にばれて依願退職。その翌年、伊達は愛人のヒモに刺された事件で懲戒免職になった。伊達は旧知の競売屋、生野に誘われてヒラヤマ総業の調査員になり、堀内もまた伊達の口利きでヒラヤマ総業に拾われたが、新大阪駅近くのパチンコホール競売にからんだ組筋とのトラブルで腹と尻を刺された。梅田のリッツ・カールトンの近くだった。堀内は中崎町の救急病院に搬送され、五日間も生死の境をさまよったらしいが、そのあいだのことはなにも憶えていない。花畑も光のトンネルも見ることはなく、眼をあけたらピンクのナースウェアの看護師がＩＣＵにいた。体中の血を抜かれたような倦怠感、個室に移ってからも眠ってばかりで、半月後にようやくベッドから降りようとしたら、床にころがり落ちた。座骨神経損傷による左下肢の運動障害だった。

堀内を刺したチンピラは逮捕され、殺人未遂で九年の実刑を食らった。堀内にも非はあったが、それは不問にされた。ヤクザに襲われて死にかけた元警察官に罪状をつけるのは、検察もためらったのかもしれない。

堀内は救急病院を退院し、リハビリ病院に通ってリハビリをつづけたが、左膝下の痺れが軽減することはなく、いまはどこへ行くにもステッキが手離せないし、三十分も歩くと立っているのも辛くなる――。

「先月、CTを撮った。医者は、脊柱管狭窄《せきちゅうかんきょうさく》やと」

「それはなんや。後遺症か」

「片足に体重がかかるせいで脊柱がねじれたんやろ」

脊柱管狭窄を軽減する治療はできるが、座骨神経を損傷した身体がもとにもどるわけではない。

「――おれはもうガタガタや。けど、今日は久しぶりに誠やんの喧嘩を見て気晴らしになったわ」

「今日だけやない。これからもわしとふたりでやろうや」

「ふたりでな……」

堀内が入院しているとき、見舞いに来たのは伊達と生野だけだった。生野は退院した堀内に東住吉のアパートを借りてくれたが、部屋は二階でエレベーターがなかった。不自由な足で階段の昇り降りは辛い。だから、去年の十一月、天神橋筋商店街近くのアパートの一階に移った。

「堀やん、復帰せいや、ヒラヤマ総業。社員がいやなら契約でもええやろ」

「契約は身分の保証がない」

「なんや、おい、社員がええんか」

「そうやない。誠やんがいうてくれたら手伝いをする」

　競売屋がいやなのではない。箍《たが》をはめられたくないのだ。

　伊達はもうなにもいわず、イプサムは泉北2号線に入った。


　西天満──。伊達はヒラヤマ総業の契約駐車場に車を駐め、歩いて信濃庵に入った。昼どきでテーブル席はいっぱいだった。

「河岸《かし》、変えるか」伊達がいう。

「かまへん。座れる」

　小座敷にあがった。伊達は胡座《あぐら》になり、堀内は左膝を伸ばして座る。伊達は生ビールを二杯、注文した。

「車やろ。飲んでもええんか」

「今日の仕事は終了や。堀やんがいっしょで、飲まんわけにはいかんやろ」

　伊達はメニューをとり、板わさと卵焼き、小エビのかきあげ、堀内は冷奴とイワシの丸干しを注文した。

「さて、さっきの一万円を回収しよ」

　伊達はスマホを出した。「──伊達です。いま、信濃庵にいてます。──いや、堀やんといっしょですねん。──そう、片付きました。案外に素直なやつでしたわ。──へーえ、そら大したタマですな。──はい。待ってます」

　伊達はスマホをおいて煙草を吸いつけた。

「松本清美は弁当持ちやった。特殊開錠用具の所持……。盗人《ぬすっと》や」

特殊開錠用具とは、マイナスドライバー、バール、ピッキング用具などをいい、職務質問で検挙されるのが大半だ――。

松本は神戸川坂会系の三次団体で羽曳野に事務所をおく幾成会《いくせいかい》の準構成員だったが、三年前に破門。恐喝、傷害、窃盗、覚醒剤取締法違反、威力業務妨害、銃刀法違反等で、計七年の服役歴がある、と伊達はいった。

「段取り破門やろ。幾成会は競売妨害もシノギにしてる」

「生野のネタ元て、誰や」

「それが、なんぼ訊いてもいわへんのや。生野は口が固い」

府警捜査四課には二百数十人の刑事がいて、優秀な刑事ほど〝S〟をたくさん飼っている。堀内も現役のころは五本の指に余る〝S〟がいた。

ビールと冷奴と板わさが来た。ジョッキを合わせて飲む。

「生野に会うのは久しぶりやろ」

「そうやな、長いこと顔見てへん」

生野にいまのアパートを世話してもらったのは半年前だ。生野はヒラヤマ総業の営業部長だが、元々は不動産ブローカーで、バブルのころは平山組の地上げの手伝いをしていた。生野の犯歴は、詐欺、競売等妨害、有印公文書偽造、有印私文書偽造で、本人はいいたがらないが、合わせて三、四年は塀の向こうに行っている。競売ビジネスの裏の裏まで知り尽くした海千山千の狸爺だ。

冷奴を肴にビールを飲み、また二杯、注文したところへ生野が現れた。どうも、どうも――。

愛想よくいい、小座敷にあがって伊達の隣に腰をおろした。赤ら顔、蔓の太い黒縁眼鏡、禿げあがった頭、糊の利いたワイシャツに薄茶のカーディガンをはおっている。

「お久しぶりです。今日はご苦労さんでしたな」

堀内を見て、生野はいった。「身体の具合はどないです」

「ま、ぼちぼちです」上《あが》り框《かまち》に立てかけたステッキに眼をやった。

「リハビリは」

「やめました。時間の無駄やし」

「外出は」

「飯を食いに出るぐらいですかね。引き籠もりですわ」

「引き籠もって、なにしてますねん」

「本を読んだり、ネットの映画を観たり……。ゲームだけはせんようにしてますけど」

「それはようない。毎日、お天道さんの下を歩くようにせんと」

「ほんまにね、歩こうとは思てるんやけど」

「復帰してください。堀内さんの席はおいてますねんで。伊達さんもよろこびますがな」

「そうや、堀やん、復帰せい」伊達がいう。

「そうやな……」このままではいけないとは思っている。が、怠惰に流れてしまうと、ほかになにかをする気力が湧かないのだ。

怠惰の理由は不自由な左足だ。ステッキが身体の一部になっていることに、心の底ではまだ諦めがついていないのかもしれない。

「堀内さん、車を買うたらどないです」生野がいう。「アクセルとブレーキは右足で踏めますやろ。また調査員してくれるんやったら、ガソリン代、出しますで」

「それはええ。堀やん、車買えや。スポーツカーや。ポルシェの隣に乗せてくれ」

「いきなり、ポルシェはないやろ。軽四ならともかく」

「軽四はあかん。乗っておもしろい車にするんや」

「そんなにいうんやったら、誠やんが買え。おれは助手席でええ」

「あのな、うちのよめはんが許してくれると思うか。わしの車を当てても知らん顔してる怖いよめはんが」

明日、いっしょにディーラーへ行こう、と伊達はいう。「楽しみやな。ポルシェの911。たまにはわしに貸してくれ」

なにかしらん、おもしろそうな気がした。車は気晴らしになるかもしれない。

「いつもながらに、ええコンビですな。話が早い。ぜひ、ポルシェを買うてください」

生野は笑って、女将を手招きした。冷酒とおろし蕎麦を注文し、煙草を吸いつけて、

「——で、槙原台の占有屋の立ち退きはいつになりました」

「一週間の期限を切ったけど、明日にはいてませんやろ。シャブを抜かんとあかんから」

「松本とかいうやつはシャブ中ですかいな」

「両腕に注射痕がありました」堀内はいった。「暑うもないのに汗かいてたし、目付きもおかしい。一目でそれと分かりますわ」

「さすがに元マル暴の刑事さんですな。ぼくら一般人には分かりませんで」

「汗の臭いが甘い。ブルブル顫《ふる》える。瞳孔が開き気味やから眼がギラギラしてる。いやというほど見ました、シャブ中は」

妄想、幻聴、幻視、譫妄《せんもう》など重度の意識障害まで行かなくても、覚醒剤中毒者は人格が変わる。ささいなことで他人を殴りつけたり、パトカーの停止命令を無視して公道を暴走するのは、ほぼまちがいなく覚醒剤摂取が原因だ。

「〝なんとかに刃物〟といいますやろ。あれは〝シャブ中に刃物〟というたほうがぴったりですわ」伊達は板わさをつまむ。

「松本が破門されたんはシャブが理由ですか」

「それはありますな。組内にシャブ中がおったら危のうてしゃあない。いつ引っ張られて、なにを喋りよるや分からんからね」

「そういや、ネタ元がいうてましたわ。松本は特殊開錠用具所持の弁当持ちやけど、その前にもうひとつ、金塊密輸で下関東署に逮捕されてますねん」

「金塊密輸……。あの貧乏臭いチンピラが」

「半年ほど、懲役に行ったそうです」

「半年の実刑……。どれほど密輸したんです、金塊」

「三十キロとか聞きましたな」

「そら心証がわるいわ。手口は」

「聞いてませんねや」

「あのボケは運び屋までしてたんか……」

伊達も煙草に火をつけた。「堀やん、三十キロの金塊て、なんぼや」

「さぁな……。いまはグラム五千円ぐらいとちがうか」

「ちょっと待て。一キロで五百万。三十キロやったら一億五千百万やぞ」

「飛行機やないな」

そう、飛行機の搭乗客が三十キロもの金塊を手荷物に隠して日本に持ち込むことは不可能だ。

「下関東署が逮捕したということは、関釜《かんぷ》フェリーとちがうか」

「フェリーで運んだとしてもや、一億五千万もの原資はどこから出たんや」

「金主やろ、半堅気の。消費税が八パーセントになってから、金の密輸が横行してるみたいやで」

「からくりが分からんのう、わしには」

「金塊密輸はほぼ百パーセント、香港発や。香港は金の売買に税金がかからんから、現地に飛んで、キロ五百万のインゴットを買う。それを日本に密輸入して買取り業者に持ち込んだら、消費税の八パーセントを上乗せして買いとってくれる。渡航費や経費を差し引いて、キロあたり二十五万とか三十万の稼ぎになるらしい」

松本が下関で逮捕されたのは、香港から韓国を経由した金塊密輸だろうといった。

「ほな、なにかい、消費税が十パーセントになったら、もっと密輸が増えるんか」

「増えるやろ。このごろは一般の渡航客までが香港で金を買うてるというな」

「なんと、めちゃ詳しいな、堀やん」

「暇なんや。ネットで警察ものや犯罪ドキュメントを見てる」

「いまだに刑事《デカ》なんやで、堀やんは。現役を引退してもな」

そこへ生ビールと冷酒がきた。生野とグラスを合わせて飲む。

「昼間から酒いうのはよろしいな。晩酌より旨いですわ」生野は機嫌がいい。

「忘れてた。松本に引っ越し代をやったんやけど、経費で落ちますか」伊達がいった。

「はいはい、なんぼです」

「一万円」

「ほんまですかいな」

生野は札入れを出した。「たったの一万円で引っ越しはできませんわ」

十万円のズクを抜いてテーブルにおいた。


生野が勘定を払い、信濃庵を出た。堀やん、つきあえ――。伊達にいわれて老松通りを東へ歩く。伊達はイプサムを駐めた月極駐車場の前でタクシーをとめた。

「誠やん、送ってくれんでもええ。おれはひとりで帰る」

「そうやない。買うんやろ、ポルシェ」

「なんやて……」

「堀やんの気が変わる前に買うんや。ちょいと飲んでるほうが勢いがつくやろ」

「押し売りやな、え」

「押し買わせや」

タクシーに乗った。

「運転手さん、この近くにポルシェのディーラーあるか」

フロントシートの背もたれに手をかけて、伊達はいう。

「さぁ、知りませんな」運転手はいい、「扇町のカンテレの向こうに、ポルシェをおいてる外車のディーラーがあるけど、たぶん中古車ですわ」

「ああ、そこでええわ。新車はハードルが高いしな」

「ほな、行きます、扇町」

運転手は料金メーターのボタンを押した。

扇町――。ショールームに白いポルシェ911とシルバーのBMW・Z4を駐めたディーラーの前でタクシーを降り、中に入った。スーツにネクタイのスタッフが深く頭をさげてそばに来る。

「いらっしゃいませ。お車をお探しでしょうか」

「あの車が欲しいんや」

伊達はポルシェに眼をやった。「なんぼかな」

「911カレラですね。九百八十万円です」

「そんなにするんかいな。中古やろ」

「三年落ちです。走行距離は三万四千キロで、程度は最高です」

「なんぼ三年落ちでも九百八十万はお高いわ。な、堀やん」

「あれ、左ハンドルやな」堀内はいった。

「右ハンドルの911をお探しですか」

「やっぱり、日本の道路では不便やろ」

「911の右ハンドルはめったにありませんが」

冷やかしと思ったのか、スタッフの笑みが消えた。

「あの、Z4は」ステアリングとインパネが右にある。

「一昨年の登録で、まだ車検が一年、残ってます」走行距離は一万四千キロだという。

「せやから、値段は」

「三百九十五万円です」

「消費税とか取得税を入れたら」

「約四百五十万円です。ＥＴＣとドライブレコーダーはサービスさせていただきます」

「それが総額なんやな」

「はい、総額です」

「分かった。買うわ」

「ありがとうございます」

ハッとした顔でスタッフはいい、「どうぞ、そちらにおかけください」

観葉植物の鉢植を並べた応接コーナーに案内された。

2

そして一週間――。朝、伊達から電話があった。

――堀やん、堺のクリニックやけどな、まだ居座ってくさるんや。

――弁当持ちの占有屋か。松本清美。

――昨日、うちの担当者が改装業者と清掃業者を連れて、建物と残存物を確認しに行った。ゴミ屋敷のままや。おまけに松本と、もう一匹、ゴロツキがとぐろを巻いてた。

――ほう、ひとり増えてんのか。

──わしのクンロクの入れようがわるかったんかのう。松本は鼻に湿布貼ってて、治療費と慰謝料を寄越せ、と凄んだそうや。

──なかなかの性根やな。松本はまだ、組と切れてないんやろ。

──ゴロツキは幾成会の組員かもしれん。

昼前にアパートへ迎えにいく、堺までつきあってくれ、と伊達はいった。


伊達は十一時半に来た。堀内は部屋に入れた。

「なんと殺風景な部屋やな」

伊達はダイニングを見まわして、「水屋がない、皿がない、鍋がない。あるのは、でかい冷蔵庫とコーヒーカップだけか」

「流しの下にフライパンがある。包丁もな。茶碗や皿は冷蔵庫の中や」

いうと、伊達は冷蔵庫の扉を開けた。牛乳パックとグラスを出して椅子に腰かける。

「その牛乳、賞味期限すぎてへんか」

「四月八日……。昨日やな」

伊達はグラスに牛乳を注ぎ、ひと息に飲みほした。「旨い」

「大丈夫か」

「堀やん、わしがビールの次に好きなんは牛乳や」

「そうやったな」

「牛乳飲みもってカレーライス食うのがいちばんやで」

伊達は煙草をくわえた。「灰皿は」

「捨てた。吸殻は流しに放《ほ》れ」

「ミニマリストか、堀やんは」

「ものを買うのがめんどいだけや」

里恵子といっしょだったころはそうではなかった。家を買い、車を買い、スーツや靴は季節ごとに買い換えた。マル暴の不良刑事には自分の才覚で稼げる裏のシノギがあったからだ。それが監察に追い込まれて依願退職し、里恵子と離婚して、愛人の杏子と東京へ行き、芝浦のマンションに住んで、六本木の飯倉寄りに『杏子』というラウンジを出してやったが、『杏子』は毎月のように百五十万から二百万の赤字を垂れ流した。ちょうどそのころ、府警を免職になってヒラヤマ総業の調査員になった伊達が東京に来て、競売調査を手伝えと誘われ、いっしょに新幹線に乗ったのが最後、東京には一度ももどっていない。そう、なにもかもがやりっ放しなのだ、堀内の人生は——。

「洗濯はどうしてるんや」伊達はけむりを吐く。

「コインランドリーに行く。ビニール袋さげてな」煙草を一本抜いて火をつけた。

「独り暮らしというやつはしんどいの」

「馴れた。独りやとストレスがない」

「老け込むぞ」

「充分、老け込んでる」

片手にステッキ、片手に洗濯物の袋を提げて天神橋筋商店街を歩いている。鮨屋に行っても、喫茶店に入っても、他人と喋ることはいっさいない。

「昨日の晩、荒木《あらき》に電話した」伊達がいう。

「ああ、元気にしてるんか」

「機嫌ようやっとる」

荒木健三――。鴻池《こうのいけ》署暴対課の刑事だ。伊達と同じ大阪府警の元柔道強化選手で、体重別階級は百キロ超級。伊達は九十キロ級だったから、二階級も重い。伊達に輪をかけた極道面だが、行儀がよく、堀内にも親切だった。伊達の府警柔道人脈は広いし、退職しても切れることはない。

「相も変わらず〝戦争ごっこ〟しとるわ」

「どこでしたんや」

「先々月、小阪の玄地《げんじ》組にカチ込んだというてたな。ガサや。三人ほど雑巾にして、挙げたんが金属バット三本とモデルガン一丁では、洒落にもならんわな」

伊達のいう戦争とは、ガサ入れの際の組員との喧嘩をいう。家宅捜索で先頭に立つのは荒木のような大男や機動隊員で、令状を示しても下っ端の組員は捜索を阻止しようと、肩をぶつけたりして挑発してくるから、小競り合いになり、殴り合いになる。生白い組員が素手の喧嘩で屈強な警察官に勝てるわけがない。投げ飛ばされて肋骨にヒビが入るような怪我を負うが、それが表沙汰になることはない。組は負傷した組員の被害届を出さず、警察は公務執行妨害を不問にする。身体を張って抵抗した組員は、よくやったと、あとで組長に褒められ、治療費と小遣い銭をもらえるのだ。

「そうか、玄地組やったら戦争にもなりかねんな」

神戸川坂会の直系だ。このご時勢でも組員は五十人。武闘派で鳴らしている。「――しかし、荒木みたいな化物《ばけもの》にかかっていくチンピラも辛いの」

「行くのは怖い、退《ひ》くのも怖い。退いたら、上にどつかれる。同じどつかれるんなら、警察のほうがマシやろ」

そう、伊達のカチ込みも水際立っていた。今里署の暴対が鶴橋の組事務所に捜索に入ったとき、頬傷のあるチンピラが伊達の前に立った。退け――。なんでじゃ――。チンピラがへらへら笑った瞬間、伊達の拳が伸びた。チンピラは昏倒し、鼻から血が噴き出した。その場が凍りつく。堀内たちは捜索をはじめて、支障なく終了した。

「カチ込みは華やったな」

「マル暴の晴れ舞台や」

「おれは誠やんの後ろで、ボーッと突っ立ってた」

「それはない。堀やんがガサ状を見せたとき、覗き込んだ組当番が、読めまへんな、と眼鏡かけたやろ。堀やん、どないした」

「眼鏡をとって床に放った」

あれは普通の眼鏡ではなく、レンズに薄い色のついたサングラスだった。

「放っただけやない。眼鏡を踏みつぶした足で組当番のタマを蹴りあげた。わしは極道が泣いて転がりまわるのを初めて見たで」

「おれも若かったんやろな」

煙草を流しに向けて指で弾いた。「――で、荒木に電話したんはなんや」

「金塊密輸や。松本のな。わしは荒木に調べてくれと頼んだ。荒木は下関東署に照会して、今朝、その返事があったんや」

「なるほどな。そういうことか」

「それがおもしろい話なんや。松本は活魚《いけうお》のトラックで金の延べ板を密輸しよった」

去年二月、松本清美は下関市から活魚運搬トラックに乗り、関釜フェリーで釜山へ渡航。活魚をおろして帰国する際、重さ一キロの金の延べ板三十枚を活魚の水槽の底に隠して密輸入しようとしたが、下関港に着いたトラックを下関税関支所が検査して延べ板を発見。税関支所の通報により、下関東署は関税法違反と消費税法違反容疑で松本を現行犯逮捕した。延べ板の価格は一億五千万円で、課税額は千二百万円だったという。「――近ごろは運び屋を募集する闇サイトがあるらしい。松本はそのサイトの指示役からトラックのキーを渡されただけで、金主なんぞ知るわけないと、最後まで口を割らんかった」

「指示役は割れたんか」

「割れた。博多でオレ詐欺の掛け子をしてた半グレや。名前は三好翔《みよししょう》。三好は自分が金主やと言い張った」三好はオレオレ詐欺で貯めた金で釜山の貴金属ブローカーから金塊三十キロを買い、松本を運び屋に仕立てて関釜フェリーに乗せたという。

「活魚の輸出は正規の手続きを踏んだんか」

「通関書類に問題はなかった。ただトラックの運転手が変わっただけや」

「普通、水槽の底に沈めた金塊が見つかるか。税関にタレコミがあったんやろ」

「それはまちがいない。税関は黙っとるけどな」

松本が活魚運搬トラックを運転して釜山に渡ったのは三カ月間で三回。その三回目に下関税関が水槽を捜索し、延べ板を発見したという。「三十キロどころやない。トータルしたら百キロ近くの金塊を密輸しとんのや」

「しかし、三好とかいう半グレが金主やとしてもや、オレ詐欺の掛け子に一億五千万もの金は用意できんぞ」

「下関東署はオレ詐欺グループの頭が金塊密輸の黒幕やないかと筋読みした。頭の先には日本の金主、韓国のブローカー、香港のブローカーがおるはずやけど、三好から先は判らず終いやった。ま、画に描いたようなトカゲの尻尾切り」

三好と松本は関税法違反（無許可輸入未遂）と消費税法違反（脱税未遂）容疑で起訴され、三好は懲役一年半、松本は懲役六カ月の判決がくだったが、三好は控訴、松本は控訴せず、刑に服して満期で出所した——。

「押収した金塊三十キロはどうなったんや。三好に返却したんか」

「んなわけない。没収や。五百グラムや一キロならともかく、三十キロもの金塊を活魚のトラックに隠して密輸するのは悪質かつ組織的であるというのが地裁の判決や。三好はこれを不服として控訴したんや」

「三好には懲役より没収のほうがきついな」

「三好が出所するとき、車で迎えにきてるんは金主や。三好は拉致られて、有り金を毟《むし》られて、下手したら博多湾に沈められるかもな」

「そいつは愉快な結末やな」

「オレ詐欺の掛け子てなやつは人間のクズやで」吐き捨てるように伊達はいった。

「松本が特殊開錠用具の所持で捕まったんはいつや」

「去年の十一月というてたな、荒木は」

「出所して間もなしかい。運び屋、盗人、シャブ、占有……。哀れなやっちゃ」

「ションベン刑ばっかりで一生が終わるんやろ」

伊達は牛乳パックを持って立ちあがった。流しの水でパックの中を洗う。

「なにしてるんや」

「牛乳やジュースのパックを捨てたら、よめはんにぶち叩かれる。乾かして紙回収に出せとな」

「そら、行儀がええ。資源保護や」

伊達のよめは小学校の先生だから、生徒にも指導しているのだろう。

「それがやな、こないだ、台所のゴミ箱にヨーグルトの紙パックが捨ててあるのを見つけたんや。これはなんじゃい、そういうたがな。そしたら、よめはんはこめかみにハリガネみたいな青筋立てて、よう見んかいな、てんぷら油が入ってるやろ、とこうや。てんぷら油をラップもかけずに捨てたら漏れるやろ、わしは言い返した。現に、漏れてたしな。よめはんはプイと横向いたきり、口は利かへんし、料理も作らへん。わしは一週間、茶漬けとカップラーメンで暮らしたがな。……な、堀やん、わしが早死にしたら、よめはんのせいやと思てくれよな」

これを伊達の〝おもしろ恐妻噺〟という。嘘かほんとうか知らないが、現役のころは仲間うちでよく受けた。

もう六、七年前になるか、堀内は一度、南千里の伊達の家に遊びに行ったことがある。築三十年、2LDKの公団住宅。そう広くもないリビングに伊達のよめと小学生の娘の私物が散乱して、ところどころに段ボール箱の塚ができていた。伊達いわく、よめは〝片づけられない症候群〟だという。伊達の居場所はどこかといえば、玄関横の四畳半とベランダで、ベランダにはメダカが泳ぐ火鉢が五つも並んでいた。メダカは娘にせがまれて飼いはじめたが、すぐに飽きてしまい、伊達がひとりで世話をしているといった。

「誠やん、メダカはどうしてるんや」

「なんやて……」伊達は牛乳パックを振って水を切る。

「メダカや。誠やんのペット」

「ああ、わしの心の友な。いまは千匹近うおるんとちがうか」

ベランダの火鉢は十二個もあるという。「餌やりと掃除と稚魚を掬《すく》うのに、毎日、一時間はかかる。このごろはトンボが卵を産みにきて困るんや」

トンボの卵は孵化してヤゴになり、ヤゴはメダカを捕食する、と伊達はいった。この大男がベランダに出てトンボを追い払っている姿を想像すると、つい笑ってしまった。

「堀やん、仕込み杖はどないした」

「そこや。傘立」指さした。

「今日は持っていったほうがええかもしれんぞ。向こうは二匹や」

「あれは重いんや」

「念のためや、持っていけ」

伊達は傘立のステッキを抜いた。テーブルにおく。シルバーグレーのカーボンシャフトの中には十六ミリの鉄筋を挿して隙間をセメント系の充填剤で埋め、T字形に溶接した鉄筋の手もとの部分にゴム製のハンドルカバーを被せている。シャフトがわずかに曲がっているのは、去年の十月から十一月にかけて、伊達とふたり、生野に頼まれたパチンコホールのトラブル排除にかかわって、何人かの筋者と半グレを殴ったからだ。

堀内は立ってステッキを振った。特殊警棒のような手応えがある。見た目は軽いステッキだから、振りおろしても相手は躱《かわ》さず、腕で受ける。その腕や肘の関節が一瞬にして潰れるのだ。そう、現役のころは教練で警棒術を習った。逮捕術も。伊達にはまるでかなわないが、成績はわるくなかった。

「ところで堀やん、Z4の納車はいつや」

「明後日《あさって》、車庫証明があがる。名義変更してナンバープレートがとれるのは明々後日《しあさって》や」

「お大尽やの。四百五十万の車を現金で買えるんやから」

「お大尽か……」

かもしれない。銀行にはまだ二千万円を超える預金がある。去年のシノギで手に入れた金だ。贅沢も博打もせず、女もいない堀内には金を遣うところがない。

「さ、行こか」

伊達は牛乳パックを開いて平らにし、流しの棚においた。

「昼飯は」

「なに、食う」

「さぁな、ステーキにするか」商店街に旨いステーキ屋があるといった。

「よっしゃ。先に決めとこ」

伊達はポケットから百円玉を出して指で弾いた。手の甲で受けて、「どっちや」

「表」

「裏」

表、だった——。

「堀やん、ハンバーグランチにしてくれ」

伊達は笑いながら靴を履いた。

槙原台の黒沢クリニックに着いたのは二時前だった。伊達はイプサムを門前に駐めた。

「な、堀やん、考えがあるんや。場合によっては松本を攫《さろ》うてもええか」

「攫《さら》うのはかまへんけど、なんでや」

「訊きたいことがあるんや、松本の口から」

「訊きたい？　ひょっとして、金塊密輸か」

「さすが堀やん、わしの相棒や」

伊達はじっと前を見て、「生野から金塊密輸の話を聞いたとき、わしのアンテナにビビッときたんや。なんかしらん、シノギになるかもしれんとな」

「それで荒木に電話したんやな」

「ええ男や、荒木は」

伊達はシートベルトを外して車外に出た。堀内が出るのを待って、門柱のインターホンを押す。

──はい。

──ヒラヤマ総業の伊達です。

──おう、来たんかい。

松本の声ではなかった。

──おたくさんは。

──さあ、誰やろな。

──入ってよろしいか。

──入らんかい。

伊達は門扉を押して中に入った。堀内もステッキをついて入る。

別棟の平屋のようすは、この前に来たときと変わりがなかった。軒下のドアの横に割れた鉢植がころがって、乾いた土が落ちている。ペイントの剝げ落ちた犬小屋もそのままだ。

「なんの片付けもしとらんの」

伊達はドアを開けた。「松本さん――」

「こっちや」返答があった。

土足のまま廊下にあがった。ゴミを避けて奥へ行く。リビングのドアをこじ開けると、サングラスをかけた松本と、小肥りのスキンヘッド、茶髪の痩せがソファにもたれていた。

「なんや、おい、三人さんかい」

伊達がいった。「そうやってへたり込んでたら、座るとこがないがな」

「誰が座れというたんじゃ」

スキンヘッドが松本に眼をやった。「おまえら、えらい接待をしてくれたのう」

ネズミ顔の松本は鼻にガーゼをあてて二筋の絆創膏を貼り、頭に葱坊主のような包帯ネットを被っている。ジャガイモ面のスキンヘッドは赤のスウェット、はだけた肩口に刺青《スミ》が見える。痩せは迷彩柄のジップパーカ、剃った眉が紐のように細い。

「その頭はどないしたんや」

伊達は松本にいった。「わしはおまえの頭まで割ってへんぞ」

「チャラけたことぬかすなよ、こら」

スキンヘッドがいった。伊達を睨めつける。「落とし前、つけんかい」

「どういう落とし前や」

「あほんだら。治療費と慰謝料と立ち退き料じゃ」

「一万円、払うたで」

「このガキ」

痩せがわめいた。腰を浮かす。

「まぁ、待て」

伊達は手で制した。「ゴロはまきとうない。話をしようや」

「どつかれんなよ、こら」スキンヘッドがいう。

「おまえら、どこのもんや」

「じゃかましい」

「幾成会か」

「なんやと、おい」

「おまえらが極道なら、こっちもそれなりの筋をとおすがな」

伊達は一歩、前に出た。スキンヘッドは上体を起こす。

「誰や、おまえ」

「わしは伊達。そっちは堀内」

「ヒラヤマ総業。競売屋。ケツ持ちは」

「んなもんはない。わしらはただの調査員や」

「四課のヒネやったというのは、カマシやろ」

「すまんのう。おまえらには都合がわるいやろけど、ほんまなんや」

「ヒネが馘《くび》になって競売屋に拾われたんかい」

「ま、そういうこっちゃ」

「なにをしたんや。極道に飲み代をたかったんか。借りた金を踏み倒したんか」

「遠出の盆のカチ込みに入った。銭箱抱えて逃げるやつを蹴り倒したら、タマが潰れてオネエになってしもた。あれはちぃとやりすぎたかのう」

しれっとして伊達はいう。表情はまったく変わらない。「おまえ、名前は」

「知らんな」

「そっちは」

「忘れた」瘦せは天井を仰ぐ。

「知らんくんと忘れたくんかい」

伊達はまた前に出る。「ま、ええ。おまえらは筋者《すじもん》や。排除命令が出る前に、機嫌よう立ち退けや」

「じゃかましいわ、ボケ。ぶち殺すぞ」

「堀やん、知らんくんは怖いで」

伊達は堀内を見てにやりとする。やるか、という顔だ。堀内は小さくうなずいた。

「もういっぺんだけいうぞ」

伊達はスキンヘッドに、「この建物はヒラヤマ総業の所有物で、おまえらはいま、不法占有をしてる。分かったら立たんかい。とっとと出ていけ」

「あほんだら。こいつの落とし前はどないしてくれるんじゃ」

スキンヘッドはあごで松本を指す。松本は伊達を睨めつけた。

「堀やん、どうする。落とし前やと」振り返って、伊達は訊く。

「それはあかんやろ。暴排条例違反や」

「そうやの」

瞬間、伊達の上体が沈んだ。ガラステーブルを撥ねあげる。厚い天板がスキンヘッドと痩せに落ち、ふたりはソファごと後ろに倒れた。伊達は四つん這いになったスキンヘッドの股間を蹴り、スキンヘッドは顔から段ボール箱の山に突っ込む。痩せは片膝をつき、ジップパーカに手を入れる。その上腕に、堀内はステッキを叩きつけた。手からナイフが弾け飛ぶ。痩せは前にのめったが倒れず、堀内は踏み込んで肩にステッキを振りおろす。痩せは腕でブロックしたが、肘が砕けて横倒しになり、呻きながら床をころげまわる。スキンヘッドは突っ伏したままぴくりともせず、松本はただ呆然とふたりを見つめている。

伊達は痩せをうつぶせにしてジップパーカのポケットを探り、札入れから免許証を抜いた。堀内もスキンヘッドのスウェットから免許証を抜く。

「堀やん、こいつは宮川や。宮川研介」

「こっちは村瀬」村瀬敏博。平成三年生まれ――。見た目より若い。

伊達は痩せの背中に免許証を放り、松本に向かって、

「いうてみい。おまえはこれからどうするんや」

「分かった。出ていく」小さく、松本はいった。

「立て」

伊達は松本を立たせた。「客人をお見送りせんかい」

伊達は松本の背中を押してリビングを出る。堀内はスキンヘッドに免許証を放ってあとについた。

玄関から外に出た。松本は軒下で立ちどまる。

「組当番のくせに躾《しつ》けがなってないのう。お見送りは車までやろ」

伊達は松本の腕をとって庭を歩き、門扉を押した。敷地の外に出る。イプサムに向けてスマートキーのボタンを押すと、リアランプが点滅した。

「乗れ」

「なんやと……」

「その辺をドライブしようや」

「あほぬかせ」

「ちょいと訊きたいことがあるんや」

「ええ加減にさらせよ、こら。黙って聞いてたら調子にのりくさって」

「ほう、こないだの極道づらが出たな」

伊達は松本の襟首をつかんで引きつけた。松本の身体が浮く。伊達はそのまま松本を引きずっていき、イプサムのリアドアを開けて中に放り込んだ。

堀内はフロントドアを開けて運転席に座った。リアシートの伊達からキーを受けとってエンジンをかける。

「どこ、行く」伊達に訊いた。

「そうやの。この近くの山は」

「葛城山《かつらぎさん》か」

「おう、そこ行こ」伊達は松本のシートベルトを締める。

「待て。待たんかい」

松本がいった。「なにをする気や」

「おまえを埋めるんやないか」

「こいつら……」

松本はシートベルトを外そうとした。伊達は腕を逆手にとってねじあげる。

「痛い。腕が折れる。放せや」

呻くように松本はいう。伊達は手を放した。

「質問や。宮川と村瀬は幾成会か」

「…………」松本は下を向いて肩を摩《さす》っている。

「おい、答えは」

「わしをほんまに埋めるんか」

「さぁな。シャベルは後ろに載せてる」

「いまは昼間やぞ」

「昼間も夜中もない。おまえを谷へ突っ転がして手足が蛸になったとこを埋めたるがな」

「煙草くれ」

「ください、やろ」

伊達は煙草を出して松本にくわえさせた。自分もくわえて火をつける。

ルームミラーに犬を連れた女が映った。こちらに近づいてくる。堀内はハンドブレーキをおろして走り出した。

「幾成会や」ぽつり、松本はいった。

「なんやと」

「村瀬は極道やけど、宮川はちがう。村瀬の連れや」

「いつから、あそこにおったんや」

「おまえらが帰った次の日や。村瀬が宮川を連れてきた」

「おまえ、あれだけわしにカマシ入れられて、出て行くことは思わんかったんか」

「村瀬はわしの弟分や。弱気は見せられへん」

「その頭はどうした」

「これか。飾りや」

松本は頭の包帯ネットとガーゼをとって足もとに放った。

「なんで幾成会を破門になった」

「どこで聞いたんや、それ」

「おまえの犯歴を調べた」

「おまえら、刑事を馘になったんとちがうんかい」

「馘になったから、おまえをこうして攫うたんや」

「わしの破門はな、シャブぼけや。ギリも払えんかった」ギリとは毎月の組会費をいう。

「段取り破門やないんか」

「段取りやない。組にもどっても食うあてがない」

「正直やの、おまえ」

伊達は笑った。「それで、活魚のトラックに乗ったんか」

「なんじゃい、そこまで知ってんのか」

「詳しいにいうてみい。どういうルートで金密輸にかかわったんや」

「サイトや。闇サイト。ネットを見たら、なんぼでもころがってる」

松本はサイトの番号に電話をした。関釜フェリーで釜山に渡ると聞いたとき、金密輸だと直感した。ギャラは二十万円と、下関までの往復の交通費。トラックの運転をするだけの楽な仕事だと思った——。

「トラックの水槽に金の延べ板が隠してあると知ってて、ネコババは考えんかったんか」

「まさか、三十キロも隠してるとは思てへんがな。それに釜山から下関にもどるときは水槽にタチウオやハモが入ってて、水を抜かんことには延べ板を盗られへん」

松本が運転するトラックには下関と釜山を往復するあいだ、いつも同じクラウンが随《つ》いていた。クラウンは連絡役が運転していて、釜山での荷下ろし場所と道順、帰りの時間を電話で指示されたという。

「その荷下ろし場所いうのが、釜山に渡るまで分からんのや。わしは連絡役のいうとこにトラックを駐めて、トラックのキーを渡して、近くのネットカフェで時間をつぶして、四、五時間したら電話がかかってきて、どこそこへ来いといわれる。行ったら、タチウオとハモが泳いでるトラックが駐まっとんのや」

「えらいシステマチックやな、え」

「わしが捕まっても、連絡役の携帯番号しか分からんということや」

「ほな、名前も知らんかったんか。連絡役の」

「三好とかいうクソガキやろ。下関東署の調べのときに初めて聞いたわ」

「サイトの管理人と三好は同一人物か」

「そうやろ。同じ声やった」

「ギャラは三好からもろたんか」

「そういうこっちゃ」

「何回やったんや、金の運び屋」

「たった三回。それで六カ月も食ろうた。世話ないで」

「おまえのほかにもおったんか、運び屋は」

「おった。わしの前にもな」名前も回数も知らない、と松本はいう。

「三好はまだ檻ん中やな」

「今年の夏には出てくるやろ」

「三好に会うて、慰謝料と迷惑料をもらおうとは思わんのか」

「会うてもええ。けど、わしは三好がどこの寄せ場におるか知らんのや」

「三好の裏には日本の金主、韓国のブローカー、香港のブローカーがおる。それを、おまえは知らんのか」

「知ってたら行くがな。金くれ、いうてな」

松本はなにも知らない――。堀内は思った。この男は見かけどおりの小物で、ヤクザ世界に居場所はなく、三好というオレオレ詐欺の半グレに利用されて懲役六カ月の実刑をもらった。食わせてくれる女もおらず、シャブを買う金欲しさに、チンピラもいやがる競売物件の占有という時代遅れのシノギをしているのだから救いがない。

泉北環状線から堺狭山線に出た。東へ走る。

「おまえ、現住所は」堀内は訊いた。

「んなもんはない」

「黒沢クリニックに住んでるわけやないやろ」

「此花や。伝法のアパート」

「家賃は」

「知らん」

「どういうことや」

「連れの部屋に荷物をおいとんのや」

連れは長距離トラックのドライバーで、週のうち二、三日しかアパートに帰らない。彼が部屋にいるとき、松本はネットカフェに泊まるという。

「ネットカフェな……」伊達がいった。「おまえも働いて、アパート借りよとは思わんのかい」

「利いたふうなことぬかすな。働くのがいややから極道やっとんのじゃ」

「占有はシノギと暮らしを兼ねとるんやの」

「なんじゃい、こら。わしをバカにしとんのか」

「足を洗えというとんのや。ヤクザが食える時代やない」

伊達はいって、「さっき、おまえは釜山のネットカフェで三好からの連絡を待ってたというたな。三好のほかに、釜山で会うたやつはおらんのか」

「どういう意味や、それは」

「釜山の金塊ブローカーを見たことはないか、というとんのや」

「おったな、そんなやつは。けど、日本語を喋ってた」

「日本人か、韓国人か」

「分からん。三好と喋ってんのを見ただけや」

「どこで見た。その男を」

「魚を下ろしたあと、三好のクラウンに随いて行った会社の倉庫や。えらそうなものいいで、三好に、あれせい、これせいと指図してた。わしははじめ、そいつが金主かなと思たけど、金主が密輸の現場に出ることはないわな」

だから監視役だと思った、と松本はいう。「要するに、運び屋を募集して差配するのが三好で、金主と連絡をとるのが、その監視役というわけや」

「おまえは下関東署の調べで、その男のことをいわんかったんか」

「いうて得するんかい。んなわけないやろ」

そこで松本は言葉を切った。「――な、おい、三好の寄せ場を教えてくれや」

「それは分かるやろ。調べたら」

「ほな、調べろや。出所日もな」

「出所日までは無理や。収監された刑務所は電話で教えたる」

伊達は松本の携帯番号を訊いてメモ帳に書きとり、「で、おまえが釜山の倉庫で見た監視役はどんなやつや」

「すだれ頭のデブや。赤い顔して、金縁の眼鏡をかけてる」

齢は五十すぎ、茶系のツイードジャケットを着ていた、と松本はいった。

「よっしゃ、分かった。……堀やん、そこのコンビニに入ってくれるか」

堀内はイプサムを左に寄せて、セブン‐イレブンに入った。

「降りろや」伊達は松本にいった。

「葛城山に行くんとちがうんかい」

「やめたんや。おまえを埋めるのは」

「へっ、できもせんカマシをしくさって。宮川と村瀬を雑巾にしたケジメはどないとるんじゃ」

「よろしいにいうといてくれ。幾成会の組長に」

「金、寄越せや」

「なんやと、おい」

「立ち退き料や。三人で三十万」

「堀やん、埋めよ。このチビを」

「洒落やがな、洒落」

松本はシートベルトを外した。ドアを開ける。

「おまえ、三好の刑務所を教えたら面会に行くんか」

「気が向いたらな」

松本は車を降り、店内に入っていった。

伊達は車外に出て助手席に乗ってきた。

「クズやな」

「クズや」

「教えるんか、収監場所」

「方便や。あいつの携帯番号を訊きたかった」

「腹、減ったな」

「なに食う」

「誠やんの食いたいもんや」

コンビニを出た。

国道309号沿いのファミレスで、伊達はハンバーグランチ、堀内は明太子パスタを食った。伊達は食後のコーヒーを飲みながらスマホの発信キーに触れる。

「――おう、健ちゃん、いまええか。――なんべんもすまんな。また教えてほしいことがあるんや」

電話の相手は荒木のようだ。伊達は下関東署が三好翔を逮捕した経緯と、三好の交遊関係、自宅を捜索したときの状況と所有車を調べてくれるよう頼んだ。

「――ありがとうな。ほいで健ちゃん、晩は空いてるか。――ああ、そうや。久しぶりに飯食おうや。――ほな、七時。どこにする。――分かった。堀やんと行くわ」

伊達はスマホをおいた。

「困ったときの荒木頼みやな」堀内はレモンティーを飲む。

「ほんまやで。荒木に頼みごとをして断られたことはない」

荒木と会うのは宗右衛門町の『串苑』。そのあとは千年町の『ミルキーウェイ』で飲もう、と伊達はいう。『ミルキーウェイ』は生野の知り合いの新井というパチンコホールオーナーの馴染みのクラブで、新井には去年、トラブルを処理してやった貸しがある。

「『ミルキーウェイ』のちいママ、ええ女やったな」

顔は思い浮かぶが、名前が思い出せない。

「茉莉子やろ。新井の愛人」

「ああ、茉莉子な」

「堀やんには黙ってたけど、わしは茉莉子と同伴したことがある」

「ほんまかい」

「通天閣の下で会うて、ジャンジャン横丁で串カツ食うたんや」

「へーえ、ミナミのちいママをジャンジャン横丁に誘うたか」

「串カツとどて焼き食いもって、わしはビールを三本、茉莉子もレモンサワーを三杯は飲んだかな。それでや、串カツ屋のあとは腹ごなしやいうて、動物園に連れていった」

「そら、金のかからん同伴や」ジャンジャン横丁から天王寺動物園は眼と鼻の先だ。

「北園を一周して南園へ入ったら、夜行性動物舎の中で、足が痛い、靴擦れしたと、しなだれかかってきた」

「そうか、ミナミのちいママがしなだれかかってきたか。コウモリみたいに」

「広い動物園を細いヒールで歩きまわったからや」

伊達はにやりとして、「わしは茉莉子の腕をとって動物園を出た。東へちょっと行ったらホテル街や。……そこらでひと休みするか、と訊いたら、茉莉子はウンとうなずいて、バンドエイドを買うてきて、というから、しゃあない、ここで待っとけ、いうて新世界のドラッグストアに行って、もどってみたら茉莉子の姿がない。レモンサワーの飲みすぎでお小水でもしてるんかなと、わしは三十分もその辺のコンビニを探しまわったがな」

これはおかしい。逃げたちいママを探して辺りのコンビニを徘徊する伊達の姿を想像して大笑いした。

「電話せんかったんか。茉莉子の携帯に」

「番号を聞いてなかったんや」

「動物園を歩かしたとこまでは計画どおりやったのにな」

「堀やん、女が酔うたいうのと、靴擦れしたいうのは、信用したらあかんぞ」

ジャンジャン横丁の同伴以来、茉莉子の顔は見ていない、と伊達はいった。

3

七時二十分——。荒木が来た。

「すんません。遅れました」

「いや、先にやってた。ま、座り」

「失礼します」

小上りの向いの席に荒木は腰をおろして、お久しぶりです、と伊達と堀内に挨拶する。伊達はメニューを荒木に渡して、

「なに飲む」

「ビールを」

伊達はウェイトレスを呼び、中ジョッキと、荒木のいうロース、ハラミ、カルビ、上ミノを五人前ずつ注文した。

「えらい日焼けしてるな」

「先週、ゴルフしました。非番の連中、四人で」

百四十七でまわった、と荒木はいう。「二年ぶりやというのに、練習もせんとコースに行っ

たらあきませんね。コースをジグザグに走ってたら、いつのまにか終わってました」

「上等や。百四十七回もの数を数えたんはえらい」

「百五十は恥ずかしいから三つほどごまかしましたけどね」

荒木は笑って、「先輩、ゴルフは」

「娘が幼稚園のころや、よめはんにクラブを買うてもええかというたら、なんぼやと訊かれた。八万円、正直に答えた。あんた、そんな大金をへそくってたんか。八万円ぐらい、へそくりせんでも持ってるわい。ほな、見せてみ。うるさいのう。八万円を財布から出した途端に没収や。……な、健ちゃん、わしは世の中によめはんほど怖いもんはないんや」

「ええ奥さんやないですか。柔道家にゴルフは向いてませんわ」

ビールが来た。荒木とジョッキを合わせて乾杯する。

「堀やんはゴルフが強いんやで」伊達がいった。

「どれくらいでまわりはるんです」荒木が訊く。

「よう行ってたころは八十台の後半かな」

「そら、お上手です」

「いま思たら、ろくでもない連中とまわってた」

クラブやラウンジのコンペ、金融業者、風俗店の経営者、商工会の理事……。組関係者とだけはまわらないようにしていたが、まともにグリーンフィーを払ったことはない。

「退院したときに道具は捨てましたわ」

傍らのステッキに眼をやった。荒木はハッとしたように、

「すんません。つまらんこといいました」

「いやいや、気にせんでください」

小さく手を振った。「稽古はしてるんですか」

「このところ、サボってますね。仕事に追われて」

荒木はいって、「先輩はどうですか、千里山」

「無理にでも行くようにしてる。週に一、二回やけどな」

「現役やないですか。今度、教えてください」荒木は襟をつかむしぐさをした。

「あほいえ。大人と子供や」

伊達はいうが、半端な強さではない。腕の太さと胸板の厚さは尋常ではなく、耳は畳ずれでつぶれている。柔道四段。府警の強化選手だったころは身長百八十センチで体重九十キロ。いまは百キロを超えているだろう。伊達は千里山の道場で学生や社会人に稽古をつけている。

肉が来た。伊達がトングで鉄板にのせる。

「食う前に報告しときます」

荒木がいった。「下関税関が活魚のトラックを検査したんは下関東署からの情報提供があったからです」

「下関税関が下関東署に告発したんとちがうんか」と、伊達。

「表向きはそうなってますけど、ほんまは逆ですわ」

下関東署の知能犯係が管内で発生したオレオレ詐欺を捜査するうち、詐欺グループのサブリーダーで掛け子でもある博多在住の三好翔を特定し、その身辺を洗うと、闇サイトでオレオレ詐欺の受け子と出し子を募集していることが判った。知能犯係は内偵をすすめて、三好が度々、下関と釜山を行き来していると知り、下関の水産物貿易業者に活魚の通関書類作成を依頼していることを突きとめた――。
「オレオレ詐欺の掛け子がなんで活魚を輸出入してるんか……。当然の疑問ですよね。そこで知能犯係は金塊密輸を推知したんです」
「優秀やな。下関東署知能犯係」
「で、通関書類をもとに、三好が釜山に渡るのを待って、尾行したんです」
荒木はメモ帳を繰って経緯を話しはじめた。
昨年、一月十四日、十二時――、三好は福岡市博多区寿町の自宅マンションを出て坂本町の水産加工会社へ行き、空荷の活魚のトラックを運転して水産加工会社をあとにした。知能犯係は三好が下関の魚市場へ向かうであろうと考え、下関東署で待機している知能犯係に連絡して、パスポートを携帯し、車に乗って張り込みをするよう指示した。
十五時――、下関魚市場に三好の運転する活魚のトラックが来た。三好は市場の駐車場にトラックを駐め、十分後に野球帽の男が現れた。男はトラックに乗り、三好はトラックを降りて、駐車場に駐まっていた黒のクラウンに乗り込んだ。
十六時――、活魚のトラックは下関魚市場でタイとハマチを積み、三好の運転するクラウンに随いて関釜フェリーの発着場に向かった。知能犯係は二台を追尾し、関釜フェリーカウンターで航送車と旅客二名の乗船手続きをした。
十九時四十五分――、フェリーは下関港国際ターミナルを出た。
翌八時――、フェリーは釜山港に着いた。トラックは釜山海雲台《ヘウンデ》の魚卸会社で活魚の荷下ろしをしたあと、クラウンとともに西面《ソミョン》の電気工事会社に入った。
十八時――、トラックは工事会社を出て南浦洞《ナムポドン》のチャガルチ魚市場に行き、水槽にタチウオとハモを積んだのち、クラウンとともに関釜フェリー発着場へ走り、二十一時発の下関行きフェリーに乗船した。

「活魚のトラックが電気工事会社に半日近くも駐まってたというのがおかしいでしょ」

「そこでトラックの水槽に金の延べ板を積んだというわけか」

「フェリーの乗船名簿でトラックのドライバーは松本清美と判明しました」

「三好のクラウンに同乗者はおらんかったんか」

「いません。三好はひとりでした」

松本から聞いた話と概要は符合する。やつがいっていた監視役は西面の電気工事会社で三好たちを待っていたようだ。

「下関にもどったトラックとクラウンはどうした」

「下関魚市場へ行きました。仲卸で魚を下ろしたあと、三好がトラックに乗りました」

「運転を交代したんやな」

「交代はしてません。解散したんです」

知能犯係は二手に分かれてふたりを尾行した。魚市場の駐車場にクラウンを駐めた松本はタクシーでJR下関駅へ向かい、新下関から新大阪行きの新幹線に乗ったという。

「乗船名簿で松本清美の氏名を特定してた知能犯係は、下関駅で尾行をやめました」

「三好はトラックで博多へ走ったんやな」

「そのとおりです」

三好はトラックを運転して関門海峡を渡り、九州自動車道を走って福岡市に入ったが、粕屋インターの直前でふいに左車線に入り、インターから出ていったため、知能犯係は尾行を中止して下関にもどった——。

「三好に気づかれたんか、尾行を」

「深追いは危ないとみて、やめたみたいです」

「活魚のトラックの所有者は」

「博多区坂本町の水産加工会社です」

「クラウンの所有者は」

「兼井大輔。五十一歳。下関市勝山で建築金物の卸をしてます」

「建築の金物屋がな……」

肉が焼けた。伊達はトングで焦げ目のついた肉を端に寄せ、

「食お。焦げる」

「いただきます」

荒木はメモ帳をおき、箸をとった。

「ありがとうな。下関や博多の捜査までよう調べてくれた」伊達がいった。

「うちの係長にいうて、本部の捜査共助課をとおしたんです」

共助課は下関東署知能犯係の迫田《さこた》という捜査担当者を教えてくれた。荒木は下関東署に電話をして迫田から話を聞いたという。

「係長はおかしいと思わんかったんか。健ちゃんが下関の事件に首を突っ込むのを」

「それがいま、我々は若江の猩々会《しょうじょうかい》の内偵をしてるんですわ」

「若江の猩々会……。これか」伊達は腕に注射をするしぐさをした。

「そう、猩々薬局です」

薬局とは、覚醒剤の密売を主たる資金源にする組を嘲るようにいう言葉だ。

「猩々会は最近、シャブの仕入れルートを利用して金塊を密輸してるという情報があるんです」

「そうか、口実にはなったんやな、下関の事件を訊く」

「猩々会とは関係ないんですけどね」

荒木はロースとカルビをタレにつけて食う。堀内はミノをとって口に入れた。歯ごたえがあって旨い。伊達はビールを飲み、

「下関東署は水産加工会社の調べをしたんかいな」

「シロでした。三好に頼まれて水槽トラックを貸しただけです」

「クラウンの所有者の兼井とかいう金物屋は」

「こいつがなかなかの曲者でね、クラウンは三好に貸したんやない、連れに貸したといいよったんです」

「連れ、いうのは」

「スナックのマスターです」

荒木は箸をおき、メモ帳を見た。「――坂下俊郎、四十三歳。中洲で『艫《とも》』いうスナックをやってます。坂下は兼井のゴルフ仲間で、コースをまわるとき、兼井のクラウンを借りることがようある、といいました」

「去年の一月十四日と十五日、兼井が二日間もクラウンを貸した理由は」

「坂下は兼井に釜山で泊まりがけのゴルフをするというたそうです」

「つまり、坂下は兼井に嘘をついてクラウンを借り、三好に貸したということか」

「もちろん、迫田さんはそんなバカ話を信用するわけがない。兼井と坂下を追及しました。……

兼井は坂下が釜山でゴルフをするというたから車を貸したの一点張り。坂下も三好が釜山でゴルフをするというから、クラウンを借りてやったと言い張ったんです」

兼井と三好は面識がない。だから、自分があいだに入ったのだと、坂下はいった――。

「要するに、兼井、坂下、三好は口裏を合わせよったんです。……けど、これを突き崩す物証が迫田さんにはなかった」

「無罪放免か、兼井と坂下は」

「そういうことです」

「兼井いうやつは堅気か。まともな金物屋か」

「兼井商会は創業五十年の老舗で、兼井は二代目です」

扱っているのは建築金物。バブルのころはゼネコンや地元大手建築会社との取引で年商三十億円、従業員も二十人以上いたが、この二十年で事業は縮小。いまは年商二億円にとどかない、と荒木はいい、「兼井商会は下関市の勝山に千坪あまりの土地と賃貸マンションを二棟、所有してるけど、借金まみれで、事実上の資産はない。いつ倒れても不思議ではないという状況です」

「それで兼井は金密輸に手を出したということか」

「迫田さんの読みは、兼井が金密輸の金主で、三好が実行部隊でした」

「三好は最後まで口を割らずに収監された。……出所したときは、賠償金を兼井に請求するな」

「それはまちがいないですね」

「松本はわしに三好が収監されてる刑務所を訊きよった。目的は面会や。三好から話を聞いて、兼井を脅しに行く肚やろ」

独りごちるように伊達はいって、「松本の前にも運び屋がおったみたいやけど、下関東署はそこらのことを調べんかったんか」

「迫田さんがいうには、関釜フェリーの乗船者名簿をあたって、松本のほかに水槽トラックを運転した人物を特定したそうです。……けど、検察は証拠固めができんと難色を示して、松本以前の金密輸に関しては不起訴という判断を下したみたいです」

そう、有罪率至上主義の日本検察は百パーセントの見込みがないと起訴はしない。検察にとって起訴はすなわち有罪であり、裁判の結果、たとえ一回でも無罪判決をもらうと、それは担当検事の汚点として一生、ついてまわる――。

「運び屋を差配してた三好はどうなんや。検事調べで三好の供述をとったら、起訴も公判維持もできるやろ」

「三好はしぶとい。最後まで黙《だんま》りをとおしたみたいです」

「オレ詐欺の半グレにしては、ええ根性や」

「迫田さんもそういうてましたわ」

「で、三好がサブリーダーをしてたオレ詐欺グループはどうなったんや」

「散り散りですわ。迫田さんの知能犯係がグループ九人のうち六人を逮捕して、リーダーを含む三人は指名手配です」

荒木はメモ帳を繰って、「リーダーの名前は豊川聖一、二十九歳。前科、前歴なし。佐世保の生まれで、高校を卒業後、神戸の中古車ディーラーに就職し、半年で退職したあとは三宮あたりのホストクラブやラウンジを転々として、五年ほど前からオレオレ詐欺に手を染めたみたいです。豊川はいま、土地勘のある神戸、大阪に潜伏してるんやないかというのが迫田さんの意見です」

「豊川グループのハコは」

「中央区春吉の賃貸マンションでした」

「大野城市上大利《かみおおり》のテラスハウスです。迫田さんが踏み込んだときは蛻《もぬけ》の殻でした」

「豊川のヤサは」

「画竜点睛《がりょうてんせい》を欠く、というやつやな。頭をとらんでどないするんや」

「豊川の部屋はガサの前日から明かりが点いてました。ガレージに車も駐めてたから、部屋におるもんやと思い込んだんです」

「それにしてもやな、詰めが甘いやろ」

「誠やん、一斉検挙というやつはむずかしい」

堀内はいった。「ちょっとでもタイムラグがあったら、連絡が行って、逃げるやつがおる。迫田さんにも事情があったんや」

「そうやの。ちぃと言いすぎた」

「おれも誠やんも、もう現役やないんや」

「ほんまにな、堀やんのいうとおりやで。わしらは刑事《デカ》やない」

伊達は首に手をやって、荒木を見た。「あとひとつだけ教えてくれるか。……金物屋の兼井は豊川グループの金主やったんか」

「不明です。兼井が金主なんか、兼井のほかに複数の金主がおったんか、三好は徹底して黙秘しました」

「いや、よう調べてくれた。健ちゃんのおかげで詳細が分かった」

伊達は笑って、小さく頭をさげた。

「先輩は下関の事件を触るつもりですか」

荒木はまた箸を持ってハラミをとる。

「そうやな、競売屋の占有排除よりはおもしろそうや」

伊達は鉄板に肉をのせながら、「な、堀やん、やってみるか」

「ああ、誠やんがその気ならつきあうわ」

「よっしゃ、決まりや」

伊達は荒木に、「食お。ミスジを頼も」

「ミスジはよろしいね。けど、高いですよ」

「今日はそのために健ちゃんを招待したんや。たらふく食うてくれ」

伊達はウェイターを手招きした。


伊達と荒木ははじめに注文した肉のほかにミスジを二皿ずつ食い、最後は冷麺でしめて店を出た。勘定は伊達がカードで払ったから、堀内は知らない。たぶん、六、七万円にはなっただろう。

千年町――。『ミルキーウェイ』に入った。いらっしゃいませ。お久しぶりです――。マネージャーは伊達と堀内を憶えていた。

ウェイターに案内され、ピアノのそばのボックス席に座った。先客は四組、茉莉子の姿はない。

「ちいママは」おしぼりを使いながら、伊達が訊いた。

「ごめんなさい。今日は少し遅くなります」

「同伴かいな」

「あ、はい……」

「あんた、知ってるか。ちいママは客と同伴しても途中で消えるらしいで」

「ほんとですか」

「嘘やがな」

「お飲み物は」

「ボトルがあるやろ。『ダラス』の新井社長。それ飲むわ」

「かしこまりました」ウェイターは一礼して、去っていった。

バランタイン17年とヘネシーVSOP、グラスと氷がそろったところへ、ホステスが来た。

ひとりずつ、隣に座る。

「はい、自己紹介」伊達がいった。

沙織です。蛍《けい》です、亜希です――。三人はいった。

「はい、はい、みんな、かわいいね。さすがミナミの高級クラブや」

「ありがとうございます」

白いドレスの沙織がいった。小肥りで背が低い。「飲み方はどういたしましょうか」

「わしはハーフロック。スコッチの」

荒木はロック、堀内はヘネシーの水割りを頼んだ。ピンクのドレスの亜希が作る。

「みなさん、恰幅《かっぷく》がいいですね」沙織がいった。

「みなさんやない。堀やんはしゅっとしてる」

伊達はいって、「わしはただのデブやけど、健ちゃんはちがうで。相撲取りや」

「えっ、でも……」沙織は荒木の頭を見る。

「廃業して、髷《まげ》を切ったんや」

「幕下までは行ったんですけどね、関取にはなれずじまいですわ」荒木も話を合わせる。

「いま、何キロですか」蛍が訊いた。

「百二十キロかな」

「でも、引退したら痩せないといけないんでしょ」

「できんのですわ。食うたら寝てしまうし」

「大変ですね」

気の毒そうに蛍はいう。その表情を見て、堀内は笑ってしまった。

伊達と荒木の座持ちがいいのは刑事の特性かもしれない。訊込みのとき、無口な刑事は相手の話をうまく引き出せないし、強面《こわもて》の刑事は反感をもたれる。その意味で堀内は愛想も愛敬もなく、相棒の伊達にずいぶん助けられたと思う。

「食べたら寝られるって、いまのお仕事はなんですか」亜希が訊いた。

「おっと、そう来ますか。……先輩、お願いします」荒木は伊達に振った。

「ほんまのことをいうとやな、健ちゃんは刑事なんや」

「えーっ、嘘や」蛍がいった。

「刑事は地方公務員やから収入が安定してる。おまけに健ちゃんは独身や。おつきあいがしたいんやったら、わしが受け付けるで」

伊達の言葉に、三人は反応しない。話が途切れたところへ、茉莉子が来た。いらっしゃいませ、と挨拶し、ボトルのネームプレートを見る。

「新井さんはいらっしゃらないんですか」

「今日は欠席ですわ。わしら三人でやっといてくれといわれましたんや」

伊達がいった。同伴で逃げられた気まずさはおくびにも出さない。

「そうですか、ありがとうございます」茉莉子も知らぬふうだ。

「茉莉子さん、お客さまは刑事さんです」蛍がいった。

「はい、そうやね」茉莉子は軽くいなした。

茉莉子は席を離れ、沙織たちも飲み物を作って乾杯した。伊達と荒木は映画やスポーツの話をし、沙織たちにも喋らせる。伊達の恐妻話に何度も笑い声があがった——。


携帯が鳴った。とる。

——堀やん、わしや。

——おう、寝てた。

——な、今日は何日か分かってるか。

窓の外は明るい。壁の時計を見た。十時をすぎている。

——さぁ、いつやろな。

日付の感覚がない。ミナミで伊達と荒木と飲んだのは火曜日だったが。

——今日は四月十二日の金曜や。桜が咲いとる。

公団住宅四階の伊達の部屋から公園の桜が見えるという。

——そうか。昨日、テレビでやってたな。造幣局の通り抜け。

フッと、思い浮かんだ。杏子を連れて桜の通り抜けをしたのはいつだったろう。そう、つきあいはじめた春だったから、五年前だ。杏子は十分も歩くと、厭きたといい、堀内はタクシーをとめて天満橋の帝国ホテルへ行った。ステーキを食い、部屋をとって泊まった。

杏子はラブホテルを嫌ったから、いつもシティーホテルをとった。リーガロイヤル、リッツ・カールトン、ウェスティン、阪急インターナショナル——。京都の俵屋に泊まりたいといったときは、さすがに、予約がとれないといって無視した。

連れ歩いていると男が振り返るほどのいい女だったが、金はかかった。六本木にラウンジを出してやったことを考えると、二千万や三千万ではきかない。なぜ、あんな貧乏神にのぼせあがったのか、いまは不思議でしかたない。毎月百万以上の赤字を垂れ流していたラウンジが潰れたという噂は聞いていないから、あの女はまた新しいバカをひっかけたにちがいない——。

——堀やん、聞いてるか。

——ああ、聞いてる。花見でもするんか。

——風流やの、堀やんは。ちがうがな、今日は〝Z4〟の納車やろ。

——あ、そうやったな。

——これや。わしはいまから出る。いっしょにディーラーへ行こ。

電話は切れた。堀内はディーラーにかける。〝Z4〟はついさっき、新規のナンバープレートをもらって陸運事務所から帰ってきた、とスタッフはいう。

——このあと、キャリアカーから降ろしてボディーまわりをチェックしますから、あと少し、お時間をください。

——ほな、十二時に行きますわ。

携帯を閉じて布団から出た。ジャージを穿き、キッチンへ行ってコーヒーサーバーに豆と水をセットする。テーブルの煙草をとったが、空だった。握りつぶしてゴミ箱に捨て、灰皿の吸殻の山から長いのを三本ほどつまみとって吸いつけた。

ノック――。ドアが開き、伊達が入ってきた。キッチンにあがって椅子に座る。

「錠、かけんのか」

「かける。外に出るときはな」

ときどき、忘れる――。「煙草、くれ」

「きついぞ」

伊達はショートピースをテーブルに放った。堀内は一本抜いて火をつける。確かに、きつい。成分表示を見ると、タール28mg、ニコチン2・3mgだった。

「いつも銘柄がちがうけど、決めてへんのか」このあいだはメンソールを吸っていた。

「当てもんや。五百円玉を放り込んで、適当にボタンを押す」

「缶ジュースが出てきたらどうするんや」

「あのな、自販機の見分けぐらいはつく」

伊達は笑って、「この冬、わしの部屋に換気扇をつけたんや。窓用のな」

「換気扇……」

「よめはんと娘が怒るから、ベランダで吸うてた。そしたら、自治会の広報にやな、下の階のけむりがあがってくる、と文句をつけるやつがおった」

「蛍族か」

「蛍族はわしだけやない。ほかにもおるのにやな、これ、あんたのことやんか、とよめはんがまた、デコチンに青筋立てて怒りよる。しゃあない、わしはエレベーターで一階に降りて、公園のベンチまで行って煙草を吸うんやけど、そのベンチがまた、ブロックにモルタル塗ったやつで、尻が凍えるんや。たかが煙草一本吸うのに、コート着てマフラー巻いて、座布団まで持ち歩くやつがおるか。理不尽やろ。わしはよめはんにいうたがな、自分の部屋で吸うから許可願いますと。そしたらよめはん、どないいうたと思う。ドアの隙間に目張りをしたら吸わせたる、とこうや。練炭自殺やないんやで。わしは粘り強く交渉した。部屋に換気扇をつけて吸います、とな。壁に穴開けることは許さん、よめはんがいうから、窓用換気扇があります、というたがな」

「しかし、けむりは窓から外廊下に出るやろ。また広報に書かれるぞ」

「換気扇はつけたけど、まわしたりせん。よめはんは亀みたいな鼻しとるからな」

「亀みたいな鼻……」意味が分からない。

「亀の鼻の穴はゴマ粒みたいやろ。臭いが分からんのや」

伊達のよめに聞かせてやりたい——。

「涙ぐましい努力やな、え。電子煙草にしたらどうなんや」

「あんなもんは煙草やない。人類五百年の歴史を忘れとる。ニコチンは煙草のけむりから摂るもんや」

人類五百年……。コロンブスが新大陸から煙草を持ち帰ったことをいっているのか。

「さ、行くか。ディーラー」伊達はショートピースを手にとった。

「電話をして、十二時に行くというといた」

「そら、ちょうどええ」

伊達は腰をあげた。

イプサムに乗った。シートベルトを締める。

伊達はエンジンをかけ、グローブボックスから四つ折りの紙片を出した。

「読んでくれ」

「なんや……」紙片をもらった。A4判大のコピー用紙が五枚。

「調べたんや。この二日間。福岡の金塊強奪事件」

「ああ、あったな。……五億やったか」

「去年の三月や。延べ板が百キロ、警官の装《な》りした半グレ集団にやられた」

伊達は車を発進させた。堀内はコピー用紙を広げる。

福岡新聞　2018年4月11日——。
《福岡5億円金塊強奪事件
福岡市博多区JR博多駅近くの路上で、3月下旬、警察官を装った複数の男に金塊百キロが盗まれる事件があったことが、10日、捜査関係者への取材で分かった。福岡県警は組織的な犯行とみて、窃盗容疑で捜査している。
捜査関係者によると、現場は博多駅筑紫口付近の飲食店やホテルの立ち並ぶ路上で、被害者の男性らが近くの貴金属買い取り店にアタッシェケースを運んでいたところ、制服を着た警察官らしい男らに声をかけられたようすが周辺の防犯カメラに映っていた。男らはケースを点検するふりをし、男性らが目を離したすきにケースを車に積んで逃走したため、男性らが警察に通報し、事件が発覚した。

被害にあった男性らは県警に対し、「金塊は事件の三日前に転売目的で購入し、博多区の貴金属店に持ち込んで転売する予定だった」と話したが、県警は男性らが大量の金塊を店に持ち込む状況を把握した上で、男らが犯行に及んだとみて調べている。》

福岡新聞　2018年4月13日——。
《福岡5億円金塊強奪事件
福岡市博多区JR博多駅近くの路上で、3月下旬、警察官を装った複数の男に金塊百キロが盗まれた事件で、被害者男性らは県警の調べに対し、「貴金属などを転売して利益を得ている」と説明。貴金属店の近くまで車で行き、その後、徒歩で店に入る直前に警察官の格好をした複数の男に声をかけられたという。男らは男性らに、「警察だ。ケースの中身を見せろ」「ケースの中身は金塊だろう。密輸品だということは分かっている」などと職務質問を装い、金塊が入ったケースを渡すよう指示。ケースなどを調べるふりをして男性らが目を離したすきに車にケースを運び入れて逃走した。犯行グループが着用していた警察官に似た衣服は後日、県外で発見され、県警が押収している。
県警は犯行グループが警察官による職務質問を装ったこと、被害者男性らが金塊を持ち込む時間と場所を知っていた可能性が高いことから、背後に暴力団なども絡む組織的な犯行とみて事件の全容解明を目指している。》

顔をあげると、イプサムは南森町の交差点で信号待ちをしていた。

「——事件は三月下旬やのに、新聞に載ったんが四月十一日というのは、えらいタイムラグがあるな」

「福岡県警は最初、狂言強盗を疑うてたんとちがうか」

「らしいな」被害者と犯行グループがグルだったことは充分、考えられる。

「去年の三月、松本と三好は塀の向こうにおった」

「ということは、この金塊百キロは……」

「松本と三好が逮捕されたんは二月や。金塊はふたりが逮捕される前に、豊川グループが関釜フェリーで密輸したブツかもしれん」

「この被害者いうのは何人や」

「ふたりや。名前と齢は分からん」

「こいつらは被害者というより被疑者やろ。密輸容疑で逮捕されんかったんか」

「されてへん。……ただし、関税法違反や消費税法違反やのうて、盗品等関与罪を疑われてる」

「その手口は」

「密輸の実行犯と故買業者で八パーセントの消費税を折半するらしいな。実行犯が五億円の金塊を五億二千万で故買業者に売る。故買業者はその金塊を五億四千万で貴金属買取業者に売るんや」

「買取業者も、まともな金塊ではないと分かってるんやろ」

「そら分かってるわな。けど、売りにきたやつの本人確認をして売買契約書類をそろえたら、商取引として違法性はない」

「どいつもこいつも腐っとるな。……これはほんまに狂言強盗やないんか」

金塊の運び役が強奪役に買取り店と持ち込みの時間を教える。強奪役は金塊を奪って車で逃走する。運び役は警察に通報して被害者を装い、ほとぼりが冷めたころ、強奪役から一、二億の分け前をもらう――。

「なんぼ警察に職務質問されたというても、はいそうですか、とアタッシェケースを渡すか。百キロもの金塊は、四つか五つのケースに入れて運んでたはずや」

「ケースは台車に載せて、ごろごろ押してたんやろ」

信号が変わった。車は走りだす。「犯行グループは捕まった。後追いの記事があるから読んでくれ」

いわれて、堀内は三枚目の記事を読む。それはインターネットの検索サイトをコピーしたものので、ネットに投稿された日付は8月5日だった。

《Private Eye 後藤結一郎 福岡5億円金塊強奪事件を追う
▼事件――。2018年3月福岡県JR博多駅・筑紫口付近の路上で発生した。「警察だ。そのケースを見せろ。密輸品だということは分かっている」警察官らしい3人の男に呼び止められて、アタッシェケースを運んでいた2人の男性はケースを渡した。中に入っていたのは約100キロ、5億円相当の金塊だった。自称警察官はケースを受け取り、車に積み込み、逃走したのだった。当初は被害者の狂言ともとられる鮮やか過ぎた犯行だった。犯人らの着用していた警察官らしき制服は山口県下の高速道路休憩所のトラッシュボックスから発見された。
▼犯人逮捕、犯人について――。福岡県警によると容疑者は9人にのぼり、主犯格の男を含む7人が逮捕されたが、2人は指名手配中。

▼主犯格は当銘《とうめい》和久（土建会社経営・39）で、7月、関西国際空港で逮捕された。他の逮捕者は田代洋治（土建会社役員・29）、津村滋（無職・31）、手塚誠一郎（工員・25）、戸田博史（派遣社員・32）。これら5人は当銘をリーダーとする半グレグループのメンバーだった。

▼他の逮捕者――。盗品等関与罪容疑で、高山鐘守《かねもり》（会社役員・70）、千葉允彦《まさひこ》（同役員・44）が逮捕された。

▼指名手配中の2人――。徳山光夫（無職・37）、友田周平（無職・27）。2人は当銘をリーダーとする半グレグループのメンバー。

▼主犯格の当銘和久――。大阪のミナミを拠点として活動する半グレ集団のリーダー格で過去に特殊詐欺等で逮捕歴があるが、金塊密輸や売買についての知識や強奪事件の綿密な計画など、不良グループだけでは実行できるはずがなく、大阪及び福岡を拠点とする暴力団の関与も取り沙汰されている。犯行グループは事件後、金塊の分配を巡って反目していたという。

▼当銘は強奪事件後、高級外車を購入し、豪遊していた。頻繁に海外旅行をし、逮捕直前も香港に滞在していたが、帰国した関西国際空港で待機していた福岡県警捜査員に身柄を拘束された。当銘は県警の調べに対して「金塊強奪事件は高山が経営する金融会社の税金対策のために偽装した出来レース」と主張している模様。

扇町――。イプサムはディーラーの駐車場に入った。堀内はコピー用紙を伊達の膝上において、

「こいつは、どえらい込み入った事件やな」

「ややこしいやろ。密輸屋と半グレがどこまで結託してんのか、敵対してんのか、そこが分からん。わしは生野に、福岡の事件を絵解きできる情報屋を紹介してくれと頼んだ」

「情報屋な……」

　刑事にネタを売る〝S〟ではない。プロの情報屋は公安や企業の紐付きではなく、文字どおり金で情報を売るフリーランサーなのだ。

「それで、生野はどういうた」

「コネがないことはないけど、金が要るというたな」

「なんぼや」

「少なくとも二十万。情報が金になったらコミッションをとられる」

「なんや、コミッションて」

「たとえばや、情報屋が中国ギャングと契約して、どこそこの誰それは家の金庫に金塊や多額の現金を隠してるとネタを流す。ギャングはその家に押し入って、家人を縛りあげて金を奪る。奪った金の一割とか二割をギャングからもらうのが、情報屋のコミッションや」

「しかし、福岡の事件は海のものとも山のものとも分からんぞ」

「そうやの……」

　伊達はエンジンを切った。「やめるか」

「誠やんはどうなんや。それでええんか」

「ほんまのことをいうとな、二時に予約してるんや。情報屋に会うと」

「いまさら断れんというわけか」

「二十万はわしが払うし、堀やん、つきおうてくれへんか」

「あほいえ。誠やんとおれは折れやろ。十万ずつや」

「すまんな、堀やん」

「似合わんこというな。おれも情報屋とかいうのが、どういう人種か見てみたい」

車を降りた。伊達も降りる。このあいだのスタッフがショールームから出てきた。

4

ディーラーのスタッフに案内され、ショールーム裏のガレージに行くと、BMW・Z4が駐められていた。最終点検をし、マニュアルブックと車検証、保険書類はグローブボックスの中にある、とスタッフはいった。

堀内はキーを二本、受けとった。一本を伊達に差し出す。

「誠やん、持っといてくれ」

「なんでや」

「誠やんの好きなときに乗ったらええ」

「デートに使うかのう」伊達はポケットにキーを入れた。

「どうぞ、お乗りください」

スタッフがドアを開けた。シートにビニールカバーがかかっている。

「こういうの、要らんのですわ」

「承知しました」スタッフはビニールカバーをとる。

「堀やん、わしはヒラヤマに行っとく。駐車場に来てくれ」

伊達はイプサムのキーを見せて、駐車場へ行った。

堀内はZ4に乗り込んだ。キーシリンダーにキーを挿し、スタートボタンを押す。エンジンがかかり、ナビのディスプレーが起きあがる。ハンドブレーキ解除ボタンを押し、シフトレバーを引いた。

「ほな、これで」シートベルトを締める。

「このたびはありがとうございました。なにかありましたら、ご連絡ください」スタッフは深く頭をさげた。

ディーラーを出た。車はアクセルにスムーズに反応する。天神橋筋を南へ向かった。


西天満——。ヒラヤマ総業の契約駐車場に入った。伊達がイプサムのそばに立っている。Z4を停め、サイドウインドーをおろした。

「どうや、よう走るか」

「走る。サスが固い」

「そこが堀やん、スポーツカーや」

「運転するか」

「またにするわ。わしは乗せてもらうほうがええ」

伊達は助手席に乗り、シートをいっぱいに後ろに寄せた。

「これ、オープンになるんやろ」

「そうらしいな」

「スイッチは」

「分からん」

「このごろの車はめんどいの」

伊達はそれらしいインパネのスイッチを押す。するとウインドーが全開になり、トランクリッドがあがってハードトップルーフが動きはじめた。

「おいおい、ガンダムみたいやで」伊達はおもしろがる。

ルーフがトランクに収納され、Z4はフルオープンになった。春の陽差しを頭から浴びる。中年男ふたりがオープンカーに並んで座っている光景は周囲にどう映るのだろう。

「カップルやな。ゲイの」

「なんやて……」

「そんなふうに見えるんとちがうか」

「そら、ええ。首にピンクのスカーフでも巻いてひらひらさせるか」よめはんのスカーフを巻く、と伊達はいう。

「ま、いつかやってくれ」

堀内は煙草をくわえた。「で、情報屋は」

「おっと、それや」

伊達は腕の時計に眼をやって、「二時。ホテル日航のティールーム」

「名前は」

「田中栄作」

「佐藤角栄のほうがええで」

「センスがないんやろ。ネーミングの」

「面識は」

「ない」田中はキャップを被ってくるという。

「よっしゃ。行こ」

駐車場を出て、梅田新道へ走る。


ホテル日航の地下パーキングに車を駐め、ルーフを閉じてクローズにした。一階にあがる。ティールームに入ると、窓際の席で男が手をあげた。

「伊達さんですね」

「伊達です」

「生野さんから聞いてました。大きいひとだと」

男はいって、「おふたりですか」と、堀内を見る。

「わしの親友《チング》ですねん」

「堀内です」一礼した。

「田中です。どうぞ、おかけください」

ソファに腰をおろした。テーブルに飲みさしのアイスコーヒーがある。田中は革のブルゾンにジーンズ、紺のフィールドキャップ、口のまわりに泥棒髭、齢は六十すぎか。

ウェイトレスが来た。伊達はコーヒー、堀内はアイスレモンティーにした。灰皿がないから、煙草は吸えないようだ。

「生野さんとは懇意にさせていただいてます」にこやかに田中はいった。

「古いんですか」と、伊達。

「そうですね。かれこれ三十年になります」

三十年前といえば、バブルのころになる。この男は見かけより齢を食っているようだ。

「地上げの華やかなりしころです。わたしはさるゼネコンのディベロッパー部門におりまして、生野さんたちのお仲間にはずいぶんお世話になりました」

当時、ゼネコンが請ける公共工事はほぼ百パーセントが談合で決まっており、ゴルフ場開発や繁華街のテナントビル建設などの民間工事は生野らの地上げ屋が持ち込んでくる案件が多くを占めていた、と田中はいう。「あのころは毎日がお祭りでした。それこそ、湯水のように十億、百億の金が飛び交っている。おかげでいろんな業界の方々と懇意にさせていただきましたが、それが祟《たた》ったんでしょうね、バブルが弾けた途端、会社から放逐されました。……わたしの取り柄は有象無象のコネクションしかないということで、企業内談合屋からフリーの談合屋に転身しましたが、昨今はその談合が消滅しつつある。だからわたしはひととひとをつなぐコネクション業とでもいうんでしょうか、そういった仕事で収入を得ている状態です」

ひととひとをつなぐコネクション業、とはよくいった。この男はこちらが訊いてもいないことまで、呆れるほどよく喋る。適当にデフォルメしているらしい自分の経歴を初対面の相手に喋る目的は、いったいなんなのだろう。

「さるゼネコンというのは、どこですか」堀内は訊いた。

「堀内さんたちはご存じでしょうか、司光建設です」

「聞いた憶えはあります。関西では老舗の中堅ゼネコンでしたよね」

「大証一部上場です。九六年に倒産しました」

「田中さんはいつ、辞めはったんですか」

「九〇年の十月です」

翌年の二月、淀屋橋に事務所を借りて建設コンサルタント業をはじめたという。

「いまもそこに?」

「たたみました。九八年に」

以来、自宅の固定電話と携帯電話で商売をしていると田中はいい、「申し遅れました。田中栄作です」

名刺をもらった。生成りの和紙だ。自宅の住所はなく、名前とふたつの電話番号を刷っただけの、ヤクザの幹部のような名刺だった。

「栄作いうのは本名ですか」

「ごめんなさい。通り名です」

しれっとして田中はいい、「伊達さんは……」

「ヒラヤマ総業の伊達誠一です」

伊達も名刺を出した。「所属は営業となってるけど、実質は歩合給の調査員ですわ」

「正直ですね、伊達さんは」

「いちおうは正社員ですねん」

厚生年金と社会保険料はヒラヤマ総業が半額負担している、と伊達は笑った。

「堀内さんもそうですか」

「いや、おれは無職です」

「生野はいわんかったですか、わしと堀内はマル暴やったと」

「伊達さんのことは聞きましたが、堀内さんのことは……」

「相勤でしたんや。今里署の暴対で」

「失礼ですが、堀内さんの足は」田中は堀内のステッキに眼をやった。

「刺されたんです」堀内はいった。

「これですか、相手は」田中は指で頬を切った。

「ま、そんなとこです」

「刑事が刺された……。事件になったでしょう」

「事件にはなったけど、そのときは元刑事で検察も面倒やと思たんか、おれは不起訴でした」

「おふたりはいっしょに退職されたんですか」

「おれが先に辞めて、その一年後に伊達ですわ」

「失礼ですが、退職の理由は」

「切られたんです、監察に」

なるほど、こういう人種がプロの情報屋なのかと堀内は実感した。さもついでのように話をして情報を仕入れ、それをストックしておいて、需要があれば金に替える。こうした会話が田中にとってのビジネスなのだ。

コーヒーとアイスレモンティーが来た。伊達はコーヒーに砂糖とミルクを入れ、堀内はレモンティーにストローを挿す。

「ご依頼の件、調べました。けっこう込み入ってますね」

田中は傍らのアタッシェケースを膝におき、キャップをとった。髪がない。一気に十歳は老けた。田中は堀内と伊達の視線に気づいたのか、

「わたし、六十二です。生野さんと同年です」

「そうは見えんですね」

伊達はいったが、充分に見える。生野も田中も同じように禿げているが、生野は還暦、田中は古希といってもとおるだろう。

田中は表情を変えず、アタッシェケースからノートを出した。

「じゃ、ギャラをいただけますか」

「先払い？」

「あとで揉めるのが嫌なんです」値切る客がいるという。

「なるほどね」

伊達はジャケットの内ポケットから札入れを出した。「いくらです」

「生野さんには二十万円といいましたが」

「値段に見合う情報ですか」

「わたしもこの仕事は長い。そこは信用してください」

「はい、はい、二十万ね」

伊達は札入れから一万円札を抜き、二十枚を数えて田中に差し出した。

田中は金をブルゾンのポケットに入れ、ノートを開いた。相関図のようなものを書いている。

「関釜フェリーを利用した金塊密輸チームのリーダーは豊川聖一、当時二十九歳です。豊川は福岡でオレオレ詐欺グループのリーダーをしていましたが、金塊密輸がシノギになるとみて、サブリーダーの三好翔、二十七歳を指名して金塊密輸にあたらせました」

「すんませんな、話の腰を折るようやけど、三好が密輸で下関東署に逮捕されたことも、豊川が指名手配されてることも知ってますねん」

コーヒーをすすりながら、伊達がいった。「わしが聞きたいのは、松本清美の前に金塊の運び役をしてて、逮捕されたけど不起訴になったやつですわ」

「あ、その男は宮川という男です」

田中は相関図を指で押さえる。「宮川研介。年齢不詳。住所不定です」

「ほう、そいつはおもしろい。村瀬の連れやないですか」村瀬は松本の弟分だ。

「まさか……、ご存じでしたか」田中は驚いた。

「ご存じもなにも……」伊達はにやりとして、「泉北ニュータウンのクリニック。松本清美といっしょに競売物件の占有をしてた半グレですわ」

「そこまで調べてられたとは……。さすがに元刑事さんですな」

「いや、その占有排除で、ちょっとしたいざこざがね」

伊達はいって、「ほかに、村瀬いうのはいてませんか。村瀬敏博、羽曳野の幾成会。極道です」

「村瀬という男はいませんね。豊川の周辺には」

「堀やん、わしらは松本に一杯食わされたな」伊達は堀内に視線を向けた。

堀内は黒沢クリニックの占有排除に行ったときのことを思い浮かべた。村瀬と宮川を排除したあと、松本をイプサムに乗せて、葛城山に埋めると脅したのだが——。

〝何回やったんや、金の運び屋〟〝たった三回。それで六カ月も食ろうた〟〝ほかにもおったんか、運び屋は〟〝おった。わしの前にもな〟名前も回数も知らない、と松本はいったが、その運び屋は宮川だったのだ。

松本は元幾成会の準構成員だから、村瀬とは古くからの知り合いだ。堀内も伊達も村瀬が宮川を誘ってクリニックの占有をしたと考えていたが、ほんとうは松本が宮川と村瀬を引き込んだにちがいない。

「松本のボケ、今度はほんまに埋めんとあかんな」

伊達は歯嚙みをして、「ヤサは此花やというてたな」

「伝法のアパートやろ」連れが長距離トラックのドライバーで、彼の部屋に荷物をおいている、と松本はいったが……。

「松本清美のヤサは此花じゃないですよ」

田中がいった。ノートを繰る。「——富田林《とんだばやし》です。南若松町の『清風荘』」

「住所は」

「そこまでは……」

「わしは二十万に見合う情報を期待してたんやけどね」

「伊達さん、わたしのネタ元は警察じゃないんです」

平然として田中はいう。「ま、いうなれば、犯罪者ネットワーク。裏社会の住人です」

「豊川聖一は密輸した金塊をどう捌《さば》いてたんです」堀内が訊いた。

「博多の貴金属買取業者に持ち込んでました。去年三月の金塊強奪事件の舞台になった『葉山貴金属店』です」

「そうか。そういうことやったんや」

強奪された百キロの金塊は豊川や三好が密輸したものだった——。

「葉山は密輸品と知ってて買い取ってたんですか」伊達が訊いた。

「それはもちろん、知っていたでしょう。密輸でもしないと、百キロもの金塊を売りにくるやつはいません」

「取り分は」

「豊川が五パーセント、葉山が三パーセントです」

「例えば、百キロ、五億の金塊を捌いたとしたら?」

「豊川は五億二千五百万円で金塊を売ります。葉山は金塊を十キロずつ小分けにして、五億四千万で正規の貴金属取引業者に売る。……つまりは、葉山をあいだに噛ましたマネーロンダリングです」

「あの強奪事件の被害者はふたりでしたな」

「山下達彦と湯島裕です」年齢は分からないという。

「山下と湯島の豊川グループとの接点は」

「ごめんなさい。分かりません」

「強奪の主犯は去年の七月に逮捕されましたな」

「そう、関空で逮捕されました。当銘和久、大阪ミナミの半グレです」

「当銘と豊川の関係は」

「当銘も豊川も半グレグループのリーダーで、ふたりともオレオレ詐欺に関与していましたが、当銘は大阪、豊川は福岡が地元なので、グループ間のつながりはなかったと思われます」

「しかし、当銘と豊川をつないだ人物がおったとしたら」

「博多の強奪事件は狂言ということになりますね」

「わしはそこの絵解きをして欲しかったんですわ」

「おっしゃることは分かります」田中にわるびれたふうはない。

「豊川の金主は誰ですか」堀内は訊いた。

「はっきりしたことはいえませんが、兼井という男だと思います」

「兼井大輔。下関の建築金物屋ですな」

「よくご存じですね」

「おれが聞きたいのはそこやない。豊川のバックには兼井のほかにも複数の金主がおったはずですねん」

「残念ながら、兼井のほかに金主らしき人物はつかんでいません」

なんや、こいつは――。窓の外に眼をやって舌打ちした。これでも情報屋か――。絵解きには新味がなく、めぼしい情報といえば松本清美の前の運び屋が宮川研介だったことと、博多の事件で奪われた金塊が豊川グループの密輸品らしいということだけだ。

堀内と伊達の険しい顔に気づいたのか、田中はノートのあいだから紙片を抜いてテーブルにおいた。

「去年の十月の新聞記事です」

堀内は紙片を手にとった。赤のボールペンで〝10／22〟と日付が書かれている。

《警官から捜査情報
福岡地裁　博多金塊盗事件の被告供述
福岡市博多区の路上で3月に5億円相当の金塊が盗まれた事件で、窃盗罪で起訴された土建会社経営当銘和久被告（39）の勾留理由を開示する公判が21日、福岡地裁で開かれた。当銘被告はこれまで「金塊盗事件は知人の会社の税金対策のために事件を装った出来レース」などと主張していたが、その主張を一部変更し、大阪府警の警察官から「1、2月に通信傍受が入る」との捜査情報を提供されたと供述した。

この情報漏洩について当銘被告は「金塊盗事件後、暴力団構成員から分け前をよこすよう恐喝されていた」として旧知の大阪府警警察官に相談していたが、その過程で、この警察官から「通信傍受が入る」「福岡県警が一個班体制で捜査を進めている」などの情報を得た、と主張した。

弁護人によると、当銘被告が供述を変更した理由は「これまで警察官をかばっていたため」だという。

事件を巡っては、福岡県警、大阪府警が窃盗や盗品等関与罪容疑で、主犯格の当銘被告ら計7人を逮捕している。》

「誠やん……」

堀内は伊達に紙片を渡した。伊達は無言で記事を読んでいたが、顔をあげて、

「これが絵解きの足しになるんですか」

「その警察官です。中央署刑事課で薬物担当をしていた江藤晃《あきら》……。江藤は去年の暮れに退職しましたが、この男が豊川グループと当銘グループをつないだ人物ではないかと、わたしは読んでいます」

「江藤と当銘が旧知の仲というのは」

「これは推察ですが、江藤は当銘と同じ三十九歳でした。出身は東大阪市で、当銘の生家も東大阪の菱屋にあります。ふたりは中学か高校が同じだったのではないでしょうか」

府警を退職した江藤の所在は分からないが、当銘の生家は分かる、と田中はいう。「菱屋三丁目二十八の五です」

堀内はメモ帳に住所を書き、

「当銘を脅した組員は」訊いた。

「これがね、ずいぶん苦労したんですよ」

田中はもったいぶる。「でも、なんとかネタをつかみました。麒地《きじ》組の寺本成樹《しげき》です」

麒地組──。聞いた憶えがある。柏原《かしわら》のヤクザだ。神戸川坂会系三次団体で、組員は十人ほどだろう。

「寺本は娑婆《しゃば》におるんですな」

「逮捕されたとは聞いてません」

「田中さん」伊達がいった。「感想、いいましょか」

「あ、はい……」

「この新聞記事を見せられるまでは、正直、ミスったと思てましたんや。この程度の絵解きにわしらは二十万も払うたんか、とね。……けど、江藤と寺本のネタはわるうない。今後のわしらの捜査の指針《い》になりましたな」

「いやいや、汗顔の至りです」田中は黴が生えたものいいをした。

「田中さんのクライアントて、どういう人種です」伊達はコーヒーを飲む。

「人種、というのは」

「たとえば、中国人マフィアとか、ベトナム窃盗団とかに情報を売る……」

「犯罪の手引きはしません」

田中はかぶりを振った。「やつらは手口が荒っぽい。家人に見つかったら、すぐに居直る。国外に逃げるから、殺すことにためらいがない。こちらは寝覚めがわるいじゃないですか」

板橋資産家夫婦放火殺人事件、八王子スーパー『ナンペイ』強盗殺人事件、世田谷一家殺害事件、餃子の王将社長射殺事件——。どれも情報屋のからんだ事件だと噂されている、と田中はいい、「わたしの主たるクライアントは企業です。談合、地上げ、地域開発、入札妨害、派閥抗争、競合会社潰し、セクハラ、パワハラ、役員スキャンダル……。おかげさまで日々、忙しくさせてもらってます」

「けっこう儲かりそうですな」

「不足はありませんね。税金を払いませんから」笑うでもなく、田中はいった。

「堀やん、ほかにないか」

「ないな」

「行こ。煙草が吸いたい」

伊達は腰をあげた。堀内も立つ。田中はなにもいわず、小さく頭をさげた。

ティールームを出て駐車場へ向かった。

「どうやった、あの爺さん」

「生野に似てる。海千山千や」

エレベーターで駐車場に降りた。Z4に乗る。伊達はルーフをあげてオープンにし、煙草を吸いつけた。

「さて、どうする」

「まず、整理をしよ。金塊密輸の豊川グループと金塊盗の当銘グループや。……わしが会いたいのは、関釜フェリーで松本清美の前に運び屋をしてた豊川グループの宮川研介。金塊盗の主犯である当銘を脅した麒地組の寺本成樹。その恐喝について当銘が相談した中央署の江藤晃や。この三人が一連の事件のキーマンやで」

「豊川と当銘をつないだんは寺本やな」

「わしもそう思うな」

「江藤は寺本に会うたんかな」

「その可能性はあるやろ」

伊達はスマホを出した。アドレス帳のキーをタップする。

「――おう、わしや。いま、ええか。――すまん、すまん。掛け直そか。――いや、去年の暮れに中央署を辞めた江藤晃いう刑事《デカ》なんやけど、ヤサを知りたいんや。――そう、薬物担当の江藤晃。――それともうひとつ、柏原の麒地組の事務所、教えてくれるか。――ああ、国豊南の信号を左、茶色のビルやな。――すまんな。ありがとうな」

伊達はスマホを放した。「嶋田や。トイレにおった。痔やと」

嶋田は今里署暴対係のときの同僚だ。いまは藤井寺署の暴対係にいる。

「個室で電話をとったか」笑った。便器に座って話をする嶋田を想像した。

「誰ぞ、ええ女はおらんか」

「紹介するんか」

嶋田はそろそろ四十だろう。今里署のころ、何度か見合いをしたらしいが、まとまらなかった。見てくれはわるくないが、嶋田は吝嗇《けち》だ。

「よめはんにもいうたんやけどな。小学校の先生に気立てのええのはおらんかと」

「そら、中にはおるやろ」

「よめはんが卒業アルバムを見せよった。これはどうやと。齢は四十すぎやけど、背が高うて、けっこう、きれいんや」

「小学校の教員やったら、いうことないがな」教員は収入がある。嶋田には合う。

「ところがや、よう聞いたら、バツ二で高校生を頭に子供が三人もおる」

「おれには無理やな」

「というより、わしはよめはんの神経が分からん。普通、バツ二の三コブを紹介するか」

「せんやろな」

「行くか。麒地組」事務所は河内国分だという。

堀内はシフトレバーをドライブに入れた。


西名阪道を藤井寺インターで降り、長尾街道を東へ走った。近鉄の河内国分駅をすぎ、国豊南交差点を左折する。

「あれやな。あの茶色いビル」

一方通行路を行き、ビルの前でZ4を停めた。付近は商店と飲み屋が多い。

伊達は車外に出た。堀内も降りる。

「屋根、おろさんでもええんか」

「盗られるもんはない」

空は晴れている。グローブボックスにあるのは車検証と保険書類とマニュアルブックだけだ。

《国豊本町ビル》に入った。四階建、エントランスは狭く、薄暗い。壁のタイルがところどころ剝落し、充塡剤で埋めている。古ぼけたメールボックスを見ると、二階に《KIJI》という手書きのプレートが挿さっていた。

「貧乏くさいのう。イメージ産業の極道がこれではあかんで」

嘲るように伊達はいい、「麒地はどこの枝や」

「劫誠会《ごうせい》やろ。松原の」

「劫誠のシノギは」

「廃棄物処理。富南《とうなん》に焼却場を持ってたと思う」

「その下請けか、こいつらは」

エレベーターで二階にあがった。三号室のドアを伊達がノックする。少し待ってドアが開き、暴走族ふうの茶髪が顔をのぞかせた。

「すんませんな。寺本さん、いてはりますか」

「おたくら、どちらさん」

「伊達いいます」

「そっちは」

「堀内です」

「どういう筋です」

「ヒラヤマ総業ですわ」

「ヒラヤマ総業……」

茶髪は同業と思ったのか、「寺本さんはいてませんねん。用件、聞いときますわ」

「用件は寺本さんにいいます。家は」

「知らんのです」

「そらおかしいな。同じ組内の人間のヤサを知らんのかいな」

「わるいけど、出直してください」

「堀やん、嶋田に訊いたらよかったのう、寺本さんのヤサ」振り返って、伊達はいう。

「トイレの花子さんに、いちいち調べてもらうのはわるいやろ」

「あんたら、なんや」男の口調が変わった。

「わしらはいま、劫誠会と仕事をしてる。その打ち合わせを寺本さんとしたいんや」

「せやから、用件を聞くというてるやないですか」

「な、お兄さん、客人を粗略にしたら、あとでしばかれるで、寺本さんに」

「ソリャクて、なんです」

「態度がわるいんや」

「すんません」

男は謝った。「――寺本さんはいま、雀荘ですわ。電話したら怒られますねん」

「どこの雀荘や」

「河内国分の駅前です。店の名前は『東《トン》』」ボウリング場の右隣だという。

「分かった。ゲーム中に電話したら機嫌わるいわな」

伊達は笑って踵を返した。

5

駅前ロータリー近くのコインパーキングにZ4を駐め、ルーフを閉じた。伊達とふたり、パーキングを出る。

ボウリング場はすぐに分かった。北側に煤けた四階建の飲み屋ビル。伊達は袖看板の《東》を見あげて、

「極道が昼間から雀荘に入り浸って、シノギがないんかい」

「女のヒモでもしとんのやろ。ラウンジかスナックのホステス」

ヒモは昼が暇だ。夕方になると女を店に送って行き、夜は女を迎えに行く。

「相手が筋者と知って麻雀するのは、どういうやつらや」

「闇金、産廃屋、土建屋、水商売……。素《す》っ堅気はおらんわな」

二階にあがった。薄暗い廊下に鉢植と立看板、《麻雀荘　東　御一人様歓迎》とある。

スチールドアを引いた。中はけっこう広い。自動卓が五卓と、奥にカウンターと厨房。男が三人、窓際の卓にいて、白髪頭のひとりが振り向いた。

「いらっしゃい。おふたりですか」

「そう、ふたりですねん」伊達がいった。

「いま、メンバーがおらんのやけど、待ちはりますか。ひとり、入らはりますか」

男はこの店のマスターで、メンバー打ちをしているらしい。ということは、あとのふたりが客で、そのどちらかが寺本だろう。

「レートは」

「〝2〟です」一〇〇〇点が二百円ということだ。ハコが六千円にウマと祝儀がつくから、ゲーム代を入れると半荘《ハンチャン》で一万円に近い博打になる。

「そら高いな」

「おっつけ、誰か来よりますやろ。そしたら、〝0・5〟とか〝1〟で打ってもらいますわ」

「しかしマスター、〝2〟は賭博でっせ。警察にチクられたらこれもんですわ」

伊達は笑いながら両手首を合わせた。

「ごちゃごちゃとうるさいのう」

顔をあげたのは、マスターの対面《トイメン》の客だった。「打たんのやったら、去《い》ねや。うっとうしい」

「おいおい、マスターを差しおいて客を断ったら営業妨害やで」

伊達はひとつ間をおいて、「あんた、寺本さん?」

「なんやと、こら」

男は伊達を睨《ね》めつける。短髪、鼻下に薄い髭、レンズの細い縁なし眼鏡、派手なロゴが入った黒いジャージの上下、齢は四十すぎか。

「ちょいと話したいことがあるんや。顔貸してくれんかな」

「誰や、おまえら」

「ヒラヤマ総業の伊達と堀内」

「同業かい」

「競売屋や」

「競売屋？　んなもんが、なんの用や」

「落札した物件に産廃の中間処理施設があってな、わしらは劫誠会の手伝いをしてるんや」

「なんじゃい、それを早ようにいえや」

寺本の口調が変わった。立って、こちらに来る。「名刺くれ」

伊達は札入れから名刺を出して寺本に渡した。

「ヒラヤマ総業、営業部、伊達誠一……。その齢でヒラか」

「中途採用なんや。わしも堀内も」

「そら、しゃあないの」

さも侮ったように寺本はいい、「話いうのはなんや」

「ここではいえん。劫誠会と麒地組のことで、あんたに相談なんや」

「すぐに済むんかい」

「ま、二、三十分やな」

「そうかい」

寺本は後ろを見て、「マスター、抜けるわ」

「あんた、いまマイナスやで。ハコが見えてるのに」

「おう、それがどうしたんや。文句があるんか」

「わしはないけどな」

マスターは下家《シモチャ》の客を見る。客は黙ってうなずいた。

「よっしゃ。行こかい」

寺本は卓にもどって、脇テーブルの煙草とライターをジャージのポケットに入れた。

雀荘を出た。隣のボウリング場にパーラーがある、と寺本はいう。

「稼業の相談ごとは、ひとのおるとこでしとうないんや」

伊達はいって、「このビルに屋上は」

「あるやろ。あがったことはないけどな」

「ほな、屋上で話そ」伊達はエレベーターのボタンを押した。

「さっきいうたよな。誰の手伝いや、劫誠会の」

「山本さんや」

「山本さん……。聞かんな」

「劫誠会には百人がとこの舎弟がいてる。あんたが知らんのも無理はない」

エレベーターが来た。乗る。伊達は最上階のボタンを押した。寺本は堀内のステッキに眼をやって、

「なんで、ひょこひょこ歩いとんのや」

「怪我したんや」怒りを抑えた。

「不自由やの」

「もう馴れた」

四階で降りた。廊下の突き当たりに非常口がある。伊達が錠を外して鉄扉を開けると、そこは鉄骨階段の踊り場で、屋上と階下に通じていた。

「おい、ちょっと待てや。この階段、腐っとるぞ」

「高所恐怖症か、あんた」

「ちがうわい」

寺本の顔に警戒の色が見えた。

「今日は天気がええ。煙草も旨いで」

伊達はかまわず、鉄骨階段をあがっていく。寺本、堀内とつづいた。

屋上は鉄骨の手摺りで囲まれていた。奥にキュービクルとペイントの剝げ落ちた給水タンク、手前に赤錆びた物干しの支柱と折れ曲がったパイプ、ところどころに土だけの植木鉢、朽ちた洗濯機のそばにゴミのようなブルーシートが積みあげられている。

「むかしはここで洗濯してたんやな」

おしぼりだろうか、物干しの支柱にタオルのような繊維屑が多く絡みついている。

伊達は煙草をくわえ、口もとを手で覆って吸いつけた。

「あんた、麻雀強いんか」寺本に訊く。

「わしはな、プロや。雀プロ」

「そら強そうやの。代走とか、するんか」

高額レートの麻雀で金主の代打ちをすることを代走という。

「代走てなもんは三十年も前の話やろ」

「雀プロは食えるんか」

「食えるわけない。場が立たん」

「ほな、これか」伊達はサイコロの壺を振るしぐさをする。

「盆は行く。たまにな」

「どこの盆や」

「どこでもええやろ」

「ホンチャンの盆で勝てるやつはおらん。雀プロでは食えん。……あんた、ほんまのシノギはなんや」

「おい、わしに喧嘩売っとんのか」

「売るわけないがな。麒地組の寺本さんに」

「怪我するぞ。先見て、ものいえや」

明るいところで見ると、寺本はみすぼらしい。ジャージは安物だし、履いているのはパチもんのスポーツシューズだ。

「あんた、いくつや」伊達はいう。

「四十一」

「若いな」

「なにをいうとんのじゃ」

「いや、貫目《かんめ》がある。髭が似合うてるし、もうちょっと行ってると思たんや」

「競売屋に褒められても、うれしないのう」

寺本は伊達に対峙して、「おまえ、でかいな」

「身体はでかいけど、気が小さいんや」

「使えんのう。喧嘩は行き腰やで」

寺本は両手をジャージのポケットに入れた。「寒い。相談いうのはなんや」

「寺本さん、当銘を知ってるよな」

「トウメイ……。なんや、それは」

「半グレの当銘や。当銘和久。博多で金塊を強奪して懲役に行った」

「知らんな、当銘てなやつは」

「あんた、当銘とはどういう仲なんや」かまわず、伊達はつづける。

「なんじゃい、それが相談ごとかい。劫誠会がどうたらこうたらいうてたんはどないした」

「堀やん、わし、そんなこというてたか」

「いや、聞いてへんな」

「おどれら、どつかれんなよ」

寺本は吐き捨てた。階段のほうに視線をやって、「こっちが機嫌ようつきおうてたら、調子こきくさって。競売屋が麒地組にアヤかけるんかい」

「麒地組にアヤはかけてへんがな。わしはおまえにかけとんのや」

伊達は空に向けてけむりを吐く。「な、寺本、当銘を脅したよな」

「じゃかましわ、ボケ。寝言は寝てからいえ」

寺本は少しずつ横に動く。堀内は階段を背にして間合いをつめる。

「おいおい、麒地組の寺本さんは逃げ腰かい」

伊達は煙草を捨てた。「手荒なことはしとうない。答えてくれや。おまえが当銘を脅したんは、金塊の密輸ネタか」

瞬間、寺本は動いた。階段へ走る。堀内はステッキを薙《な》いだ。ゴツッと鈍い音。ステッキは膝に入り、寺本はブルーシートの山に突っ込んだ。伊達が後ろからジャージの襟首をつかみ、腰に乗せて投げる。寺本はひしゃげたようにコンクリート床に落ち、細い呻き声をあげる。

伊達はかがんで、寺本を仰向きにした。

「せやから、いわんこっちゃない。おまえはひとり、こっちはふたりや」

寺本を起こして座らせ、眼鏡を拾ってかけさせる。

「殺すぞ」低く、寺本はいった。

「おう、その元気や」

伊達は膝のあいだに両腕を垂らす。「まず、おまえと当銘のつきあいから訊こか」

「殺すぞ」

「同じことをいうな」

「ぶち殺したる」

「そうか……」

伊達はショートフックを放った。寺本の頭が後ろに折れ、横倒しになる。寺本は咳き込み、鼻から血が滴った。

「当銘はおまえの連れやろ。ちがうか」

「――おどれら、憶えとけよ」

「ええ根性や」

伊達は寺本を起こした。ずれた眼鏡をもとにもどして、「次は口や。歯の二、三本は折れるやろ」拳をかまえる。

「分かった……」寺本は腕で顔をガードした。

「どう分かったんや」

「中学や。菱屋南中学。当銘は後輩や」

「不良仲間かい」

「仲間やない。あれはふたつも下や」

寺本は高校を一年で中退し、地元のテキヤに誘われて夜店の手伝いをするうちに麒地組の幹部を知り、二十歳で盃を受けた——。「そのころ、当銘はゾクの頭《あたま》やった。けっこう大きいチームで、三十人はおったな」

「そういう器量があるんか、当銘には」

「なんや、キリョウて」

「ひとの器。リーダーシップや」

「口が巧いだけや。あんなやつにリーダーシップなんぞあるかい」

「スカウトしたんか。頭を引退したら麒地へ来いと」

「するわけないやろ。わしはあれのケツ持ちをしたったんや」

「大したもんやの。おまえは部屋住みのチンピラの時分からゾクのケツ持ちをしたんか」

「舐めとんのか、こら。誰にものいうとんじゃ」

寺本は手の甲で顔を拭った。鼻から頬が赤く染まる。

「半グレの当銘は極道のおまえと付かず離れずで来た。そういうこっちゃな」

伊達はまた煙草をくわえた。「シノギはなんや、当銘の」

「オレ詐欺やないけ」

「いつからや」

「知るかい」

「知らんはずはない。オレ詐欺グループにはケツ持ちがおる。おまえがそのケツ持ちや」

寺本は黙っている。認めたということだ。

伊達はライターを擦った。風で火が消える。何度か擦ったが、面倒になったのか煙草を捨てた。

「寺本さんよ、羽曳野の幾成会、知ってるよな」

「それがどうした」

「幾成会と麒地組は仲良しか」

「おどれら、なにが狙いや。ほんまに競売屋か」

「狙いもへったくれもない。わしらは競売屋で、幾成会と込みおうた」

「嘘ぬかせ。幾成と込みおうたぐらいで、わしのとこに来るかい」

「幾成会の松本清美や。松本はおまえを知ってるというた」伊達は寺本をひっかける。

「あのボケ……」寺本はひっかかった。

「幾成会の松本は関釜フェリーで金塊を密輸した運び屋や」

「…………」寺本は答えず、唾を吐いた。赤い。

「おまえは松本から仕入れたネタを当銘に売った。当銘はそのネタで博多の金塊を強奪した。そうやな」

「意味が分からんのう。さっきから、おどれがほざいてることは」

「松本とは長いんか」

「じゃかましい」

「堀やん、こいつは聞きわけがないぞ」

伊達は笑った。「性根を叩き直すか」

堀内は周囲を見まわした。給水タンクの脚もとに番線のロールが置かれ、モルタルが錆色に染まっている。

タンクのそばへ行き、ロールを引き出した。番線は太さが五ミリ、ロールを伸ばせば五メートルにはなる。

ロールを持って、もどった。

「おどれら、なにさらすんじゃ」

わめく寺本を、伊達はうつ伏せにした。両腕を後ろにまわして背中に膝を乗せると、寺本はもう身動きができない。堀内は寺本の脚をとり、左右の足首に番線を巻きつけた。

「やめろ。やめんかい」寺本は叫ぶ。

「やかましい。静かにせい」

伊達は寺本のジャージのポケットから煙草を出した。寺本の顔を横に向けてパッケージのまま口に押し込み、片肘をとって屋上の端に引きずっていく。寺本はもがき、暴れるが、伊達の力には抗しようがない。

手摺りのそばへ行った。隣のボウリング場の壁面がすぐそばにある。伊達は寺本の首に腕をまいて引き起こし、上体を手摺りの外に出した。寺本は呻き声をあげて手摺りにしがみつく。

「暴れんな。落ちるぞ」

伊達は寺本の後ろ首をつかんで押しあげた。寺本の身体は腰のあたりまで手摺りの向こうに出る。堀内は番線の端を手摺りの支柱に括りつけた。壁のあいだから風が吹きあげてくる。

寺本は煙草のパッケージを吐き出した。

「助けてくれ。殺される」壁に向かって泣きわめく。

「もういっぺん訊くぞ。博多の金塊強奪は狂言か」

「やめろ。やめてくれ」寺本は死にものぐるいで宙をかく。

「答えんかい。訊いとんのや」

伊達は寺本の尻を押した。寺本の上体がぐらりと揺れる。

「いう。いうから、あげてくれ」寺本の声が細い。いまにも気を失いそうだ。

「誠やん」

伊達にいった。伊達は寺本をおろす。寺本は手摺りのこちらに横たわり、胎児のように手足をちぢめた。

「いえ。金塊強奪は狂言か」

伊達は寺本のそばにかがみ込んだ。寺本は震えている。

「こら、聞こえとんのか」

「あかん。吐きそうや」

「今度は泣き言かい。喧嘩は行き腰とかいうたんは、どこのどいつや」

「わるかった。ほんまや。なんでもいう。堪忍や」

身体を丸めたまま、呆《ほう》けたように寺本はいう。ジャージの腰のあたりが濡れているのは小便だろう。

「堀やん、撮ってくれ。証言記録」

堀内はスマホを出した。録画にして寺本に向ける。

「訊くぞ。当銘和久の半グレグループが警察官を偽装して百キロの金塊を強奪した博多の事件は狂言か」低く、伊達はいう。

「――そうやろ。話はできてたと思う」

「おまえは密輪グループの豊川聖一を知ってるんやな」

「知ってる」

「どう知った」

「松本や。松本が連れてきた」

「豊川に会うたんか」

「会うた。いっぺんだけや。ミナミで飲んだ」

「何人で」

「三人や。松本、豊川、わし」

「おまえは豊川から聞いたんやな。密輸した金塊は『葉山』いう貴金属屋に売ってると」

「ああ、そうや」

「つまりはおまえがつないだんやないけ。豊川と当銘を」

「わしやない。松本がつないだんや」

「ものはいいようやの」

「豊川と当銘がどういう段取りをしたんか、わしは知らん。博多の事件はニュースで見たんや」

「それでおまえは当銘を脅した。分け前を寄越せとな」

嘲るように伊達はいう。「なんぼや。当銘からなんぼ取った」

「五十万」

「嘘ぬかせ。百キロの金塊やぞ。たった五十万の口止め料のはずがあるかい」

「嘘やない。ほんまや。あの事件の一月《ひとつき》ほどあと、ミナミのプラザホテルで当銘に会うた。

……当銘のガキ、刑事といっしょやった」寺本は疑ったが、刑事は警察手帳を見せたという。

「中央署の江藤晃やな」

「なんで知ってるんや」

「競売はな、ネットワークビジネスや。わしらは情報で食うとんのや」

伊達は嗤った。「それで、どうした」

「江藤が封筒を出した。中を見たら五十万や。……これはなんじゃい。いうたがな。そしたら江藤はわしを脅しよった。当銘に手出しするな。これ以上、欲をかいたら手錠《ワッパ》かけるぞ、となし
「江藤は当銘のケツ持ちか」

「当銘から話は聞いてた。中学のときの連れに刑事がおるとな」

「どんなやつやった、江藤は」

「あんなもんは刑事やない。装《な》りも口の利き方も、極道より質《たち》がわるい」

「わしらよりガラがわるいか」

「いや、正直、あんたらのほうが怖いわ」

諂《へつら》うように寺本はいうが、伊達は無表情で、

「それでや、指名手配中の豊川はいま、どこにおるんや」

「知らんがな。なんでわしが知っとんのや」

「豊川は神戸、大阪に土地勘とコネがある。当銘が匿《かくも》うてたんとちがうんかい」

「んなことは聞いたことない。当てがあるんか」

「当てはない。当てずっぽうや」

伊達は手についた番線の錆を寺本のジャージで拭く。「豊川は関釜フェリーで少のうても二百キロの金塊を密輸した。二百キロを売ったら十億に消費税を足して十億八千万。豊川は二億、三億の金を持って逃げとんのとちがうんか」

「――あんたら、豊川の金が狙いか」

「さぁ、どうやろのう」

伊達は手を払って立ちあがった。「堀やん、ほかに訊くことはないか」

「ないな、いまは」

堀内は録画をやめて、寺本に、「映像は撮った。もし麒地がヒラヤマにアヤかけてきたら、あんたが小便垂らしもって喋ってるとこを見せる。極道の恥さらしやで」

「いわれんでも分かってるわい。ごちゃごちゃぬかすな。この、くそボケが」

「くそボケ？　誰にいうたんや」と、伊達。

「いや、口が滑った」

「滑る口はようないのう」

伊達は寺本の脇腹を蹴りあげた。寺本の身体が浮き、突っ伏して呻く。

「堀やん、行こかい」

伊達は背中を向けた。堀内も階段へ歩いた。


飲み屋ビルを出たところで伊達は立ちどまった。スマホを出して着信履歴を見る。

「嶋田からメールや。江藤のヤサが分かった」

守口市大日《だいにち》中町3－2－5－905――。伊達は住所を読んで、「九〇五は、集合住宅やな」

「行くんか」

「行こ」

「腰が痛いんや」ステッキに寄りかかった。「ちょいと座りたい」

「すまん、すまん。気ぃつかんかった」

ボウリング場に入った。左にパーラーがある。けっこう広い。入って、レジ近くの席に座った。ボウリングのレーンは一段低くなっていて、パーティション越しに全景が見える。レーンは十面、そのうちの四面にプレー中の客がいる。

「誠やん、ボウリングしたことは」

「三、四回、したかな。よめはんとつきおうてるときや。あいつは小さいくせに負けん気が強いから、このわしにスクラッチで戦いを挑んできよった」

「全勝か」

「全敗や」

伊達はやみくもにボールを投げるだけだから、レーンに跳ねてガーターに落ちる。よめのボールはひょろひょろだが、まぐれでスペアになることがあるという。「落ちそうで落ちんのや。よめはんの人生を象徴しとる」

「誠やんも落ちてへんやないか」

「わしはドロップアウトした。刑事《デカ》人生をな」

「それをいうんなら、おれもいっしょや」

「いまにして思うんや。警察手帳というやつは葵《あおい》の御紋《ごもん》やったと」

そう、桜の代紋を張っていたころは怖いものがなかった。ヤクザを叩きのめしても返しはないし、込みをかければ、たとえ嘘にしろ、誰でも口を開いた。

「今里署のころはおもしろかったな。堀やんとふたり、肩で風切ってた。シノギもネタも向こうから入ってきた」

伊達は未練を隠さない。「けど、わしは堀やんが羨ましかった。ええ装《な》りして、ええ女連れて、ええ車に乗って、どこで稼いでるんやと思てたがな」

「吊るしのスーツに金食い虫の女、中古の外車、見てくれだけの提灯やったわ」

その提灯も破れて、小汚いアパートに引きこもっている。伊達の誘いがなければ外にも出ない。三十分も立っていれば腰痛で動けなくなる。

「堀やんはボウリングせんのか」

「学生のころ、よう行ったな。ボウリングとビリヤード。ナインボールでいっぺん、マスワリをしたことがある」

「なんや、マスワリて」

「ブレイクショットのあと、ひとりで全部の玉を撞《つ》ききるんや」

「めちゃくちゃ巧いやないか」

「いまはあかん。キューとステッキの両方は持てん」

「すまん。くだらんこというてしもた」

「ちがう、ちがう。おれのほうがつまらんことというたんや」

ミニスカートにボウリングシューズのウェイトレスが来た。堀内はコーヒー、伊達はカルボナーラとトニックウォーターを頼んだ。

午後五時――。河内国分から外環状線を経由し、大日交差点を右折した。大日中町の信号を左に行く。『キャンディーズ』というカラオケボックスのあたりでナビの誘導は終了した。電柱の住居表示は《大日中町3丁目》だ。

伊達がＺ４のルーフをあげた。

「あれやな」

指さす先、カラオケボックスの裏手に十数階建の白いマンションが見えた。ほかに高い建物はない。

マンションを目指して一方通行路を走り、ゲートの前で停まった。アーチ状の庇《ひさし》に《ふれっくすコート大日》とある。けっこう大きいマンションだ。

狭い道に車を駐めておけないからゲートをくぐった。車寄せの左に駐車場の入口がある。スロープを降りると、天井の高い広いスペースに二十台あまりの車が駐められていた。

伊達は車を降りてガラス張りのエレベーターホールへ行った。振り向いて手を左右に振る。部外者は入れないということだ。

堀内はスロープのそばにＺ４を駐めた。ルーフを閉じて車外に出る。ステッキをついてスロープをあがり、伊達とふたり、一階の玄関前に立った。ガラスドアは自動ロックで、集中インターホンにはレンズがついている。

「どうする。九〇五を呼び出すか」

「このマンションは分譲やろ。江藤はたぶん、家族持ちや。おれは部屋の前まで行きたいな」

「よっしゃ。待と」

玄関前で待った。ほどなくして宅配のトラックが停まり、段ボール箱を抱えたドライバーがやってきた。集中インターホンのキーを押す。返答があって、ドアロックが解除された。ドライバーは中に入り、伊達と堀内もつづいてエントランスに入った。エレベーターの向かいのメールボックスを見ると、各階に十室があり、９０５号室には《江藤》というプレートが挿されていた。

　エレベーターで九階にあがった。905号室の前に立ち、伊達がインターホンを押す。返答がない。留守か。

「しゃあない。江藤のヤサは確かめた。良しとしよ」

　ドアを離れてエレベーターホールへ歩きだしたとき、背後でカシャッと錠が外れる音がした。振り向くと、ドアが少し開いている。男と眼が合った。

「江藤さん?」

　堀内はいった。男はうなずく。堀内と伊達はドアのそばにもどった。

「どちらさん?」

「ヒラヤマ総業の伊達といいます」

「堀内です」頭をさげた。

「なんですねん、いきなり」

　江藤は眉根を寄せた。ドアにはチェーンがかかっている。

「いや、申しわけない。我々は江藤さんと同じ、ヤメ刑事《デカ》ですねん」

　堀内は今里署、伊達は貝塚西署を最後に退職した、と伊達はいった。「ふたりとも暴対ですわ。人相がわるいのは差し引いてください」

「おたくら、用件は」

「いやね、ひとつふたつ訊きたいことがありますねん」

「ちょっと待ちぃな。見も知らん人間がアポもなしに家に来て、訊きたいことがあるというのはおかしいで」

「すんません。失礼は重々、承知の上で参上しました」伊達は下手に出る。

「よろしいわ。帰ってください」

「ま、そういわんと」

「あんた、しつこいで」

「そこが取り柄ですねん」

伊達はドアの隙間に靴をはさんだ。江藤はそれを見て、

「なにするんや、おい。引っ込めろや」

「引っ込めたら、ドアが閉まるがな」

「通報するぞ」

「おもしろい。携帯貸そか」

伊達はわざとらしく大声でいう。「ヤメ刑事《デカ》が三人、『ふれっくすコート大日』で喧嘩沙汰を起こした。それも、三人が三人とも不祥事で退職。あんた、また新聞に載るで、江藤さん」

「もうええ。分かった」

江藤はドアチェーンを外して廊下に出てきた。

6

「用件いうのはなんや」

低く、江藤はいう。白のTシャツにジーンズ、ビーチサンダルを履いている。ヤクザとも渡り合うことの多い薬物担当の元刑事にしては華奢で小柄だ。

「あんた、いま、ひとりか」と、伊達。

「なんやと」

「よめさんは」

「パートや」

「子供は」

「学校や」

「ほな、ちょっとつきおうてくれるか」

「あんたら、ほんまにヤメ刑事か」

「一昨年や。貝塚西署のマル暴刑事が梅田のレストランで〝売掛金取立屋〟に刺された事件、憶えてへんか」

「ああ、あったな、そんな事件」中央署の刑事課でも話題になったという。

「刺された刑事は伊達誠一巡査部長、このわしや」

北新地のホステスをめぐる愛人関係が明るみに出て懲戒免職になった、と伊達はいい、

「おれは保管庫から拳銃を持ち出して不動産屋を脅したんが監察にバレて依願退職した」堀内はいった。

「むちゃくちゃやな、あんたら」

「な、江藤さん、監察に切られたんは、あんたもわしらも同じというわけや」

伊達はいって、「あんた、当銘和久のケツ持ちか」

「当銘？　ケツ持ち？　なにをいうとんのや」

「わしらはいま、博多の金塊強奪事件を調べてる。さっき、寺本に会うてきた」

「なんのことやら分からんな」

「分かるように話をするから、つきおうてくれ」

「どこにつきあうんや」

「コーヒーでも飲みもって話しようや」

「コーヒーなんぞいらん」

「ほな、屋上行くか」

「このマンションに屋上はない」

一階ロビー奥に来客用の応接スペースがある、と江藤はいった。

エレベーターで一階に降りた。応接スペースは丈の低い植木鉢で囲まれていた。

ソファに腰をおろした。ステッキは脇におく。伊達と江藤も座った。

「けっこうなマンションやな。あんたんとこは何平米や」伊達がいう。

「八十にちょっと欠ける」

「新築で買うたんかいな」

「まぁな」江藤はうなずく。

「甲斐性あるがな。三千万は超えるやろ」

「他人《ひと》の懐勘定は余計やで」

「いやな、わしは千里ニュータウンの公団住宅なんや。築三十年。ちょっと強い雨が降ったら、上の階のベランダから水が漏れてきて、洗濯物《もん》がびしょびしょになる。……ま、家賃が安いから文句はいわんけどな」

「あんた、その図体でよう喋るな」

「もとは無口やったんやけどな、極道や半グレどもに込みをかけるようになって、お喋りさんになってしもた」

「さっき、あんた、ヒラヤマ総業とかいうてたな。暴対の刑事を辞めてヤクザに鞍替えしたんか」江藤はソファにもたれて脚を組む。

「競売屋や、ヒラヤマ総業は」営業部の調査担当だと伊達はいう。

「そうかい。競売屋か。いま、どうなんや、景気は」

「競売物件はぎょうさん出るけど、落札しても右から左には売れんわな。ひとが減って家が余っとんのや」

「契約社員か、あんたら」

「わしはいちおう正社員やけど、契約みたいなもんや。歩合給やしな」

「歩合給な……」江藤はひとつ間をおいて、「おれにもできそうか。競売屋」

「どういうことや」

「去年の暮れに退職して、四カ月遊んだ。そろそろ働こかと思てるんや」

こいつは世間を舐めている。不祥事で警察を追われた三十九歳のクズを正規で雇う企業があるとでも考えているのか——。

「あんたがその気やったら紹介してもええで、うちの役員に。ヤメ刑事《デカ》は歓迎や」

「給料は」

「さぁな、手取りで四、五十万やろ」伊達は餌を撒く。

「名刺、くれるか」

「おう」伊達はメモ帳を出した。名刺を抜いて江藤に渡す。「あんたの名刺はないわな。携帯の番号を教えてくれ」

「080・2062・06××」

伊達は番号をメモ帳に書き、顔をあげた。「――話をとおしとく。明日か明後日、役員から電話があるやろ」

「瓢箪から駒やな。よろしゅう頼むわ」

江藤は伊達の餌に食いついた。こいつは緩い――。

「さて、話のつづきをしようや」

伊達はメモ帳をポケットにもどした。「あんた、当銘とは長いんか」

「ちょっと待てや。寺本に会うたというんはほんまか」

「河内国分の雀荘で会うた。その足でここに来たんや」

「寺本に聞いたんか、おれのこと」

「当銘とあんたは中学んときの連れやというてた」

「連れというほどのつきあいはなかった。小学校、中学校がいっしょや」

当銘の家は片親で、母親が菱屋でスナックをしていた。当銘は中学二年のころから学校に来なくなり、卒業後は柏原の私立高校へ行ったが、半年で中退した――。「おれが大学の三回生やったか、ミナミのアメ村で声かけられたんや。江藤やろ、久しぶりやな、なにしとんや、と な……。当銘は松葉杖ついてた」

そのころ、当銘は鳶をしていた。摂津の鉄骨組立の現場で足場から落ち、足首を骨折した、と江藤にいった。

「当銘は暴走族を卒業してたんか」

「暴走族……。誰に聞いたんや」

「寺本がいうてた」

「よう喋ったんやの、あの腐れは」

吐き捨てるように江藤はいった。「アメ村で出会うたあと、当銘がなにをしてたかは知らん。おれは採用試験を受けて警察官になった。十年めに制服《ハッピ》を脱いで横堀署の生安課の刑事になったころ、神戸川坂会系の闇金の事務所にカチ込みに入って、その配下の〝090金融〟を挙げたときに名前があがったんが当銘和久やった」

「当銘は090金融をやってたんか」

「暴走族のころの仲間を、ふたり使うてた」

090金融——。090闇金ともいう。店舗も固定電話も持たず、チラシやネットの携帯番号で客を釣り、かけてきた客に路上で会う。客の身元を確かめ、勤め先、両親、兄弟、友人等の名前を書かせて、その場で金を貸す。金額は三万円までの少額で、利息は〝トゴ〟が普通だ。当然だが、十日後に五割の利息をとるのではなく、貸すときに五割をとるから、客が三万円を借りても、手にするのは一万五千円しかない。そうして十日後に客が元金の三万円を返済しようと電話をかけてきてもとらず、あとで「あんたは返済期限を守らんかった」と難癖をつけて元利完済を許さないため、客は元金を据え置いたまま利息だけを支払わされる〝ジャンプ地獄〟に陥る。つまりは最初の一万五千円を貸し付けただけで何度も高利をむさぼる〝やらずぼったくり〟であり、この090金融から発生し、進化したのが、電話一本で数百万円を騙しとるオレオレ詐欺だといわれている――。

「それで、横堀署は当銘を引いたんか」伊達はつづける。

「引いた。出資法違反でな」

当銘は懲役一年六カ月、罰金百万円の有罪判決を受けたが、懲役刑は執行猶予だった。

「当銘の取調べ、したんか」

「するわけない。顔も名前も知ってるのに、洒落にならんやろ」

「なるほどな」伊達は江藤を見た。「あんた、そのころから気心の知れた当銘を〝S〟に仕立てたんやろ。ちがうか」

「…………」江藤はうなずいた。

「090金融でパクられた半グレの当銘はオレ詐欺にシフトした。暴走族《ゾク》のころのワルを集めてオレ詐欺グループを組織した。あんたはSの当銘からネタをとって成績をあげた」

伊達は小さく笑った。「わしも現役のころは三人のSを飼うてた。そう、Sの面倒はとことん見る……。江藤さん、あんた、立派な刑事やで。当銘を庇《かば》うて寺本を脅したんは、わしにいわしたら当然の所業や。あんたは刑事としての筋をとおしたがために、監察に切られたんやで」

伊達の追従を、江藤は黙って聞いている。

「気に入った。わしはぜひとも、ヒラヤマ総業にあんたを推薦する。やってみたら競売屋もおもしろいで」伊達はまた餌を撒く。

「すまんな。世話になるわ」江藤は頭をさげた。

「そこでひとつ訊きたいんやけどな、当銘は豊川を匿うたんか」

「豊川？　誰や」

「江藤さん、いまさらとぼけるのはやめようや。わしらは寺本にみんな聞いてきたんやで」

関釜フェリーを使った豊川グループの金塊密輸、豊川と当銘の狂言による福岡での金塊強奪事件、逃走中の豊川と逮捕されたサブリーダーの三好翔、三好に差配されて金塊の運び屋をした半グレの宮川研介と元幾成会準構成員の松本清美――。伊達はひとりひとり名前をあげて、その役割と関係を説明した――。

「あんたら、なにが狙いなんや」

低く、江藤はいった。「金塊密輸と競売は関係ないのとちがうんか」

「そう、なんの関係もない。……わしらは落札した競売物件の占有排除に行って、松本に会うた。その松本が金塊密輸の運び屋をして半年の懲役に行ったと聞いて、俄然、興味が湧いた。調べてみたら、どえらい奥が深い。豊川が数億の金を持って逃げてることも分かった。これはシノギになるかもしれんと思たわけや」

「おい、おい、競売屋が金塊密輸の捜査かい」

「わしら三人は同じ警察の飯を食いながら、監察に切られた人間や。あんたには正直なとこをいうたがな」

「――当銘は豊川を囲うてた」

ぼつり、江藤はいった。「当銘には複数の女がおった。そのうちのひとりを豊川にあてごうて、身のまわりの世話をさせてたんや」

「女の名前は」

「結花《ゆか》とかいうてたな」

齢は二十代半ばで、ミナミのラウンジ勤めをしていたという。「結花はいっとき、自分のマンションに豊川を匿うてた」

「それで」

「強奪事件のあと、金まわりのようなった当銘が遊びまわってたんは知ってるか」

「らしいな。外車を買うたり、海外旅行もしてたんやろ」

「当銘が逮捕される前、香港におったんは知ってるよな」

「知ってる。去年の七月や。帰国した当銘は関空で逮捕された。福岡県警にな」

「もちろん、当銘は女連れやった。女の名前は大西麻衣子。マカオで博打三昧や。……そのマカオでいっしょやったんが豊川と結花や」

「四人で香港に飛んだんか」

「当銘と麻衣子は香港に飛んだ。その次の日に、直行便でマカオに飛んだんが豊川と結花やった」四人は現地で合流し、三日間いっしょに遊んだ。豊川と結花は四日目にマカオから関空に発ち、当銘と麻衣子は香港から関空に飛んで逮捕された──。

「大西麻衣子も逮捕されたんか」

「身柄は拘束されたけど、次の日に釈放された。麻衣子は金塊強奪事件に関わってへん」

「豊川は去年の二月から指名手配やろ。指名手配犯が海外に飛んだら、入管から下関東署に報せが行くやないか」

「豊川は元々、オレオレ詐欺グループのリーダーや。道具屋には山ほど知り合いがおる」

「偽造パスポートか……」

「運転免許証もな」

こともなげに江藤はいい、「失態や。福岡県警と山口県警の連携ミスともいえる。当銘と豊川は同じ日に関空に着きながら、手錠《ワッパ》をかけたんは当銘だけやった」

「失態は言いすぎやろ。当銘を逮捕した時点で、豊川との共犯関係は分かってなかった」

「いいや、ちがうな」江藤はかぶりを振る。「福岡県警は強奪された金塊の出処《でどころ》を洗うてたはずや。でないと、おかしいやろ。五キロや十キロやない、百キロもの金塊やで」

「おう、それもそうやな。あんたの読みは正しいで」伊達はあっさり、そういった。

「どっちにしろ、当銘はパクられて、豊川は網をすり抜けた。運の強いガキやで」

「ひとつ、分からんことがある」

堀内はいった。「090金融からオレ詐欺にシフトした当銘が、なんで金塊強奪みたいな荒いことをしたんや」

「当銘は新参や。オレオレ詐欺の世界ではな。豊川みたいな筋金入りやないから、オレオレ詐欺は大したシノギになってへん」

江藤はいう。「豊川は豊川で、オレオレ詐欺から金塊密輸にシフトしてたけど、それも去年あたりから雲行きが怪しなってきた。税関が警戒しはじめたんや」

「それは……」

「税関は金を無税で買える香港やシンガポールからの帰国便を重点的にマークした」

税関を無申告で通過しようとする搭乗者に対する検査を徹底するとともに、悪質な場合は発見した金塊の購入額に消費税八パーセント以上の罰金を科す。より悪質な場合は金塊そのものを没収する。また、税関をうまく通過しても、国は貴金属商に対して、外国の刻印のある金インゴットや無刻印のインゴットの買取りをしないよう要請した——。

「要するに、まともな貴金属商は危ない金塊を買わんようになったんや。豊川が金塊を持ち込んでた福岡の葉山いう貴金属業者は五パーセントの上乗せで金塊を買い取って、正規の業者には八パーセントの消費税で売ってた。……三パーセントのサヤをとるマネーロンダリングで稼いでたというわけや」

「堅気やないな、葉山というやつは」伊達がいった。

「当銘が奪《と》った百キロの金塊を買い取って逮捕されたやつもおったやろ」

「盗品等関与罪容疑やったな。会社役員ふたり」

「高山と千葉や。名古屋の貴金属業者で、川坂会系木犀会《もくせいかい》のフロントや」

「江藤さん、あんた、どえらい詳しいな。金塊密輸の情勢から買取屋まで」

「当銘はおれのSや。Sからネタを仕入れるのが刑事のルーティンやからな」

「いや、感心した。あんたに会うてよかったわ」

伊達はいって、「で、さっきの堀内の質問や。当銘はなんで金塊を奪《と》ったんや」

「豊川が博打を打ったんや。金塊密輸の終焉が近いのを見て、葉山に金塊を売って五パーセントのマージンをとるよりは、百パーセントを奪ったろと思たんが、狂言強盗や」

豊川は運び屋の松本をとおして麒地組の寺本に接触し、寺本から当銘を紹介されたと、江藤はいう。「あんたら、豊川をひっ捕まえて上前をはねるつもりか」

「狙いとしてはわるうないやろ」

「けどな、豊川を追うてんのは警察だけやないで。百キロもの金塊を奪られた金主どもが黙って泣き寝入りするわけがない。金主の中には筋目のわるいのが何匹もおるんや」

「金物屋の兼井のほかにも金主がおると聞いてたけど、これか」伊達は指で頬を切る。

「おれが聞いたんは下関の橘連合やな。その中の二、三の組が豊川の金主や」組の名前までは知らない、と江藤はいう。

「豊川がどこにおるか、あんた、当てはあるか」

「んなもんはない。だいいち、生きてるか死んでるかも分からんやないか」

「豊川は殺《と》られたんか」

「おれはそう思う。当銘が関空でパクられたあと、豊川の消息は途切れた」

「豊川といっしょやった結花いう女はどうなんや」

「姿を消したらしい。金主に追われて逃げとんのやろ」

「結花のフルネームは」

「知らんのや。素性もなにも」

江藤はソファにもたれて、わざとらしくあくびをした。

「堀やん、ええか」伊達がこちらを見た。

「ああ、そうやな」うなずいた。

「江藤さん、ええ話を聞かせてもろた」

伊達は両膝に手をあてて小さく頭をさげた。「ありがとうな」

「あんた、いくつや」

「四十一の前厄や」

「おれよりひとつ上か。……今里署の前任はどこやった」

「西成署の暴対や」

「西成署か。生安の加藤いうのが、おれの同期や」

「すまんな。憶えてへんわ」

いって、伊達は腰を浮かす。

「再就職の件、頼むで」

「おう、分かってる」

伊達は腰をあげ、堀内もステッキをとって立ちあがった。


地階駐車場に降り、スロープのそばに駐めていたZ4に乗った。

「誠やん、ほんまに紹介するんか。江藤を」

「あんな腐れはいらん。性根がねじまがっとる」

「しかし、用済みになるまではつないでたほうがええのとちがうか」

「そうやの……」

伊達はスマホを出した。発信履歴を出して、かける。

「——ああ、伊達です。頼みがありますねん。——ヤメ刑事《デカ》の江藤いうのが、うちで働きたいというてるんやけど、明日あたり、電話をしてくれませんかね。——いや、ちがいます。気を持たせるだけでええんですわ。——そう、面接するとでもいうてください。——履歴書？　そら書かしたほうがよろしいわな。——了解。ほな」

伊達は江藤の携帯番号を伝えて電話を切った。「生野や。明日、電話して、一週間後に面接する。本気にするやろ、江藤は」

「踏んだり蹴ったりやな」

「堀やん、いっしょに仕事して楽しそうなやつを採用するのが入社試験や」

伊達は煙草をくわえる。堀内はエンジンをかけて、ルーフをオープンにした。

「さて、次はどうする」

「松本に会お。あのガキには訊かなあかんことが山ほどできた」

「ヤサは富田林やったな」

「南若松町の『清風荘』。情報屋がいうてた」

「行くか」

「その前に、腹減った」

「食うたやろ、ボウリング場で。カルボナーラ」

「あれはおやつや」

伊達はインパネの時計を見る。「六時十五分。良い子の夕餉《ゆうげ》の時間ですよ」

「良い子か、誠やんは」

「ズングリよいこや」

「なに食う」

「堀やんの食いたいもん」

鮨、といいかけてやめた。食う量がちがいすぎる。

「先に払いを決めようや」

拳を振った。ジャンケンをして、堀内が勝った。

「鮨、食お」シートベルトを締めた。

バス通りに出て少し行くと、藍染めの暖簾のかかった料理屋があった。燻瓦《いぶしがわら》と漆喰の二階家に竹垣をめぐらせている。

「洒落《しゃれ》とるな」

「高そうや」

「ええがな。わしの払いや」

車寄せにZ4を駐めた。ルーフをおろして店に入る。テーブル席が四つと、奥に小座敷がある。

「鮨、食えるかな」

「はいはい、どうぞ」

着物の女性に案内されて小座敷にあがった。胡座《あぐら》はかけないから左足を伸ばして座る。

「お飲み物は」

「ビール」

「堀やん、車やで」

「おれは飲まへん。社長が飲め」

伊達と飲み食いするときは金を払うほうが社長になる。

卓の品書きを見て、伊達は刺身の盛り合わせと筑前煮、堀内は緑茶と蟹酢、わけぎのぬた和えを頼んだ。

「飯食うて富田林に行ったら八時やな。時間はええけど、清風荘の住所が分からん」

「賃貸ニュースに載ってへんか。空き室があったら募集してるやろ」

「そうか、その手があったか」

伊達はスマホで検索した。「これやな。清風荘、富田林。1DKで家賃四万五千円や」

南若松町2-3-15——。画像を見ると、白いプレハブの三階建アパートだった。

生ビールと緑茶、つきだしの長芋の短冊が来た。グラスを合わせて飲む。伊達は口もとの泡

を拭って、

「わし、気になったんやけどな、豊川を探しても無駄なんとちがうか」

「江藤がいうてたな。消息が途切れたと」

「苦労のすえに豊川を見つけました、白骨でした、では供養をする気にもならん」

「ほな、やめるか」

「やめるわけないがな。堀やんは四百五十万のZ4まで買うたんやで」

「確かにな。誠やんと走りまわってるのはおもしろいわ」

金は二の次かもしれない。込みをかけて情報をとり、絡んだ糸をほぐして核心に迫っていくプロセスが愉しいのは、刑事稼業そのものだ。

「こうやって旨いもんも食えるしな」

伊達はビールを飲み、長芋にわさびをつけて食う。


午後八時——。清風荘のフェンスに寄せて車を駐めた。左の外階段が二階と三階の外廊下につながり、各階に五つのドアが並んでいる。

伊達が降りて階段の裏に入り、すぐにもどってきた。

「305号室や」メールボックスの半分は〝空き〟だったという。

三階の右端に眼をやった。格子窓に明かりがある。

車を降りた。ステッキをつき、伊達につづいて外階段をあがる。

305号室の前に立った。格子窓の向こうはキッチンだろう、磨りガラスに棚と鍋の影が映っている。安っぽいプリント合板のドアに名刺大の紙が貼られ、フェルトペンで《松本》とある。

伊達はプリント合板のドアに耳をつけた。

「音がする。テレビやな」

「カチ込むか」

「そうやの」

伊達はノックした。「松本さん、宅配です」

返事が聞こえた。足音が近づく。ドアが開いた。眼が合った瞬間、松本はドアを閉めようとしたが、伊達はすかさず、靴先を挟んだ。

「幾成会元準構成員、松本清美、家宅捜索や。ガサ状はない」

「おまえら……」松本は居すくんでいる。

伊達はかまわずドアを引いた。松本の胸を押して中に入る。堀内も入って錠をおろした。キッチンは狭い。奥の部屋にベッドとテレビ、カーペットの床にジャージやシャツが脱ぎ散らかしてある。三和土《たたき》で靴を脱ぎ、キッチンにあがった。

「ま、座れや」

伊達はダイニングチェアを引き、松本を座らせた。堀内も座る。

「頭の包帯、とったんか」流しに腰をあずけて、伊達はいう。

「じゃかましわ、こら」

松本は吐き捨てる。鼻のガーゼと絆創膏はまだとっていない。

「その顔で外歩いてたら、職質されるぞ」伊達は煙草をくわえる。

「出るときはマスクしとるわ」

松本は伊達を睨めつける。「誰に聞いてきた」

「なにをや」

「わしのヤサや」

「優秀な刑事《デカ》はな、Sを持ってるんや」

「なんじゃい〝エス〟て」

「スパイのS。捜査協力者」

「おまえら、刑事とちがうやないけ」

「刑事やないから、おまえもどついてもええんや」

「くそっ……」

「本題に入ろかい。訊きたいことがあるんや」

伊達は煙草に火をつけた。「おまえ、豊川聖一を知ってるよな」

「知らんな」

「金塊密輸とオレ詐欺の豊川グループや。リーダーは豊川、サブリーダーは三好翔。おまえと宮川研介は三好の差配で水槽トラックを運転してたんや」

「豊川てなやつは知らん」松本は首を振って、「煙草くれ」

「きついぞ、ロングピースは」

「なんでもええ。くれ」

「ください、やろ」

伊達はパッケージを差し出した。松本は一本抜く。堀内がライターを点けてやった。

「もういっぺん訊くぞ。豊川聖一を知ってるよな」

「しつこいのう」

松本は天井に向けてけむりを吐く。「三好は知ってる。豊川は知らん」

「そうかい」

伊達は松本の煙草を取りあげるなり、耳に押しつけた。あちっ——。松本は手で払い、火花が飛び散った。

「なにさらすんじゃ、ボケ」

「おまえの耳は聞こえんかと思た」

伊達は煙草を拾い、松本の口もとに持っていく。松本は怯えて上体を引いた。

「どうなんや、え。松本さんよ」

「分かった。豊川は知ってる」

「会うたことは」

「あるわけないやろ。わしがパクられて調べを受けたとき、チ、ー、ム、の頭《あたま》が豊川と知ったんや」

「豊川の女で、結花いうのは聞いたか」

「結花……。調べの刑事がいうてたな」

刑事は密輪グループの全員と、その関係者の名をあげて取調べをしたという。

「結花の名字は」

「忘れた」

「それはおかしいのう。おまえは豊川に頼まれて、麒地組の寺本と半グレの当銘を紹介したんとちがうんかい」

「トウメイ……。なんやそれは。名前か」

「おまえ、まだとぼける気か」

「知らんもんは知らんのじゃ」

嘯《うそぶ》いた松本の喉に、伊達は拳を突き入れた。松本は椅子ごと後ろに倒れ、ゴツッと鈍い音がした。流し台の角で頭を強打したらしい。伊達は床に這いつくばって呻く松本の襟をつかんで引き起こし、椅子を立てて座らせた。

「どないや。当銘を知ってるか」

「…………」松本は両手で首を押さえ、小さく首を振った。

「おまえが金塊密輸で逮捕されたんは去年の二月。その一カ月後に、当銘は博多で金塊強奪事件を起こした。豊川と当銘が仕組んだ狂言強盗や。……そう、豊川と当銘をつないだんはおまえや」

「――待てや。わしは去年の二月にパクられたんやぞ。豊川を当銘に会わせる暇なんかあるかい」喘ぐように松本はいう。

「せやから、おまえは引かれる前に豊川を麒地組の寺本に会わせた。おまえと豊川と寺本がミナミで飲んだという証言があるんや」

「証言やと。どこのどいつが喋ったんや」

「わしらはな、寺本に会うてきたんや。訊かれたことにはちゃんと答える素直な男やったで」

伊達は松本から視線を逸らさず、薄ら笑いを浮かべて拳をなでる。

「おまえら、ヤクザをいわしたんか」

「雀荘のビルの屋上でな、ちょいときつい調べをした」

「…………」松本は黙り込んだ。

「正直にいえ。当銘を知ってるな」

「分かった。おれは豊川を寺本に会わせた。寺本は当銘を豊川につないだ」

「おまえ、豊川にいうたんやろ」

堀内はいった。「狂言強盗がうまいこといったら分け前をくれと」

「分け前なんぞ、もろてへん」

博多の強奪事件のときは拘置所にいた、と松本はいう。

「目算が狂うたのう」伊達がいった。「おまえが出所したとき、当銘は檻ん中、豊川は行方知れずや。……豊川を探そうとはせんかったんか」

「豊川は指名手配や。警察が見つけられんやつを、おれが見つけられるわけないやろ」

「金欠のおまえは幾成会にころがり込んだ。なにかシノギはおませんか、とな。それがあてがいぶちの不法占有やったというこっちゃ」伊達は鼻で笑った。

「松本さんよ、当銘に会うたことはあるんか」堀内は訊いた。

「いっぺんもない。わしの知り合いは豊川と寺本や」

「そいつは話がおかしいで。さっき、おまえは結花という女の名前を調べの刑事から聞いたというた。結花は当銘が豊川に紹介したんやぞ」

「おれは刑務所《ムショ》で調べを受けたんや。当銘が博多で金塊強盗をしたとな」

福岡県警の刑事は当銘と豊川の関係を執拗に訊いたが、松本は喋らなかった——。「警察はど汚いからのう。余計なことをいうたら、強盗の罪までひっかぶるかもしれんやろ」

「警察は汚い。そこは同意見や」

伊達は嗤った。「結花の名字、聞いたんやろ」

「藤本や」

「藤本結花……。齢は」

「知らん」

「ヤサは」

「あほんだら。刑事が豊川の女のヤサまで喋るわけないやろ」

「おい、誰があほんだらや」伊達は顔を近づけた。

「――いや、口がすべった」松本は上体を引く。

「女の住所はいわんでも、どのあたりに住んでるぐらいのことはいうたはずやぞ」

「浪速区や。桜川のマンション。それは聞いた」

「ホステスか」

「そうやろ」

結花の齢は二十代半ばで、ミナミのラウンジ勤めをしていた――。桜川はミナミの近くだから、江藤から聞いた話と一致する。

「大西麻衣子いうのは知ってるか」伊達はつづける。

「聞いたな。当銘の女やろ」

刑事から名前は聞いたが、麻衣子についてはなにも知らない、と松本はいった。とぼけているふうはない。

「山下達彦、湯島裕というのはどうや」

「なんじゃい、それは」

「博多の金塊強奪の被害者や」

「知らんな」

「ほんまにか」

「いまさら、嘘つくかい」

「ま、ええ。信じたろ」

伊達は煙草を吸いつけて、松本にも勧めた。松本はまた火を押しつけられると思ったのか、手を出さない。

「宮川研介のヤサはどこや」堀内は訊いた。

「………」松本は答えない。

「ネタは割れとんのや。宮川はおまえの前の運び屋で、おまえは宮川から関釜フェリーの金密輸を引き継いだ」

「おまえら、どこで聞いてきたんや、あれやこれやと」

「訊込みはな、刑事《デカ》の原点や」

「野良犬根性が抜けんのかい」

「堀やん、こいつは一言多いぞ」

伊達が腕を伸ばした。太い指で松本の肩口をつかむ。

「――羽曳野や」

松本は手を払った。「羽曳野の志波之庄《しばのしょう》。近鉄の駅から商店街に入ってちょっと歩いたら魚屋がある。その裏の四階建のマンションや。真っ黒いビルやから、行ったら分かる」

「なんちゅうマンションや」

「忘れた」

「宮川の部屋は」

「三階か四階やろ」

「魚屋の屋号は」

「知らんわい。金魚や熱帯魚を売ってる」

「それはおまえ、魚屋やのうてペットショップやろ」

「魚を売ってたら魚屋やないけ」

松本はせせら笑った。伊達も笑って、

「なあ、松本よ、わしらはこれから羽曳野へ行く。もし宮川が部屋におらんかったら、おまえが知らせたということや。そんなことはないよな」

「あほぬかせ。まだ宵の口やぞ。宮川は出歩いてるかもしれんやろ」

「せやからや。宮川に会えんかったら、わしらはここにもどってくる。おまえは嫌かもしれんけどな」

伊達は煙草を捨てて立ちあがり、松本は小さく、くそボケとつぶやいた。


Z4に乗った。エンジンをかける。

「哀れやの。泣きそうな顔してたで」

「あいつは疫病神に見込まれたんや」

「そうか、わしらは福の神とちがうんや」伊達はシートベルトを締める。

「ま、誠やんみたいに怖いのと、仕込み杖ついた福の神はおらんわな」

堀内はナビで近鉄志波之庄駅を検索する。「宮川に会うて、なにを訊く」

「宮川は金密輸で逮捕されたけど不起訴になった。収監されずに娑婆におったということは、逃走中の豊川の動静を知ってるかもしれんと思たんや。期待値としては薄いけどな」

伊達の言葉は一理ある。宮川は豊川グループで金塊の運び屋をしていたのだ。

ナビのルート案内が出た。富田林から志波之庄は直線距離で十キロもない。パーキングブレーキを解除して走りだした。

伊達はスマホを見て、発信キーに触れた。

「――わしや、伊達。いま、ええかな。――すまんけど、また、お願いなんや。――そう、博多の金塊強奪事件で、福岡県警が個人データをとったと思うんや。藤本結花。結納の結にフラワーの花。この女は一時期、逃走中の豊川聖一を匿うてた。――そう、藤本結花の現住所が分かったらありがたい。――ほんまに勝手ばっかりいうてわるいけど、頼むわ」

伊達はスマホをポケットにもどした。

「荒木か」

「電車の音がしてた。帰る途中やろ」

インパネの時計は八時五十分を表示している。荒木のアパートは鶴見だから、帰り着くのは九時半だろう。

「刑事をまじめにやってたら、結婚できんな」

「気性は申し分ないけど、マメやないからな」

「誠やんはマメか」

「誰よりもマメや。口も巧いで」

なのに、あのよめだ。破《わ》れ鍋に綴《と》じ蓋とはよくいった――。

九時十五分――。志波之庄に着いた。駅前のコインパーキングに車を駐め、アーケードも化粧舗装もない寂れた商店街を南へ歩く。

ペットショップがあった。閉じたシャッターに《アクアリウムはびきの》とある。

ショップの右横の路地を抜けると、住宅道路に出た。黒いビルが見える。四階建だ。

「松本のやつ、嘘はいうてなかったな」

「またもどってこられるのが嫌やったんや」

ビルの前に立った。左奥に鉄骨階段。庇下の監視カメラがこちらを向いている。ダークグレーのドアはスチール製で、インターホンの脇に真鍮のプレートがついている。

「〝幾成企画〟……。堀やん、幾成会の事務所やで」

「なんとな」堀内は笑った。「半グレの宮川は極道の世話になっとんのや」

ヒラヤマ総業が落札した槙原台の黒沢クリニックには三人の占有屋がいた。松本と宮川、そして幾成会組員の村瀬という男だった。

「松本の腐れが、あっさり宮川のヤサを吐いた理由《わけ》が分かった。わしらと幾成会を揉まそうとしたんや」

伊達は監視カメラを見あげて、「どないする、堀やん。宮川が部屋住みやったら一悶着あるかもしれんぞ」

「誠やんの好きにせいや」

本音はやめたい。組員の村瀬をズタボロにしたのだから。

「ほな、ええか、カチ込むぞ」

「ああ、かまへん」ステッキを小さく振った。

伊達はインターホンのボタンを押した。すぐに返事があった。

――どちらさん。

――江藤いいます。宮川さん、いてはりますか。

――宮川はいてますけど、用件は。

――ちょっと話したいことがありますねん。

――お知り合いでっか、宮川の。

――宮川さんの連れの松本さんに聞いて来ました。

――松本いうのは。

――松本清美さんです。

――ご同業でっか、おたくら。

――いや、不動産関係です。

――そうでっか。いま開けますわ。

少し待った。錠の外れる音がして、ドアが開いた。顔を覗かせたのはゴマ塩の短髪、髭面の五十男だった。白いスウェットの上下を着ている。

「すんまへんな。一見さんにはいろいろ訊きますねん」

「いや、失礼なんはこっちですわ。いきなり押しかけて申しわけないです」

「ま、どうぞ」男は当番の組員だろうか。それにしては貧乏臭い。

「宮川さんを呼んでもろたら、それでええんですわ」

「いま、風呂に入ってますねん。中で待っててください」

髭面の口調に他意はないようだ。伊達が中に入ったから、堀内も入った。普通の事務所だ。

スチールデスクが四つ、壁際にキャビネット、奥に応接セットがある。飾り提灯や神棚、組長の写真額はない。

勧められてソファに座った。髭面も座る。

「宮川、降りてきますわ」

「上にいてはるんですか」

「二階から四階が寮になってますねん」

それで分かった。ビルの左奥に鉄骨階段のあったわけが。寮住まいの人間は階段を使って部屋に出入りするのだ。

「寮には何人ぐらいいるんですか」

「さぁね、いまは十七、八人かな」

幾成会は口入れ——労働者派遣——と生活保護受給者の囲い込みを稼業にしているらしい。髭面はソファにもたれて煙草に火をつけた。よく見るとゴマ塩の短髪はヅラだ。手入れをする金がないのか、生え際が浮いている。

「不動産関係といわはったけど、どういう仕事でっか」髭面が訊く。

「建物の仲介斡旋はやってません。主に土地の売買ですね。ま、いうたら地上げですわ」

「おたくらがやってますんか」

「いやいや、我々は勤め人です」

「そうやって押し出しが強いのは、やっぱり地上げをやってるからでんな」

「ま、いろんな業界のひとを相手にするからかもしれませんわ」

伊達は適当に話を合わせる。髭面のくだけたものいいと睨めつけるような眼はヤクザそのものだ。

そうして十分──。宮川は姿を見せない。

こいつはおかしい、堀内は感じた。風呂からあがって服を着るのに、こんな時間はかからないだろう。

「誠やん……」いった。

「そうやな」

伊達はうなずいた。「遅いですな」髭面にいう。

「ほんまでんな」髭面は壁の時計を見あげる。

「出直しますわ」

「ま、そういわんと」

──と、奥のドアが開いた。出てきたのは男が三人。ひとりが木刀、ひとりが鉄パイプを持っている。宮川と村瀬はいない。

「ええ度胸やのう、競売屋」

真ん中のオールバックがいった。長身、黒のスーツに白のオープンシャツ、幾成会幹部だろう。

「うちの若いのが、えらい世話になったそうやないか」

「誰や、若いのて」低く伊達はいう。

「村瀬や。肋骨が三本も折れて寝込んどる」

「宮川はどうなんや」

「肘が砕けた。村瀬よりひどい。使いもんにならん」

「あの喧嘩は成り行きや。競売屋と占有屋のな」

「そうか、喧嘩は成り行きか。ほな、きっちりけじめをとったろかい」

オールバックは間合いをつめる。いつのまにか、髭面が脇に立っている。堀内はステッキを引き寄せて、ハンドルから柄のほうに持ち替えた。

「どういうけじめをとるんや」

「足腰立たんようにしたる」

「けじめはとるけど、命《タマ》はとらんのか」

「じゃかましい。半殺しじゃ」

「おまえら、ヒラヤマ総業を知ってんのか」

「なにをいうとんのじゃ、こら」オールバックは喚く。

「こんなことというのはわしの流儀やないけどな、うちは義享《ぎきょう》会のフロントや。ヒラヤマ総業は知らんでも義享会は知ってるやろ。同じ川坂の枝内でやりあうのがどういうことか、おまえも極道なら分かるわな、え」

「カバチたれんなよ。ちびっとんのか」

「イエローカードを出したんや。義享会は川坂の直系で兵隊は七十人。おまえんとこは川坂の三次団体で兵隊は十人もおらんやろ。組を潰す覚悟があるんなら、やらんかい」

伊達はまったく動じず、「それにもひとつ、わしらは素っ堅気やけどな、おまえら四人でけじめをとるのは骨が折れるぞ」ソファに寄りかかって拳をなでる。

オールバックの眼から狂気が失せた。

「落とし前をつけんかい。村瀬と宮川の」

「それはおまえ、うちの会社にねじ込めや」

伊達はブルゾンのポケットから名刺を出してオールバックの足もとに放った。「営業部長の生野いうのが渉外担当や」

「おどれら……」髭面が名刺を拾った。

「わしらは宮川に会いにきた。呼んでくれ」伊達はいう。

「ええ加減にさらせよ」オールバックがいった。「ぶち殺すど」

「怖いのう」

伊達は笑った。「堀やん、宮川には会えんわ」

「そうやな」宮川の肘を砕いたのは堀内だ。

「去《い》の」

伊達は腰をあげ、堀内はステッキを支えに立ちあがった。


車に乗り、中央環状線に向かった。インパネの時計は十時を示している。

「あかんかったな」伊達がいう。

「ま、無理やろ。宮川が幾成会に囲われてると分かっただけでよしとしよ」

「しかし、ちぃとさぶかった」

「そうは見えんかったで」

「こっちがなんぼカマシを入れても、理屈の分からんザコがおる」

「イエローカードはよかった。あれは効いた」

伊達は名刺を放ったが、幾成会が来ることはまずない。オールバックはまっとうなヤクザに見えた。

「さて、堀やん、どないする。飲みに行くか」

「なんでそんなに元気なんや。おれはもうへろへろやで」

今日一日を反芻した。

昼、伊達がアパートに来た——。イプサムに乗り、伊達が持ってきた新聞記事を読みながら扇町のディーラーに行き、Z4を受けとった——。西天満のヒラヤマ総業の契約駐車場で伊達をZ4に乗せ、ホテル日航に行った——。ティールームで情報屋の田中に会い、金塊強奪事件の絵解きを聞いた——。河内国分の麒地組へ走り、寺本の所在を聞いて駅前の雀荘へ行った——。雀荘のビルの屋上で寺本を脅しあげた——。守口へ行き、ヤメ刑事《デカ》の江藤から話を聞いた——。富田林へ走って松本に会い、羽曳野に来た——。

「大阪中を走りまわった。田中、寺本、江藤、松本、幾成会の極道……。ろくでもないクズどもに会うて毒がまわったわ」現役のころでも、こんなに込みをかけたことはない。

「堀やんはへろへろ、わしはよれよれやけど、こういうときの酒が旨いんや。腹も減ってる。つきおうてくれ」

「どこへつきあうんや」

「キタはどうや」

「当てがあるんか」

「堂山に生野の馴染みの店がある。客がおったら朝までやってるんや」

「分かった。行こ」

場所は堂山、朝までやっていると聞いてゲイの店かと思ったが、訊かなかった。どうせ、アパートに帰っても寝るだけだ。

中央環状線を北上し、松原ジャンクションから阪神高速に入った。

7

目覚めたのは十二時だった。朝、起きてトイレに行ったのは八時だったから、また四時間も寝たことになる。

仰向きのまま、枕もとの煙草をとり、吸いつけた。本格的に覚醒する。

何時に帰ったんや――。記憶をたどった。

Z4を西天満の駐車場に駐め、タクシーで行ったのは堂山のショーパブだった。ラストステージの途中だったが、席は空いていた。ショーは華やかで、おもしろかった。

零時すぎにショーパブを出てラーメンを食い、次に行ったのが生野の馴染みのゲイバーだった。伊達はカラオケで演歌をやり、すごい声量ですね、とスタッフに褒められて上機嫌だったが、三曲ほど歌ったところへ若い女の五人連れが来た。これがマイクをとって放さない。伊達はゲイバーを出て同じビルの一見のスナックに入り、爺さんのゲイと話し込む。そのあと二軒、スナックをハシゴして、堂山をあとにしたときはカラスがごみ出しの袋を突ついていた――。

煙草の灰が枕に落ちた。布団から出る。キッチンの流しに煙草を捨て、バスルームに行って湯栓をひねった。

寝室にもどってテレビの電源を入れた。ハイソックスの女がパターをかまえている。

そうか、今日は土曜か――。曜日に気づくのはスポーツ中継を見るときだ。

このところ、毎日、伊達からの電話で起きているから、なにかしら違和感がある。伊達が車で迎えにきて、堀内は部屋を出るのだ。出れば、まともな人間に会うことはなく、ワルの顔しか見ない。

思えば現役のころもそうだった。同じ暴対の刑事仲間とのつきあいはせず、飲み食いをともにしたのはヤクザと半堅気、Sと愛人まがいの女ばかりだった。

そう、堀内には親しい人間がいない。強いていえば伊達だけか。伊達には妻がいて、娘がいる。荒木のように柔道で培った仲間もいる。堀内にはなにもない。

パットが入った。ゴルファーは膝をまげてボールを拾いあげるが、そのしぐさはいかにもカメラを意識している。だったら短いスカートを穿くなと思うが、それがレディストーナメントなのだろう。こんなに厚化粧でするスポーツはほかにない――。

スマホが振動した。とる。

――起きてるか。

――さっき、起きた。

――飯、食お。

いま、淀川に差しかかった、と伊達はいう。電車に乗っているらしい。

――風呂に入るから、錠を開けとく。冷蔵庫にビールがあるやろ。

――堀やん、車をとりに行かなあかんやろ。

――あ、そうやったな。

――ま、ゆっくり入ってくれ。

電話は切れた。バスルームを覗くと、湯が溢れていた。

トランクスを穿き、Tシャツを着た。アコーディオンドアを引く。伊達は流し台に腰を持たせかけて煙草を吸っていた。

「ハーブ湯に浸かって、シャンプーしてトリートメントして、髭剃ってローションつけて、コロンをふった」

「長風呂やな」

「お洒落やの」

「嘘や。トリートメントとローションは」

髭は剃った。長湯をするのは、左の腰から膝を温めて痺れを軽くするためだ。痺れのひどいときは半時間ほどマッサージもする。

「洗濯はどうしてるんや」

「たまにする。コインランドリーで」

「堀やんが洗濯機の前でボーッとしてるのは絵にならんな」

「このごろのコインランドリーはな、喫茶店《サテン》でコーヒー飲んでたら、乾燥まで終わってる」

男の洗濯物を盗るやつはいないし、文句をいわれることもない。「――なに、食う」

「パクチーが食いたい。商店街にタイ料理屋があるやろ」

伊達はよく知っている。『ブッサバ』とかいう店だ。この時間は、ランチをやっているだろう。

グレーのトレーナーに黒のコーデュロイパンツ、黒のジップパーカをはおった。スマホ、カード入れ、札、キーホルダー、メモ帳、煙草とライターをポケットに入れ、時計をつけて部屋を出る。いつもメモ帳を持つのは習性としかいいようがない。

天神橋筋商店街——。タイ料理店に入った。満席だ。ほかに行こう、といったが、伊達はどうしてもパクチーが食いたいという。急ぐこともないから、名前を書いて五分ほど待ち、厨房近くの席に案内された。〝バジルのランチ〟をふたつ注文する。

「——今朝や。荒木から電話があった」

「で……」

「藤本結花。データがとれた」

二十三歳。本籍・和歌山県御坊市。住所・浪速区北桜川——。「藤本には前科《マエ》がある。一昨年の夏、大麻で中央署にパクられてる」

アメ村で制服警官の職質を受け、所持品検査で大麻が発見された。藤本は大麻取締法違反で起訴され、判決は懲役一年、執行猶予三年だった——。

「パクられたときの職業は」

「飲食店勤務」

「大麻の入手先は」

「分からん。口を割らんかったんやろ」

「藤本は半グレどものグルーピーやな」

大麻や違法ハーブは半グレのあいだに蔓延している。藤本は当銘の愛人のひとりであり、当銘にいわれて豊川を匿ったのだ。

「いまも住んでるんか、北桜川に」

「どうやろな。今日の込みはそれや」

浪速区北桜川2－12－8－703――。メモ帳を繰って、伊達はいった。


〝バジルのランチ〟は旨かった。サラダもスープもエビ炒飯もパクチーがいっぱいで、伊達はあっというまに完食し、一品の春巻きとバジルカレーまで食った。


コイントスは伊達の勝ち。堀内が支払いをして店を出た。

タクシーで西天満へ行き、Z4に乗った。伊達が運転して北桜川へ走る。

「さすがや。スポーツカーはちがう」

「なにがどうちがうんや」

「パワーとトルクとステアリングレスポンスやな。サスはちぃと固いけど」

伊達の横文字はおもしろいが、笑わない。

「サウンドが要るな。堀やん、CDを買うてくれ。ちあきなおみや」

「演歌やないで」

「練習するんや」

♪いつものように幕が開き～

歌いはじめたから、堀内はサイドウインドーをおろした。少しはマシになる。CDは買わないと決めた。


北桜川は難波から西へ一キロ、千日前通と道頓堀川に挟まれた、そう広くはないビジネス街だった。伊達は阪神高速道路の高架に沿って千日前通を走り、なにわ筋を右折する。

「二丁目はこのあたりや」ナビを見た。

「ミナミに近いからチャリンコで通える。むかし、ちょいとつきおうてた女も桜川のマンション住まいやった」

「隅におけんな。いつのころや」

「堀やんは知らん。西成署のころやった」

女は清水町のスナック務めだった、と伊達はいう。「本人は三十すぎやというてたけど、どう見てもそうは思えん。なにげに梅川事件のことを話してたら、テレビ中継のニュースを見たといいよった」

「あれ、七九年とちごたか」

大阪では知らないもののいない、三菱銀行北畠支店強盗立てこもり事件だ。「もう、四十年前やぞ」

「そうやろ。なんぼ若うても、あいつは四十七、八や」

「そこまでサバ読むとはな、大したもんや」

笑ってしまった。「なんで、つきあいをやめたんや」

「よめはんや。朝帰りしたとき、パンツ脱がされて身体捜検を受けた」

伊達は笑いもせず、「よめはんはわしのチンチンとタマを思いくそ引っ張って匂いを嗅ぎよった。……おい、こら、この石鹸の匂いはなんや。……署でシャワー浴びたんや。……ほな、このパンツはなんや、洗剤の匂いがちがうやろ。……えっ、ほんまかい。……わしはもう、しどろもどろや。よめはんの取り調べは閻魔《えんま》さんよりきついで」

「落ちたんか、それで」

「落ちはせん。ぎりぎり踏みとどまった。……けど、あの捜検がトラウマになったんかして、清水町の女とは切れてしもた。わしはやっぱり、根がまじめなんやろな」

「それはちがうな。その女と切れても、ほかにおったんやろ」

「まぁな」

伊達と飲みに行くとよく分かるが、この大男は水商売系の女にもてる。外見は鬼より怖いのにいうことがかわいいから、そのギャップに惹かれるのだろう。そう、伊達はキャラクターで女を口説く。堀内は逆立ちしてもかなわない。

ナビの案内が終了した。すぐ前方に八階建のマンションがある。ゲートを潜って敷地内に入り、車寄せにZ4を駐めた。植込みのタマツゲは手入れが雑で、壁や柱のタイルも薄汚れている。築年数の古そうな建物だ。

伊達は車を降り、玄関に行ってもどってきた。

「オートロックや。堀やんは車ん中で待て」

伊達はまた、車を離れた。

ほどなくして、コンビニのレジ袋を提げた女が現れた。集中インターホンのキーを押す。自動ドアが開き、女が風防室に入ると、伊達がすぐあとにつづいた。

堀内はステッキを持って車を降りた。玄関ドアの向こうに伊達が立つ。そうして堀内も中に入った。煉瓦タイル張りのエントランスホールは広く、エレベーターは二基。右にメールボックスがある。703号室のプレートは《FUJIMOTO》だった。

「誠やん、ビンゴや」

「部屋におるかのう」

「飲食店勤務やったら、おるんとちがうか」

エレベーターに乗り、七階で降りた。７０３号室の前に立つ。電気メーターのディスクはゆっくりまわっていた。

伊達はインターホンを押した。ドアの向こうでチャイムが鳴った。

――はい。

――藤本さん、管理人です。

――なんですか。

――貯水タンクの清掃の件で説明したいことがあります。

――いま、出られないんですけど。

――ごめんなさい。連絡簿に署名か捺印が欲しいんです。

――はい。出ます。

少し待って、ドアが開いた。顔をのぞかせたのは金髪の男だった。

「藤本さんは」

「おる」

「藤本さんの署名が欲しいんですわ」

「判子やろ。おれが押す」男は手に印鑑を持っている。

「正規の居住者に説明をせんといかんのです」

「めんどい。連絡簿、出せや」

「おたくさんは」

「連れや」

「住んでるんですか。ここに」

「いちいち、うるさいやっちゃな」

男は伊達と堀内を睨めつけて、「なんで管理人がふたりなんや」

「このひとは業者ですねん。水道の」

「おまえら、手ぶらやないけ。連絡簿は」

「堀やん、どないする」伊達は振り向いた。

「レッドカードやな」

「そうか……」

いうなり、伊達はドアを引いた。堀内は伊達につづいて中に入った。

「なんや、おまえら」

男は喚いた。伊達は男の頭をつかんで突き倒した。男は廊下に尻をついてあとずさる。青白い顔、眉が紐のように細い。

リビングだろう、奥の部屋から女が出てきた。丈の長いグレーのジャージ、下は黒のレギンスに素足だ。長身でスタイルがいい。

「どうしたん、遼ちゃん」

女は男のようすを見て、「警察、呼ぶよ」伊達にいった。

「待てや。男と同棲するのは規約違反やろ。マンションの」

「あんたら、管理人とちがうやんか」

「そう、管理人やない。訪問客や」

「遼ちゃん、警察や。電話して」

その声で我に返ったのか、男はズボンのポケットから携帯を出した。

「やめとけ」伊達が制した。「わしらは話をしにきただけや。当銘と豊川のことでな」

ふたりの名前を聞いて、男の手がとまった。

「おまえ、当銘グループのメンバーやろ」

「ちがうわい」男は舌打ちする。

「自己紹介しとこ。わしはヒラヤマ総業の伊達。こっちは堀内。おまえは誰や」

「誰でもええやろ」

「ほな、遼ちゃんよ」

伊達は遼のそばにかがんだ。「当銘はいま、塀の中や。その隙をみてバシタとるとはな。標《ま》的《と》にかけられて、雑巾にされるぞ」

バシタをとる——。ヤクザが仲間の愛人、妻を寝取ることをいい、業界ではいちばんの法度《はっと》とされている。

「おれはヤクザやない」遼はかぶりを振る。

「そらそうやろのう。おまえは極道やない。半グレのマメ泥や」

伊達は遼の肩に手をおいた。「なんやったら、刑務所《ムショ》の当銘に教えたろかい。パシリの遼が藤本結花を食うてまっせ、と」

「…………」伊達の脅しが効いたのか、遼は俯いて黙り込んだ。

「ま、ゆっくり話をしようや」

伊達は遼を立たせた。奥の部屋に連れていく。結花もふてくされた顔でついてきた。

遼と結花をリビングのソファに座らせた。伊達と堀内も並んで座る。部屋はけっこう広いが、テレビの脇やチェストの前に女物の服やバッグ、男物のブルゾンやTシャツが積みあげられて塚になり、その塚の麓にクレーンゲームでとったような大小のフィギュアや菓子の袋、缶ビール、飲みさしのペットボトルがころがっている。テーブルの上もリモコンや灰皿や化粧品でいっぱいだ。このあいだの黒沢クリニックのようなゴミ屋敷でこそないが、結花は片付けとか掃除、洗濯といったことをいっさいしないのだろう。

「あんた、齢はいくつや」伊達が結花に訊いた。

「二十三」あっさり答えた。

「当銘とつきおうてたな」

「つきおうてへんわ。当銘さんは前のオーナーや」

「前のオーナーて、なんや」

「ガールズバー」

「そうか。半グレの主たるシノギは、オレ詐欺とぼったくりバーやったな」

伊達は脚を組んだ。「何店ほど経営してたんや、当銘は」

「よう知らんわ。五、六店やろ」

「遼ちゃんは、そこの黒服か」

「どうでもいいやろ」

結花はテーブルの煙草をとって吸いつけた。ネイルは派手なグリーンにオレンジのラメを散らしている。

「当銘がパクられてガールズバーはどうなったんや。潰れたんか」

「潰れてへん。やってる」店名と代表者が変わったが、代表者は当銘の連れだという。

「あんたは店を替わったんか」

「そう、いまは系列店。いちおう、ママ」

結花は上を向き、けむりを吐いた。「――ヒラヤマ総業て、どこのヤクザよ」

「さぁな。代紋《だいもん》を聞いたら、あとがめんどいやろ」伊達は競売屋とはいわなかった。

「伊達と堀内、ほんまの名前なん？」

「わしはな、嘘が嫌いなんや」

「それでなんやの。ヤクザがなんの用なん。誰に聞いて来たん」

結花は臆せずに訊く。この女は遼より肚が据わっている。

「寺本いうのは知ってるか」

「知ってる。当銘さんのバックや」

「そいつに聞いて来たんや」

伊達も煙草をくわえた。遼にも一本やる。遼はひょこっと頭をさげて火をつけた。

「遼ちゃん、そんなやつの煙草、吸いな」結花がいう。

「いや、もろたから……」

遼は卑屈だ。このふたりの関係が見てとれた。

「寺本に会うたことは」伊達は結花を見る。

「店になんべんか来たわ」

「印象は」

「気持ちわるい。貧乏臭い。ちょっと甘い顔したら誘うねん。店外デート」だから、寺本のカウンターにつく女は五分でチェンジしたという。「でも、当銘さんが捕まってからは来てへん。タダで飲まれへんから」

「あんた、よう見てるんやな、男を」

「あたりまえやんか。あんな安物《やすもん》のヤクザ、誰が相手すんの」

「寺本は貧乏臭かった……。当銘の金まわりはどうやった。当銘のシノギはぼったくりバーとオレ詐欺の二本立てか」

「そんなこと、当銘さんがいうわけないやんか。……でも、お金はすごい持ってた。服はみんなヴェルサーチとかアルマーニやし、車はマセラティやし、高麗橋のタワーマンションはめっちゃ豪華やったわ」

一昨年の夏、タワーマンションの一室で結花がコーヒーを淹《い》れているとき、スーツを着た若い男が来た。男はテーブルにティファニーの紙バッグをおき、一礼して出て行った。当銘はバッグの中を改めようともせず、ソファにもたれてメジャー中継を眺めていた——。

「コーヒー持って行って、ちらっと見たら、札束やんか。煉瓦みたいな。そやのに、知らん顔でテレビ見てるやて、もう、めっちゃかっこいいねん、当銘さん」

「さっきはつきおうてへんとかいうてたけど、当銘のマンションに行ってコーヒーは淹れんやろ」伊達はにやりとして、「あんた、ほんまに当銘とは関係がなかったんか」

「なんやの、関係て。寝た、いうこと」

結花は遼の視線を気にせず、「そら、そうやんか。だって、オーナーやもん」

「なんべん、したんや」

「なによ、それ。最低やね」

「その若い男は誰やった」

「知らんわ。見たことないし」

「ぼったくりバーの会計係か。当銘のオレ詐欺のメンバーか」

「しつこいね。知らんというてるやろ」

当銘グループに出入りしていた半グレは五十人以上だったろうという。

「当銘がパクられて、車やマンションはどうなった」

「失くなった。きれいさっぱり。マンションも賃貸やったし」

「どこぞに隠してるんとちがうんか、金」

「あんな派手な生活してて、残ってるわけないわ。寄ってたかって毟られたんや」

「溺れる犬は叩け、か」

伊達は笑い声をあげた。「あんた、マカオに行ったよな。去年の七月や」

「…………」一瞬、結花の視線が揺れた。

「当銘と大西麻衣子。豊川聖一とあんたや」

四人は三日間、マカオで遊び、豊川と結花はマカオから関空へ。当銘と麻衣子は香港から関空へ飛んで逮捕された、と伊達はいった。「フライト便が別やったんが幸いしたな。豊川が逮捕されたら、あんた、七十二時間は留置場の飯食うたんやで」

「おれ、聞いてへんぞ、んなこと」

遼がいった。「豊川いうのは誰や」

結花は顔色ひとつ変えず、遼を無視した。

「わしらは豊川を探してるんや」

伊達はつづける。「関空からあと、豊川はどこへフケた」

「聞いてへんわ」

下関から刑事がふたり来た、と結花はいう。「ひとを犯人みたいに、えらそうに訊くねん。豊川はどこや、豊川を出せ、と。……出せるわけないやんか。消えたんやから」

「あんたも大したタマやで。指名手配中の豊川を匿うてやったあげくに、逃がしてやったんや」

「考えてものいいや。誰が逃がしたんや。豊川とは関空で別れたきりや」

「ちがうな。あんたは豊川の金塊密輸も、博多の金塊強奪事件も知ってた。事件が当銘と豊川の狂言やということもな」

「ちょっと待ってよ。うちがグルやというてんの。もし、そうやったら、うちも警察に捕まってるやんか」

「日本の刑務所はな、どこも満員御礼なんや」

「あんたら、なんで豊川をさがしてるんよ。警察でもないのに」

「金や。豊川はうちから金を引っ張った。借りたもんは返さんとあかんわな」

「ヤクザの追い込みかいな」

「追い込みは三途の川まで、がわしらの極《き》めや。半グレとは、そこらがちがう」

伊達は灰皿で煙草を消した。「大西麻衣子とは連絡とってるんか」

「とってるわけないやろ。麻衣子は当銘さんの女やったのに」

「機嫌よう、いっしょに遊んだんとちがうんかい。マカオで」

「あほらし。豊川が来いというから、いやいやついて行ったんや」

「あんたはマカオに行くまで、豊川をこの部屋に囲うてた。……関空で別れたきりいうのは、とおる話やないで」

「警察、呼ぼか。うちは刑事にも訊かれたんや。知らんもんは知らんねん」

「そうか……」

伊達は結花をじっと見る。「あんた、ほんまに知らんみたいやな」

「帰って。二度と来んとって。次は警察呼ぶからね」結花はいいつのる。

「いや、すまんかった」

伊達は頭をさげた。「追い込みの筋がちごた。堪忍やで」

「反省かいな。遅いわ」

「堀やん、行こ」

伊達は腰をあげた。堀内も立って部屋を出た。


Z4に乗った。エンジンをかける。ウインドーをおろして、煙草をくわえた。

「嘘やな」伊達はシートにもたれた。

「下手な芝居を打ちよった」

「あれは笑えた。『おれ、聞いてへんぞ、んなこと。豊川いうのは誰や』……。学芸会の小学生でも、あんなクサい芝居はせぇへん」

「結花は役者や。遼を無視したとこは、けっこうサマになってた」

「どうする」

「さぁな」

「堀やん、見たか。車のキー」

「見た」キーはシューズボックスの上にあった。

「《F》のバッジはフィアットか」

「結花の車やろ。遼はヒモや」

「ヒモは喋るな」

「口が軽い」

「攫《さら》うか」

「そうやな」脅す前から泣きが入るだろう。

「どう攫う」

「ヒモは女を車に乗せて、店まで送り迎えするやろ」

「よっしゃ。それや」

いうなり、伊達はドアを開けた。車外に出て、駐車場へのスロープを降りて行く。堀内は煙草を吸いつけた。

五分ほどして、スマホが鳴った。

――堀やん、あった。フィアット500。

――分かった。行く。

パーキングブレーキを解除した。

地下駐車場――。エレベーターホールの玄関近くに二台分の空きスペースがあった。堀内はZ4を駐める。伊達が乗ってきた。

「あれや」

伊達の指さす先、太い柱の向こうに赤いフィアット500のフロントが見えた。

「リアシートに、こんなでかいクマがおっちんしてる」

伊達は手を広げてみせた。「性根がきついと、かわいいもんが欲しいんかのう。うちのよめはんもぬいぐるみフェチやで」

このあいだ、洗面所の足もとにころがっていたゴリラのぬいぐるみを蹴ったら、洗濯機の角に引っかかって、腕がちぎれかけた、と伊達はいう。「それに気ぃついたんがよめはんや。えらい剣幕で怒られた。弁償せい、いうから、したがな。一万円や。その金で、よめはんはナマケモノとオランウータンを買いよった。……な、堀やん、おかしいやろ。普通、そんなことするか。かわいいゴリラの腕がちぎれかけたら縫うて修繕するんとちがうんか」

「そのゴリラはどうしたんや」

「捨てよった」

「かわいそうなゴリラやな」

「わしのほうがかわいそうや」

これはおかしい。ゴリラがゴリラを蹴って罰《ばち》があたったのだ。

「ほんまにな、よめはんはぬいぐるみ、娘はファンシーグッズで、うちは足の踏み場がない」

伊達が安息できるのは、玄関横の四畳半だけだという。

眠気がさしてきた。インパネの時計は三時が近い。

「誠やん、寝てもええか。四時に起こしてくれ」

「分かった。わしが張る」

遠張りは交代が原則だ。堀内はシートを倒して脚を伸ばした。

8

堀やん――、声が聞こえた。堀内は眼をあけた。シートを起こして時計を見る。五時ちょっと前だ。

「おれは四時に……」

「ええんや」

伊達はフィアットを見やった。「いま、結花と遼が乗った」

赤い車が柱の陰から出た。運転は遼だ。黒いキャップをかぶっている。

堀内はエンジンをかけた。フィアットはスロープをあがっていく。

駐車場を出た。ゲートに向かう。前の道路は左行きの一方通行だ。

外へ出ると、道路の先にフィアットが小さく見えた。右のウインカーを点滅させている。

アクセルを踏み込んで距離をつめた。フィアットが右折する。堀内も右折した。

フィアットはバス通りから千日前通に出た。堀内もつづく。

「結花のご出勤やな」

「たぶんな」千日前通を東へ行くと、一帯はミナミの盛り場だ。

フィアットは御堂筋を越えて堺筋に差しかかった。左折して北上する。車が多く、流れが遅いから、尾行するには好都合だ。

フィアットは堺筋周防町の交差点を左折した。一方通行路を西へ行き、ふたつめの信号をすぎたところでハザードランプを点けて停まった。堀内は追い越して、離れて停まる。

ドアが開き、結花が降りた。薄茶の石張りのビルに入っていく。フィアットが発進し、Ｚ４の脇を走り抜けていった。堀内はすぐ後ろを追う。

「堀やん、スポーツカーは目立つな」

「尾行には不便や」――が、気づかれたふうはない。

フィアットは御堂筋に出て左折した。六車線の道路を南へ走る。千日前通を右折して北桜川にもどるかと思ったが、そのまま直進して難波から大国町へ向かった。

「どこへ行くんや、え。アッシーくんとちがうんかい」

「尾行が長びくとヤバいな」

「しゃあない。バレたらバレたときや」

と、フィアットが速度を落とした。気づかれたか――。堀内はＺ４を左に寄せた。

フィアットは横断歩道をすぎてコインパーキングに入っていった。堀内は車を停める。パーキングは道路側にフェンスを巡らしていて、けっこう広い。

「どうする。攫うか。駐車場で」

「いや、待て。遼は目的があって車を駐めたんや」

「あのガキは売人か。シャブか大麻の」

「売人な……」コインパーキングやコンビニの駐車場が取引の場になることは多いが。

フィアットは料金精算機の近くに駐まった。遼が車外に出る。それを見て、伊達も車を降りた。街路樹の陰に立つ。

遼はコインパーキングを出た。歩道を歩いていく。伊達は離れて遼を尾ける。ふたりは敷津稲荷の角を曲がって消えた。

堀内はＺ４をコインパーキングに入れた。出入口から見えないよう、ミニバンの隣に駐める。パーキングの南側、ブロック塀の向こうに大きなクスノキが見えるのは、敷津稲荷の境内だろう。伊達の尾行は長びく気がした。サイドウインドーをおろしてエンジンを切り、煙草をくわえた。


そうして一時間――。日暮れが迫ったころ、スマホが鳴った。伊達だ。

――誠やん、どこや。

――木津の卸売市場の近くや。遼が出てきよった。

遼は四階建の古ぼけたビルに入り、いままた姿を現したという。

――堀やんはどこにおるんや。

――車ん中や。フィアットと同じコインパーキングに駐めてる。

――そいつは都合がええ。遼がパーキングにもどりよったら、そこで攫お。

――分かった。おれはフィアットのそばで待つ。

電話を切り、ステッキを持って車を降りた。

十分後、遼が現れた。駐車料金を精算するためだろう、フィアットのそばに来て、区画の番号を確かめる。そのすぐ後ろに伊達が来た。堀内も近づく。
遼ちゃん――。伊達が声をかけた。遼は振り向く。伊達は間合いをつめた。

「奇遇やな、おい。こんなとこで会うたか」

「おまえら……」遼は身構える。

「ちょいと話がある。顔貸せ」

「尾けたな」

「尾けた。マンションからな」伊達は笑う。「フィアットは結花の車か」

「ええ加減にせいよ、こら。おれのバックが黙ってへんぞ」

遼は凄む。が、凄味はまったくない。

「おまえ、ケツ持ちがおるんか。それはなんや。極道か、半グレの仲間か」

「やかましわ、ボケ」

「おいおい、勢いがええがな」

伊達は無造作に近づいた。頭ひとつ、遼より背が高い。「誰がボケや、こら」

「………」遼は下を向いた。

「ゴロはまきとうないんや。顔、貸してくれ」

「いやじゃ」遼は気弱にいう。

「そうか」伊達は片手でキャップごと遼の頭をつかんだ。

「分かった。つきおうたる」

「ええ子や」

伊達は遼を放した。「キー、寄越せ」

「あほぬかせ」

「タクシー拾うわけにはいかんやろ。結花のフィアットでドライブしようや」

伊達はまた笑って、「ほら、出さんかい。キーや」

遼はズボンの後ろポケットからキーホルダーを出した。伊達は受けとって、ドアロックを解除した。助手席側のドアを開けてフロントシートを前に倒し、乗れ——と、遼の背中を押す。

遼は素直にリアシートに座り、伊達もその隣に座って、フロントシートをもとにもどした。

堀内は精算機のところへ行って料金を払った。八百円だった。

フィアットの運転席に座った。リアシートに伊達と遼。遼はクマのぬいぐるみを抱えている。

伊達からキーをもらってエンジンをかけた。コインパーキングを出て、国道25号を南へ走る。

フィアットはZ4に比べて非力だが着座位置が高く、運転はしやすい。

「まず、名前を聞こか。フルネームや」伊達がいう。

「若山遼《わかやま》」ルームミラーに映る遼に表情はない。

「本名か」

「あたりまえやろ」

「免許証、出せ」

「…………」遼は出さない。

「もういっぺんだけ、いお。免許証、出せ」

遼はジップパーカのポケットから財布を出した。ジッパーを引いて免許証を出す。伊達はとって、

「どこが若山や。和田遼太《わだりょうた》やないけ」

「…………」遼は外を見る。

「平成八年生まれ……。二十三やな。藤本結花といっしょかい」伊達は笑う。「そらおまえ、

あんな性根のきつい女には太刀打ちできへん。尻に敷かれるはずやで」

「ごちゃごちゃぬかすな。調子に乗りくさって」

「すまんな。わしは子供のころから、ひとの気に障ることをいうのが癖なんや」

「おまえみたいなやつでも子供のときがあったんか」

「和田くんよ、イエローカードや。わしは気に障ることをいわれるのが大嫌いなんや」

「…………」遼は舌打ちした。

「おまえ、大麻をやってるな」

「なんやと」

「臭うんや。大麻独特の、あの臭いがな。車に染みついとる」

伊達はいい、「シャブもやっとんのやろ」クマを抱えている遼の左腕をとって捩《ね》じあげた。

痛たたた、と遼は悲鳴をあげる。

「ないの、注射痕」

「あほんだら。シャブなんかやってへん」

「ほな、大麻や。出せ」

「なにを出すんじゃ」

「パイプと葉っぱや」

「殺すぞ、ボケ。おれは……」

瞬間、伊達の肘が遼の顔にめり込んだ。遼は弾かれたように上を向き、クマに抱きついて昏倒した。

「誠やん、かわいそうやろ」堀内は笑った。

「わしは警告した」

「ああ、したな」イエローカードは出した。

「堀やん、グローブボックス見てくれ」

確かに大麻の臭いがする。堀内は車を左に寄せて停めた。ハザードランプを点ける。グローブボックスの蓋を開けて、中のものを助手席に出した。車検証、マニュアルブック、ボールペン、ハサミ、ガム――。最後に出てきたのが、膨らんだ茶封筒で、中に真鍮製のパイプが五本と、缶詰の缶を薄くしたようなグラインダーも二つ入っていた。

「誠やん、こいつは売人やぞ」

パイプは五本とも新品だ。グラインダーは大麻の葉を小さく砕くときに使う。

「パケは」

「ない」

「売人がパケを持ってへんのはおかしいの」

伊達は遼のジップパーカとジーンズのポケットを探った。「ライターだけや」

「誠やん、クマや」

「おう」

伊達はぬいぐるみを持ちあげた。ジッパーのスライダーをつまんで背中を開くと、ナイフが落ち、パケがばらばらと落ちた。膨らんだパケの中身は茶色の葉っぱだ。

「十グラムはある」

伊達はパケをひとつ拾った。「パケは八つ。八十グラムやったら、なんぼや」

「いまはグラム五千円ぐらいやろ」

「ということは、末端価格は四十万か」

伊達は黒い柄の折りたたみナイフも拾って刃を出した。刃渡りは十センチ以上ある。

「このガキ、後生大事にクマを抱えてたんは、わしを刺す気やったんかい」

「窮鼠猫《きゅうそ》を嚙むや」そう、弱いやつほど危ない。

「どうする、このくそネズミ」

「そうやな。沈めるか、海に」

ここから海へは、南港へ行くのが早い。ハザードランプを消したとき、パトカーが脇をとおった。助手席の警官がこちらを見ている。パトカーはウインカーを点滅させて二十メートルほど先に停まった。

セレクターをリアに入れるなり、バックした。加速して角のガソリンスタンドに入り、切り返してもうひとつの出入口から一方通行路に出た。逆走して四つ角を右にまがる。次の点滅信号を強引に入って右折し、なにかのビルの地下駐車場に入ってライトを消した。四つ角ごとに右折したのは、追われる者は左にまがるという習性を逆にとったからだ。

「みごとやな、堀やん。あのパトカーはわしらを職質してたぞ」

「おれもそう思た」昏倒している遼と大量の大麻を見られたら申し開きはできない。

入った駐車場は事務所ビルらしかった。横腹に社名を書いたライトバンや軽自動車が十台ほど駐められている。

遼が呻いた。シートにもたれて眼をつむったまま動かない。伊達はまたクマを抱かせた。

二十分後、地下駐車場を出た。国道25号から26号を南下し、玉出の交差点を右折して南港通を西へ走る。途中、ホームセンターに寄って結束バンドと細いナイロンロープ、ＬＥＤ懐中電灯を買い、平林大橋の手前を南へ行くと、そこは住吉川からつながった貯木池だった。堤防沿いに建ち並んでいるのは倉庫と原木の加工場だろう。

堀内は人気のないところを探して、灯《あかり》のない倉庫と倉庫のあいだに入り、フォークリフトの陰にフィアットを駐めた。伊達は遼の両手首を結束バンドで縛り、首にロープを巻きつけて、

「ほら、いつまで寝とんのや。起きんかい」肩を揺すった。

遼は眼をあけたが、焦点が定まっていない。

「どこや……」声も掠れている。

「南港の貯木場や。前に堤防が見えるやろ」

「おまえら、まさか……」腫れた鼻から血が一筋垂れた。

「そう、おまえを沈める。ブロック抱かせてな。溺死というやつは苦しいぞ」

「待てや。おれがなにをした。おまえらになんか迷惑かけたか」

「誰がおまえらや、え」

「いや、あんたら、や」

「あんたらやない。堀内さんと伊達さんやろ」

伊達は眼をすがめて、「すまんのう、和田遼太くん。おまえは態度がわるかったんや。目上の人間に対する口の利き方を直さんとな。……ま、ええがな。おまえの死体が揚がることは永遠にない。半グレの売人がひとり、大阪から消えたということや」

「わるい。わるかった。伊達さん、堀内さん、このとおりです。堪忍してください」

事態が呑み込めたのか、叫ぶように遼はいった。

「反省してんのか」

「してます。もうえらそうにはいいません」

「堀やん、こいつ、反省してるように見えるか」

「どうやろな。めんどいから沈めようや」

「あっ、あっ、ほんまに堪忍です」遼は必死の形相で手を合わせる。

「堀やん、ちぃとは反省しとるぞ。証言記録を撮ろか」

堀内はスマホを出した。動画撮影モードにしてスタートキーに触れる。懐中電灯を遼の上半身に向けると、きれいに映った。

「誠やん、ＯＫや」

「まず、人定《じんてい》や。名前と齢から訊こか」伊達は横から遼に話しかける。

「和田遼太。二十三歳です」遼は素直に答える。

「住所は」

「東大阪市河内花園……」

「あのな、それは免許証の住所やろ。いまはどこで寝起きしてるんや」

「北桜川二丁目のマンションです」

「もっと詳しく」

「ベルカーサ桜川の７０３号室です」

「誰の部屋や」

「結花です」

「名字は」

「藤本です」

「藤本結花との関係は」

「連れ、というか、まじめにつきおうてます」

動画がブレた。おもしろい。ヒモがまじめにつきあっている、ときた。

「藤本結花に小遣いもろてるんか」

「ちょっとはもろてます」

「ちょっとでは足らんやろ。シノギをいえ、シノギを」

伊達は遼の首に巻いたロープをしゃくった。遼は怯えて、

「あの、葉っぱとかを売ってます」

「これやな」

伊達は遼の胸元にパケをかざした。「大麻の仕入れ先は」

「連れです」

「連れの名前は」

「ケン、です」

「和田くん、正直にいうてもらわんと、君の不利益になるぞ」

「ほんまにケンとしか知らんのです。ケンに電話したら、どこそこへ来いといわれて、行ったら葉っぱを頒けてくれます」

「量は」

「普通は百グラムです」

「値段は」

「二十万です」

「君はそれを小分けにして客に売ってるんやな」

「そのとおりです」

「ケンは大麻を栽培してるんか」

「そうです」

「どこで栽培してるんや」

「そんなん、訊けるわけないやないですか」

「浪速区敷津南のマンション、パークサイドあんずがケンのアジトやな」

「なんのことですか」遼は慌てた。

「君はさっき、パークサイドあんずから出てきた。大麻やシャブは現金取引や」

伊達はつづける。「ケンは大麻の栽培と卸、君は売人やな」

「いや、その、売人というようなたいそうな……」

「以上、尋問終了」

伊達は遼の鼻先で手を広げ、堀内は録画を中止した。懐中電灯を消す。

「遼ちゃん、おまえ、口が軽いのはええけどな」伊達は笑いながら、「この動画がネットに流れたらどうなる。……真っ先に警察が来るわな。おまえは逮捕されてケンのことを喋る。ケンは逮捕されて、ブツの捌き先をみんな吐く。売人の中には当銘グループの半グレどももおるんやろ。……そう、イモヅルや。おまえひとりのせいで何十人という半グレと客がパクられる。おまえは出所したその日に攫われて、遠い世界に旅立つんや」

「…………」遼は俯いた。

「な、遼ちゃんよ、ここからが本題や。わしはおまえの売《バイ》をどうこうするつもりはない。藤本結花にもいうたけど、わしらの目的は豊川聖一や。豊川がどこにおるか、教えてくれや」

「豊川てなやつは知らん」

「わしと結花が豊川の話をしてるとき、おまえは鼻で笑うてた」

伊達は真顔でいう。「下手な芝居はやめとけ。おまえは役者に向いてへん」

「結花が豊川の世話をしてたんは知ってた。それだけや」

「豊川はどこや」

「しつこいぞ。同じことをなんべんも訊くな」

「堀やん、このガキはまたえらそうに喚きだしたぞ」

「あかんな。こいつの性根は直らん」

「そら、しゃあないの。沈めるか」

「ああ、沈めよ」

「よっしゃ。強制執行や」

伊達はロープを引いた。遼の首が絞まる。

「待て。待ってくれ」

遼は縛られた両手でロープをつかみ、悲鳴まじりにいった。「豊川は出ていった。当銘さんが関空で捕まった日や。荷物をまとめて、結花の部屋から出ていった」

「なんで、おまえがそれを知ってるんや」

「おれは豊川と当銘さんの連絡係やった」

「おまえが連絡係で、結花が世話係やったんか」

「ああ、そうや」

「えらい丁重な扱いやの」

「当銘さんが、そうせいというたんや」

「去年の三月、博多で、当銘と豊川は結託して、五億円の金塊を強奪した。その分け前をめぐって犯行グループが揉めてたという説もある。……当銘が豊川の面倒を見た理由はなんや」

「おれは下っ端やから、詳しいことは分からん。けど、当銘さんが豊川からかなりの金をもろて匿うてやったという話は、結花から聞いたことがある」

「かなりの金？　一千万や二千万やないな」

「んなことは知らん。結花も知らんやろ」

「当銘と豊川は足の先から首まで、どっぷり一蓮托生やったというわけや」

伊達はうなずいて、「豊川は荷物をまとめて、どこへ行く、というてた」

「聞いてへん」

「おまえはそのとき、結花のマンションにおったんやな」

「おった。荷物を運んだった」

「フィアットでか」

「ちがう。地下の駐車場まで運んだ。男がふたり、軽四で迎えにきてた」

「おっと、それは新事実や。……誰や、そいつらは」

「知らん。初顔や」当銘グループのメンバーではなかったという。

「どんなやつや」

「ひとりはスキンヘッド、ひとりはカマキリみたいな痩せやった」

スキンヘッドとカマキリ――。堀内には思いあたるものがあった。そう、槙原台の黒沢クリニックだ。松本といっしょにクリニックの別棟を不法占拠していたのが、スキンヘッドとカマキリだった。

「誠やん」伊達を見た。伊達も気づいていたのだろう、

「スキンヘッドは小肥りで、カマキリはギョロ眼のチビか」

「そうやったな」

「ふたりの年格好は」

「ふたりとも若かったけど、おれよりは上やろ」

「スキンヘッドは村瀬、痩せのカマキリは宮川とかいうてなかったか」

「名前は聞いてへん。痩せは豊川に、お久しぶりです、とかいうて、へこへこしてた」

「そうか、痩せは豊川にへこへこしてたか」

伊達はまたうなずいて、「それが豊川を見た最後か」

「痩せが豊川のバッグを持って軽四に積んだ。豊川が後ろに乗って、スキンヘッドが運転して駐車場を出ていきよったわ」

豊川がいなくなってせいせいした、と遼はいった。

「そらよかったのう。おまえはそれから安心して当銘のバシタをとったわけや」

「おれが結花の部屋にころがり込んだんは、今年の一月や。ゲスの疑《うたぐ》りはやめんかい」

「疑りやない。勘ぐりや」

伊達は笑い、フロントシートを前に倒して助手席のドアを開けた。

「降りんかい」

「なんやて……」遼の顔がこわばった。

「おまえはよう喋った。堪忍したろ」

伊達は遼の襟首をつかんで前に押しやった。遼は丸くなって車を降りた。

伊達はクマのぬいぐるみを外に投げ、大麻のパケも拾ってみんな外に捨てた。車を降りてシートを起こし、助手席に座った。

「この車は借りる。敷津稲荷の隣のパーキングに駐めとくから、あとでとりに来い」

「おれ、キーがない」

「ドアポケットを探せ」

伊達は折りたたみナイフを放った。「ほら、それでバンドを切れ」

伊達はウインドーをあげ、堀内は走り出した。


「堀やん、宮川と村瀬やな」

「まちがいない。宮川は豊川の下で運び屋をしてた」

関釜フェリー金塊密輸で水槽トラックを運転していたのは宮川と松本だ。ふたりは下関東署に逮捕されたが、松本は起訴されて収監され、宮川はおそらく証拠不十分で不起訴となったのだろう――。

「思わんとこで顔出しよったな、宮川」

「宮川と村瀬を結花のマンションにやったんは、松本とちがうか。おれはそんな気がする」

「くそったれ、わしらはまた、松本に一杯食わされたというわけや」

「富田林に行くか」

「松本をぶち叩きにな」

伊達は笑い声をあげた。

敷津にもどった。コインパーキングにフィアットを駐め、Ｚ４に乗り換えた。

「堀やん、腹減った」

「ああ」インパネの時計を見た。八時をすぎている。

「松本を叩く前に、なんぞ食お」

「なにがええ。肉か、魚か」

「昼はなに食うた」

「タイ料理や。バジルのランチ」大食いの伊達は食ったものを忘れるらしい。

「ほな、晩飯は中華やな」

「ラーメンか」

「ラーメンは中華やない。世界に誇る日本料理や」

宗右衛門町の東の外れに北京ダックの美味い店がある、と伊達はいう。

「けど誠やん、酒も飲まずに北京ダックは食えんぞ」コースの中国料理には紹興酒だ。

「車は堺筋の駐車場に駐めといたらええんや。富田林はタクシーで行こ」

「無駄遣いやな」

「無駄遣いと酒は、どっちが好きや」

「そら、酒やろ」つい笑ってしまった。無駄遣いの好きなやつがいるのだろうか。

「ジャンケンや」

伊達は拳を振る。「勝ったら北京ダック代。負けたらタクシー代や」

「タクシー代は往復か」

「そらそうやろ」

「負けるほうが安うつくな」

ジャンケンは堀内が勝ってしまった。

9

富田林――。南若松町でタクシーを降りた。料金は九千円。伊達が払った。

ステッキをついて清風荘まで歩いた。フェンス越しに見える三階五号室の窓には灯がない。

「寝とんのか。松本のくそガキ」

「それはないやろ。まだ十時や」

「見てくる。堀やんは待っとけ」

伊達は外階段をあがった。廊下の右端まで行ってドアの前に立ち、しばらくようすをうかがっていたが、煙草を吸いつけて降りてきた。

「――おらん」部屋から物音は聞こえなかった、と伊達はいう。「電気メーターのディスクはゆっくりまわってた。冷蔵庫やろ」

「どうする」

「そうやの」伊達はけむりを吐いて、「張るか」

「張るのはかまへんけど、車がない」

遠張りには車が不可欠だが、Ｚ４は堺筋のパーキングに駐めてきた。

「しゃあない。十一時まで張ろ」

伊達とふたり、外階段の段裏に入った。ビールの空きケースがあったので、二つを横にして座った。「なんかしらん、腹がもたれてる。食いすぎたか」

「食いすぎ、飲みすぎや」

宗右衛門町の中国料理店で、堀内と伊達は紹興酒の四合瓶を二本、空にした。六合は伊達、二合は堀内。北京ダックも堀内は皮だけ、伊達は皮と肉と炒飯まで食っていた。


十一時まで待ったが、外階段をあがっていったのは松本ではなく、瘦せの五十男と小肥りの若い女だった。

「あかんな、堀やん」

「昨日、脅したやろ、また来ると。あれでチビりよったんかもしれんで」

松本はしばらくアパートに寄りつかないのではないか、と堀内はいった。

「家宅捜索するか」

「そうやな……」

考えた。住居不法侵入は犯罪だ。住人に通報されると、窃盗未遂容疑で検挙される恐れもある。

「誠やんはピッキングなんぞできんやろ」

「できるわけない」

「やめとこ。盗人の真似は」

仮に侵入できたとしても、家宅捜索で豊川探しの手がかりをつかめるとは思えない。

「ほな、どうする。帰って寝るか」

「宮川と村瀬はどうや。結花のマンションから豊川を軽四に乗せて連れていきよった」

「けど、堀やん、村瀬は幾成会の組員で、宮川は村瀬の連れや」

「宮川のヤサは分かってる。羽曳野の志波之庄、幾成会の寮や」

「組事務所の寮にカチ込むんか……。大事《おおごと》やな」

「カチ込みはせん。忍び込むんや」

そう、幾成会の事務所ビルの左奥に、寮に出入りできる鉄骨階段があった。

「よっしゃ、分かった。行こ。羽曳野や」

伊達は立って段裏から出る。堀内もつづいた。

富田林駅まで歩いて五分、客待ちのタクシーに乗った。


十一時三十分、志波之庄駅でタクシーを降りた。薄暗い商店街を抜けて幾成会の事務所ビルへ。あたりに人影はなく、猫が街灯の下を横切った。

四階建のビル前に立った。玄関横の窓に灯がついている。組当番がいるらしい。

堀内と伊達はひとつうなずきあって、ビルとブロック塀のあいだを奥へ入った。伊達が先に鉄骨階段をあがる。二階踊り場に出入口はなく、三階まであがった。

三階踊り場のドアを伊達は引いた。音もなく開いた。

中に入った。リノリウム敷きの廊下だ。天井の蛍光灯が暗い。廊下の両側に四つずつ、ドアがあった。

「個室やな」

「らしいな」表札のようなものはない。

伊達はいちばん手前のドアをノックした。返答がない。

向かいのドアをノックすると、はい、と声が聞こえた。

「すんません。ちょっとよろしいか」

伊達が小さくいうと、ドアが開いた。初老の男が顔をのぞかせる。

「こんばんは」伊達は頭をさげた。

「はい、こんばんは」

「夜分にすんません。友だちを訪ねてきたんやけど、部屋が分からんのです。宮川というんやけど、知ってはりませんか」

「さぁね、ほかのひとの名前は知らんのですわ」

「背が低うて痩せてます。ぎょろ眼です」左の肘が折れている、ギプスを巻いているだろう、と伊達はいった。

「そういや、そんなひと、いてますな。現場で怪我したとかいうひと」

「部屋は」

「四階とちがうかな。新しいに入ったひとは四階やから」

部屋までは分からなかった。伊達は礼をいい、ドアは閉まった。

踊り場に出て、四階にあがった。中に入る。廊下の両側に四室ずつというレイアウトは三階といっしょだった。

「どういう段取りで行こ」耳もとで伊達がいう。

「まずノックやな。宮川さん、と呼びかけよ」

「こっちは」

「宅配です、とはいえんな」

「郵便です、ともいえんぞ」

「分かった。組当番で行こ」

「なんや、それ」

「おれがノックする。ドアが開いたら、誠やんは踏み込んでくれ。宮川が騒ぐようやったら、これや」

ステッキを振ってみせた。伊達は笑った。

堀内は左手前のドアをノックした。宮川さん、と小さくいう。ちがうで——、と声が聞こえた。その隣は返答なし。その隣も反応なし。廊下の突きあたり、左のドアをノックした。

「宮川さん……」

はい——。当たった。

「組当番の山本やけど、宮川さんに伝言があるんや。開けてくれるか」

開いてる。錠はかけてへん——。

聞いた途端、伊達がドアを引いた。部屋に踏み込む。堀内も入った。

宮川はテレビの前に座り、伊達を見あげていた。厚く包帯を巻いた左腕を首に結んだ三角巾で吊っている。

「フリーズや。騒いだら窓から放り出す。分かったな」

「………」宮川はこくりとうなずいた。怯えている。

「昨日の晩も来たんやぞ。あんたに会いとうてな。下の事務所で追い返されたがな」

伊達はつづける。「――また、出直してきたんはな、あんたにどうしても訊きたいことがあるからや」

「誰に聞いたんや。おれがここにおると」

「松本や。お友だちのな」

「あのガキ……」

「藤本結花を知ってるよな」

「知らんな」

「とぼけるのはやめとけ。ネタは割れてる」

伊達は宮川の前にかがんだ。「おまえは関釜フェリー金塊密輸で、水槽トラックを運転してた。そう、松本の前の運び役や。……密輸グループのリーダーは豊川聖一。サブリーダーは三好翔。三好と松本は去年の二月に逮捕されたけど、豊川は逃走した。……で、その一カ月後に、博多で金塊強奪事件発生。指名手配中の豊川と当銘和久の狂言強盗や。……四カ月後の去年の七月、当銘は香港から帰国した関空で逮捕。同じ日に豊川と藤本も帰国したけど、逮捕は免れて藤本のマンションにもどった。そうしてその夕方、マンションに豊川を迎えにきたんが、おまえと村瀬のふたり組やったというわけや」

伊達は宮川の肩に手をやった。「豊川を軽四に乗せて、どこに連れていったんや」

「西成や」宮川は上体をひいた。

「西成？　西成のどこや」

「釜ヶ崎のウィークリーマンション」

「それだけでは分からん」

「知らんのや。いちいち憶えてへん」

西成署近くのウィークリーマンションだった、と宮川はいう。「村瀬が車を降りて手続きしてきた。おれは玄関まで豊川のバッグを運んだ。それで、さいならや」

「嘘やな」

「なにが嘘じゃ」

「おまえ、豊川にへこへこしてたんとちがうんかい」

「なんやと……」

「釜ヶ崎のウィークリーマンションいうのは、むかしでいう〝ドヤ〟や。豊川が女気もなしに一泊二千円や三千円のドヤ暮らしなんぞするわけない。おまえはへこへこついでに、豊川を連れて行ったんや。新しいヤサにな」

「ヤサなんぞ知るかい。釜ヶ崎に行こ、いうたんは村瀬や」

「そうか」

伊達は宮川の左腕をつかむなり、三角巾ごと捻じあげた。宮川はのけぞり、悲鳴をあげて倒れた。伊達を蹴ろうと両足で宙を掻く。伊達は躱して股間に拳を突き入れた。宮川はくの字になり、のたうって呻く。伊達は宮川の股間に腕を入れたまま、

「ほんまのこといわんかい。握り潰すぞ」

「やめろ。やめてくれ」

宮川は白眼を剝いて苦悶する。「分かった。いう」

「そうや、それでええ」

「頼む。息ができん」

「ほら、いえ」伊達は力を緩めたようだ。

「淡路島や。豊川を連れていった」

「淡路島では分からん」

「洲本のリゾートマンションや」

「どういう絡みや」

「結花にいわれた。洲本へ行って藤本真人《まさと》いう男に会え、と」

宮川は結花から電話番号を書いたメモを渡された。阪神高速道路で垂水、明石海峡大橋を渡って淡路島へ。メモの番号に電話をすると、男が出て、洲本炬口《たけのくち》漁協の近くのローソンに来いといわれ、そこのパーキングで男に会った――。「結花の従兄や。ずんぐりむっくりの陰気な男やった。そいつからマンションの鍵を受けとったんや」

「で、どうした」

「海岸沿いの道を洲本温泉へ走った。マリーナのそばのリゾートマンションやった」

「なんちゅうマンションや」

「憶えてへん」

「それはないやろ」伊達は宮川の股間を捻《ひね》った。

「う、う……」宮川は呻いた。

「思い出したか」

「――『マリーナ・ベイ・ドムス』」

「何号室や」

「511か、512……」

宮川は豊川に部屋のキーを渡し、マンションの玄関で別れたという。

「部屋までバッグを運んだんとちがうんか」

「いや、そこまではしてへん」

「その部屋は結花の所有か」

「ちがう。麻衣子や。『ドムス』いうリゾートマンションチェーンがあるやろ」

名義は大西麻衣子だが、金の出処は当銘だろう、と宮川はいう。

「関空で当銘といっしょに逮捕されたんが大西麻衣子やったな」

「麻衣子も結花も当銘の女や」

「大西麻衣子のヤサは」

「知らん。聞いたこともない」

「藤本真人はマンションのキーを預かってたんか」

「そうやろ」

「洲本のコンビニで藤本に会うたとき、藤本は車で来たんか」

「歩いてきた。長靴履いてな」

「ということは、藤本は洲本に住んでるんやな」

「んなこと知るかい」

「藤本結花は淡路島の出か」

「知らん、知らん」

「大西麻衣子はどこの出や」

「しつこいのう。知らんというてるやろ」

「大西麻衣子、藤本結花、藤本真人、当銘、豊川……。おまえら半グレどものネットワークは大したもんやの」

「ファミリーや。おれらはヤクザやない」

「ファミリー？　舐めたものいいやの」

伊達の腕に力が入る。宮川の顔が歪んだ。

――と、ノック。宮川、と呼びかける声が聞こえた。

「助けてくれ」宮川は叫んだ。

ガツッと鈍い音。伊達は宮川を殴りつけて突き放した。

堀内はドアのそばに行った。話し声がする。向こうは複数だ。

伊達が正面からドアを蹴った。弾けて開く。

廊下に出た。男がふたりいる。ひとりが木刀で殴りかかってきた。ステッキで払う。たたらを踏んだ男は膝をつき、そのこめかみに伊達の拳がめり込んだ。男は顔から床に落ち、それを見たもうひとりは壁を背にして横に動く。手にキラリと光るもの。包丁だ。刃渡りの長い柳刃包丁。

「やめとけ」堀内は伊達と男のあいだに入った。「物騒なもんはしまえ」

男は若い。眉がない。縒《よ》れたTシャツにジーンズ。組当番か。

「宮川に会いにきただけや。話は終わった」

眉なしは答えず、腰をおとして身がまえる。

「おまえのイケイケは分かった。こんなとこで血を流したら、おまえ、破門やぞ」

「ほざくな」眉なしの顔に一瞬、弱気が見えた。

「堀やん、退け」

伊達が木刀を拾った。「うっとうしいんや。かっこだけのチンピラは」

伊達は無造作に前に出て木刀を振りおろした。包丁が飛び、眉なしは腕を抱えてうずくまる。

伊達は振り返って、帰ろ、と堀内をうながした。

踊り場にひとはいなかった。鉄骨階段を降り、ビル脇から道路に出た。

「手、痺れんかったか」伊達は木刀を捨てた。

「なんのことや」

「ステッキで受けたやろ、木刀」

「頭で受けたら怪我するやろ」

「それもそうや」伊達は腕の時計を見た。「一時や。なんぞ食うて帰るか」

「おれはええけど……」

さっきの北京ダックが頭に浮かんだ。「誠やんが食いたいんやったらつきあう」

「バディやの、堀やんは」

伊達は笑った。「わしがなんかしよ、いうて、嫌といわれたことがない」

「めんどいんや。嫌というのが」

「宗右衛門町にもどるか。一口餃子の旨い店があるんや」

餃子を食ったあとは代行を頼んで天神橋へ帰れ、と伊達はいった。

10

着信音——。布団から手を伸ばしてスマホをとった。伊達だ。

——ハロー、グッドモーニング。久保が勝ったな。

——なんやて。

——将棋や。Eテレ。

思い出した。伊達は将棋の免状持ちで、毎週日曜日、NHKの将棋対局を見る。刑事部屋でもよく指していた。

——わし、久保のファンなんや。振飛車の星。

自分も振飛車を指すから好きだという。

——誠やん、何段や。

——四段や。

——それは柔道やろ。

——将棋か。初段や。アマのな。

アマチュアの初段がどれほどのものか、まったく分からない。

——堀やん、今日は日曜や。仕事はお休みにするか。

——誠やんの好きにせいや。おれの答えに否はない。

伊達といると気が紛れる。鬱々とした気分にならずに済む。飲み食いがすぎるが。

——ほな、これから行く。昼飯、食お。

どこか店を考えておいてくれ、と伊達はいい、電話は切れた。

堀内はテレビをつけた。Eテレにする。伊達は久保が勝ったといったが、ふたりの棋士がまだ盤を挟んで座っていた。そうか、これが感想戦というやつか。解説を聞いていてもわけが分からないからチャンネルを変えると、どの局も芸人だらけだ。まるでおもしろくない。

BSのメジャー中継にして音声をオフにし、台所へ行った。冷蔵庫を開けて缶ビールを出したが、車を運転することを考えると飲むわけにもいかない。薬罐をコンロにかけて湯を沸かし、パックのコーヒーを淹れた——。


伊達は三十分後に来た。休日は道が空いてる、と椅子に腰をおろした。

「コーヒー、飲むか」訊いた。

「おう、ごちそうさん」

「二杯分、淹れといた」モーニングカップをテーブルにおいた。

「このカップ、洒落てるな」伊達は珍しくブラックで飲む。

「ブルーオニオンや」

「マイセンか」

「おれの趣味やない。杏子にいわれて買うた」

「杏子はなにしてるんや」

「さぁな、赤坂あたりのラウンジのママか、川口あたりのソープランド勤めやろ」

ここ一年半、声も聞いていないといった。「どっちにしても、あれは金食い虫やった」

「堀やん、きれいな花は高うつくんや」

鉢植えは安いが切り花は高い、と伊達はいう。伊達の鉢植えは、あの怖いよめだろう。

「さて、なに食う。考えたか」

「いや、忘れてた」

「すっぽんでも食うか」

「あのな、昼間からすっぽんは食えん」

「今日は日曜やで」

「んなことは関係ない。とにかく、出よ」

ジャケットをとって立ちあがった。


天神橋筋商店街を歩いた。通りかかったお好み焼き屋に入って、伊達は豚キムチ炒めと海鮮ミックス焼、堀内はミックス焼きそばを注文した。

「ビール、飲みたいな」伊達はおしぼりを使う。

「飲めや」

「堀やんは」

「車に乗らんのやったら飲む」

「しかしな、今日はZ４でドライブしたいんや」

「淡路島か」

「正解や」

伊達はポケットから百円玉を出した。「どっちや」

「表」

「裏」

伊達は鉄板の端におしぼりを広げて百円玉を弾いて落とした。裏だった。

「すまんな」伊達は店員を呼び、中ジョッキを一杯、注文した。

「どうせ飲むんやったら、コイントスなんぞせんでもええやろ」

「気ぃわるいやないか。勝負して飲まんと」

ここはわしが払う、と伊達はいい、「洲本の『マリーナ・ベイ・ドムス』、電話番号をメモしてきた。ナビで行けるよな」

「行けるやろ。……誠やんの車は」

「天満宮の近くのコインパーキングに駐めた。そしたら、同じパーキングにシルバーのＺ４が駐まってた」

「あのパーキングは安い。二十四時間で千二百円や」

Ｚ４の車庫証明は生野に頼んで西天満のヒラヤマ総業の契約駐車場でとったが、堀内のアパートからだと二十分は歩かないといけない。

「淡路島は五年ぶりや。前は岩屋温泉に行った」

「温泉？　誰と行ったんや」

「そら、これに決まってるやろ」伊達は小指を立てる。

「ほんまに、あちこちでつまみ食いするんやな」

「色は黒いけど、乳はピンク色やった。よう喋るけど、ひとの話は聞いてへん。情は薄いけど、化粧は濃かったな」

「それはええ女や」

「温泉で一泊したとこまではよかったんやけどな、帰りの第二神明でオービスにひっかかったような気がしたんや」

八十キロの道を百二十キロで走っていた。ハッと気づいたときはオービスのカメラの下を通過していた、と伊達はいう。

「えらいことや。よめはんが家におるときに呼出状が来たら、言い訳ができんがな。こら誠一、なんでこんな日に神戸を走ってたんや……。いや、その日は訊込みで神戸に行った……。ちょっと待ち。その前の日は泊まり込みで、帰ってこんかったやないか……。よめはんの取調べは鬼より怖いで」

「自分の車で岩屋に行ったんか」

「まさか、署の車で女と温泉なんぞ行けるわけないがな」

「そら誠やん、ごまかしきれんぞ。神戸の所轄の交通課に行ったら、撮影した写真を見せられて署名を求められる。オービスの写真はめちゃくちゃ鮮明らしいで」

「堀やんのいうとおりや。それから一月、生きた心地がせんかったな。わしは毎日、郵便受けに走ったがな」

「で、どうなったんや」

「呼出状は来んかった。わしは運が強い」

伊達は笑いもせず、「堀やん、女と遊ぶときは一に細心、二に用心や。パンツ脱いでも兜《かぶと》はとるなよ」

「肝に銘じとこ」

ビールが来た。堀内はグラスの水に口をつけた。


午後三時、洲本に着いた。『マリーナ・ベイ・ドムス』は大浜海水浴場をのぞむ高台に立つ、規模の大きいリゾートマンションだった。敷地内に二面のテニスコートとフットサルコートがあり、若い男女がゲームに興じていた。

「花粉、大丈夫なんかの」

「スギ花粉のピークはすぎたやろ。いまはヒノキや」

「去年、家族でアレルゲンのパッチテストとかいうのをした。スギ、カバノキ、ブタクサ、ハウスダスト、ダニ、犬猫の毛……。わしは十種類ほどアウトやったな」

「いまどきの日本人はみんな、アレルギー持ちなんや」

堀内はウルシに弱い。子供のころ、遠足で山に行くと、翌日は身体中が痒かった。いまもマンゴーを食うと口が腫れる。ネットで調べたら、マンゴーはウルシ科だった。

駐車場にZ4を駐めた。ルーフを閉じて降りる。玄関はオートロックだが、昼間は開放しているのだろう、ロビーに入れた。

集中メールボックスの《511》に〝ONISHI〟というプレートが挿さっていた。

「誠やん、ビンゴや」

エレベーターで五階にあがった。廊下のドアとドアの間隔が短いのは、部屋が狭いのだろう。広くても2DK、ベランダからは海が見えるはずだ。

「当銘はなんぼぐらいで買うたんかの」

「新築で一千万ということはないな。二千万円は出したんとちがうか」

「リゾートマンションてなもんは会員制でええんや。住みもせんのに」

伊達はインターホンを押し、ドアをノックした。返答はなかった。

「どうする、堀やん」

「さぁな……」

去年の七月に来た豊川が、まだここに潜伏しているとは思えないが――。「部屋のようすを見たいな」なんらかの手がかりを残しているかもしれない。

「ドアを破るか」車の中にホイールレンチがあると伊達はいう。

「そいつは手荒いな。音もする」

「しかし、このままで帰るのは芸がない。二時間もかけて洲本くんだりまで来たんやで」

「ひとつ思い出した。宮川がいうてたやろ。藤本真人は長靴履いて漁協近くのコンビニに来た、て。それはどういうことや」

「藤本は漁師か」

「その可能性はある」

「さすがや、堀やん。漁協へ行ってみよ」

伊達は踵を返した。

洲本炬口漁業協同組合――。陸屋根、白い外観のシンプルな建物だった。国道沿いに車を駐めると、伊達は漁協に入り、すぐに出てきた。
「分かった。藤本は漁師でも漁協の職員でもない。この近くの水産加工場勤めや」

伊達は助手席に座って、「この先に神社の鳥居が見えるやろ。鳥居の手前の道を左や」

伊達のいうとおりに走ると、道路の右側にスレート葺きの工場があった。ブロック塀の看板に緑のペイントで《淡路炬口水産》とある。堀内は敷地内に入って車を駐めた。テントを張った生簀《いけす》からエアレーションの泡がたち、潮の匂いがする。

伊達につづいて水産加工場に入った。ゴムの前掛けをしたふたりの女性が作業台に並んでイカを捌いている。

「お仕事中、すみません」

伊達がいった。「藤本さん、いてはりますか」

「今日は休みですよ、藤本さん」女性のひとりが顔をあげた。

「そうか。日曜でしたね」

「交代で休むんです。漁は平日も日曜もないから」

女性は包丁をおき、上体を反らせて伸びをする。

「わし、ヒラヤマ総業の伊達といいます」

伊達は名刺を差し出した。女性はゴム手袋をとって受けとる。

「大阪から藤本さんを訪ねてきました。差し支えなかったら、藤本さんのお家を教えてもらえんですか」

「あの、どういうご関係ですか」女性は名刺を見る。

「藤本さんは大浜のリゾートマンションの一室の管理をしてはるそうで、我々はその契約関係で藤本さんにお会いしたいんです」

「ああ、〝ドムス〟のことなら聞いてます」

女性の表情が和んだ。「藤本さんのアパートは物部《ものべ》です。洲本高校の裏手の……なんやったかな。……そうそう、『光風ハイツ』」何号室かまでは知らないといった。

「藤本さんはお独りですか」

「独りですよ」

「いや、ありがとうございました。大阪から来た甲斐がありましたわ」

伊達は頭をさげ、堀内もさげて水産加工場をあとにした。

11

物部――。洲本高校の脇道を北に入った。突き当たりのT字路を右に折れると、プレハブ造りの大きな建物があった。道路側にベランダが張り出した二階建。辺りでアパートらしい家屋はこれだけだ。堀内は生垣のそばにZ4を駐めた。

伊達が車を降りて敷地に入っていった。すぐにもどってきて、

「ここや。『102』に〝藤本〟いう表札が出てる」

堀内は車をバックさせて敷地内に入った。軽自動車が三台とミニバンが一台、駐められている。エンジンをとめ、ステッキを持って車外に出た。アパートは連棟で、各棟にドアと階段があり、住人は駐車場からそのまま部屋に出入りできるようだ。

102号室の前に立った。伊達がノックする。返事がない。

「留守か……。しもたな。さっきの加工場で藤本の電話番号を訊いたらよかった」

「もどるか、加工場。五分ほどや」

「そうやの」

伊達が踵を返したところへ、シルバーのセダンが駐車場に入ってきた。車高を落とした旧型のクラウンだ。クラウンはまっすぐ近づいてきて、伊達と堀内のそばに停まった。運転席の男が怪訝そうにこちらを見る。

「こんちは」

伊達は小さく手をあげた。クラウンのサイドウインドーがおりた。

「藤本真人さん？」

「そうやけど……」男はうなずく。

「ヒラヤマ総業の伊達といいます。こっちは堀内。さっき、炬口水産で藤本さんのお家を聞いてきたんですわ」

にこやかに伊達はいう。「大浜の『マリーナ・ベイ・ドムス』、５１１号室を管理してはるそうですね」

「なんや、あんたら。……おれ、管理というほどのことはしてへんで」

月に一回、部屋に入って窓を開け、風を通すだけだという。

「管理はしてないかもしれんけど、鍵は預かってるでしょ。従妹の藤本結花さんから」

「結花から聞いてきたんか」横柄なやつだ。この男はものいいようを知らないらしい。

「去年の七月、漁協の近くのローソンで、藤本さん、『ドムス』の５１１号室の鍵を宮川いう男に渡しましたね」

「ああ、渡した。結花にそうしてくれといわれたからな」

「鍵を渡したあと、いっしょに行きましたか、『ドムス』に」

「行ってへん。おれは帰った」

「511号室に豊川いう男が入ったんは」

「知らんな。……だいいち、あの部屋は結花のもんやないやろ」

「所有者は大西麻衣子です。藤本結花さんの友人ですわ」

「大西麻衣子な……」

ひとつ間があった。「おれ、見たな」

「どこで見たんです」

「ちょっと待ちぃな。あんたら、結花とはどういう関係なんや」

「結花さんが勤めてるガールズバーを経営してるのがヒラヤマ総業で、我々はスタッフです」

「結花がなにかしたんかいな」

「いや、結花さんやないんです。……実をいうと、511号室に入った豊川聖一いうマネージャーが売上を持ってフケよったんですわ。それで、こうして行方を追いかけてますねん」水商売に金の取り立てはつきものだと、伊達は笑った。

「その男と結花はグルとちがうんやな」従妹を庇《かば》うように藤本はいう。

「ちがいます。もし万が一、結花さんを手引きしたんなら、大西麻衣子ですわ」

「いろいろあるんやな」

藤本はシャコタンのクラウンから降りてきた。宮川がいったように、ずんぐりむっくりしている。色黒、スポーツ刈り、髭が濃い。齢は三十前後だろうか。

「ええ車ですな。金、かけたでしょ」伊達がいう。

「エンジンはそうでもないけど、サスまわりにかかったな」

仏頂面で藤本はいい、「あのBMW、あんたらが乗ってきたんか」

「あれはうちの社有車ですねん」

「スポーツカーが会社の車て、変わってるな」

「なんやったら交換しますか。このクラウンと」

「それはええけど、車検とったばっかりやしな。名義変更とかややこしいやろ」

藤本は真顔でいった。おもしろい。本気にしたのかもしれない。

「その前に、さっきの大西麻衣子の話、聞かせてください」

「去年の秋や。そう、十月やったな。結花から電話があって、511号室を空けるから立ち会うてくれといわれた」

勤めを早く終えた夕方、藤本は『ドムス』へ行った。部屋には男がひとりいて、大型のキャリーケースがふたつ、玄関におかれていた——。「荷物をまとめて、おれを待ってたんや。ほいで、その男から鍵を返してもろたんやけどな……」

部屋の中は、よくもここまで散らかしたという状態だった。食べ残しのカップラーメン、飲みさしのペットボトル、ビールの空き缶、衣類、週刊誌、雑誌、ベッドカバーなどが複数の段ボール箱に捨てられ、フローリングのところどころに染みがついていた——。「掃除機はあるのに使うた痕がない。掃除なんかしとらへんのや。ベッドと風呂場だけはきれいやったけど、香水の匂いがきつかったな」

「男は名前をいいましたか」

「聞いてへん。愛想はわるうなかった。部屋の片付け賃やとかいうて、金もろたわ」

「なんぼもろたんです」

「五万円や。びっくりしたで」

「そら、ええバイトになりましたな。……どんな男でした」

「茶髪のロン毛で、チャラい感じや。背が高うて細かった」

「齢は」

「おれといっしょぐらいやろ」

「男はおたくに鍵を渡して、すぐに出ていったんですか」

「いや、ソファに座って煙草吸うてた。そしたら、十分ほどしてチャイムが鳴った。おれがドアを開けたら女が立ってた。垢抜けた、ええ女やった」

藤本は女を部屋に入れた。女は下に車を駐めていると男にいい、男は立って玄関へ行った——。

「そのときに聞いたんや。男が女に〝まいこ〟というたんをな」

「麻衣子は男に、豊川さんとか、聖ちゃんとかいわんかったですか」

「聞いたかもしれんな。憶えてへんけど」

「それで、どうしました」

「ふたりは廊下に出た。おれはキャリーケースを転がして駐車場まで行った。五万円もろたサービスや」

女が駐めていた車は白いEクラスのベンツで、運転席に黒いキャップをかぶった男が座っていた。女は男にいってトランクリッドをあげさせた。藤本がトランクにキャリーケースを載せると、女と男はリアシートに並んで座り、ベンツは走り去った。藤本は部屋にもどって十一時ごろまで掃除をし、段ボール箱のごみは翌日、便利屋を呼んで処分した――。

「黒いキャップの男の年格好は」

「ロン毛よりは若かった。髭面や」

宮川ではなかったようだ――。

「どんな髭です」

「いちいち憶えてへん。とにかく、髭が生えてた」

「髭面はロン毛に挨拶しましたか」

「したな。黙って頭をさげてた」

「藤本さんが片付けたごみの中に、豊川の行き先が分かるようなもんはなかったですか。例えば、観光地のガイドブックとか、ホテルのパンフレットとか」

「んなもんは見てへん。みんな便利屋が捨てた」

「結花さんには、麻衣子が迎えにきたと伝えましたか」

「電話はしたで。結花は、あ、そう、というただけやった」

「いや、どうも。ためになりましたわ」伊達は軽く頭をさげた。

伊達は藤本に頭をさげ、こちらを見た。「堀やん、つながったな」

堀内はうなずいた。キーパースンは大西麻衣子だ。

「ひとつ頼みがあるんやけど、よろしいか」

藤本にいった。「結花さんに電話をして、大西麻衣子の住所を訊いてもらえんですか」

「そらおかしいで。あんたら、結花と麻衣子が勤めてる店を経営してる会社の人間なんやろ。

そやのに、店の女の子の家も知らんのかい」

「麻衣子はこの半月、欠勤してますねん。携帯はつながらんし、マンションも引き払うたみたいでね」

堀内はズボンのポケットから札を出した。一万円だ。「頼みますわ。結花さんなら、大西麻衣子の居場所を知ってるはずですねん」

「どうやって訊くんや」藤本は札に眼をやった。

「さぁね……。ドムスの部屋で豊川の腕時計を見つけたとでもいうたらどうですか。それを送りたいから、麻衣子の住所を教えてくれ、と」

「そんな適当な理由でええんかい」

「そこは自分で考えてください」

「分かった」

藤本は札に手を伸ばした。堀内は引っ込める。

「麻衣子のヤサが分かったら、です」

藤本は舌打ちして、スマホを出した。背中を向けて離れていく。結花につながったのだろう、しばらく話をしてもどってきた。

「――中央区の南船場や。住所は分からん。堺筋に『パレスアーバン』いうホテルがある。その北隣のタワーマンションの九階やというてた」

「マンションの名前は」

「聞いてへん。結花も知らん」

「ご苦労さん。それで充分です」

一万円を差し出した。藤本はジップパーカのポケットに入れて、

「ひとつ思い出したわ。おれがキャリーケースを積んだEクラスのベンツや。福岡ナンバーやったな」

「福岡ナンバー……。番号は」

「知らん。〝福岡〟てなプレートは見ることがないから憶えてた」

藤本は横を向き、「さっきの話、ほんまかいな」と、伊達にいった。

「なんのことです」

「おれの車とあの車や」藤本はZ4を見る。「おれは交換してもかまへんで」

「そら、よろしいな。追い金、五百万でどうです」

伊達は笑いながら歩きだした。


『光風ハイツ』をあとにした。洲本バイパスを西へ向かう。

「堀やん、折《い》れや」

伊達は五千円札を堀内の膝においた。

「一万のチップは多すぎたか」

「そんなもんやろ」

伊達はサイドウインドーをおろして煙草を吸う。「南船場に着くのは六時半か」

「よう働くな、誠やんとおれは」

「わしが家におったら、よめはんの機嫌がわるいんや。日曜日でもな」

「娘ちゃんはどうなんや」

「無視やな。逆ネグレクト。わしの存在なんぞ、端《はな》から頭にない」

日がな一日、スマホをいじっているという。

「未成年のスマホ依存は危ないぞ」

「わしはよめはんにそういうんやけどな」

「誠やんはいわんのか」

「ファミリーカーストにおける最下位者のわしが、上位者にもの申せるわけがない」

「あちこちでつまみ食いしてる罰《ばち》やな」

「心理学でいう代償機制や。外で遊ぶことによって内なる理不尽から逃避する」

ものはいいようだ。洲本インターチェンジから神戸淡路鳴門自動車道にのった。


南船場――。『パレスアーバン』のタワーパーキングに車を入れた。二時間までの駐車が無料になるからホテル内でなにか食おう、と伊達がいう。

「フレンチ、イタリアン、どっちがええ」

「イタリアンかな」

「よっしゃ。『ラミーノ』や」

十二階にあがった。レストランに入り、案内されて窓際の席に座る。北側の道路を挟んだ向こう側に白い高層ビルがあった。

「誠やん、あれやろ」

視線で示した。ビルは二十数階建で、窓とベランダの配置をみるとマンションのようだ。

「麻衣子の部屋は九階か」

伊達もビルを見て、「おるかのう、性悪女」

「今日は日曜や。店には出てへんやろ」

「麻衣子を見るのが楽しみやで。わしは結花よりええ女やと思うけど、堀やんはどうや」

「分からん。性根の腐り具合はええ勝負や」

「なに食う」伊達はメニューを手にした。

「スープとパスタ」

「それでは注文できん」

「オニオンスープとナポリタン」

伊達はウェイターを手招きした。


『パレスアーバン』を出たのは七時半だった。堺筋を北へ、『ラミーノ』から見たマンションへ行く。玄関横のプレートに《JUILLIARD》とあった。

「ジュリアード……」

伊達はピアノを弾くしぐさをした。「ええんか、こんなネーミングで」

「ニューヨークかぶれかもな、オーナーが」センスはない。

「賃貸か、分譲か」

「ジュリアードてな、分譲マンションはないやろ。それにしても家賃が高いぞ」

「自分で家賃を払うような女は、こんな高級マンションに入らへん」

麻衣子の稼業はホステスだろう、と伊達はいう。「麻衣子は当銘から乗り換えた。ミナミでも最上級のクラブで、太いパパをつかんだんや」

「その太いパパが豊川というのはどうや」

「そいつはもっとおもしろい。尋問の甲斐がある」

玄関ドアは集中ロックだった。煙草を吸いながら待つ。五分後、中年の男女がロックを解除して中に入り、伊達と堀内もつづいた。ロビーは天井が高く、壁と床はアイボリーの大理石張り。エレベーターは三基あった。

メールボックスを見た。９０５が《大西》だった。

「ガセやなかったな」

「一万もやって、ガセネタはないわな」

九階にあがった。９０５号室へ行く。表札を確認した。

「誠やん、話はおれがする」

「おるかな、部屋に」

「どうやろな。……おったら、入ろ」

堀内はジャケットのボタンをとめてインターホンを押した。

はい――。返答があった。

――生野法律事務所の堀内といいます。大西麻衣子さんのお宅ですね。

レンズに向かって丁寧にいった。

――知りませんけど。生野法律事務所。

麻衣子の声は低い。落ち着いている。

――当銘さんの友人の江藤さん、ご存じですか。警察を退職した。

――江藤さんは知ってます。

——大西さんのことは江藤さんに聞いてきました。実は当銘さんの仮釈放後の身元引受人登録について、大西さんに相談したいことがあります。

——あなた、弁護士さん？

——わたしはスタッフです。

——当銘さんの仮釈放って、もし認められても五、六年、先ですよね。

——身元引受人登録については、いつ申請してもいいんです。

——でも、わたしは身内やないですよ、当銘さんの。

——身元引受人の要件は親族、身内に限りません。

——わたしは身元引受人とか、なるつもりはありません。相談されても困ります。

——話だけでも聞いてもらえんですか。

——弁護士事務所って、日曜もやってるんですか。

——すみません。年中無休ですねん。名刺だけでも、お渡ししたいんですが。

——ごめんなさい。お断りします。

そこで、通話音は途切れた。またボタンを押したが、返事はなかった。

「誠やん、法律事務所はまずかったかな」

「上等や。まずいもクソもない」伊達は笑った。「しかし、仮釈放とか身元引受人とか、よう知っとったのう。堅気の女が」

「当銘の面会に行っとんのやろ」

「そういうことか」

「どうする。張るか」エレベーターに隣接する階段室を指さした。

「張るのはかまへんけど、出てくるとはかぎらんぞ」

「おれは出てくると思う」

腕の時計に眼をやった。「あの手の女は料理をせん。晩飯は外で食うんや」

「なるほどな」

「麻衣子はいま、ネットで生野法律事務所を検索してる。それが終わったら、化粧を直して出てくる」

「生野法律事務所て、大阪にあるんか」

「さぁな。関西にはあるやろ」

「麻衣子が出てきたらどないする。部屋に押し込めて尋問するか」

「麻衣子が素直にいうことを聞くか。女を脅して監禁するてなこと、誠やんにできるか」

「できんのう。女は大声で助けを呼ぶ。騒動になってパトカーが来る。……大阪府警の元刑事、拉致監禁未遂で逮捕。またぞろ新聞に載るで」

「とにかく、張ろ。麻衣子が出てきたら尾けるんや」

堀内は階段室に入り、伊達はエレベーターでロビーに降りた。


堀内の読みどおり、905号室のドアが開いたのは八時すぎだった。現れた女は、ショートカットの髪、淡いブルーのサングラス、すらりとした長身で、グレーのワンピースに白のカーディガンをはおり、肩にシルバーのトートバッグを提げていた。女は施錠してエレベーターに向かった。

堀内は伊達に電話をした。

――いま、麻衣子が部屋を出た。グレーのワンピース、ブルーのサングラス。

――了解。

エレベーターの開く音がした。少し待って、堀内は階段室から出た。エレベーターのボタンを押した。

一階、ロビーに降りた。伊達はいない。麻衣子を尾けて外に出たようだ。

堺筋に出て、伊達を探した。見あたらない。電話をした。

――どこや、誠やん。

――タクシーに乗ってる。

麻衣子は堺筋でタクシーをとめた。伊達もタクシーをとめて乗り、麻衣子を尾行しているという。

――堀やんはそこにおれ。麻衣子がタクシーを降りたとこで連絡する。

――分かった。車を出しとく。

『パレスアーバン』のタワーパーキングに行き、係員に駐車券を渡した。


八時二十分。電話――。

――堀やん、裏なんばや。『ホラファ』いうエスニックレストラン。麻衣子が入った。

裏なんば――。このところ脚光を浴びているミナミの人気スポットだ。北は千日前から南はなんさん通り、東は黒門市場から西は髙島屋あたりまでの地域をいい、メイン通りから一歩入った界隈に中小の飲食店が密集している。

――一階はショットバーで、『ホラファ』は煉瓦の階段をあがった二階や。待ち合わせやろ。

伊達は二階にあがってガラス格子のドア越しに店内を覗いたという。

——テーブルが七つ八つの小さい店や。麻衣子はひとりでメニューを見てた。

——分かった。そこへ行く。

電話を切り、ウインカーを点滅させて走りだした。


なんさん通りのコインパーキングにZ4を駐めた。歩いて道具屋筋を北へ入り、煙草屋で『ホラファ』を訊くと、わざわざ〝飲食店地図〟を広げて教えてくれたから、ハバナ産の葉巻を四本と、小さいシガーカッターを買った。

伊達は『ホラファ』の階段が見えるカフェのテラスでジンジャーエールを飲んでいた。

「ビールは飲まんか」

「堀やんが飲めんのに、わしが飲むわけにはいかんやろ」

「昼は飲んだやないか。お好み焼き屋で」

「あのときはコイントスをした」

律儀だ。伊達にはこういうところがある。

「わしはもうアルコールが抜けてる。運転するから、堀やん、飲め」

「いや、いまはええ」

ウェイターを手招きしてアイスコーヒーを注文した。「——吸うか」

葉巻とシガーカッターを出してテーブルにおいた。

「贅沢やな」

「さっき買うた」

一本を手にとり、シガーカッターに吸い口を挟んでカットした。伊達もカットして吸いつけた。

「堀やんはシガーバーによう行ってたな」伊達はけむりを吐く。

「杏子とつきおうてたころはな。鰻谷《うなぎだに》の『タージ』。……去年、閉めた」

「飲み屋は潰れる。十年で五分の一。二十年保《も》ったら老舗や」

——と、どこから現れたのか、『ホラファ』の階段をあがる女が見えた。白っぽいジャケットにジーンズ。女は店内に消えた。

「なんと、こいつは愉しい展開になってきたぞ」

女は藤本結花だった。麻衣子が結花に電話をして、自宅マンションに法律事務所のスタッフを騙る男が来たことをいい、裏なんばのエスニックレストランに呼び出したのだ。ふたりは同じ当銘の女であり、結花は豊川聖一とも関係をもった過去がありながら、いまも仲よくやっている——。

いや、必ずしも仲がよいとはいえないが、その利害において、ふたりは相反する関係ではないのだ——。

「堀やん、どこに車、駐めた」

「コインパーキングや。なんさん通りの」

「すぐには出てこんぞ、あのふたり」伊達は、酒が飲みたい、と顔でいう。

「分かった。飲も」Ｚ４は駐めっ放しでいい。

堀内はメニューをとり、オードブルとミドルトン・ベリーレアのロック、伊達はピザとラフロイグ18年のロックをダブルで注文した。

そして二時間——。『ホラファ』のドアが開き、麻衣子と結花が階段を降りた。まだ人通りの多い繁華な小路を並んで北へ歩いていく。伊達が立ってふたりを追い、堀内は勘定書をもってレジへ行った。

ステッキをつき、早足で歩くのは辛いが、なんば千日前通で、伊達に追いついた。麻衣子と結花は二十メートルほど離れて前を歩いている。ふたりとも背が高いから人目をひく。すれちがった若者のグループが、モデルやで、と振り返った。

麻衣子と結花は髙島屋前の横断歩道で立ちどまった。信号待ちをする。

「どこ行くんや、え」

「飲むんやろ」

「うっとうしいのう。帰って寝りゃええもんを」

麻衣子が南船場に帰れば、マンション前で接触する手筈だった。麻衣子が豊川の存在を吐くはずはないが、なんらかの感触は得られる。それを期待していた。

ふたりは横断歩道を渡った。ゆっくり西へ行き、難波西口のスクランブル交差点を渡って、なんば楽座《らくざ》の通りに向かう。

「おいおい、ゲイバーで飲むんかい」

「レズバーかもな」

なんば楽座の一帯はキタの堂山と並ぶゲイの街だ。中にレズバーも点在する。

「わし、ゲイバーはあかんな。口説かれるんや」

「誠やんはもてるやろ」

デブフェチ、マッスルフェチのゲイは少なからずいる。「いっぺんぐらい、したんか」

「それがや、府警の強化選手に選抜されたころ、コーチに誘われて堂山で飲んだんや」

酔いがまわるにつれてコーチのしぐさが変わった、と伊達はいう。「なんかしらん、優しいんや。カウンターだけの小さいバーやったけど、コーチはわしの太股やらに手をおいて、おまえは経験が足らん、といわれた」

「そら、ちがう意味の経験やな」

「わしもぴんときた。酔うたふりして、吐きそうです、と店を出た」

「逃走を図ったんやな」

「ほんまに悪酔いしたんや。店にはもどらんかったけど」

「どこかの大学のアメフトのコーチもゲイやったな」そんなニュースがあった。

「あいつは度がすぎてた。ビデオにまで出演してたやろ」

ネットに流出した動画を見た、と伊達はいう。

「そのコーチとはどうなったんや」

「どうもなってへん。コーチとしては優秀やった」

いまは所轄署の交通課長や――。伊達は笑った。

麻衣子と結花はなんば楽座の四つ角の手前、雑居ビルに入っていった。少し遅れて、堀内たちも入る。ビルにロビーはなく、狭い廊下に二基のエレベーターがあった。左の階数表示は《1》右のそれは《3》だ。

「三階やな」

壁の電照案内板を見た。三階の店は《はりがねむし》《スーパースター》《ダル》《ケンズクラブ》《ワープ》だった。

「知りたいな、どの店か」

「まぁな」知ってどうこうなるものでもないが、知らないよりはいい。

堀内は雑居ビルを出た。通りかかった学生風のふたりに、「すんません。ちょっとええかな」声をかけた。ふたりは立ちどまる。

「このビルの三階で連れが飲んでるんやけど、どの店か分からんのですわ。わるいけど、店を覗いてくれんかな」

「そんなん、かまへんけど、なんでおれらに頼むん」

「ちょっと訳ありでね、ぼくが行ったら顔が差しますねん」

ポケットから千円札を二枚、出した。「これ、バイト料です」

「どんなひと」ひとりが金を受けとった。

「女のふたり連れです。ふたりともモデルタイプで――」麻衣子と結花の特徴、服装をいった。

「これって、ストーカーなん?」

「ぼくがストーカーに見えますか」

「見えへんけど」

ふたりは千円札を一枚ずつ分けて、ひとりがエレベーターに乗った。

「よう飲むんですか、このあたりで」

残ったひとりにいった。うなずく。

「堂山とかは」

「うん……」黙って煙草をくわえる。話したくないようだ。

少し待って、男がエレベーターから出てきた。

「『スーパースター』や。ほんまにモデルみたいやったわ」

「すんませんな。ありがとう」

「がんばってな」

ふたりは背を向けて、小さく手をあげた。

「堀やん、長丁場やぞ。ゲイバーは朝までやってる」

「そうやな。飲むか」

長く歩いて疲れた。ちょうどいい。四つ角の向こうに、さっきの裏なんばと同じようなカフェがある。テラスのテーブル席がひとつ空いていた。

「シガー、吸お」

カフェに向かった。


午前二時――。麻衣子と結花がビルから出てきた。伊達が立つ。

堀内は伝票を見た。八千四百円。伝票の下に一万円札を挟んでカフェを出た。

麻衣子と結花はなんば楽座の通りを南へ歩いた。伊達と堀内は少し離れてあとを追う。

ふたりは横断歩道を渡った。立ちどまって右を見る。タクシーを拾うようだ。

伊達と堀内も横断歩道を渡った。結花が振り向く。伊達に気づいたのか、麻衣子の腕をとって、なにかいった。

「仲良しでよろしいな。ゲイバーはおもしろいやろ」伊達が声をかけた。

「なに、これ」と、麻衣子。

「これ、はないやろ。年上のおじさんに」

「こいつらやで。遼をボコッたんは」結花がいった。

「すまなんだな。遼太くんに謝っといてくれ」

「なんやのん、あんたら」麻衣子がいう。

「こいつらから、あんたらに昇格か。わしらはエージェントや」

「意味不明」

「よろずもめごと相談業。探偵でもヤクザでもない」

「法律事務所とかいうてたんは、嘘なん」

「嘘も方便というわな」

「麻衣ちゃん、警察、呼ぼ」結花がバッグからスマホを出した。

「呼んでくれ。ミナミのゲイストリートでエージェントにスカウトされた、とな」低く、伊達はいう。「警察が来たら事情を訊かれる。わしはあんたと和田遼太のことも喋らないかん。大麻の売人やとな。北桜川のあんたの部屋もガサが入るで」

結花はスマホに触れようとする指をとめた。

「わたしらのこと、尾けたん？」麻衣子がいった。

「尾けた。あんたが南船場のマンションを出てからな。裏なんばのレストランを張ってたら、結花ちゃんが来たからびっくりしたがな。……しかし、あんたらふたりが並んで歩いてたときは、後ろから見てても値打ちがあった。背は高いし、ファッションセンスはええし、化粧も巧い。すれちごうた男どもが振り返ってたで」

「そんなことより、尾けた理由をいいなさいよ」

「おう、それや」伊達は真顔になった。「豊川聖一を探してる。どこにおるか教えてくれ」

「大丈夫？　エージェントのおじさん。ガタイは大っきいけど」

「今朝……いや、もう昨日か、わしらは淡路島に行った。洲本で藤本真人に会うたんや。なかなかに気のええ男で、『マリーナ・ベイ・ドムス』の511号室に、去年の七月から十月まで、豊川聖一が逗留してたことを教えてくれた。……で、豊川がその部屋を出るとき、白いEクラスのベンツで迎えにきたんが、大西さんよ、あんたと髭面の運転手やったというわけや」

「淡路島なんか、行ったこともないわ」

「いまさら、とぼけるか」

伊達は笑った。「『マリーナ・ベイ・ドムス』の511号室はあんたの名義やで」

「よっぽど暇なんやね。淡路島に行ったり、わたしらを尾けたり」

「な、麻衣子さん、豊川をベンツに乗せて、どこに連れてったんや」

「あほらし。知っててもいうわけないやろ」

「なるほどな。さすがに、あんたらふたりとも、きれいなだけやない。一本、芯がとおってる。松本清美や宮川研介とは大違いや」

伊達は半歩、前に出た。麻衣子に怯えるふうはない。

「よう聞け。豊川聖一は関釜フェリーの金塊密輸で金主に雇われた実行犯グループのリーダーや。もちろん金主はひとりやない。堅気も組織の人間もおる。……そう、わしらはその金主に雇われて豊川を追うてるエージェントやけど、豊川が見つからんときは金主に報告せないかん。……それがどういうことか分かるか。わしらが顚末《てんまつ》を報告したら、次は組織の人間が来るんや。あんたらを拉致ってでも口を割らせようとな。連中はわしらみたいに筋のとおった人間やないぞ」

「………」麻衣子はなにもいわない。横を向いている。

「どうなんや、え。そこまで豊川に義理立てする理由があるんか。あんたは当銘に頼まれて豊川の世話をしただけとちがうんか」

「麻衣ちゃん、いうたらいいやんか」

結花がいった。「あんなやつ、迷惑なだけやったし、どっちみち、居場所なんか知らんのやから」

「もの分かりがええな。教えてくれ」

「教えたら、二度と近づかへん？」結花は念を押す。

「約束しよ。あんたらに用はない。わしらの標的《マト》は豊川や」

「由布院《ゆふいん》……」

麻衣子がいった。「由布院に行ったと思う」

「豊川がそういうたんか」

「ちがう。ドライバーが聖ちゃんにいってた。由布院にコテージを借りたって」

「話を整理しよ。そのドライバーは誰や」

「ジローっていってた」

「それだけか」

「そう呼んでくれって」

「ジローは髭面か」

「無精髭」

麻衣子は経緯を話しはじめた——。

去年の十月、豊川から麻衣子に電話があった。淡路島を出る、福岡から迎えがくる、ただし、迎えにくる人間には豊川が淡路島のどこにいるかを教えていない、だから、その人間を『ドムス』まで案内して欲しい――と、豊川はいった。

その日、ジローと名乗る男から電話があった。豊川を車で迎えに行きたい、と。麻衣子は新幹線の新神戸駅に来てくれ、とジローにいった。

次の日、麻衣子は新神戸駅の駐車場でジローに会った。ジローは福岡ナンバーの白いEクラスのベンツに乗っていた。麻衣子はベンツに同乗して神戸から洲本に向かった――。

「神戸から洲本に行くあいだ、ジローと話は」

「全然。話しかけても、返事しないもん」

「ジローと豊川は」

「挨拶しただけ」

「初対面か」

「そう、初対面」

ふたりはほとんど喋らなかったが、ジローが由布院のコテージといったことは憶えていたという。

「ジローは筋者か」

「たぶんね。上にいわれて聖ちゃんを迎えにきたような感じやった」

麻衣子は岩屋でベンツを降りた。ジローと豊川は淡路インターから明石海峡大橋に向かった――。

「ジローは神戸まで送ってくれんかったんか」

「神戸から、また電車？　岩屋からタクシーで大阪まで帰ったほうがいいやんか」

「贅沢やな、え」

「そう、贅沢やねん」

麻衣子は前髪を払って、「もういい？」

「ああ、わるかったな」

「お土産、ちょうだいよ」

「なんやて」

「タクシー代。二万円」

「高いな……」

伊達は札入れから二枚の札を出した。麻衣子はとって、一枚を結花の手に握らせる。ふたりは笑いながら去っていった。

「食えんな」堀内はいった。

「食えん。大したタマや」

「折れや」

一万円を渡した。伊達はポケットに入れて、

「どうする。飲み直すか」

「まだ、飲むんか……」左足が痺れ気味だ。飲みたくはないが、座りたい。

「さっきの『スーパースター』に行ってみようや」

「分かった。行こ」

ステッキのハンドルを腕にかけて、煙草をくわえた。

12

九時半に眼が覚めた。飲みすぎると眠りが浅い。

トイレに行き、寝床にもどった。頭の芯がどんよりしている。

何時に寝たんや――。記憶をたどった。

『スーパースター』には客が五人いた。男のカップルが二組と、安っぽいアロハシャツを着たドロボー髭の下品なオヤジ。伊達は芋焼酎、堀内はウイスキーをロックで飲んだ。

伊達がカラオケをやっているあいだ、堀内はシートにもたれて眠っていた。「堀やん、帰ろ」起こされて外に出たときはスズメが鳴き、カラスが生ゴミをつついていた。

そうか、帰ったんは六時すぎか――。三時間しか寝ていない。身体が重いはずだ。とろとろ考えているうちに、また眠った。

枕もとでスマホが振動した。

――はい。

――ブエノス　ディアス。

――なんや、それ。

――知らんか。おはようさん、や。

――ラテン語か。

——堀やん、飯食お。

伊達の〝おはよう〟はレパートリーが多いが、〝飯食お〟はひとつ憶えだ。

堀内は腕の時計を見た。十一時だ。

——車をとりに行かなあかんやろ。

そういえば、なんさん通りのコインパーキングにZ4を駐めたままだ。

——何時に来る？

——十二時。タクシーで行く。

伊達もヒラヤマ総業の契約駐車場にイプサムを置いたままだといった。

堀内は寝床を出た。南の窓をいっぱいに開けて、敷き布団と毛布を手すりに掛けた。


伊達は時間どおりに来た。いっしょにアパートを出る。

「誠やんは電車に乗らんのか」

「電車が嫌いになったんや」

刑事のころの通勤を思い出す、と伊達はいった。「堀やんもそうやろ。どこへ行くにもタクシーやないか」

「おれは歩くのが嫌なだけや」ステッキを振ってみせた。

天神橋筋商店街に出た。

「今日はなんや」訊いた。

「そうやの……」伊達は考えて、「昨日は飲みすぎた。あっさりしたもんがええな」

「蕎麦か、うどんか」

「蕎麦にしよ」

北へ少し行って『萬市』という蕎麦屋に入った。昼時で客が多かったが、厨房近くの席が空いていた。

堀内はおろし蕎麦、伊達は迷った末に、かやくごはんとわんこ蕎麦を頼んだ。

「誠やん、わんこ蕎麦はお代わり自由やぞ」

「そんなに食わへん」

「ビールは飲まんのか」

「飲まへん」

「ほな、おれが飲むか」

「堀やん、聞いてくれるか」

伊達は品書きをおいた。「わしはこのあと、福岡に行きたいんや」

「そうか、そういうことか」

目指すは由布院だろう。「しかしな、福岡は新幹線で行ったほうが楽やぞ」

「向こうで動かんといかん。由布院やら下関やらな」

福岡まで交代で運転しよう、と伊達はいった。「今晩は博多の中洲で飲もうや」

「よめさんにはいうたんか、福岡へ行くと」

「いうた。堀やんといっしょやというたら許可してくれた」

「よっぽど信用がないんやな」

「ない。そこは自信がある」

「分かった。車で行こ。福岡へ」

煙草とライターを出した。灰皿がない。またポケットにもどした。

堀内がおろし蕎麦を食うあいだに、伊達はかやくごはんを一膳と、盛りの多いわんこ蕎麦を十五杯も食った。

昨日は飲みすぎた。あっさりしたもんがええな――。確かに、蕎麦はあっさりはしているが、食いすぎだろう。

ジャンケンをして、堀内が負けた。二千四百円を払い、蕎麦屋を出て、タクシーでなんさん通りへ。布団と毛布を干していることを思い出したが、忘れることにした。コインパーキングの三千二百円は伊達が払った。


伊達と交代しながら中国自動車道を走って福岡市内に入ったのは午後八時だった。春吉の『ドルチェ』というビジネスホテルにチェックインして提携駐車場にZ4を駐め、歩いて中洲へ。ホテルのフロントマンに聞いた海鮮料理屋でアラ鍋を食い、地酒を飲んだ。アラは関西でクエといい、和歌山あたりの名物料理だが、ぽん酢が堀内には甘すぎた。伊達はこっちのほうが旨い、と締めの雑炊まで残さず食った。

アラ鍋の次は料理屋の仲居さんの同級生がやっているというラウンジへ行った。店はけっこう広く、ホステスが十人ほどいた。奥のボックス席に案内され、背の高いモデルタイプと、小肥りの芸人タイプが来た。伊達はふたりを一瞥するなり、「はい、はい、ここやで」と、モデルタイプを横に座らせた。

「いらっしゃいませ。エミリーです」

エミリーはすらりとした脚をななめにそろえて膝上にハンカチをおいた。ショートカットの髪、切れ長の眼がどことなく大西麻衣子に似ている。

「さやかです」

さやかはスカートが長いからハンカチは要らない。そばで見ると目鼻だちに愛敬がある。

「お飲み物は」

「堀やん、バーボンでええか」

「ああ、任せる」

「ほな、ボトルにしよ。ブラントン、あるかな」

「ございます」エミリーはウェイターを手招きした。

「お客さまは初めてですね」さやかがいった。

「そう、大阪のおっちゃんです」と、伊達。

「お仕事で来られたんですか」

「出張ですわ。中洲の夜を楽しみにしてましたんや」

「お名前をお訊きしてもいいですか」

「わしは伊達。彼は堀内。同僚です」

「どんなお仕事ですか」

「ヒラヤマ総業いう損保代理店で土地家屋の査定をしてますねん」

「それって、不動産鑑定士ですよね」

「会社に、あっち行け、こっち行け、といわれて報告書をあげるんですわ」

伊達は座持ちがいい。あれこれ喋ってエミリーとさやかを笑わせながらハイピッチでブラントンを飲み、

「――ところで、おふたりはどこの生まれ？」

「市内です」早良《さわら》だとエミリーはいった。

「大分です」別府、とさやかはいった。

「へーえ、別府なんや。由布院が近いね」

「高校の友だちが電車通学してました。湯布院町から」

「由布院温泉にコテージてあるんかいな」

「コテージって、山小屋みたいな？」

「そう。貸別荘が多いかな」

「だったら、泊まったことがあります」金鱗湖のほとりにたくさんの貸し別荘が建ち並んでいる、とさやかはいった。


四月十六日――。ナイトテーブルにおいたスマホが鳴った。カーテンの隙間から光が射し込んでいる。九時二十分。昨日、寝覚ましをセットしておいたのだ。

スマホの発信ボタンを押した。

――ナマステ。

――ナマステ。

――誠やん、朝飯、食お。

――おう、ロビーで会お。

スマホをおいてトイレに行った。バスルームでシャワーを浴び、トランクスからポロシャツ、ズボン、ジャケットまで、昨日と同じ装《な》りで部屋を出た。

ロビーに降りると、伊達は玄関ドアの向こうで煙草を吸っていた。堀内も外に出る。伊達はすっきりした顔だった。

「誠やん、風呂入ったんか」

「シャワーや。シャツとパンツも替えた」

朝、八時に起きて近くのコンビニへ行ったという。「堀やんの分も買うといた。サイズはL」

「それを早よういえ。おれは昨日のままや」

「もういっぺん浴びるか、シャワー」

「飯食うてからにする」また部屋にあがるのは面倒だ。

「ほな、行こ」伊達はスタンドの灰皿に煙草を捨てた。

「なに食うんや」

「堀やんはなにがええ」

「飯と味噌汁やな」

「それやったら、コンビニの近くに定食屋があったわ」

いって、伊達は歩きだした。

十時すぎにホテルにもどり、伊達にもらったTシャツとトランクスに着替えて駐車場へ行った。堀内はナビに〝金鱗湖〟を入力し、伊達が運転して駐車場を出た。

国道3号を南下し、太宰府《だざいふ》インターから九州自動車道に入った。鳥栖《とす》を経由して大分自動車道を東へ走る。高速道の景色は関西も九州も変わらず、単調な道程がつづいた。伊達が喋らないから堀内も黙っている。杷木《はき》インターをすぎたあたりで、堀内は眠り込んだ。

「堀やん、由布院や」

伊達の声で目覚めた。「いま、インターを出た」

片側一車線の道を走っている。ナビを見ると、東方向の金鱗湖まで五キロほどか。

「わるい。よう寝た」十二時をすぎている。

「ええこっちゃ。寝る子は育つ」

「誠やんはよう寝る子やったか」

「でもないな。小学生から肥満児やったけど」

一日に丼飯を三杯、牛乳を一パックは飲んだという。「わしは嫌やったんや。柔道なんかするのは。親父に無理やりやらされた。デブの取柄は相撲か柔道しかない、と」

「親父さんもやってたんか」

「親父は大工の棟梁や。スポーツなんか縁がない。仕事はまじめやったけど、家では縦のもんを横にもせんぐうたらやったな。……弟もデブやったから、わしと同じように柔道をやらされたらかなわんと思てか、ピアノをやりたいといいよった。大工の子がピアノやで、え。似合わんやろ。けど、デブの弟はそれで音大へ行って、いまは中学の音楽の教師や。禍福は糾《あざな》える縄の如し。人間万事塞翁が馬。弟はわしのおかげでまっとうな道を歩んどる」

「誠やんもまっとうな地方公務員やったやないか」

「それはないな。わしも堀やんも、いずれは警察業界から放り出されるハグレ刑事《デカ》やったんや」

いわれてみると、なるほど、そうなのだろう。いつかは監察にやられると思いつつ、愛人をつくり、裏社会の色に染まっていた。ずぶずぶと首まで浸かっていたツケを座骨神経損傷という代償でチャラにしたのかもしれない——。

ナビの誘導が終了した。金鱗湖は由布院温泉街の東の端に位置していた。

道路脇に車を駐めて斜面を降りた。金鱗湖は想像していたより小さい。湖畔の遊歩道を白い幌屋根の馬車が通っている。絵に描いたような観光温泉地だ。

「昨日のホステスは、貸別荘だらけやとかいうてたけど、そうでもないな」

「自分が泊まったから、そう思たんやろ」

「あれ、コテージやな」

伊達の指さす先、対岸の疎らな林の向こうにログハウス風の三角屋根が見えた。

「まず、あそこから行こ」

「けっこう遠いぞ。歩いたら」

「そうやな」

車にもどった。堀内が運転する。三角屋根を目指して走り出した。

なだらかな坂をあがり、三叉路を右に折れた。道が狭くなる。周囲は緑が濃い。少し行くと、脇道の奥に駐車場があった。入口に《ゆふいんヴィラ　きんりん》という看板が立っている。コテージは平屋が三棟、二階建が二棟か。

白いミニバンの隣にZ4を駐めた。伊達は降りて、本館らしいロッジへ行く。堀内も降りてステッキをつき、木の階段をあがった。

「こんちは。誰かいてはりますか」

伊達がカウンターの奥に向かって声をかけると、ドアが開き、白いトレーナーの男が出てきた。

「お待たせしました。ご予約のお客さまでしょうか」

「すんません。お客やないんです。ひと探しで大阪から由布院に来ました。ヒラヤマ総業の伊達といいます」伊達は頭をさげた。

「堀内です」一礼した。

「我々は不動産会社の調査員です」

伊達は名刺を差し出した。「こちらさんは貸別荘ですよね」

「そうです」

「オーナーさんですか」

「はい」男は名乗らず、伊達の名刺をカウンターにおいた。

「実は、管理してる賃貸マンションの住人が家財を残したまま失踪したんですけど、彼の出身が大分なんです。それで由布院に来て、コテージを借りたという情報を得たんです。オーナーさんもご存じのように、住人が失踪して連絡がとれんとき、マンション所有者は裁判で賃貸借契約を解除して、強制執行によって家財の処分と部屋の明け渡しを求めんといかんのですが、そうなると時間も経費もかかるということで、失踪した住人を探してるんです」

伊達はオーナーを警戒させないように、もっともらしい説明をした。警察手帳ひとつで、こんな面倒は省けるのだが。

「そのひとは、いつ失踪したんですか」

「去年の十月です」

「半年も前ですか」

「裁判所の強制執行命令まで一年はかかります」

伊達はいって、「失踪した住人は豊川聖一というんですけど、こちらさんに宿泊せんかったですか」

「豊川さん……。記憶にないですね」

「齢は三十です。茶髪のロン毛、背が高うて痩せてます。友だちの白のベンツに乗って由布院に来ました」

「ごめんなさい。そんなひとは泊まってません」

「由布院温泉に、こちらさんのような貸別荘は何軒あるんですか」

「さぁ、どうだろ。五つか六つはあると思いますよ」

由布院の宿泊施設は百五十あまりある。そのうちの二割ほどがヴィラやコテージだとオーナーはいった。

「すんません。あとひとつだけ、お願いします。そのヴィラやコテージのなかで貸別荘形態の施設を教えてもらえんですか」

「いいですよ」

オーナーはカウンターの下から《由布院温泉観光協会》のパンフレットを出し、地図の宿泊施設に赤のサインペンで五つの印をつけてくれた。

パンフレットを持ってコテージを出た。

「気のええおじさんやったな」

「親切や。田舎のひとは」

「都会のひとは不親切か」

「大阪のおばちゃんは親切や。あることないこと、よう喋るし、飴をくれる」

訊込みで飴をもらったことがよくあった。快活で喋りは達者だが、話がすぐに逸れるから何度も聞き返すことになる。訊込みの効率は三十代から五十代の勤め人がよかった。

地図を頼りに印のついた宿泊施設をまわった。ひとつめとふたつめはハズれたが、北佐《さ》原《はら》の『四季の杜・別荘ホテル』で、フロントの女性から、去年の秋、豊川らしい男を泊めたという答えを得た。

「――そう、茶色の長い髪です。背が高くて痩せてました」

一カ月もの宿泊は珍しいから、よく憶えている、と女性はいった。

「車は白のベンツ……Eクラスのセダンでしたか」

「はい、そうでした。白のベンツです」

まちがいない。豊川は淡路島からここに来たのだ――。

「宿泊の手続きをしたときは、豊川ひとりでしたか」

「いえ、おふたりでした」

「もうひとりは、黒いキャップで、髭面でしたか」

「お連れの方は憶えてません」

「宿泊した日を教えてもらえますか」

いうと、女性はパソコンのディスプレーに眼をやってマウスを操作した。

「お泊まりになったのは去年の十月二十一日から十一月二十日です。……でも、お名前は豊川さんじゃないですね」

余計なことをいったと思ったのか、女性はハッとした顔で口に手をやった。

「誰ですか、それは」伊達が訊いた。

「いえません」女性はかぶりを振る。

「宿泊申込みのとき、身分証の呈示はしてもらうんですか」

「うちは、五日以上のお泊まりの場合はしていただきます」

「コテージに泊まってたんは豊川だけですか」

「だと思いますが、分かりません」

コテージは複数人が泊まれる。家族連れの場合は人数分のベッドを用意するが、通常はふたつのベッドでことたりるという。

「豊川はベンツを駐めてましたか。コテージのそばに」

「そうですね……。いつもではないです。見ない日もありました」

「こちらのコテージは何棟ですか」

「七棟です」

「豊川に貸したコテージは」

「『もみじ』ですけど……」

「なかを見せてもらうわけにはいかんですか」

「ごめんなさい。それはちょっと……」

「ほな、どのコテージかだけでも教えてもらえんですか」

伊達はいって、背中を向けた。女性は誘われるようにカウンターから出て、伊達といっしょに外へ出て行った。

堀内はカウンターの中に入った。ディスプレーに名前がある。

《木元次郎——。北九州市小倉北区勝山3－5－28－405。080・2270・63××》

メモ帳に書いてカウンターを出た。ベンチシートに座ったところへ、女性と伊達がもどってきた。

Ｚ４に乗った。堀内が運転して湯布院インターへ向かう。

「木元次郎いうのは、ジローの本名やな」

伊達はサイドウインドーをおろして煙草を吸いつけた。

「住所もそのとおりやろ」

豊川はジローという男に迎えられて白のベンツＥクラスに同乗し、淡路島をあとにしている。

「電話はどうかのう」

伊達はメモを見ながらスマホのキーに触れた。「――どうも、リッチウェイの鈴木です。木元さんですか。――あ、すんません。まちがいました」

伊達はスマホを膝においた。「やっぱりな。番号はでたらめや」

「リッチウェイて、マルチ商法のあれか」

「ひょっとして木元が出たら、勧誘したろと思た」

「洒落にならんな」

伊達にはいったことがないが、別れた妻の里恵子がリッチウェイにのめり込んでいた。此花の建売の家は玄関から階段までリッチウェイの洗剤や浄水器の箱が積まれて、二階にあがるのも一苦労だった。里恵子は一度妊娠したが流産し、それも理由のひとつになってリッチウェイに洗脳され、取り込まれた。堀内は今里署刑事課を依願退職し、此花の家を里恵子にやって、一時期は愛人の杏子と東京で暮らした。里恵子はいまもあの倉庫のような家に住んでいるのだろうか。同じリッチウェイ信者の男と再婚して、あの家を出たのだろうか――。ま、そんなことはどうでもいい。里恵子はひととしてまともだった。杏子は芯から腐っていた。その腐臭に、堀内は惑わされた。

伊達は煙草を消してウインドーをあげ、またスマホをとった。

「――嶋やん、わしや。伊達。――すまんな。また頼みごとなんや。――木元次郎いうのを調べてくれんかな。犯歴データがあるはずや」

伊達は木元次郎の字と、北九州市の住所をいった。「――それがな、いま大分の由布院におるんや。――温泉？　そんなええもんやない。訊込みに来たんや。スポーツカーでな。――あ、よう走る。BMWのZ4や。――ちがう、ちがう、わしのやない。堀やんの車や。――ほな、頼むで」伊達は電話を切った。

「嶋田か」

「ええやつや。よういうことを聞く」

「いつもタダで使うのはどうなんや」

「あいつには貸しがある。ちょっとずつ返してもらわんとな」

今里署暴対係でいちばんの若手が嶋田だった。嶋田は覚醒剤の売人を尾行し、そのヤサをつきとめたまではよかったが、令状を用意せずにヤサに入ってしまった。覚醒剤は発見したが、嶋田の違法捜査を不服とした組幹部がことを表沙汰にしようとしたため、伊達があいだに入って売人の罪状を不問とし、嶋田のミスもないことにした。伊達の助けがなければ、嶋田は職を失っていたかもしれない。

「嶋田は去年、巡査部長になった」

「そら、よかった」

「ちぃと遅いけどな」

独りごちるように伊達はいい、オーディオの音量をあげた。「なんや、これ」

「キング・クリムゾン」

「知らんな」

伊達はＣＤデッキのローディングボタンを押した。


湯布院インターから東九州自動車道に入ってちょうど二時間、小倉東インターを出て高速1号線から高速3号線に入ったのは三時四十分だった。伊達が、なにか食おうという。

「よう減る腹やな」

「朝飯食うたんは十時前やで」

「そうか。もう六時間近う経ったんか」空腹は感じない。

「堀やんは燃費がええ。排気量の小さいエンジンでよう動く」

わしはあかん、すぐガス欠になる――。伊達はいって、「小倉のご当地グルメて、なんやった」

「焼きうどんかな」小倉が発祥だと聞いたことがある。

「おう、それや。焼きうどん」

伊達はスマホで店を検索した。

魚町《うおまち》のコインパーキングに車を駐め、旦過《たんが》市場のお好み焼き屋で海鮮焼きうどんを食った。

薬味の柚胡椒が利いていて、けっこう旨かった。

市場の近くの喫茶店に入り、煙草を吸っているところへ、伊達のスマホが鳴った。嶋田だった。伊達はメモをとりながら小声でしばらく話をして電話を切った。

「――堀やん、おもしろい展開になってきた」

伊達は小さく笑った。「木元は極道やない。小倉の『胡桃会《くるみ》』いう半グレグループのメンバーで、湯島裕と山下達彦も同じ胡桃会のメンバーや」

「湯島と山下……」憶えがある。「博多駅の近くで金塊を強奪された被害者か」

「被害者ヅラをした被疑者や。福岡県警は筑紫口の金塊強奪事件を狂言とみて、湯島と山下、強奪犯の当銘グループとの共犯関係を洗うたけど、立件できんかったんや」

「しかし、逮捕されたんは当銘だけやない。ほかにも四人おったやろ。そいつらが口を割らんかったんはどういうわけや」

「ほかの四人はほんまの強奪やと思てたんや。ただひとり全体の構図を知ってる当銘が徹底して黙秘したらしい」

「半グレのくせに肚が据わっとる」

「出所後のことを考えたんやろ。胡桃会に恩を売っといて損はないと」

どいつもこいつも、ない頭で考えとるんや――。伊達はそういって、「けど堀やん、これで次のターゲットが見つかった。木元、湯島、山下を叩いたら豊川の尻尾がつかめる。わしは胡桃会が豊川の面倒をみてるような気がするで」

「なるほどな。誠やんの意見に賛成や」

「まず、木元をぶち叩こ。その流れで、湯島と山下や」

伊達はメモ帳を見た。「木元次郎、二十六歳。犯歴は、暴行、傷害、強制わいせつ、大麻取締法違反。十九歳で免許取消、二十四歳で再取得。……元は暴走族やな」

「木元のシノギは」

「〝ディーラーさん〟や」

ディーラーさん──。半グレどもの新手のシノギだ。

暴排条例施行後、ヤクザが開帳する賭場と裏カジノは激減した。そこに眼をつけたのが半グレで、彼らは数人のチームを組み、顔見知りのクラブオーナーやラウンジのマネージャーをホストに仕立てて、パーティー形式の〝ワンナイトカジノ〟を開催しはじめた。これはあくまでも、店の営業が終わったあとや、定休日に内輪で開くパーティーであり、そこで行われるギャンブルは仲間うちの遊びという感覚だから、本格的なルーレットテーブルやバカラテーブル、ブラックジャックテーブルが用意されることはない（警察の捜索が入ったとき、これらの設備があれば裏カジノと認知され、開催者は賭博開帳図利罪に問われる）。ディーラーさんが用意するのは二十デッキほどのカードとカードシュー、緑のフェルトにバカラやブラックジャックのレイアウトが印刷されたカジノマットだけだから、大した金はかからず、用具はボストンバッグひとつに収まる。

会場の提供と客集めはホストがする。彼らは水商売だから顔が広い。博打好きの知り合いを誘うと、すんなりパーティーに来る。ヤクザが絡んでいないと知っているからためらいがない。ディーラーさんはパーティーで客の接待などはせず、ゲームの進行役に徹する。稼ぎは金主と折半。客が二十人ほどの〝ワンナイトカジノ〟だと一晩に百万円を超えるテラ銭があがるという──。

「嶋田がいうてた。このごろは金主のほうからディーラーさんを誘うことが多いらしいで」

堅気と半グレの境界があやふやになった、と伊達は笑う。「しかし、いまどきの半グレというやつは知恵がまわる。ガラパゴスのヤクザとは発想の原点がちがうわな」

「半グレは若い。考える頭と時間がある」

そう、半グレはヤクザのシノギをアレンジして、よりスマートなものに変えていく。電話で勧誘する小口の闇金融がオレオレ詐欺になり、ヤクザに雇われて賭場を渡り歩く渡世人がディーラーさんに変わったように。

堀内と伊達が今里署の暴対係にいたころ、管内の組筋が開帳する〝遠出の盆〟を摘発したことがあった。郊外の貸別荘や観光旅館を借りて一晩限りの賭場を開帳するところは〝ワンナイトカジノ〟と似ているが、〝遠出の盆〟の胴元が当の組筋であるのに対して、〝ワンナイトカジノ〟には胴元がいない。ここが決定的にちがう。ディーラーさんは黒衣に徹しているし、ホストは自分もチップを買ってゲームに参加する。だから、客はみんな、「カジノ遊びのできるパーティー」だと思い込む。負けが込んでもホストに金を貸せとはいわないし、テラ銭を抜かれているという自覚もない——。

「な、誠やん、ひょっとして湯島と山下は木元のディーラーさんチームかもな」

「どうやろな。そこまでパズルが嵌まったらおもしろいけどな」

「湯島と山下の犯歴は」

「分からん。データがない」

「胡桃会のハコは」

「戸畑や」伊達はメモ帳を見る。「戸畑区中芝のコスモスハイツ。……リーダーのマンションかアパートやろ」

「胡桃会のリーダーは」

「檻ん中や。傷害と凶器準備集合で」

「よう、そこまで調べてくれたな、嶋田は」

「わしは後輩に恵まれた。友だちにもな」

伊達は堀内を見る。「けど、よめはんはミスったかもしれん」

「おれはもっとミスった。よめはんがおらん」

「それは堀やん、考え方や。わしは堀やんが羨ましいぞ」

これで足が不自由でなかったら、文句はないんやけどな――。口にはしなかった。

「さて、行くか」伊達は伝票をとった。

「まず、木元のヤサやな」

堀内はステッキをとった。

13

小倉北区勝山3－5――。バス通りから一筋入った住宅道路の四つ角でナビの誘導が終わった。

堀内は周囲を見まわした。「あれか……」

道路からセットバックした車寄せの奥に集合住宅がある。五階建、白いタイル外装、古びた感じがする。

堀内は車寄せにZ4を駐めた。玄関脇のプレートに《レジデンス勝山》とある。

「なんの趣向もないネーミングやな」

「〝ジュリアード〟よりはマシやろ」

伊達は車を降りて玄関へ行き、すぐにもどってきた。

「これや。まちがいない。住所は三丁目五の二十八。オートロックや」

伊達はまた、助手席に座って、「――高校二年のとき、ちょっとだけつきおうた子のマンションが『タージマハル』やった」

「そら、洒落てる」

「小肥りで色の黒い、インド人みたいな子やった」

「インド人は普通、痩せてるぞ。スタイルええし」

「まぁ聞いてくれ。……わしは童貞やった。先輩が『あれをしたかったら、にっかつのロマンポルノを見るんや』というから、五月のゴールデンウィーク、その子を連れて千日前の映画館に行った。忘れもせん、『蕾の眺め』いう映画や」

「ほう、それで……」愉しい話が聞けそうだ。

「わしは妄想で頭がいっぱいや。まず、その子の膝に手をおいた」

「いきなり膝に行ったんか。手もつながずに」

「先輩が、そうせいというたんや」

「その子の名前は」

「三浦翔子」

「翔子ちゃんはスカートか、ジーンズか」

「ごわごわした花柄のフレアスカートやった。白地にオレンジ色のハイビスカス」

「似合うな。女子高生には」

坊主頭の男子高校生に花柄スカートの女子高生——。想像するだけでおかしい。

「それで、膝に手をおかれた翔子ちゃんは」

「ピクッとしたけど、知らん顔してた。わしはちょっとずつスカートの奥に手を伸ばしていった」

「誠やん、それはデートやない。痴漢や」

「いま、思たらな」伊達は笑った。「わしはもう、汗びっしょりや。映画なんぞ見てへん。……あと一息でパンツというとこで、眼から火が出た」

「殴られたんか」

「映画を見ずに星を見た」

「そら、端から作戦がまちごうてるぞ」

「柔道少年は純情やったんや」

「ちがうな。純情の意味がちがう」

笑ってしまった。「それで、できたんか、『タージマハル』の翔子ちゃんと」

「あかん。蕾のままで終わった」

——ルームミラーに、四つ角からこちらへ歩いてくる女が見えた。堀内は振り返る。ツバ広のサンバイザーをつけた女はスーパーのポリ袋を提げていた。

「誠やん」ドアを開けた。

「入りそうやの」

伊達は車外に出た。堀内も出る。

女は車寄せの後ろをとおって玄関へ行った。オートロックのテンキーを押す。女につづいて、伊達と堀内はマンション内に入った。

メールボックスの405号室は《木元》だった。確認してエレベーターに乗った。

四階、405号室の前に立った。伊達がドアに耳をつけて、小さく手を振った。

留守か――。電気メーターのディスクはゆっくりまわっている。

伊達はインターホンのボタンを押した。返答がない。

「出直しやな」夜にまた来よう、という。

「戸畑へ行こ。胡桃会のハコ」

ロビーに降りた。


戸畑区中芝――。ガソリンスタンドに入った。給油中、伊達はスタッフに声をかけた。

「中芝の『コスモスハイツ』て、分かりますか」

「何丁目ですか」

「それが分からんのです」

「コスモスハイツね……」

スタッフはもうひとりの若いスタッフを手招きした。「コスモスハイツ知ってるか。中芝の」

「いいいい、ぼろぼろハイツでしょ。三丁目の消防署の並びにある崩れかけのアパート」

「あれがコスモスハイツか」

「空き室だらけです」

美大生の友だちが工房に使おうと部屋を借りに行ったら断られたという。「家主は東京の不動産屋で、来年あたり、取り壊すらしいです」

「おおきに。すんません」伊達は礼をいった。「三丁目の消防署の並びね」

堀内はナビを見た。消防署まで五百メートルもなかった。


あのスタッフの言葉どおり、コスモスハイツは朽ちかけたアパートだった。三階建、壁の全面にブドウの蔓のようなクラックが入り、それをコーキングで埋めている。塀も前庭もなく、玄関が道路に面しているから泥棒には入られにくいだろうが。

「ひどいな。消防の立入検査はないんか」伊達がいう。

「消火設備と避難器具はあるんやろ」

堀内は消防署の斜向かいのコンビニに車を駐めた。煙草を一カートン買ってトランクに入れ、ステッキをついてコスモスハイツへ歩く。

足どりは重い。半グレのハコとはいえ、ヤクザの事務所にカチ込むのと大したちがいはない。警察手帳もない。

伊達はゆらゆら前を行く。


コスモスハイツに入った。エントランスは狭く、薄暗い。左に階段室、右の壁にステンレスのメールボックス。一階に四室、二階と三階に五室ずつあるようだが、そのうち名札が挿さっているのは六室だった。

伊達は101号室《石井》をノックした。返答なし。

103号室も留守。階段で二階にあがった。

堀内は205号室、《TOMODA》をノックした。返事を聞いてドアを開ける。事務机が四台、奥のソファに男がふたり座っていた。

「ここ、胡桃会さんですか」訊いた。

「いえ、トモダ企画ですが……」と、茶髪の男。

「すんません。胡桃会の事務所はどこですかね」

「まちがわれとるんやないですか」

「いや、コスモスハイツと聞いて来たんですわ」

「やったら三階やか」茶髪は上を向いた。「二室つづきで使っとる事務所があるけ」

「若い連中が出入りしてますか」

「さぁ、どうやか。気にしとりゃせんから」

茶髪はいって眼を逸らした。堀内の後ろに立っている大男に気づいたようだった。

「どうも、すんませんでした」

堀内はドアを閉めた。「誠やん、臭うたな」

「おう、臭うた」

「ま、三階も行ってみよ」

階段室にもどった。三階にあがる。301と302号室は《アートスペース・フォークナー》という事務所だった。

堀内はノックした。返事があってドアが開いた。顔をのぞかせたのは小肥りの五十男だった。

鼻下の髭が白い。

「胡桃会さんですか」

「ちがいます」

「コスモスハイツに胡桃会という事務所はありますか」

「聞いたことないですね」

「おたくはデザイン事務所ですか」

「建築内装です」

「失礼しました。まちがいました」

頭をさげた。「205号室のトモダ企画さんですけど、ひとの出入りが多いですか」

「ああ、そうですね。あそこは多いです」

男は怪訝な顔でドアを閉めた。

「堀やん、さっきの『トモダ企画』がそうや」

「騙しよったな」

二階に降りた。205号室の前に立つ。

伊達がノックした。返答がない。ドアは施錠されていた。

伊達はドアを蹴った。大きな音が廊下に響く。

ドアが開いた。さっきの茶髪が立っている。茶髪は伊達を睨みつけた。

「なんかちゃ、おたくら。警察、呼ぶぞ」

「ああ、呼んでくれ。携帯、貸そか」

伊達はいって、「トモダいうのは胡桃会のリーダーかい。傷害と凶器準備集合で収監中らしいの」

「てめぇら……」茶髪は舌打ちした。

「誰がてめぇらや」

伊達はドアの下に靴先を挟んだ。「わしらは大阪から来た。ちぃと訊きたいことがあるんや」

「なんいっとんかちゃ、おっさん。いい加減にしろよ」

「兄《あん》ちゃんよぉ、それが遠来の客に対する応対かい」

「ばかか、おっさん」

茶髪はドアを閉めようとするが動かない。

「やめとけ。わしらはおとなしいに話したいんや」

伊達は茶髪の肩を押して中に入った。堀内も入る。もうひとり、黒いジャージの短髪がソファにもたれてこちらを見あげていた。茶髪は痩せて生白いが、短髪はがっしりしている。ふたりとも二十代半ばか。

伊達は事務机のあいだをとおって奥のソファに腰をおろした。堀内も座る。

ガラステーブルの上にラーメン鉢や丼鉢が積まれ、クリスタルの灰皿には吸殻が針の山のように刺さっている。壁際にスチールキャビネットとロッカー、段ボール箱のあいだにゴルフバッグと三本の金属バット、大小の鉄アレイ、ブラインドが壊れた窓のそばに熱帯魚の大型水槽、玉のれんの向こうはキッチンだろう。萎れた観葉植物の鉢がそこここに置かれているのは、組事務所を思わせるような雑然とした情景だ。

茶髪はソファに座らず、短髪の脇に立った。金属バットは茶髪の後ろにある。

「名乗りをしとこ」伊達がいった。「わしはヒラヤマ総業の伊達。こっちは堀内。当銘に頼まれて豊川を探してる」

「なんか、それは」ソファにもたれたまま、短髪がいった。

「知らんのかい。当銘と豊川。博多の金塊強奪事件や」

「おまえ、分かるや。このおっさんのいっちょること」

舐めた口調で短髪は茶髪に訊いた。茶髪は首を振る。

「博多の狂言強盗。当銘と豊川は頭や」伊達がいう。

「な、おっさん。大丈夫かちゃ」

短髪は指で頭を突ついた。「ヒラヤマ総業っち、ヤクザね」

「探偵事務所や」

「嘘、いえ」

「わしは嘘がよういわんのや。人間が正直でな」伊達は笑う。

「やったら、帰ったほうが身のためぞ。うちはバックがついとんやけの」

「ほう、胡桃会にはケツ持ちがついてるか。小倉の極道は荒いらしいのう」

伊達は真顔になった。「呼べや。ケツ持ちを。さっきは警察呼ぶとかほざいてたやろ」

「おれな、格闘技やっとるんちゃね」

短髪はジャージの袖口を引いた。手首から肘にかけて和彫りの刺青《ほりもの》が入っている。「『玄海』っち知っとるね。地下格闘技」

「すまんのう。おっさんはそういうのに疎いんや」

「十五戦十二勝。強いとぞ」

「三敗はなんや」

「しゃあしいな。……酒ちゃ。飲みすぎた」

「そらあかんやろ。試合の前は節制せんとな」

伊達は煙草をくわえた。灰皿を引き寄せる。

「きさん、誰が吸っていいっつったかちゃ。くらすぞ」

瞬間、灰皿が飛んだ。ゴツッと鈍い音、灰が舞う。眼を覆った短髪の鼻に伊達の拳がめり込んだ。短髪は弾けたように横に倒れ、伊達はガラステーブルを撥ね除けて短髪の脇腹に膝蹴りを入れた。短髪の身体が浮き、ソファから落ちてうずくまる。伊達はセロームの鉢をとって短髪の頭に叩きつけた。

茶髪が壁際へ走った。堀内はすぐあとを追う。金属バットをとった茶髪にステッキを振りおろす。ステッキは首に入って、茶髪はうつ伏せに倒れた。バットを放りだして呻きながら床を掻く。

堀内は振り返った。伊達の足もとに破《わ》れた鉢、短髪は土塊《つちくれ》に顔を埋めてぴくりともしない。

「やりすぎたかのう」

伊達はズボンの土を払い、水槽の水で拳の血と灰を洗い落とした。

「十六戦十二勝。四敗目は誠やんにやられた」

堀内はいって、茶髪の肘を蹴った。「――こっち向け」

茶髪の呻き声がやみ、わずかに頭をあげた。

「名前、聞こか」茶髪のそばにかがんだ。

「…………」茶髪はなにかいった。

「聞こえんぞ」

「山本……山本徹」

「木元次郎とちがうんか」

「ちがう」

「そうか、ジローは髭面やったな」

茶髪のジーンズの後ろポケットから札入れがはみ出している。抜いて広げると免許証があった。《氏名・山下達彦。平成7年8月10日生。住所・福岡県北九州市門司区中里――》だった。

「誠やん、こいつが山下達彦や」

「そらおもしろい。強奪事件の被害者かい」

伊達はいって、「ほな、こいつは湯島裕か」

短髪のジャージのポケットを探って、スマホと免許証を出した。

「――ちがうな。梨本知明。平成六年生まれや」伊達は免許証を放った。

「豊川聖一、知ってるな」

堀内は山下にいった。山下は首を振る。

「去年の三月、おまえと湯島が博多で強奪された百キロの金塊は、豊川グループが関釜フェリーで密輸入した金塊や。強奪犯は当銘グループ。……な、山下、おまえは豊川も当銘も知ってるんや」

「…………」山下は眼をつむった。

「あの狂言強盗で、胡桃会は豊川と当銘からなんぼもろたんや。一千万か、二千万か」

「…………」山下はこくっと首を垂れた。

「気絶かい。下手な芝居やのう」

伊達がそばに来た。山下の襟首をつかんで熱帯魚の水槽へ引きずっていく。山下を抱えあげて頭から水槽に浸けると、山下はグァッと噎《む》せたが、伊達はなおも頭を押さえつける。山下は必死で暴れたあげくに床に落ち、激しく咳き込んで泡まじりの水を吐いた。

「どうや、ちぃとは素直になったか」伊達は濡れた顔を手で拭う。

山下は両足を投げ出して水槽の台にもたれ、力なく伊達を見あげた。

「いわんかい。胡桃会の分け前はなんぼやったんや。狂言強盗の」

「——おれは知らん。……聞いちょらん」途切れ途切れに山下はいう。

「まだ、とぼけるか」

「ほんとに知らんちゃ。おれと湯島は小遣いをもらった」

「なんぼや」

「四十万」

「たった四十万てか」

「ふたりで四十万ぞ」

湯島が十五万、山下が二十五万だったという。胡桃会では山下が湯島より上なのだろう。

「誰にもろたんや、四十万」

堀内は訊いた。「豊川か、当銘か」

山下は答えない。

「聞こえんのかい」

伊達が近づいた。山下は怯えて、

「豊川……。豊川にもらった」

「豊川はどういうたんや」堀内はつづけた。

「博多の葉山っち貴金属店に金塊を売れ。……そういわれた」

「金塊は豊川から預かったんやな」

「ああ、そうちゃ」強奪事件の朝、金塊を積んだ車のキーを渡されたという。

「おまえは知ってたんやな、その金塊がどういう筋のもんか」

「みんな知っとるちゃ、豊川のシノギは。豊川は韓国にルートを持っちょった」

「豊川から聞いてたんか。筑紫口の路上で襲われると」

「ばかいえ。あれはきっちり騙されたっちゃ。まさか、警官が来るとはな……」

そう、山下と湯島は嵌められたのだ。端から狂言強盗と知っていたら、ふたりの供述に不自然な点が生じるだろうし、どこかでボロが出る。山下と湯島が最後まで被害者でいられた理由は、裏を聞かされていなかったからだ——。

「おまえはいつ知ったんや。あの強奪事件が狂言やったと」

「警察の調べで、気がついた。……でも、おれはいわんかった。下手に喋ったら共犯やけな」

「金塊は豊川から預かった、というたんか」

「いったちゃ。……警察は知っちょった。おれがいう前からな」

「豊川とはいつからの知り合いや」

「さぁな……。五年にはなるやろ」

山下が胡桃会のメンバーになってまもないころ、リーダーの友田に連れられて博多の半グレグループの祝勝会に行き、そこで会ったのが豊川だったという。

「祝勝会て、なんや」

「オレ詐欺で、月に五千万とか一億とかの売上ノルマを達成したときに、安ホテルの宴会場を借り切って乱痴気パーティーをするんや。ＡＶ嬢やら芸人やら呼んでな」

ＡＶ嬢と芸人――。今里署のころ、堀内は半グレのリーダーの誕生会に、ホテルのサブマネージャーとして潜入したことがある。集まった客は見るからに堅気ではなかったが、かといってヤクザの宴会のようなぴりっとした雰囲気はなかった。飲めるやつはべろべろになるまで飲み、暑くもないのに上半身裸になってタトゥーを見せびらかす。飲めないやつはＡＶ嬢を裸に剝き、別室に連れ込んで乱交する。乱痴気をとおり越した狂騒、それが半グレのパーティーだった――。

「おまえらのシノギもオレ詐欺か」伊達が訊いた。

「胡桃会はな、年寄りを騙すようなことはせんと。おれたちはスカウトや」

「スカウト……。素人娘を騙くらかして風俗に売るんか」

「売るんやない。紹介するんや」

「おまえみたいなチャラ男《お》はスカウトにぴったりやの」

「おれはあちこちの店に顔が利くけの」

「調子にのってきたのう、山下くん。よう喋るがな。さすがにスカウトや」

伊達は腕を伸ばして山下の頭を撫でた。山下は怯えて下を向く。

「強奪事件のとき、おまえらのリーダーは娑婆におったんか」堀内は訊いた。

「おらんかった。友田さんが懲役に行ったんは一昨年《おととし》や」

「ほな、胡桃会のいまの頭は」

「頭はおらん」

「半グレのグループが横並びてなことはない。胡桃会を仕切ってるやつがおるやろ」

「ジローや」

「木元次郎やな」

「なんで、ジローのこと知っとるんか」

「木元に訊きたいことがあるからや」

腰が痛い。堀内はキャビネットにもたれた。「木元のシノギはディーラーさんや。おまえも手伝いしとんのか」

「たまにはな」

「木元の車はなんや」

「知らんっちゃ」

「もういっぺん訊こ。木元の車はなんや」

「――ベンツ。Eクラス」

「そのベンツはいま、誰が乗ってるんや」

「読めんちゃ。いっとることが」

「誰に貸してるんや、と訊いとんのや」

「知るわけなかろう。おれはジローのペットやなかちゃ」

「木元のヤサに行った。『レジデンス勝山』……。ちゃんとしたマンションとEクラスのベンツ。木元の羽振りがええのはどういう理由《わけ》や」

「さっきから、わけの分からんことばっかいっとるよな。クスリやっとんのか、あんた」

「木元にはタニマチがおる。木元はそいつの世話をして金をもろてる……。おれはそう読んだんやけどな」

「誰かちゃ、タニマチっち」

「豊川や。豊川聖一」

「へっ、なんが豊川か。あいつはおれを騙したんぞ」

「な、山下……」伊達がいった。「おまえと湯島はたった四十万のお駄賃で口にチャックをしたんかい。おまえと湯島は狂言強盗のほとぼりが冷めたあと、豊川に金をせびったんや。その仲介をしたんが木元で、胡桃会はいま、豊川を匿うてる」

伊達はまた、山下の頭を撫でた。「――ちがうか」

「ちがうわ」山下は首を振った「つきあってられんわ」

「いわんかい」

伊達は山下の髪をつかんだ。「どこにおるんや、豊川は」

「知らん」

「どう知らんのや」

「なんべんもいっとるやろ。ほんまに知らんっちゃ」

山下は気弱にいい、上体を引いて逃げようとする。そのこめかみに伊達のショートフックが入った。山下は頭を垂れ、水槽の台にもたれたまま横倒しになった。

「まだや。寝るのは早い」

伊達は山下を引き起こして拳をかまえた。山下は両肘で顔を隠して、

「ジローや……。ジローが知っとるけん」泣くようにいう。

「ほんまやろな」

「嘘やない」

「木元は勝山のヤサにおらんかった。いま、どこにおるんや」

「知らん」

「知らんのやったら訊けや」

伊達は山下のパーカのポケットからスマホを出した。「ほら、木元に電話せい。ここへ来いというんや」

「ジローは来んよ。あれはいっつも忙《せわ》しゅうしとうけんのぉ」

「な、山下、わしはぐずぐずいうやつが嫌いなんや。おまえが電話して木元が来んかったら、おまえの顔は破れ提灯になる。差し歯は高《たこ》うつくぞ」

伊達はいって、山下にスマホを持たせた。山下は抵抗せず、ダイヤルキーに触れた。

「——あ、おれ。なんしよん。——ひとり？　——やったら、来て欲しいっちゃけど。ハイ、ハイツに。——うん。知明もおる。——そうちゃ。こないだからいっとるやん。美奈がクラブと揉めとるけ。——いや、ほかにも相談ごとがあるけん。——分かった。待っちょる」

山下は話を終えた。伊達はスマホを取りあげて電源を切る。

「長話やったな、え」

「ただ来てくれ、とはいえんやろ」

山下は手を伸ばした。「携帯、返してくれ」

「木元が来たら返したる」

伊達は山下のスマホをブルゾンのポケットに入れた。「何時に来るんや、木元は」

「一時間で来る」

「なんでそんなに遅いんや」

「ジローは若松におる。女の家や」

「七時半やな」

伊達は腕の時計を見た。「堀やん、支度をしよ」

堀内はキャビネットの扉を開けた。抽斗を引いていく。

梱包バンドとストッパー、幅広のビニールテープを見つけて伊達に渡した。伊達は床に横たわっている短髪の手を背中にまわして梱包バンドで固定し、両膝と足首も縛って、口にテープを貼った。山下も同じようにして短髪の隣に引きずっていき、ソファを移動させて破《わ》れた鉢と土塊を隠す。

堀内はキッチンへ行き、冷蔵庫を開けた。缶ビールがいっぱい詰まっていたが、飲むわけにはいかない。コンビニにZ4を駐めている。炭酸水のペットボトルをふたつ出して部屋にもどり、テーブルにおいた。ソファに腰をおろして煙草を吸いつける。伊達も座って炭酸水に口をつけた。

「木元が来よったらどうする。とりあえず殴りつけて尋問するか」

「そら、手荒いな」

「けど、おとなしい話はできんで」

「ま、そうやな」

伊達のガサ入れを思い出した。組事務所だ。「誠やんのガサは水際立ってた」

「頭の糸がプチッと切れるんや。極道がアヤかけてきよったらな」

「木元はベンツで来るんかな」

「どうやろの。ベンツは豊川が乗りまわしてるかもしれん」

伊達も煙草に火をつけた。「Z4、コンビニに駐めっ放しでええんか」

「かまへんやろ。煙草を一カートン買うた」

「堀やんは禁煙したことあるんか」

「ないな。考えたこともない」

「いつからや、煙草」

「高校二年。両切りのピース」

「そら、ハイカラや」

「ピースは十本入りやった。それを毎日、一箱吸うた」

ピースがハイライトからセブンスターになり、大学のころは洋モクを吸っていた、といった。

「洋モクな。いまどきの若いやつには通じんぞ」

「ハイカラいうのも知らんやろ」

「わしは西成署のころに吸いだした。強化選手をやめるころや」

「煙草てなもんは悪魔の習慣や。やめよとは思わんのか」

「いまさらあかんな。やめたら肥る」

「電子タバコは」

「ニコチン吸うのはいっしょや。あんなカニの脚みたいなもんをチューチュー吸うやつの気が知れん」

伊達はソファにもたれて、けむりを吹きあげた。

七時二十五分――。窓の下で車のドアが閉まるような音がした。

伊達は立って、ブラインドの隙間から下を見た。堀やん――。手招きする。

堀内も下を見た。車が二台、駐まっている。白のミニバンとシルバーのセダンだ。若い男が四人、コスモスハイツの玄関に入っていく。

「めんどいのう」

伊達は舌打ちした。「わるい予感がしたんや。山下の長電話」

「どうする……」なぜか、恐怖感はない。伊達がいる。

「籠城はできん。ひとりずつ引き込んで、いわしたろ」

伊達はドアのそばに走った。錠をおろしてドアチェーンをかけ、事務机を押していって封鎖する。小さい鉄アレイを堀内に放って寄越し、自分は金属バットを両手に持った。

堀内はドアの脇に肩をつけた。耳を澄ませる。

廊下の足音が近づいてきた。複数だ。話し声はしない。

カチャッとドアノブがまわった。開かない。達彦――。呼びかける声がした。

伊達は金属バットをかまえた。堀内はステッキを持ち替える。

開けろ――。また、声がした。山下も短髪も返事はできない。

ドアノブに鍵の挿さる音がした。ドアが引かれてチェーンが張る。中を覗く気配がした。

伊達が金属バットを振りあげた。ドアが弾けるように開いてチェーンがちぎれた。男が入ろうとして机にぶつかった。後ろの男が机を乗り越えようとする。その肩口に伊達が金属バットを振りおろした。男は顔から床に落ち、立とうとする頭に堀内は鉄アレイを投げつけた。男はひしゃげたように突っ伏した。

机がひっくり返って三人の男がなだれ込んできた。伊達が金属バットを振る。堀内もステッキを振った。手応えがあって、低い悲鳴があがる。伊達は二本の金属バットを振りまわし、堀内もステッキを振って男たちを倒したが、すぐに起きあがってくる。伊達がひとりの顔に金属バットを突き入れた。反転してひとりの側頭部を横に薙ぐ。男の手からナイフが飛び、回転しながらスライドして突っ伏していた男の足に刺さった。

「堀やん、出ろ」

伊達の怒鳴り声で、堀内は廊下にころがり出た。伊達も出てきてドアを蹴る。ひとりが挟まれたのか、鈍い音がした。堀内は伊達に抱え起こされて廊下を走り、階段を駆けおりる。追ってくるやつはいなかった。

コスモスハイツを出た。コンビニに向かって道路を渡った。

「誠やん、バット」伊達はまだ右手に金属バットをさげている。

伊達は気づいたのか、歩きながらバットをかざした。

「曲がっとるわ」血もついている。

「そら痛い。殴られたやつは」

「堀やんの杖もな」

「ほんまか……」ステッキは湾曲していた。日本刀のように。塗装もひどく剝げている。

「けど、よう分かった。令状のないガサはやばい」

「あいつら、大丈夫か。ひとり、頭が横にずれたぞ」

「手加減する余裕はなかった」

「おれも必死やった」

ただやみくもにステッキを振りまわした。脚の痺れも忘れていた。

コンビニにもどった。駐車場は明るい。伊達はZ4のトランクリッドをあげて、金属バットを放り込んだが、ブルゾンの左の上腕部が裂けていた。裏地が赤く見えるのは血だ。

「誠やん、やられたんか」

「どうちゅうことない」

「見せてみい」

そばに寄って、ブルゾンの裂け目を広げた。太い腕が真っ赤に染まっている。傷は浅くない。白く見えるのは脂肪層か。手の甲から血が滴っていた。

「病院、行こ」

「あほいえ。事情を訊かれる」

「ええから、乗れ」

伊達を助手席に座らせた。堀内はズボンのベルトを外してブルゾンごと伊達の上腕に二重に巻き、バックルにとおして強く締めつけた。

「腕をあげとけ」

運転席に座り、エンジンをかけた。ここが大阪なら、島之内の内藤医院に走るのだが――。思いついて、生野に電話をした。すぐにつながった。

――はい、堀内さん、こんばんは。

――頼みがあるんです。いま、小倉におるんやけど、伊達が怪我をしたんです。

――えっ、そら大変や。容体は。

――容体というほどの重傷やないけど、左腕を刺されて傷口が開いてますねん。やばい筋の怪我やから、救急病院には行きとうない。生野さんのコネで、どこか適当な医者を教えてくれんですか。

――おふたりはいま、小倉ですな。

――戸畑です。戸畑の中芝。

――小倉やったら知り合いがいてますわ。同じ競売屋のね。連絡とって、口の固い医者を紹介してもらいましょ。

――すんません。頼みます。

電話を切った。

「――ということや。誠やん」

「役に立つのう、生野の爺さんは」

伊達は力なくいって、「眠たい……。眠たなってきた」眼をつむる。

「あかん。寝たらあかんぞ」怒鳴りつけた。

「堀やん、ギャグや」

伊達は笑い声をあげた。

十分後、生野から電話があった。八幡東区の帆柱へ行けという。

――帆柱六丁目。北九州国際大のすぐ東に『春川クリニック』いうのがあります。院長は八十すぎで、腕は頼りないけど、めったに患者が来んから、すぐに診てくれます。

――そんなんで大丈夫ですか。

――そこしか心あたりがないんですわ。わしの知り合いも。

春川クリニックには知り合いが電話を入れてくれた、と生野はいった。

――ありがとうございます。これから行きます。

「そんなんで大丈夫ですか、て、どういう意味や」伊達が訊く。

「医者が八十すぎなんや。よぼよぼで、眼が霞んで、手が震えるらしい」

「そらええな。話のタネになる」

「行こ」

ナビに帆柱六丁目を入力し、コンビニをあとにした。


春川クリニックは北九州国際大のグラウンドのすぐ横にあった。夜間照明灯の下、学生たちがサッカーの練習をしている。

クリニックの門前にZ4を駐めた。ブロックタイルの化粧塀と門柱、陸屋根の建物は泉北槙原台の黒沢クリニックに似ていなくもない。伊達も同じことを考えたのか、「ここもいずれは競売対象物件になるんかのう」といった。

堀内は車を降り、門柱のインターホンを押した。

――こんばんは。堀内といいます。

――ああ、聞いてます。

玄関は開いている、と男がいった。

伊達も降りてきて、医院内に入った。待合室の古びた感じは内藤医院を思わせる。廊下の左、ドアが開いて白衣の男に手招きされた。

伊達とふたり、診察室に入った。医者は若い。……といっても五十代か。

「春川先生ですか」

「春川です」

白髪、黒縁眼鏡、かなり肥っている。「――あ、ぼくは息子です。親父からメールがきて、急患を診てくれと」

「お医者さんですよね」

「勤務医です。形成外科」

父親は六時に診察を終えて七時から食事をし、九時には寝る、と春川はいった。「今日はたまたま、早番でした」

「そらよかった」

「じゃ、そこに寝ましょうか。左肩を上にして」

春川は椅子を半転させた。堀内は伊達の腕を縛っていたベルトをとる。伊達はブルゾンを脱ぎ、診療台に横になった。

春川は器具台を傍らに寄せ、ゴム手袋をつけた。鋏で伊達のTシャツを切っていく。

「鍛えとりますね」

「柔道してます。町道場で、週に一、二回」

「道理で」

春川はTシャツを丸めて蓋つきのトラッシュボックスに捨てた。消毒液に浸したガーゼで伊達の上腕を拭く。ガーゼを替えるたびに傷口から血が滲み出た。

「いつ負傷しました」

「四十分……いや、五十分ほど前です」

「刃物の形状は」

「片刃のナイフです」

「錆は」

「いや、そこまでは……」

「指を動かしてください。一本ずつ」

伊達は親指、人さし指、中指と曲げ伸ばしした。春川はうなずいて、

「少し痛いですよ」

傷口に中指を差し入れた。「深いですね。でも、上腕骨は逸れとります」

「動脈とか、切れてませんか」

「腕の外側をとおっとるのは、ほとんどが静脈です。この出血だと、太い血管は無事ですね」

春川は指を抜いた。「でも、上腕筋はかなり損傷しとります。傷口を縫合して、腕を固定しましょう」

「固定て、ギプスですか」

「いや、三角巾で吊ります」

春川は負傷の理由とその経緯を一言も訊かず、縫合の準備をはじめた。


化膿どめの抗生物質と鎮痛剤、交換用のガーゼ、調整ベルト付きの黒い三角巾をもらい、春川クリニックを出たのは九時前だった。治療費は六万円。伊達と折半した。

車に乗り、エンジンをかけた。伊達は右手だけでシートベルトを締める。

「痛いか、誠やん」

「ちょっとチクチクする。麻酔が切れたら痛いかもな」

伊達はネルシャツのポケットから煙草を出した。三角巾で吊った左手にパッケージを持ち替えて一本抜く。「堀やん、窓あけてくれ」

堀内は左のサイドウインドーをおろした。伊達はライターで火をつける。

「どえらい不自由やで。大した傷でもないのにな」

「大した傷や。上腕筋が損傷してるんやぞ」

春川は傷の中を洗滌《せんじょう》し、出血している血管を吸収糸で奥から順に縫合して止血したのち、抜糸をする糸で表皮を縫合した。さすが形成外科医らしい丁寧な処置だった。

「けど、堀やん、腕も指も動くんやで」

「医者がいうたとおりにするんや。筋肉がもとにもどるまで、おとなしいにしとけ。でないと後遺症が残る」

少なくとも十日は左腕を動かすな、と春川はいい、抜糸は懇意の医院に行ってしてもらうよういった――。「おれみたいに神経が損傷したら、一生、不自由なんやぞ」

「堀やん、すまん。わがままいうた」

「そうやない。後遺症はおれだけでええんや」

帆柱の表通りに向けて車を発進させた。「どこかで飯食お」

「そのあとはどうするんや」

「ホテルをとって、寝るんや」

「飯を食うのは賛成や。ホテルをとるのもええけど、夜は長いんやで」

「なにがいいたいんや」

「小倉のナイトライフを楽しまん手はないやろ」

「あのな、医者はどういうた。アルコールはあかんと聞かんかったんか」

「聞いたけど、なんであかんのや。理由が分からん」

「傷の回復が遅れるんや」

「過度の飲酒はそうかもしれんけど、適度な飲酒は回復を早めるんやで」

「分かった。とにかく、飯食お」

ナビの地図を拡大して、昼、焼きうどんを食った魚町を目指した。

西本町から国道3号に入ったとき、聞き慣れない着信音が鳴った。伊達がブルゾンのポケットからスマホを出してキーを押す。さっき山下からとりあげたスマホだ。

「――おう、なんや。――眠たいこというな。これはわしが預かったんや。――そんなに大事なもんやったら、持ち歩かんと金庫にしもとかんかい。――しつこいのう。返したるから、取りに来いや。――おまえやない。ジローが来んかい。ひとりでな。――おう、そうせい。待ってる」伊達は電話を切った。

「誰や。山下か」訊いた。

「スマホを返してくれといいよった」

伊達はスマホをふたつ、膝上においた。ひとつはシルバー、ひとつは黒。

「梨本のスマホも取りあげたんか」

「戦利品や。スカウトの商売道具」

「そら、返して欲しいわな」

「売るか。ふたつ百万で。買いよるぞ」

そう、百万円でも買うだろう。シャブの売人がシノギから足を洗うようなとき、顧客のついた売人のスマホは五百万円以上で売れるという。

「堀やん、さっきコスモスハイツにカチ込んできた半グレのなかに髭面はおったか」

「さぁな。顔なんぞ憶えてへん」髭面を見たとしても、ジローの顔は知らない。

「わしも見てへんのや。バット振りまわすのに必死やった」

「ほいで、山下はどういうたんや」

「ジローと相談する、また電話する。……そういいよった」

伊達はふたつのスマホをポケットにもどした。


魚町――。銀天街から一筋はずれた通りでビジネスホテルを見つけた。敷地はそう広くなさそうだが、玄関の左に車寄せがあり、その奥に駐車場がある。

堀内は駐車場にZ4を駐め、伊達とふたりでホテル内に入った。ツインの部屋をとり、住所と名前を書いて、505号室のカードキーをもらった。

「晩飯、まだですねん。なにか食いたいんやけど、お勧めの店ありますか」

伊達がフロントマンに訊いた。「そう、小倉の鮨がよろしいな」

「鮨でしたら、鍛冶町の『なかせ』をお勧めします」

「それにしますわ。場所を教えてください」

飲食店地図をもらってホテルを出た。平和通りへ歩く。

横断歩道の信号待ちをしているところへ、さっきの着信音が鳴った。伊達がとる。

「――誰や。――ほう、木元次郎さんかい。やっと声が聞けたのう。――で、時間と場所は。

――そらあかん。わしはこれから飯を食うんや。――あ、それとな、スマホの返却料は百万や。山下と梨本の二台で百万。――いやなら、やめとけや。スマホは小倉中央警察署のポストにでも放り込んどく。――ま、とにかく会おうや。訊きたいことが山ほどある。あんたの答えが気に入ったら、スマホはタダで返したる。――おう、またな」

伊達は話を終えた。スマホをポケットにもどして、さもおかしそうに笑い、「堀やん、スマホの中身をコピーするのはどうしたらええんや」

「おれに訊くか。分かるわけないやろ」

「胡桃会の交友関係、スカウト網、スカウトした女の勤め先、ピンハネの額、集金システム、データがぎっしり詰まってる。たった百万で返したるのはもったいないがな」

「ドコモショップへ行くか。USBメモリにデータを記録してもらうんや」

「そうやの」伊達はうなずいて、「もう十時や。ショップは閉まっとる」

「ほな、取引は明日やな。ドコモショップへ行ってからや」

堀内はいって、「誠やん、念のためや。スマホの電源、切っとけ。もしGPSアプリが入ってたら、こっちの位置情報が漏れる」

「おっと、それはヤバいの」

伊達は二台のスマホを出して電源を切った。

「取引の時間と場所は、明日、こっちから指定するんや」

「さすがや。なにからなにまで、堀やんはよう気がつく」

伊達は笑って、「よっしゃ。今日は小倉のナイトライフを満喫しよ」

医者に酒を控えるようにいわれながら、伊達にその気はないようだ。

14

目覚めたのは九時だった。伊達は隣のベッドで寝息をたてている。

トイレに行って部屋にもどると、伊達は枕に頭を埋めて煙草を吸っていた。

「誠やん、寝起きの煙草はようないんやで」

窓際のソファに腰をおろして、堀内も煙草を吸いつけた。「起きてから一本目を吸うまでの時間が短いほど、ニコチン依存がすすんでるらしい」

「知ってる。けど、習慣やな。眼があいたら枕もとの煙草を探してる」

「傷はどうや」

「なんともない。寝る前に抗生剤と鎮痛剤を服《の》んだ」

伊達は上体を起こした。三角巾をつけたままだ。「けど、もひとつ力が入らんわ」

「喧嘩はできんな」

「そう願いたい」

伊達はベッドを降りて煙草を消し、春川クリニックでもらったポリ袋を持ってバスルームへ行った。シャワーを浴びて、ガーゼを替えるようだ。

堀内は立って、電話をとった。フロントにかける。近くのドコモショップと営業時間を訊き、ズボンを穿いた。

伊達がさっぱりした顔でもどってきた。Tシャツを替え、三角巾も替えている。

「さて、出るか」

靴下を履く。「銀天街にドコモショップがある。十時からや」

「朝飯、食えるな」

伊達はブルゾンをはおった。


ホテルのそばの食堂に入り、堀内は朝定食、伊達は豚汁定食を食った。勘定はコイントスで負けた堀内が払って食堂を出る。銀天街のアーケード下を歩きながら、伊達は山下のスマホで電話をかけた。

「——おはよう、次郎さん。——すまんのう。電源、切ってたんや。諸般の事情でな。——一時にしよ。場所は小倉中央警察署の玄関前。あんたひとりや。徒歩で来い。——あんたの顔、知らんしな。キャップ、かぶってくれ。——色は。——黒の〝ヤンキース〟な。——それと、金や。百万。——分かった。そこはあんたの話次第やな」

伊達は立ちどまって電話を切り、電源をオフにした。

「堀やん、次郎は百万持ってきよるぞ」

「そら、太っ腹や」

「けど、昨日、いうてしもた。話が気に入ったらタダでスマホを返したる、とな……。わしはどこか、ひとのええとこがある」

「ひとがええ……」

「なんや、ちがうか」

「いや、おれにはええ。半グレどもには鬼より怖い」

「そこは堀やんも、わしといっしょや」

伊達は独り笑って、また歩きはじめた。


十時すぎにドコモショップに入ると、すでに先客が四人もいて三十分も待ち、山下のスマホは伊達が、梨本のスマホは堀内が、それぞれデータのコピーを依頼したが、梨本のスマホは画面をロックされていて、解除するにはロックナンバーかパスワードが必要だった。堀内はロックナンバーを忘れたといい、伊達が山下のスマホだけをコピーしてUSBメモリを受けとり、ショップを出たのは十一時前だった。

「一時まで二時間以上ある。どうする」

「スマホのアドレス帳とメールを見たいな。豊川の履歴があるかもしれん」

「おう、そらよろしい」

伊達はうなずいて、「喫茶店《サテン》で見るか」

「喫茶店はあかん。スマホの電源を入れなあかんやろ」

ショップのスタッフにスマホを預けたとき、GPSアプリがインストールされているかどうかは訊けなかった。自分のスマホだから。

「ネットカフェや。パソコンにメモリを挿してデータを見よ」

「すごいな、堀やん。そこまで考えてるか。大胆かつ細心や」

「誠やん、落武者は薄《すすき》の穂に恐る、て知ってるか」

「知らんな」

「おれは尻《けつ》の穴が小さいんや」

「落武者は、なんやて」

「薄の穂に恐る、や」

「なるほどな」

伊達はパチンコホールの前でとまった。真顔だ。「堀やん、わしも落武者かのう」

「なんやて……」

「後ろや。ごろつきが二匹。さっきからついて来る」

堀内は伊達と向かい合った。さりげなく後ろを見る。視野の端に男がふたり。派手なスカジャンとアロハシャツが立ち話をしている。

「ショップを出てからや。なんとなく気になった」

「やっぱりな。半グレのスマホは危ないわ」

スタッフがデータをコピーしたとき、スマホの電源を入れた。あれで位置情報をとられたのだろう。

伊達はパチンコホールに入った。堀内もつづく。

休憩スペースの柱の陰に立った。スカジャンとアロハシャツが現れてホール内を見わたし、小走りでパチスロのシマからパチンコのシマへ行く。

ふたりがシマの奥に入ったのを見て、ホールを出た。アーケード下から右へ行き、みかげ通りを左へ折れる。あたりに目付きのわるいやつはいなかった。

堀内は小さく笑った。

「どうした」伊達が訊く。

「いやな、誠やんが腕吊ってなかったら、半グレどものとこへ行ってアヤかけるやろ。それをせんかったんがおかしいんや」

「わしもな、尻の穴が小さいんや。誰かれかまわずゴロまくてなことはようせんのや」

いつになく殊勝なことを伊達はいい、周囲を見まわした。「堀やん、あれ、ネットカフェとちがうか」

伊達の指さす先、みかげ通りの向かい側、交差点に近いビルの二階に《ネット・スカイウォーカー》という看板が見えた。

もう一度、尾行をまいたことを確かめて横断歩道を渡り、ビルに入った。階段をあがる。店内に入って隣り合わせのブースをとり、伊達がパソコンを立ちあげて、山下のUSBメモリを挿した。

伊達はマウスを操作し、ディスプレーにアドレス帳を出した。あい、亜希、麻美、ありさ、池本、インステップ……りえ、里沙、理美、RIC、るみ、瑠璃子——。登録数は優に五百を超えていて、うち七割は女の名前、あとは男の名と店名らしかった。

「豊川はなかったな」

「当銘もな」

木元、湯島、梨本はあった。ほかにも半グレどもの名が多くあるだろう。

「けど、誠やん、山下にとって豊川はヤバ筋や。そんなやつを本名では登録せんやろ」

「そうやの。あとでもういっぺん検証しよ」

アドレス帳の次はメールを見た。膨大な件数だった。適当にクリックして読んでみる。女とのたわいのないやりとりが大半だが、なかには大麻や違法薬物の売買を思わせるものもあった。

「誠やん、こいつはプッシャーや。スカウトだけがシノギやないぞ」

「ほんまやのう。……オレ詐欺、スカウト、ドラッグ。いまどきの半グレどもは極道より質《たち》がわるいで」

伊達はUSBメモリを抜いた。「堀やん、わしは決めた。スマホは百万や」

「おう、誠やんの治療費にせいや」

「よっしゃ。コーヒー飲も」

伊達は立って、ドリンクコーナーへ行った。


十二時四十分――。ネットカフェを出た。タクシーに乗る。

小倉城の西、小倉中央署には五分で着いた。正面玄関を見渡せる国道の脇にタクシーを駐めて、

「運転手さん、あと十五分、ここで待機したいんや」

伊達は五千円札をコンソールボックスの上においた。「釣りは要らんし」

「あ、どうも」運転手は料金メーターをオフにした。

小倉中央署は想像していたよりずっと大きい警察署だった。十二階建で敷地も広い。

「どえらいでかいな」

伊達もそう思ったのか、「これで所轄署か」

「A級署やろ。北九州市の」

大阪では大規模署をA級署と呼ぶ。曽根崎署、南署、東署、西成署がそれで、署長は警視正、署員数は非公開だが三、四百人はいるだろう。小倉中央署はもっと多いかもしれない。

十二時五十五分――。黒いキャップをかぶった男が歩道を歩いてきた。グレーのジップパーカにジーンズ、キャップには〝NY〟のマーク。男は立ちどまって中央署に眼をやり、また歩きだして正面玄関に近づいていく。男の後ろにひとはいない。

「堀やん、行こ」

伊達はタクシーを降りた。堀内も降りる。

ドアが閉まった音で、男が振り返った。伊達は右手をあげて近づく。

「木元さん」

伊達が声をかけると、男はうなずいた。鼻下とあごに髭、左のこめかみから頬にかけて創傷痕がある。色黒で小柄だ。

「やっと会えたな」

「こっちは会いたくないんだよ」木元は伊達を斜に見る。

「どこも怪我してへんみたいやの。昨日のカチ込みには来んかったんか」

「おれは喧嘩しないんだ」

「そのわりには暴行、傷害の犯歴があるがな。顔の傷は刃物傷とちがうんかい」

「犯歴？　どこで聞いた」

「わしらは探偵や。ルートがある」

「なんだ、そのギャグは。つまらねえ」木元は吐き捨てた。

「おもろないのう」

「あん……」

「すかした東京弁や。小倉のワルは小倉弁を喋らんかい」

「殺すぞ、こら」

「いきるな。ゴロまきにきたんやない」

伊達は三角巾に手をやった。「刺された傷口が開くがな」

「昨日の落とし前はどうすんだよ。四人は使いものにならねえ」

「カチ込みに来た足軽かい。な、木元さんよ、大将のおらん合戦は負けるんや」

「やかましい」

「すまんかったのう。探偵ふたりが詫びを入れてたというといてくれ」

伊達はにやりとして、「で、金は」

「ここだ」木元はジップパーカのポケットを押さえた。

「もらおか」伊達は右手を差し出した。

「ばかか、おっさん。スマホを出せや」

「おう、そうやったの」

伊達はブルゾンのポケットを押さえた。「その前に訊きたいことがある」

「豊川のことだろ」

「ほう、知ってたか」

「なんで豊川を探してんだよ」

「わしらのクライアントは金主や。金塊密輸のな。……豊川は金主が投資した金をツメんと逃げまわってる。それはあんたも知ってるよな。豊川をひっ捕まえて金主んとこに持っていくのが、わしらのミッションというわけや」

「誰だよ、クライアントは」

「複数や。それ以上はいえん」

「豊川とは切れた。あいつはめんどくさい」

「そのめんどくさい豊川を、淡路島から由布院温泉のコテージまで連れてったそうやないか、え」

「…………」木元は答えず、伊達の顔をじっと見た。

「教えてくれ。豊川はいま、どこにおるんや」

「知らねえよ。豊川とは切れたといってんだろ。おれが面倒をみたのは由布院までだ」

豊川がいつコテージを出たかは知らない、と木元はいう。

「そらおかしいのう。豊川に車を貸してたんとちがうんかい。ベンツのEクラス。まだ、貸したままか」

「あの車は豊川にやったんだ」

「タダでか」

「五百万だ」

「名義変更は」

「するわけねえだろ。あいつは指名手配されてんだぞ」

「それもそうやの」

「ほら、スマホを寄越せ」

「待たんかい。話は終わってへん」

伊達はひとつ間をおいて、「あんた、当銘から豊川の面倒をみてくれと頼まれたな」

「誰だ、そいつは」

「あんたが当銘から豊川を丸投げされたということはや、あんたも誰かに豊川を丸投げしたんや。その誰かを教えてくれたら、百万は要らん。スマホはタダで返したる」

「豊川はな、おれに黙ってコテージを出てったんだよ。挨拶もなしにな」

「そうかい。ほな、豊川の携帯番号を教えてくれ」

「090・3599・17××」

「もういっぺん、いうてくれ」

「いうから、かけてみろ」木元は堀内を見た。

堀内はスマホを出した。木元が番号をいう。発信キーを押した。

この電話は現在、使われておりません――。堀内は伊達に首を振った。

「豊川が使うのは飛ばしの携帯だ」

料金不払いの携帯は三カ月で不通になる、と木元はせせら笑った。「もういいか。探偵ごっこは」

「しゃあないのう」と、伊達。

「スマホだ。寄越せ」

「金が先やろ」

「おれは話をした」

「洒落がきついのう。おまえの話はなんの足しにもなってへん」

伊達はブルゾンのポケットから二台のスマホを出した。「堀やん、金を受けとれ」

木元は茶封筒を出した。堀内は受けとったが、薄い。

「これで百万か」

「五十万だ」

木元は横を向く。「知明のスマホはロックがかかってんだ。欲しけりゃやるよ」

「そういうことかい」

伊達は笑って、二台のスマホを木元に渡した。「な、ディーラーさんは儲かるか」

「なんだと、こら」

「おまえには二度と会いとうないんや。ディーラーさんで機嫌よう稼げや」

伊達は埃でも払うように手を振った。木元は舌打ちして去っていった。

「あんな腐れが半グレどものサブリーダーか」

木元の後ろ姿を見やって伊達はいう。「カチ込みもようせん弱造やぞ」

「半グレも極道もいっしょやろ。つまりは金や」

「金は欲しいのう、堀やん」

「ああ」

おれは金が欲しいのか――。考えた。たぶん欲しいのだろう。こうして憑かれたように走りまわっている結果が金に変わるのだから。

茶封筒から札束を出した。二十五枚を数えて伊達に渡した。

「さて、どうする」

「プラン一、昼飯を食う。プラン二、またネットカフェに行って、山下のスマホのデータを再検証する。プラン三、ホテルに帰ってひと休みする」

「それで終わりか。プラン四は……」

「ある」

「当てよか、それ」

「おう、なんや」

「おまえには二度と会いとうない……。木元にいうたよな。あれで木元を油断させたんや。ちがうか」

「これや。堀やんにはお見とおしか」

「また行くんやろ、木元のヤサ」小倉北区の『レジデンス勝山』だ。

「夜になったらな」

　木元はなにも喋ってへん――。伊達はいって、国道へ歩く。


　タクシーで門司港へ行った。運転手の勧めで老舗のふぐ料理屋に入り、瓶ビール二本で〝ふく会席〟を食った。勘定の二万円はジャンケンで負けた堀内が払った。

　料理屋を出て桟橋通りを少し行ったところでネットカフェを見つけた。個室にふたりで入り、堀内が座ってUSBメモリを挿す。ふたりでアドレス帳とメールを見ていったが、すぐに厭きて、検証をやめた。

「あほくさい。わしらはこういう作業に向いてへんな」

「辛気くさい。みんな見たら半日はかかる」

　メモリを抜いて伊達に渡した。「プラン三や。ホテルに帰って、夜まで寝よ」

　ネットカフェを出て、タクシーをとめた。

15

スマホの音が聞こえた。隣のベッドで伊達が上体を起こす。

「堀やん、起きたか」

「ああ、起きた」窓の外が暗い。

「九時や。よう寝た」

伊達はスマホの時計を見て、「飯、食お」

「なに、食うんや」

「魚か」

「ふぐ食うたやろ、昼」

「ほな、ステーキか、焼肉か、フレンチか、イタリアンか」

「なんにでもせい。つきあう」食いたいものはない。ほんとうはもっと寝ていたい。

伊達はベッドから出て靴下とズボンを穿き、煙草に火をつけた。堀内も起きてベッドの端に座り、靴下を拾って履く。

「誠やんは高血圧か」

「どっちかいうたら低血圧やけど……なんでや」

「いや、いつでも寝起きがええ」

「腹が減ったら寝られんのや」

「そういうことか」

ズボンを穿いた。冷蔵庫からペットボトルの水を出して飲む。

伊達はナイトテーブルの電話をとった。

「――505号室です。ちょっと頼みがあるんやけど、近くにイタリアンの旨い店はないですか。――はい、そこでよろしいわ。――伊達の名前で予約してくれんですか。九時半、ふたりです。――すんませんな。待ってますわ」

伊達は受話器をおいて、「堺町の『タブラエッセ』。予約がとれたら電話がくる」

こと食うことに関して、伊達は段取りがいい。

堀内は上着をはおった。窓際の椅子に座って煙草を吸う。

五分後に電話がきて、部屋を出た。


イタリアンレストランで、伊達も堀内も酒を飲まなかった。ホテルにもどってチェックアウトし、Z4に乗って駐車場を出たのは、午後十一時だった。

小倉北区勝山――。『レジデンス勝山』の前で伊達を降ろした。伊達は敷地の中に入っていく。堀内はそのまま進み、四つ角の手前で車を停めた。

待つこと十分、スマホが振動した。

――堀やん、木元は帰ってへん。

伊達は建物の裏からベランダを見あげている、という。

――明かりが消えとんのや。405号室の。……どうする。

——待たんとしゃあないやろ。中に、車駐められるとこあるか。

——ある。入って、すぐ左や。自転車置場の横が空いてる。

——分かった。行く。

電話を切った。四つ角でUターンする。

マンションのゲートをくぐって左へ行くと、伊達が手招きをしていた。ここへ駐めろと、置場からはみ出した自転車を屋根の下に運ぶ。狭いスペースだが、何度か切り返してバックし、Z4を駐めた。エンジンをとめる。

伊達が助手席に座った。

「ひょっとしたら、ここで夜明かしかのう」

「おれは帰ってくるように思うけどな」

「そのときは、どうする。ぶち叩いて車に押し込むか」

「誠やん、この車はふたり乗りや」

「おっと、そうやった」伊達はいって、「部屋の前で待つか」

「それしかないやろ」

「よっしゃ。行こ」

伊達は車を降りた。堀内もステッキを持って降りる。

エンジン音が聞こえて、原付バイクがゲートをくぐってきた。堀内たちの脇を抜けて自転車置場へ行く。バイクを駐めてヘルメットをとり、置場から出てきたのは赤いリュックを背負った若い女だった。

こんばんは——。伊達は愛想よく挨拶した。女も、こんばんは、と挨拶を返して玄関へ行き、オートロックのキーを押す。女につづいてマンション内に入った。

女はエレベーターに乗り、堀内と伊達はすぐ手前の階段で四階にあがった。

伊達が廊下に出た。堀内は階段室のドアを細めに開けて待つ。伊達は405号室のドアに耳をつけて小さく首を振り、もどってきた。

「おらん。物音がせん」

「ここで待と」

四階まで階段をあがってくる住人はいないだろうから、見咎められる心配はない。

堀内は左足を伸ばしたまま、階段に腰をおろした。膝が満足にまがらないのだ。不自由だが、慣れた。

伊達は煙草を出した。一本、抜いて、

「吸うてもええかのう」

「ええもわるいもない。吸うつもりで出したんやろ」

堀内も煙草をくわえて、伊達のライターで吸いつけた。

「懐かしいな、堀やん」伊達は床にあぐらをかいた。

「なにがや……」

「張りや。身体はえらかったけど、堀やんといっしょやと退屈せんかった」

「おれもそうやったな。相性がええんや」

張り込みで空振りをしたことは何度もあった。たいていは車の中で遠張りをするのだが、冬が辛い。暖房を入れるためにエンジンをかけるとマフラーから蒸気があがる。身体中にカイロをあてて毛布をかぶっているると無性に眠くなる。ただ、伊達との遠張りで、ふたりとも眠り込んでしまったような失態は一度もなかった。

「な、堀やん、ひとの相性いうのは、なんや」

「分からん。……初めて会うたときの直感かもな。こいつとは反りが合わんと思たら、最後まで合わん」

「堀やんは偏屈か」

「勝手者《かってもん》や。偏屈で愛想がない」

「わしもたいがい、愛想がないで」

「それはない。誠やんは話がおもしろい」

「ま、座持ちはええかもしれん。……けど、いつでも相手を観察してる」

「そこが刑事《デカ》なんや。天性のな」

「天性の刑事《デカ》な……」

伊達は壁にもたれて、けむりを吐いた。「わしも堀やんも、しくじった」

「しくじったからこそ、極道や半グレどもをぼろにしても面倒がない。淡路島、由布院、小倉、思い立ったらどこでも行ける。いつでも行ける。……おれは最近、思いなおしたんや。刑事をしてたら、このやりっ放しの自由はない、とな」

「そうか。堀やんのいうとおりやの。令状は要らんし、報告書を書くこともない」

「いまどきの刑事は書類仕事ばっかりやで」

時計を見た。零時十分前――。木元は帰ってくるのだろうか。

エレベーターの作動音が何度も聞こえたが、四階で停まることはなかった。

そうして零時半――。階段室の隣でエレベーターが停まった。

伊達が廊下を覗いた。

「堀やん、木元や」

「ひとりか」

「ひとりや」

いうなり、伊達は階段室から出た。堀内も出る。

木元が振り返った。伊達は間合いをつめる。木元は伊達より頭ひとつ小さい。

「遅かったたな。待ってたんやで」

「なんかちゃ、おまえら……」部屋の鍵を手にした木元はあとずさる。

「昼間、聞き残したことがあるんや」伊達は笑う。

「話《ナシ》はついた。金もやった。いい加減にしろちゃ」

木元は酒臭い。白いレースのシャツにクラッシュジーンズ、はだけたシャツの胸元からタトウーがのぞいている。

「おじさんたちはしつこいんや。部屋に入れてくれるか」

「消えろちゃ。ばかやろう」

「そうかい」

瞬間、伊達の右手が伸びた。拳が木元の鼻にめり込んで頭が後ろにずれ、尻から廊下に落ちた。鈍い音がフロアに響いた。

堀内は鍵を拾った。405号室のドアに挿して開ける。

伊達は片手で木元の足をつかみ、引きずって部屋に入れた。木元はぴくりともしない。堀内も中に入って施錠した。

伊達は木元を引きずり、奥のガラスドアを開けてリビングまで運んだ。ソファの脚もとで仰向きにする。堀内はリビングの照明を点けた。

「起きんかい」

伊達は木元の脇腹を蹴った。木元の眼はあかない。鼻が潰れて血が滲んでいる。

堀内は台所へ行った。片手鍋に水をいっぱいに入れてリビングにもどり、木元の顔にかけると、激しく咳き込んで赤い水を吐いた。

「起きたか」

低く、伊達がいう。「質問その一、豊川はどこや」

「…………」木元は横を向く。

「いつまでも黙ってんやないぞ。答えんかい」

「知らん……」

「な、木元よ。おじさんはしつこいし、気が短いんや」

伊達は片手鍋をとって、木元のこめかみに叩きつけた。柄が折れて鍋が飛んだ。

「…………」木元がなにかいった。

「聞こえん。ちゃんと喋れ」

「女ちゃ……。女んとこちゃ」

「女の名前は」

「エミリー」

「本名は」

「知らん」

「エミリーのヤサは」

「博多や」

「博多のどこやと訊いとんのや」

「知らん……」

「堀やん、こいつはわしらを舐めとるんかのう」

「そうやろ」

堀内はかがんで、木元の脛《すね》にステッキを振りおろした。木元は悲鳴をあげて跳ねる。背中を丸め、脛を抱えてテーブルの下へ這っていく。

伊達はテーブルを蹴り、木元の襟首をつかんで引き起こした。サイドボードに突き飛ばす。ガラスが破れて散った。木元は息も絶え絶えに、

「ほんとちゃ。エミリーのヤサは知らんのちゃ」

「エミリーに豊川を預けたんは、おまえとちがうんかい」

「ちがう。エミリーは豊川のスケちゃ」

「エミリーの仕事は」

「キャバ嬢や。たぶん」

「よう知っとるやないけ。……エミリーの携帯番号は」

「待て」

木元はジーンズのポケットからスマホを出した。キーをタップしてアドレス帳を検索する。

「――090・2283・09××」

「命令その一、その番号にかけて、豊川がおるかどうか訊け」

「いまは夜中や」

「やかましい。キャバクラ勤めの女が寝てるわけないやろ」

伊達が頭を張ると、木元は発信キーに触れた。

「──あ、おれ、木元。──豊川さんは。──いつ。──どこへ行くっち。──そうか。分かった」

「代われ」

堀内はスマホをとった。

──エミリーさん？

──誰ね、あんた。

──わたし、大阪で貴金属の買取りをしてる平山といいます。豊川さんとはなんべんか仕事をさせてもらいました。……それで、豊川さんに訊きたいことがあるんやけど、会わせてもらうわけにはいかんですか。

──あのひと、おらんよ。

──というのは。

──出て行ったと。先週。

──行き先は。

──聞いとらんけど。

──また、もどって来るんですか。

──来《こ》んよ。車に荷物を積んで行ったけん。

――車はベンツですか。白のEクラス。
――うん。白のベンツ。
――豊川さんは木元さんと連絡とってましたか。
――どうかいな。とっとらんと思う。
――エミリーさんは豊川さんの行き先に心あたりないですか。
――うち、聞いとらんけん。
その答えに一瞬、間があった。エミリーは豊川の行方を知っている……。
――失礼ですが、エミリーさんの苗字は。
――いいとうない。
――木元さんはエミリーさんのお家、知ってますよね。
――うん、知っとる。
豊川がエミリーの家に来たとき、木元が車を運転していたという。
――木元さんがエミリーさんに豊川さんを紹介したんですか。
――ううん。ちがうけど……。
――ほな、エミリーさんが豊川さんの知り合いやったんですか。
――あのね、なんでそんなこと訊くと。
――いや、すんません。木元さんに訊きますわ。夜分に申し訳なかったです。
電話を切った。伊達にスマホを渡す。
「質問その二、エミリーの名前とヤサは」
伊達は木元に訊いた。「まさか、知らんとはいえんわな」

「…………」木元は黙っている。

「いわんかい」

伊達は木元のみぞおちを蹴った。木元は噎せながら、

「西尾えみ。博多区の諸岡――」

ＪＲ笹原駅の東口を出ると大きい駅前マンションがあり、その右の並びにある茶色のアパートだといった。

「次郎くんはなかなかのおとぼけやったのう」

伊達は笑って、「そのおとぼけぶりに免じて、このスマホは没収や」

スマホの電源を切り、また入れる。「ロックがかかっとる。パスワードは」

「そんなんないちゃ。指紋認証ちゃ」木元はわめく。

「そら不便やのう」

伊達は木元の右手をつかんだ。「堀やん、こいつの指を切り落とそ」

「あほ。やめろちゃ」木元は拳を握りしめる。

堀内は台所へ行った。流し台の扉を引く。菜切り包丁を抜いてリビングにもどった。

「どの指や、こら」

伊達は木元の腕を捻じりあげた。木元は呻いて、

「分かった。パスワードや」

「いわんかい。それを」

「１９１９２６３」

「行く行く次郎さん、か」

伊達はパスワードを入れた。画面が出た。

「な、返してくれ」木元は懇願する。「それをとられたらほんとに困るんちゃ」

「困るから、没収するんやないけ」

伊達は木元のスマホをブルゾンのポケットに入れた。「わしらはこれから博多へ行く。西尾えみに会うて、おまえが豊川の行方を知ってると分かったときは、もどってきて、おまえをずたぼろにする。えみの話を聞いて、おまえの嫌疑が晴れたら、このスマホはえみに預ける。……どうや、それでええか。文句あるか」

「………」木元は力なく首を振る。

伊達はカーテンを引き開けてベランダへ出た。収納庫を開けて中のものを放り出し、もどってきたときは布製の梱包テープを持っていた。

「手ぇ出せ」木元にいう。

「なんで……」

「おまえを簀《す》巻《ま》きにするんやないけ。えみや半グレどもに要らん連絡せんようにな」

「誰にも、なんもいわんけん。約束する」

「極道や半グレのいうことを真に受けとったらな、命がなんぼあっても足らんのじゃ」

伊達は一喝した。木元は怯えて両手をそろえた。

堀内は梱包テープで木元を後ろ手に縛り、膝から足首をぐるぐる巻きにして床にころがした。

「最後にもういっぺんだけ訊くぞ」

伊達がいった。「おまえはほんまに豊川の飛んだ先を知らんのやな」

「知らん」木元は大きくかぶりを振った。

堀内は木元の口にテープを貼って立ちあがった。

「堀やん、行こ」

伊達は背を向けた。


Z4に乗った。スマホのグーグル検索で小倉から博多までの所要時間を訊くと、〝小倉北区から博多駅まで、車が渋滞していないので一時間六分です〟と答えた。便利な時代になったものだ。

ナビにJR笹原駅を入力して『レジデンス勝山』をあとにした。


二時二十分――。笹原駅東口でナビの案内が終了した。ロータリーの向こうに白いマンションが見える。

マンションを目指して走り、四つ角を右折した。木元のいった〝茶色のアパート〟は見あたらない。次の四つ角まで行って車を停めた。

「あのガキ、騙しよったんか……」

「いや、あれだけ責められてガセをいう根性はないやろ」

Uターンして徐行すると、右側に煉瓦タイルの建物があった。二階建、連棟のテラスハウス、道路からセットバックしたスペースがパーキングになっている。

堀内は右端の白いミニバンの隣にZ4を乗り入れた。伊達が降りて、連棟の表札を一軒ずつ見ていく。三軒目で伊達は立ちどまり、手招きした。

エンジンを切り、ライトを消した。ステッキを持って外に出る。伊達が指さす玄関の表札は

《西尾》だった。

「メゾネットやな」二階の窓にカーテン越しの薄明かりがある。

「ここにＥクラスを駐めてたんかのう」

「どうかな」豊川は屋根とシャッター付きのガレージを借りていたような気もする。

「さて、どういう段取りで行こ」

「いきなりノックはまずいな。誠やん、電話してくれ。おれが話す」

伊達は木元のスマホを出した。発信履歴をスクロールして通話キーをタップする。堀内はスマホを受けとった。

――なんなん、次郎さん、お風呂入るとこやったとに。

――夜分、恐れ入ります。さっき、お話しした平山です。

――次郎さんは。

――寝てます。酔いつぶれて。

――ほんとにもう、迷惑なんやけん。

――さっきおうかがいした豊川さんの件ですが、エミリーさんに直接、話を聞いてくれと、木元さんからいわれました。

――無責任やね、次郎さん。

――それでわたし、小倉から博多に来ました。いま、おたくの玄関先におります。

伊達が堀内のそばを離れた。玄関ドアの脇に立つ。

――次郎さんのスマホ、持っとると。

――借りてきました。

――変なの。……うん、出る。

玄関ドアが開いた。一筋の明かりがパーキングに射す。

堀内は近づいた。ドアチェーンがかかっている。西尾えみは栗色のショートヘア、赤いセルフレームの眼鏡、白のスウェット上下というラフな格好だった。小柄で顔も小さい。齢は二十《はた》歳《ち》前後か。

「いいお住まいですね」

「そうかな……」

「豊川さんの行き先を教えてくれんですか」

「聞いとらんって、いったやん」

「わたしが大阪から来たんは、どうしても豊川さんに会わんといかん事情があるんです」

「どういうこと?」

「これは内緒にしといてもらいたいんですが、去年、豊川さんとの取引で三百万円を融通しました。折り返し、金の延べ板を送ってもらう約束が、いまだにとどいてないんです。恥をいいますと、わたし、筋のわるい金融業者にかなりの借金があって、その延べ板がなかったら、もう店をたたまんとあかんような状況です」

ステッキを足のあいだに立てて、ポケットから札を出した。えみに見えるように五枚を数える。

「決して、エミリーさんに迷惑はかけません。豊川さんの行った先を教えてもろたら、些少ですが、お礼を差しあげます」深く頭をさげた。

えみはしばらくステッキを見つめていた。そうして、小さくうなずいて、

「名古屋……」独りごちるようにいった。

「名古屋のどこですか」

「うちに聞いたって、いわんよね」

「もちろんです。いうわけない」

「堤田ってひと。聖ちゃんはそのひとのところに行ったと思う」

堤田は名古屋で貴金属や宝飾品の取引をしているらしいと、えみはいった。

「堤田さんはブローカーですか」

「なん？　ブローカーって」

「いや、いつですか。豊川さんが名古屋に向けて博多を発ったんは」

「先週の月曜かな」

ちょうど、十日前だ——。

「ひとりで行ったんですね。ベンツを運転して」

「うん、そう」

「豊川さんから連絡は」

「ない」

「携帯の番号は」

「知らん」

豊川はガラケーを半分に折って捨てて行った、とえみはいう。飛ばしの携帯だろう。

「豊川さんを知ったんは、木元さんの紹介ですか」

「ううん。聖ちゃんはお店のお客さん」

一昨年の春ごろ、えみの勤める中洲のキャバクラで知り合ったという。

「どんな客でした」

「よかったよ。遊び上手やし。ほかの子にも人気やったし」

豊川はいつもえみを指名した。ひとりで来ることは少なく、複数の部下を連れてきて、払いはみんな豊川がした――。

「プライベートなつきあいもしたんですか」

「そらそうよ。好いとったもん。……でも、去年の二月やったかな、翔ちゃんたちが警察に捕まって、聖ちゃんとも切れた」

先月、豊川から電話がかかってきたときはびっくりした、とえみはいった。

「翔ちゃんて、三好翔ですか」

「そう。知っとると?」

「名前だけは」

豊川グループのサブリーダーだ。関釜フェリー金塊密輸事件で逮捕、収監された。

「豊川さんが指名手配されてるのは知ってましたよね」

「うん。刑事が来たもん、下関から」

豊川から連絡があったら報せてくれと、名刺をおいていったという。「なんか、うちを犯人みたいな眼で見て、えらそうっちゃん。名刺なんか破ってトイレに流してやったと」

「そら、訊込みの下手な刑事ですわ」

「あんなん、最低やん」

「エミリーさんが木元さんと知り合うたんはいつのことですか」

「さっきもいったやん。聖ちゃんがここに来たとき、ベンツを運転しとったって」

「それが初めて？」

「そう、顔を見たとはその一回だけ。携帯番号とかは交換したっちゃけど」

えみは豊川から、木元に世話になった、と聞いた。だから愛想よくして、部屋にもあげたという。

「次郎さん、小倉でチーマーのリーダーなんやろ」

チーマー——。久々に聞いた。チーマーは絶滅し、半グレに進化した。

「豊川さんと木元さんは親しいんですか」

「ううん。ちがう。そんな感じやなかった」

「豊川さんはいつからここにいたんですか」

「やけん、先月の初め。……一カ月くらい、おったかな」

豊川が由布院のコテージを出たのは十一月二十日だ。そのあと、何カ所かを転々としてここに来たのだろう。

「ね、もう、よか？」えみはいった。

「ありがとうございます。ためになりました」

五万円をドア越しに渡した。「風呂、入ってください」

「うん……」

ドアが閉まり、施錠する音がした。

伊達がそばに来た。

「さすがや、堀やん。込みをかけたら超一流やで」低くいう。

「ステッキと万札が効いたかな」

「しかし、男と女いうやつは分からんのう。指名手配されてると知ってて匿うか」

「おれはタダやないと思たな。豊川はそれ相応の金をえみにやったんやろ」

「金か、やっぱり」

「所詮は金やろ」

女と金、金と女──。どちらが欠けても長つづきしないのは身に染みている。

「豊川の逃走状況がよう分かった。たった五万でブローカーの名前を聞けたわ」

折れや──といって、伊達は二万五千円を差し出した。


ロックを解除して車に乗った。エンジンをかけて走り出す。伊達はサイドウインドーをおろして煙草を吸いつけた。

「腹減ったな、本場のとんこつラーメンでも食うか。バリカタの」

「おれはヤワでええ」

「食うたあとは、どこかで寝よ」

「ラブホテルか、カプセルホテルか、漫画喫茶か」

「堀やん、洒落がきついわ」

伊達はスマホで博多ラーメンの名店を探しはじめた。

16

眼が覚めた。伊達は毛布も被らず、ベッドの端で鼾《いびき》をかいている。部屋は多少の暖房が効いているが、Tシャツとトランクスだけで眠っているのには感心した。午前九時――。起きるにはまだ早いから眼をつむったが、伊達の鼾でもう眠れない。ベッドから出てトイレへ行き、部屋にもどると、伊達は毛布を被って丸くなっていた。

「起きたか」

「起きた。ちぃと寒い」

伊達は毛布の下から手を伸ばしてナイトテーブルの煙草をとる。

堀内も煙草をくわえてソファに腰かけた。

「ここはどこや、堀やん」

「板付やろ、たぶん」

JR笹原駅のロータリーから東へ走って、筑紫通りのラーメン屋で餃子ととんこつラーメンを食い、そのあと外環状道路の板付出入口近くのラブホテルに入った。ジャンケンをして堀内がベッド、伊達がカウチソファで寝たのだが……。

伊達は起きてヘッドボードにもたれかかった。スマホをとってディスプレーをスクロールし、電話をかけた。

「――あ、どうも。ヒラヤマ総業の伊達です。その節はお世話になりました。――また、頼みがあるんやけど、ひとを捜してますねん。――名古屋の堤田いう男です。たぶん、貴金属のブローカーですわ。――福岡の金塊強奪事件でパクられた名古屋のブローカーがいてましたやろ。そう、高山と千葉。盗品故買。――その高山と千葉の仲間が堤田やないかと読んでますねん。――堤田いう苗字だけですわ。フルネームも齢も不明です。――すんませんな。頼みます」

伊達は電話を切った。

「田中か。田中栄作」

堀内は訊いた。田中は一週間ほど前に会った情報屋だ。

「わしの勘や。堤田は高山や千葉のツレにちがいない」

「高山と千葉は名古屋の木犀会のフロントやろ。堤田もフロントとなると、一悶着あるぞ」

「半グレをいわしたと思たら、次は極道かい。めんどいのう」伊達は三角巾で吊った腕をなでる。

「一週間ほど休養するか。大阪に帰って」

少なくとも十日は左腕を動かすな、と形成外科医は伊達にいった。

「堀やん、それはないで。いっぺん家に帰ったら、またよめはんに出張の許しを得ないかん」

「その腕の傷も訊かれるな」

「どこでなにしてたんや、この表六玉《ひょうろくだま》が……。ふとん叩きで、ぶち叩かれるがな」

「そら、ええ音がしそうや。バンバンと」

「極道より怖いのはよめはんやで」

伊達は笑いもせず、「チェックアウトしたら、下関に行きたいんや」

「下関？　名古屋とちがうんか」

「今朝、寝る前に考えたんやけどな、わしらは豊川に迫ってる。ゴールはすぐそこや。となると、豊川をひっ捕まえる前に、集金の方法《すべ》を詰めとく必要があると思うんや」

「豊川を逆さに吊るして、金と金塊を吐きださせるんとちがうんか」

「それもええ。……けどな、わしは保険をかけときたいんや」

「保険て、なんや」

「豊川を攫うたら誘拐になる。吊るしたら脅迫になる。金をとったら強盗になる。わしはそのリスクを避けたいんや」

「分からん。誠やんのいうことが」

「たとえ建前ではあっても、令状をとって豊川を引きたいんや」

「その令状とは、なんや」

「豊川の金主や。金塊密輸のスポンサー」

「下関の建築金物屋か。兼井とかいうたな」

「その兼井に会うて言質をとるんや。出資した金を豊川から取りもどすことを委任します、という言質をな」

「なるほどな。そういうことか……」

考えた。伊達の意見はまっとうだ。保険にもなる。

「な、そうやろ。豊川を攫うて金を奪《と》るまではええ。……けど、豊川は指名手配中の身やから、いずれはパクられる。豊川が吐いて、わしらも当銘と同じように手錠嵌《ワッパ》められたら、こうやって走りまわってきたことのなにもかもが水の泡や。ちがうか」

「分かった。誠やんのいうとおりや。兼井に会お」

刑事のころもそうだったが、伊達は細心だ。事件の見立て、筋読みにおいて、その捜査テクニックは際立っていた。なにより、先を見越してリスクを回避する術《すべ》を考えることに長けていた。そう、伊達は極めて優秀な現場の刑事だった——。

「兼井が豊川になんぼ出資して、なんぼババにされたかは分からん。……切り取りは折れが相場や。それでええか」

「かまへん。誠やんに任せる」

「わるいな。欲をかきすぎてドツボにはまりとうないんや」

伊達はナイトテーブルの灰皿で煙草を消す。堀内は靴下を拾って履いた。

「朝飯はどこで食う」

「高速のサービスエリアで食お」

伊達はベッドからおりた。三角巾を解いて包帯をとり、ガーゼを替えはじめた。

九州自動車道——。古賀サービスエリアで朝定食を食いながら、スマホのグーグル検索で〝下関　兼井商会　建築金物〟を調べると、ホームページが出た。

《株式会社カネイ　カネイは総合建築金物メーカーとして、耐震性・耐久性・施工性にすぐれた建築用接合金物の製造、販売をとおして、安心で快適な住まいづくりのグッドパートナーをめざしています。》

地図と商品の画像が三十点ほど載っている。住所は下関市南武久町。電話は0120ではじまるフリーダイヤルだった。

堀内は番号をメモして、電話をかけた。

――はい、カネイです。

――ヒラヤマ総業といいます。兼井さん、いらっしゃいますか。

――社長ですね。お待ちください。

保留音が流れはじめた。堀内は電話を切った。

「誠やん、兼井は会社におる」伊達にいった。


関門自動車道を下関インターで降り、県道258号を西へ行った。山陽本線の高架橋を越え、武久川に並行して南へ走ると、民家が途切れて、工業団地だろう、陸屋根の工場が建ち並ぶ地区に入った。

南武久町一丁目の『カネイ』はすぐに見つかった。周囲にブロック塀を巡らせた敷地は五百坪ほどか。道路側に鉄骨のレールを組んだ移動クレーンのトラックヤードがあり、その奥が工場、左の白い建物が倉庫と事務所のようだ。想像していたよりは大きな会社だった。

堀内はスライディングゲートを抜けて敷地内に入り、駐車場にZ4を駐めた。

倉庫のシャッターは開いていた。中を覗くと、段ボール箱を積みあげたスチール棚のあいだに作業服の男がいて、パソコンの端末になにやら打ち込んでいた。

「こんちは。精が出ますね」

伊達が声をかけると、男は振り向いた。作業服に眼鏡、眉が白い。齢は六十すぎか。

「これみんな、建築金物ですか」

「そうよ。このあたりは基礎用のビスと座金やね」

「製品て、何種類ぐらいあるんですか」

「さぁね、二千や三千はあるかね」

ビスひとつでも、直径がちがうものから長さがちがうものまで何種類もそろえておかないといけないという。

「どれも、この工場で作ってるんですか」

「ネジ類や基礎金物は外注やね。あと、特殊メッキやらも」

男はいって、「――なんです、おたくさんら」

「いや、ぼくら、工務店の資材課ですねん。今度、『カネイ』さんから納入してもらおかと思て……」伊達はうまく話をつくる。

「うちの製品はよろしいですよ。使うてやってください」

「このあと、兼井社長に会うんですけど、どんなひとですか」

「よう動くひとやね。年中、外を飛びまわりよる」

よく動く……。よく働く、とはいわなかった――。

「まじめなひとですか」

「まぁ、そうやろね。よう知らんけど」

「兼井さんは下関の勝山に千坪の土地と賃貸マンションを二棟、持ってますよね」

「ああ、あれは売った。土地もマンションもね。いまはここだけよ」

「自宅は」

「この倉庫の裏」プレハブの一軒家があるという。

「兼井さんが下関東署の事情聴取を受けたという話、知ってはりますか」

「うん。去年の春前やったかね」刑事が工場に来たこともあったという。

「兼井さんはなにをしたんですか」

「それはこっちが聞きたいね。おたくさん、知ってるんか」

「いや、兼井社長と警察の噂だけは聞きました」

「先代の社長が死んでから、あのひとは変わったけん。取り巻きがわるい」

「目付きのわるい連中が出入りするようになったんですか」

「それはないけど、狭い町やと、いろんな噂が耳に入るわね」

「その、取り巻きいうのは」

「さぁ、分からん」

話しすぎたと思ったのか、男はまた端末に視線を落とした。伊達と堀内は礼をいって倉庫を出た。


「堀やん、録音しよ。ここからや」

「分かった」

スマホを出した。ボイスレコーダーの録音キーに触れる。伊達も同じようにスマホを録音状態にしてブルゾンのポケットにもどした。

事務所に入ると、窓際のデスクに、小豆色の上っ張りを着た五十がらみの女がいた。

「こんちは。ヒラヤマ総業の伊達といいます。社長さん、いらっしゃいますか」

「さっき、電話をいただきましたよね」女は立って、こちらに来た。

「すんません。電波がわるいんか、切れてしまいました」

伊達は名刺を差し出した。「あらためて、ヒラヤマ総業の伊達です」

「堀内です」一礼した。

「大阪からいらしたんですか」女は名刺を見る。

「出張ですわ。こないだから」

「ご用件は」

「三好翔という人物のことで、兼井社長のお耳に入れたいことがあります。そういうてくれたら分かりますわ」

「あ、はい……」

女は怪訝な顔をしたが、事務所を出ていった。

「堀やん、ここは潰れるぞ」

事務所を見まわして、伊達がいう。「机が四つもあるのに、事務員がひとりや。さっきの倉庫は在庫の山やったし、トラックヤードもひとがおらんかった。図体はでかいけど、中はがらんどうやで」

そう、『カネイ』を調べた荒木がいっていた——。兼井商会は創業五十年の老舗で、兼井大輔は二代目です。バブルのころはゼネコンや地元大手建築会社との取引で年商三十億円、従業員も二十人以上いたが、この二十年で事業は縮小。いまは年商二億円にとどかない——と。

女がもどってきた。案内されて、右奥の応接室へ。濃い眉、細い眼、鼻下に髭をたくわえたツイードジャケットの男が、テーブルに伊達の名刺をおいてソファに座っていた。

「初めてお眼にかかります。ヒラヤマ総業の……」

「伊達誠一さん。営業部営業課……」

「わたしは物件の調査担当です」

「そちらさんは」男は堀内のステッキに眼をやった。

「伊達の部下で堀内といいます。あいにく、名刺を切らしてまして」

「兼井です。おかけください」

失礼します――。伊達と並んで腰をおろした。

「話をお聞きしましょうか」兼井はソファに片肘をかけて脚を組んだ。

「三好翔はご存じですよね」

「その前に、なぜ三好の名前を出されたんですか」

「関釜フェリーの金塊密輪事件ですわ。豊川グループのサブリーダーの三好翔。三好は逮捕されて収監されたけど、兼井さんは証拠不十分で不起訴になった。……そのあたりの話をしようと思て、大阪から来ましたんや」

「どこで聞いたんですか。三好やぼくのことを」

「蛇の道は蛇。いろんな筋に知り合いがいてますねん」

「あなた、ヤクザですか」

「兼井さん、ヤクザをヤクザ呼ばわりしたら牙を剝きまっせ。……ようまちがわれるけど、わしも堀内も堅気ですわ」

「ヒラヤマ総業は」

「れっきとした不動産業です」

「地上げですか」

「競売ですわ」

「あ、そう」

兼井に怯えたふうはない。馴れている。この男は地元組織とのつきあいがあるようだ。

「時間の無駄や。腹の探り合いはやめまひょ」

伊達はにやりとした。「あんた、面会に行ったよな。三好がいてる松江刑務所」

「…………」兼井は答えない。

「その顔は、イエスやな。……三好から賠償金を請求されたやろ」

「…………」兼井は瞑目した。

「三好の出所は今年の十一月。あと半年ほどや。あんたはそれまでに賠償金を用意しとかなあかん。……けど、あんたには金がない。そう、豊川が博多の狂言金塊強奪事件を仕組んで、あんたの金塊を持ち逃げしたからや」

「…………」兼井は動かず、ソファにもたれて聞いている。

「関釜フェリー金塊密輸の金主はあんただけやない。下関の橘連合の複数の組織も出資してる。……な、兼井さんよ、あんたが豊川に盗られた金塊は何キロなんや」

「おもしろい。あんたの話は」さもめんどうそうに兼井はいった。

「これは誰にもいうてへんけど、わしは豊川の居所を知ってる。豊川に会うこともできる。豊川を叩いて、あんたが出資した金を回収することもできるんや」

「なにがいいたいんや」

「債権回収や。依頼人はあんたで、わしらは実行部隊というわけや」

伊達は笑った。「警察も橘連合も豊川を追うてる。豊川が捕まったら、あんたの債権はパーになる。あんたには一銭も入らん。それでもええんか」

「…………」兼井は黙って首を振った。

「な、兼井さんよ、あんた、豊川になんぼやられたんや。一億か、二億か」

「ばかいえ。一億もやられたら、うちはとっくに潰れとる」

兼井は舌打ちした。「豊川はどこにおるんや」

「へっ、それをいうたら、橘連合に先を越されるやろ」

「ほんとに知っとるんやな」

「知りもせんのに、大阪から下関まで来ぇへんがな」

「どこで聞いてきたんや。豊川とおれのことを」

「堀やん、いうてもええか」

伊達はこちらを向いた。堀内はうなずいた。

「当銘や。当銘和久」伊達はつづける。「当銘とは古いつきあいで、面会に行った。あれは自分だけがひっ捕まったと、豊川を逆恨みしてる。シノギのタネにせい、と裏の話を喋りよった」

「………」兼井は額に拳をあてて下を向いた。

「どうなんや。黙ってたら分からんで」

「いいだろう」兼井は顔をもたげた。「回収しとくれ」

「なにを回収するんや」

「豊川が持って逃げた、おれの金や」

「なんぼや、それは」

「四千万」

「たった四千万てか」

「四百万で首を吊る人間もおる」

「それもそうやの」

伊達はまた笑った。「債権取り立ての手数料は五〇パーセントいうのが定《き》めや。それでええな」

「ああ、分かった」兼井はうなずいた。

「ほな、一筆書いてくれ。……わたしこと兼井大輔は、豊川聖一が拐帯した、わたしの出資金四千万円の回収を、伊達誠一と堀内信也氏に委任します、とな」

「あんた、正気でいっとるんか」

「正気や。洒落や冗談やない」

「帰ってくれ」

「いわれんでも帰るがな」

伊達は腰を浮かした。「四千万を回収したら持ってくる。楽しみにしといてくれ」

「いつや、それは」

「分からん。近いうちや」

伊達は立ちあがった。堀内も立って応接室を出た。

Z4に乗った。伊達がスマホの録音を再生する。〝こんちは。ヒラヤマ総業の伊達といいます〟——。クリアな音声だった。

「あのボケ、ほんまにわしらが切り取りをすると思たんかのう」

「半信半疑やろ。けど、話にのって損はない。もともと捨てたと思た金や」

「あいつはしかし、堅気やないぞ」

「極道や半グレに寄ってたかって食われた半堅気や」

刑事のころ、同じようなやつをよく見た。ぼんぼん育ちは脇が甘い。

「堀やん、天気がええ。ＢＬのドライブをしようや」

「なんや、ＢＬて」

「ボーイズ・ラブ」

伊達は煙草をくわえた。堀内はルーフのオープンスイッチを押した。

関門自動車道から中国自動車道──。加西サービスエリアの手前で、伊達のスマホが鳴った。

「田中や。情報屋」

伊達はいって、着信キーに触れた。「──どうも。伊達です。──そうですか。ちょっと待ってください」

伊達はメモ帳を出した。堀内はウインカーを点けてサービスエリアに入る。

パーキングにＺ４を駐めたとき、伊達はスマホをおいた。

「堤田靖夫。齢は五十すぎ。宝石と時計貴金属のブローカーや」

名古屋市中区大須に『バンクス』という買取店をかまえている、と伊達はいった。「犯歴は不明。木犀会との関係も分からんけど、高山と千葉は堤田の商売仲間や」

「堤田の自宅は」

「分からん。……大須の店に行ってみよ」

「情報料は」

「なにもいわんかった。こないだやった二十万のおまけやろ」

伊達はスマホで〝バンクス　大須〟を検索した。「──載ってる。中区大須南本町三の三の十八」

「『バンクス』はその一軒だけか」

「らしいな」

伊達はシートベルトを外した。「コーヒーでも飲も。あとはわしが運転する」

いって、車を降りた。


東名阪自動車道――。名古屋西インターを降りたのは午後七時すぎだった。途中、下関で寄り道したが、博多から九時間半もかかったことになる。堀内は京都あたりから眠っていた。

「よう寝た。交替しよ」

「かまへん。大須まで行く」

「誠やんが運転するのは高速道だけや」

Z4のウインカーレバーはステアリングの左についている。三角巾で左腕を吊っている伊達に一般道の運転は無理だ。

伊達は路側帯に車を寄せた。堀内は車外に出て運転席に乗り込んだ。ナビに〝大須南本町三丁目〟を入力して走りはじめた。


大須南本町――。大須通の裏門前町という交差点の手前でナビの誘導は終了した。信号を右折し、コンビニのパーキングに車を入れた。

伊達が降りてコンビニに入り、煙草を手にしてもどってきた。

「堀やん、分かった。この先をちょっと行ったらアーケードの商店街がある。その真ん中あたりや」歩いて行こう、と伊達はいう。

堀内は切り返してパーキングの端に車を駐めた。伊達とふたり、南へ歩く。

商店街は人どおりが少なかった。営業時間をすぎたのか、シャッターを閉じた店が多い。派手なネオンのゲームセンターも客は疎らだった。

『バンクス』は営業していた。間口は二間。見るからに狭い。短いカウンターと、その手前に丈の低いショーケースをふたつ並べている。ケースの中には時計と指輪をおいているようだが、客寄せの飾りだろう。

「堀やん、買取屋には警報ボタンがあるよな」

「あるやろ。たいがいはカウンターの内側や」

「堤田がボタンを押しよったらめんどい。わしが適当に話をする。合図をしたら、堀やんはシャッターを閉めてくれ」

伊達は三角巾を外してブルゾンのポケットに入れた。左の肩を上下させる。

「痛みは」

「ない」拳をつくってみせた。

伊達につづいて店内に入った。カウンターの向こうで男がパソコンを見ている。ユーチューブのゴルフ動画か。

「いらっしゃいませ」

男は顔をあげた。ライトグレーのスーツに濃紺のネクタイ、半白の髪をきれいになでつけている。

「堤田さんですか」伊達がいった。

「あ、はい……」男は小さくうなずいて、「なにか……」

「すんません。伊達といいます。こっちは堀内」

伊達はカウンターに名刺をおいた。堤田は眼をやって、

「ヒマラヤ総業……。不動産業ですか」

「ヒマラヤやない。ヒラヤマ総業。競売屋ですわ」

担保物件と動産の取引もしている、と伊達はいった。

「ごめんなさい。小さい字が読めなくて」

堤田は眼鏡をかけた。「で、ご用件は」

「金地金を買うてもらいたいんです」

「買います、もちろん。うちは買取店ですから」

「一キロの延べ板が四十枚ですわ」

伊達はスツールを引き寄せて腰をおろした。堀内も座る。

「四十キロ……」堤田は身を乗り出した。「いまのレートだと、二億円ですよ」

「こいつがね、訳ありですねん」

「というのは」

「延べ板には刻印がない。……そう、出処は香港です」

競売という商売柄、ヒラヤマ総業は表に出せない動産取引にかかわることもある。そこで入手したのが四十キロの延べ板だと伊達はいい、「諸々の事情があって、大阪では換金できんのです。……実をいうと、以前は高山さんに買い取ってもろてました。高山さんと千葉さんが逮捕されてしもて、残るは堤田さんしかおらんと、ある筋から耳に入れてきたんですわ。……どないです。買うてもらえますか」

「その、ある筋というのは」低く、堤田は訊いた。

「名前はいえんけど、むかしから大阪に看板張ってる老舗ですわ。名古屋の木犀会とは友好関係にあります」

伊達が木犀会といったとき、堤田は微かに反応した。

「延べ板の出処は香港やけど、それを釜山から下関に持ち込んだんは博多の豊川聖一いう男です。知ってますやろ」

「………」堤田は小さく首を振った。

「豊川は活魚の水槽トラックを使うた関釜フェリー密輸グループのリーダーですわ」

「ありましたね、そんな事件。ニュースで見ました」

「ほう、ニュースで見ましたか」

伊達はカウンターに左肘をついて、「豊川グループのほとんどはパクられたけど、豊川は逃走中ですねん」

「それがどうかしましたか。わたしに関係があるんですか」

「いや、余計なことをいいました。すんませんな」

「あなたがたは刑事ですか」堤田は伊達を見て、堀内を見た。

「わしらが刑事？　光栄ですな。筋者にまちがわれたことはなんべんもあるけど」

「失礼。延べ板を見せてもらいましょうか」

「今日は持ってませんねん」

延べ板はすべて会社の金庫に保管している、と伊達はいった。

「サンプルも持たずに買取りを依頼するのはおかしくないですか」

「ま、いうたら、わしも堀内も会社に信用がないんですわ。一本が五百万もの延べ板をわしらに預けたら、即、トンズラですがな」

伊達は笑い声をあげたが、堤田は仏頂面で、

「堀内さんは無口ですね」

「堀内は耳が遠いんです。いつもは補聴器つけてるんやけど、電池が切れたみたいで」

耳が遠い――。伊達の言いぐさがおもしろかった。堀内は知らんふりをした。

「電話をしてもいいですか」堤田は伊達の名刺を手にとった。

「どうぞ、してください。生野いうのが上司です」

堤田は固定電話の子機をとり、ダイヤルボタンを押した。

「――ヒラヤマ総業さん？　――伊達さんはいらっしゃいますか。――堀内さんは。――じゃ、生野さんをお願いします」

「堀やん」伊達は目配せした。

堀内はうなずいた。さっきから探していたが、シャッターのひっかけ棒は見あたらない。

「――生野さんですか。わたし、『バンクス』の堤田といいます。――いま、伊達さんという方がいらして……」堤田は生野と話しはじめた。

「ちょっと代わってください、電話」

伊達が手を伸ばした。堤田は肩で遮る。

瞬間、伊達は堤田のネクタイをつかんでカウンターから引きずりだした。堤田は子機を持ったまま顔から床に落ちた。

堀内は立って、ステッキのハンドルをシャッターの下端にかけて引きおろした。ジャジャッ

と音をたてて、シャッターは勢いよく閉まった。

堤田は床に突っ伏していた。伊達が後ろからネクタイを絞り、肩口に膝をあてて押さえつけている。もしもし、もしもし——と、声が聞こえた。

堀内は子機を拾った。

——生野さん、堀内です。

——はい、こんばんは。……なにしてますねん。

——いま、取り込み中でね。

——そのようですな。

——いずれ、報告します。今日のところはこれで。

——むちゃしたらあきませんで。身体に気ぃつけてくださいよ。

電話は切れた。

伊達は堤田のネクタイを緩めた。堤田は激しく咳き込み、肩で息をした。

「な、堤田さん。わしらは筋者やない。手荒いことはしとうないんや」

低く、伊達はいう。「豊川聖一はどこや」

堤田は突っ伏したまま口をきかない。

「おい、訊いとんのや。豊川はどこや」

堤田は頭を振った。赤い唾が床に落ちた。

「堀やんどうする」

「吊るか、このまま」

「死んでしまうぞ」

「しゃあない。成り行きや」

「そうやの」

伊達はネクタイを引き絞る。

「分かった。やめてくれ」堤田が呻いた。

「どう分かったんや」堀内は堤田のそばにかがんだ。

「豊川は常滑や。久米いうとこにおる」喘ぎながら堤田はいった。

「久米だけでは分からん。もっと詳しいに訊こか」

「知多横断道路や。常滑インターを出て北へ行け」

「北へ行って、どうするんや」

「舟刈いう信号がある。そこから一キロほど先や」愛知用水に近い農家だと、堤田はいう。

「堀やん、こいつに案内させよ」

伊達がいった。「堤田さんよ、あんたの車は」

「おれは案内なんかしない。地図を描く」

「それではあかんのや。あんたには道中、訊くことがある。ほら、車はどこや」

伊達はまたネクタイを絞った。堤田はもがいて、

「分かった。やめてくれ。車はこの近くの駐車場だ」

「キーは」堀内は訊いた。

「そこの抽斗」堤田はカウンターを見た。

堀内はカウンターの中に入った。抽斗をあける。革のケースに入ったレクサスのスマートキーがあった。

「駐車場はどこや」伊達が訊く。

商店街を南へ行った一筋目の道を右へ入ると月極駐車場がある、と堤田は答えた。

「よっしゃ。ほな、いっしょに行こかい」

伊達はいって、「堀やん、堤田さんに手錠をかけてくれ」

堀内はショーケースの下の扉をあけた。梱包用の布テープを持ってカウンターから出る。伊達は堤田を座らせて、「ほら、手ぇ出せ」

堤田は両手を前に出した。堀内は手首を揃えて二重に巻く。堤田の両手首はしっかり固定された。

伊達は堤田のネクタイをワイシャツから抜き、後ろから首に巻きつけた。

「いうとくけど、あんたが大声を出したり、逃げようとしたら、首が折れる。頸椎損傷は首から下が麻痺してしまうんや。一生寝たきりにはなりとうないわな」

「…………」堤田は黙ってうなずいた。

「さぁ、行こかい」

伊達は堤田を立たせた。「ここ、裏口は」

「ない」

「そいつは不便やのう」

「誠やん、おれが車をとってくる」

堀内はシャッターを途中まであげた。かがんで下を潜り、シャッターをおろしてから商店街を南へ歩いた。

月極駐車場はすぐに見つかった。フェンスに向けてスマートキーのボタンを押すと、出入口近くの白いセダンのウインカーが点滅した。レクサスＬＳだった。

　レクサスを運転して駐車場を出た。商店街はまだ車両の進入禁止の時間帯だが、通行人は少ない。徐行して『バンクス』のシャッター前に車を駐めた。車外に出てリアの左ドアを開け、シャッターをあげると、伊達は頭からコートをかぶった堤田を引きずるようにして出てきた。リアシートに堤田を押し込み、自分は布テープを持って横に乗る。

　堀内はシャッターをおろしてレクサスに乗り、発進した。

「さすがやな、え。わしら、こんな高級車には乗れんぞ」

　伊達は三角巾を首にかけて左腕をとおした。「その金時計はなんや」

「パテック・フィリップ。カラトラバ」

「なんぼや」

「二百万」

「宝石貴金属商というやつは、見栄で商売するんやのう」

「ちがう。時計は商品だ」

　堤田はいって、「その腕はどうしたんだ」

「どうもクソもない。刺された」

「誰に」

「おまえにゃ関係ない」

　伊達は舌打ちして、「木犀会とはどういう関係や。盗品故買のケツ持ちかい」

「おれは盗品なんか扱わない」

「ほう、そら立派な心がけや。密輸の金塊で商売してた高山と千葉がパクられたとき、あんた、警察の調べは受けんかったんか」

「………」堤田は答えない。ルームミラーに映った堤田は俯いている。

「そうか。調べは受けたけど、証拠不十分で不起訴か。運が強いがな」

「あんたら、ほんとは何者だ」ヒラヤマ総業はヤクザか、と堤田はいった。

「わしらが極道やったらどうなんや、え」

「木犀会がヒラヤマ総業に行く」

「堀やん、本性を出しよった。こいつはわしらを脅しとるぞ」

「そら、あかんな。常滑で埋めるか」

「待て。分かった。木犀会にはいわない。約束する」

「おまえはなんや。木犀会のフロントやろ」

「ちがう。おれはまっとうな貴金属商だ」

「へっ、おまえがまっとうなら、世の中に極道はおらんぞ。ケツ持ちは木犀会の誰や」

「そんなつきあいはしていない」

「舐めんなよ、こら。ケツ持ちもおらんのに、わしらを脅したんかい」

伊達は声を荒らげた。「木犀会がヒラヤマ総業に込み合いに行く、いうたんはどこのどいつじゃ」

「分かった。安永だ」木犀会の舎弟だという。

「舎弟？　安永は組持ちか」

「そうだ」木犀会系永犀会。構成員は五、六人だと、堤田はいった。

17

堀内は大須から国道3号に出た。都心環状線の高架に沿って南へ走る——。

「おまえはなんで豊川を知ったんや」伊達が訊く。

「高山さんに紹介された」

「いつのことや」

「一昨年、夏。高山さんが名古屋に連れてきた」

名鉄名古屋駅近くのホテルのラウンジで豊川に会ったという。「豊川は博多の貴金属商という触れ込みだった。スーツを着てネクタイを締めてたが、匂いがちがった。貴金属商にしては若すぎる。ああ、これは密輸屋だなと、ぴんときた」

「ぴんときたけど、話はした。豊川は刻印のない金塊を買うてくれというたんやろ」

「五十キロ、買ってくれといわれた。当時のレートで二億円だ。そんな金は出せないから、十キロだけ買った」

「十キロでも四千万かい。あとの四十キロは」

「高山さんが買ったんだろ」

「最初の買取りが一昨年の夏やな。それから何回、取引したんや」

「一昨年の秋に、また十キロを買った。それが最後の取引だった」

「なんでやめたんや」

「金密輸の取締りがきつくなった。豊川も危ない。そう思った」

「そら、ええ判断やったのう。豊川グループは去年の二月にパクられた」

「もともと乗り気じゃなかった。高山さんがどうしても、というから、豊川の金塊を買ってやったんだ」

「下関から刑事が訊込みに来たんとちがうんかい」

「そう、ふたり来た。でも、おれは盗品の売買をしたわけじゃない。金塊を買い取っただけだ。法に触れることはしちゃいない」

「あほぬかせ。刻印のない金塊は税関をとおってないんじゃ。おまえは密輸品の故買をしたんや」

「刑事もそういったよ。でも、どうやって証明するんだ。延べ板に〝密輸〟と刻印が押してあるわけじゃないだろ。金塊なんてものは鋳直して形を変えればなんとでもなるんだ」

刑事ふたりは、また来る、と捨て台詞を残して帰っていったという。

「おまえも大したタマやのう」伊達は笑った。「去年の三月、博多で金塊強奪事件があったやろ。豊川が噛んでるとは思わんかったんか」

「それは考えなかった。豊川は下関の密輸事件で指名手配されて逃げてたからな」

「その逃走中の豊川から、いつ連絡があったんや」

「十日ほど前だ」

「先週の日曜か、月曜か」

「日曜だ。店に電話がかかってきた」

豊川が博多の西尾えみの家を発ったのは月曜日だったから、話は符合する――。

「びっくりしたか」

「そりゃ、そうだろ。豊川は指名手配犯だ」

「豊川はどういうた」

「どこか隠れるところを世話してくれ、といってきた」

「ほいで、常滑に匿うたんかい」

「豊川が捕まって、おれが得することはない。あることないこと喋られたら迷惑だ」

「なんぼ、もろたんや」

「なんだと……」

「豊川は博多の狂言強盗で百キロの金塊を奪った。豊川の手もとに何キロ残ってるかは分からんけど、それをベンツのトランクに積んで逃げとんのや。豊川がタダでおまえに頼むわけないやろ」

「だから、おれは豊川が捕まったら迷惑だから……」

「じゃかましい。寝言は寝てからいえ」

伊達は堤田のみぞおちに肘打ちを放った。堤田は咳き込む。

「答えんかい」

「――三枚だ。延べ板を三枚もらった」喘ぎながら、堤田はいった。

「なんやと、こら。千五百万やないけ」

「ちがう。百グラムの延べ板だ」

「ちょっと待て。豊川が持ってるのは一キロの延べ板とちがうんかい」

「だから、さっきもいっただろ。豊川は一キロの延べ板を鋳直して、百グラムの延べ板にしたんだ」その延べ板には鋳造所の刻印が打ってあるという。

「そうか、そういうことか……。おまえ、豊川から一キロの延べ板を預かって、鋳造所に持ち込んだな。一キロの金塊を百グラムに小分けするてなことは、貴金属ブローカーのおまえにしかできん業《わざ》や」

「………」堤田はわざとらしく咳き込んだ。

「堀やん、こいつは豊川を匿うた上に、マ、ネ、ー、ロ、ン、ダ、リ、ン、グ、までしとるぞ」伊達はまた笑った。

疑問のひとつが解けた。豊川がなぜ博多から名古屋まで来たのか。鋳造所にコネのある堤田に金塊の鋳直しをさせるのが目的だったのだ。

高辻入り口から高速道にあがった。大高線を南へ行く——。

「何キロ、持っていったんや。鋳造所に」伊達がつづける。

「十五キロだ」

「七千五百万……」

伊達はつぶやいて、「それが豊川の持ってた金塊のすべてか」

「どうかな。一度に二十キロ、三十キロの延べ板を持ち込んだら鋳造所に怪しまれる」

「おまえはたったの三百グラムをもろて満足したんかい」

「百五十万なら充分だろう」

「ま、ええわい。おまえがそういうんなら、そうなんやろ」伊達は煙草をくわえた。

「この車は禁煙だ」

「そら、すまんのう」

伊達はライターを点けた。一瞬、車内が明るくなった。

大高インターチェンジから知多半島道路を南下し、知多横断道路に入った。後ろのふたりは口をきかず、シートにもたれている。

常滑インターチェンジを出た。Uターンして県道を東へ走り、常滑消防署の交差点を左折する。ナビを見ると、久米まであと二キロだった。

「ここからどう行くんや」堤田に訊いた。

「まっすぐだ」落合東という交差点があるから、そこを越えろという。

「豊川はその家におるんやな」

「分からん」

「豊川との連絡は」

「携帯だ」豊川は飛ばしの携帯を使っているという。

「番号や」伊達がいった。「おまえのスマホを出せ」

堤田はスマホを出した。画面をタップしてスクロールする。

「090・8066・51××」

伊達は自分のスマホに番号を入れた。

落合東をすぎた。月明かりの下、県道の周囲に水田と畑が広がり、ところどころにビニールハウスがある。灌漑水路をいくつか越え、堤田の指示で右へ行った。道幅は狭い。

「ここだ」

小さい橋の手前で停車した。ヘッドランプを消す。すぐ左の坂下に塀をめぐらせた平屋が見えた。門の前に白いセダンが駐まっている。ベンツのＥクラスのようだ。

「あれやな」

伊達がいった。堤田はうなずく。

「誰の家や」

「おれの生家だ」この十年、母親が死んでからは無住だという。

「ナビや地図では分からんのう。おまえがここまで豊川を連れてきたんかい」

「案内はした。おれはこの車に乗って、豊川のベンツが後ろについてきたんだ」

「講釈たれんな。それを、連れてきたというんじゃ」

伊達は舌打ちして、「いつ、連れてきた」

「先週の月曜の夜だ」

「ライフラインは」

「なんだと……」

「電気と水道や。十年も無住やったら、とめてたやろ」

「あんた、細かいな」

「細心、かつ大胆なんじゃ」

「電気と水道は再契約した。月曜の昼にな」

「鋳造業者に行ったんは、豊川とふたりでか」

「そりゃそうだろう。あいつは誰でも疑ってかかるんだ」

「そうやって一年以上も逃げまわってきた豊川が、おまえにチクられたら世話ないのう」

伊達は笑って、「堀やん、行こ。豊川との初会や」

堀内はまた、アクセルを踏んだ。橋を渡り、急勾配の坂道を降りる。パイプの折れた穴だらけのビニールハウスの陰にレクサスを駐め、ステッキを持って車外に出た。午後九時――。辺りは静まりかえっている。

伊達は堤田をおろしてトランクに押し込めた。膝と足首に布テープを巻きつけて、

「な、堤田さん、分かってるよな。あんたが暴れてトランクを蹴ったりしたら、わしはあとで、あんたを埋めなあかん羽目になる。ミミズやムカデの餌にはなりとうないわな」口にテープを貼って、トランクリッドをおろした。

ビニールハウスの陰から出た。足音をひそめて堤田の生家に近づく。眼が慣れてきた。塀は土塀だった。ところどころ瓦が外れ、土が剝がれて木舞《こまい》がのぞいている。庭木は伸び放題で、母屋の軒にかぶさっている。

門は梁が傾いていた。顔を近づけて表札を確かめる。墨は消えかかっているが、《堤田》と読めた。

ベンツの車内を覗いた。暗くてなにも見えない。ドアハンドルを引いてみたが、ロックされていた。

門をくぐり、庭に入った。草が生い茂り、枯れ葉が積もっている。玄関のまわりだけ草が倒れているのは、ひとが出入りしているからだろう。

玄関の板戸を横に引いた。動かない。錠がかかっている。

「堀やん、裏にまわってくれ。五分経ったら、この戸を蹴破る」伊達は三角巾を外した。

堀内は布テープを持って右へ行った。土塀が崩れて子供なら通れそうな穴が開いている。穴

の向こうは石積みの用水路だが、水は涸れているようだ。

母屋の裏は縁側だった。そう広くもない庭を挟んで風呂場と厠がある。

障子の裏から話し声が聞こえた。音楽も聞こえる。テレビだ。豊川は中にいる。

堀内は時計を見た。もうすぐ五分――。ステッキを構えた。

ガシャッと大きな音がした。なにかが倒れる。障子が開き、明かりが射した。

「豊川」堀内は前に出た。

男は立ちすくみ、伊達が座敷に飛び込んできた。後ろから男を蹴る。男は縁側から庭にころがり落ち、手水鉢にぶつかって水がはねた。

男はすぐに立ちあがった。堀内は腕をつかんで引き倒す。そこへ伊達が来て男をうつ伏せにした。堀内は暴れる男の足をとり、布テープを巻きつける。両足の自由がきかなくなった男は観念したのか、静かになった。

「起きんかい」

伊達は男を仰向きにした。男は肘をついて上体を起こした。

「豊川聖一。逮捕する」伊達はいった。

「なんや、おまえら。警察か」

豊川は伊達と堀内を睨めつけた。グレーのジャージに紺のパーカ、足は素足だ。長髪、生白い顔、細い眉、鼻下に髭、片耳にダイヤのピアスをつけている。

「すまんな。逮捕状《フダ》は持ってへんのや」

「…………」豊川は怪訝な顔をした。

「ヒラヤマ探偵事務所。わしは伊達で、相勤は堀内」

伊達は手水鉢に腰をおろした。「おまえが持って逃げた金塊を回収にきた」

「ばかか、おまえ」

「豊川くんは態度がわるいのう。わしらを怒らしたら、おまえ、警察に突き出されるんやぞ」

豊川を見おろして伊達はいう。「兼井商会の兼井を知ってるな。おまえの金主や」

「誰や、それ」

「下手なおとぼけはやめとけ。ネタは割れてるんや」

伊達は煙草をくわえ、豊川にパッケージを差し出した。「吸うか」

「いらん」豊川は横を向く。

「淡路島、由布院、小倉、博多、名古屋、いやというほど走りまわったのう。……松本清美、寺本成樹、藤本結花、大西麻衣子、木元次郎、西尾えみ……。わしらがどれだけの人間に会うてきたと思とんのや。並の探偵やったら、とっくに業務放棄しとるがな」

伊達は三角布で吊った左腕を押さえて、「これは小倉で木元の胡桃会と込み合うたときに刺された。どえらい怪我や。この左腕は一生、動かん。その慰謝料も含めて、おまえの金塊を徴収する」

「兼井に雇われたとか」

「そういうこっちゃ」

伊達は煙草を吸いつけた。「ほら、金の延べ板を出せ」

「んなもんはなか」

「やめとけ。くだらん嘘は。『バンクス』の堤田に聞いとんのやぞ」

「堤田が喋ったとか」

「よう喋りよった。酸欠の金魚みたいにパクパクとな」

伊達は立った。豊川に近づく。「どこや、延べ板は。ベンツのトランクか」

「ばかやろう。いうわけなかろうが」

「おまえ、分かっとんのか。わしらは刑事《デカ》やないんやぞ」

「やけん、どうした」

「そうかい」

低くいった瞬間、伊達は豊川の顔に膝を突きあげた。ガツッといやな音がした。豊川は後ろに飛び、鼻から血を噴き出した。伊達は足首に巻かれた布テープをつかんで豊川を引きずりまわしながら、二度、三度と脇腹を蹴りつける。豊川は悲鳴をあげた。

「もういっぺん、訊こ。延べ板はどこや」

伊達は豊川を引き起こした。豊川は答えない。

「堀やん、こいつはあかん。処分しよ」

伊達は豊川の頭をつかんで手水鉢に押し込んだ。豊川は必死で抗うが、動けない。グブッ、グブッと喘ぐ。

「誠やん……」堀内はとめた。豊川が窒息する。

伊達は豊川を放した。豊川はうずくまって水を吐き、低く途切れ途切れになにかいった。

「聞こえんぞ」

「貸し……。貸金庫」

「貸金庫に延べ板を預けとんのか」

「………」豊川はまた水を吐いた。

「どこや、銀行は」

「名和《めいわ》銀行」大須支店だという。

「貸金庫を借りるときは審査がある。指名手配犯のおまえが契約はできん」

「堤田が契約した」

鍵は自分が持っている、金庫のボックスに延べ板を入れている、と豊川はいった。

「重さは」

「五キロ」

「話がちがうのう。博多の狂言強盗で当銘グループが奪った金塊は百キロやないけ」

「知ったふうな口をきくな。あの百キロをおれが独り占めできたとでも思っとるとか。金塊は当銘と山分けしたったい」

豊川の取り分は五十キロだったが、うち二十五キロを換金するべく、当銘に預けた。当銘はそれを名古屋の貴金属ブローカー、高山鐘守のもとに持ち込んだが、高山は逮捕され、金塊はすべて没収された――。

「そんな没収の記事は見てないぞ」

「載るわけなかろうが。警察はなにもかも公表するわけやない」

「当銘はなんぼ没収されたんや」

「知らん。あいつも高山んとこに持ち込んだとは二、三十キロやろ。やけん残りの金塊で豪遊しとったとたい」

「分かった。おまえの話がほんまやとして、手もとに残ったんは二十五キロやな。それがなんで貸金庫の五キロに目減りしたんや」

「おれは指名手配されてから一年以上、逃げまわっとるったい。金を遣うやろ。あちこちにばらまいとるんや」

「な、豊川、二十キロの金塊は一億円やぞ。逃走資金には多すぎるんとちがうんかい」

「おれは胡桃会に五キロやった」

「そら豪勢やのう、え」

「おれは貧乏なんよ。やけん、こんなあばら屋に隠れとったい」

「堤田を使うて鋳直した十五キロの金塊はどないした」

「えっ……」

「堤田のコミッションは百グラムの延べ板が三枚らしいな。ケチのおまえが一億もの金を撒いてきたとは思えんぞ」

「貸金庫の五キロは一キロの延べ板が五枚か」

「うん……」

「………」豊川は伊達を見つめたまま動かない。

「ほな、百グラムの延べ板百四十七枚はどこにあるんや、え」

伊達はまた、豊川のそばにかがんだ。「知ってるか。わしは嘘つきが嫌いなんや」

「分かった。延べ板をやる」豊川は腕と尻であとずさる。

「ほう、なんぼくれるんや」

「貸金庫の五キロはあんたと山分けしよう。それでチャラや」

「たった千二百五十万かい。わしのクライアントは承知せんぞ」

「堪《こら》えてくれ。おれにはもう金がないんや」豊川は気弱にいう。

「誠やん、めんどい」

堀内はいった。「貸金庫の五キロはどうでもええ。こいつがいま持ってる金塊を回収しよ」

「いわんかい。鋳直した延べ板はどこや」伊達は豊川の襟首をつかんだ。

「――貸金庫や」

鼻からしたたる血を手の甲で拭いながら、豊川はいう。「一キロの延べ板が五枚と百グラムの延べ板が百四十五枚ある」

「百四十七枚とちがうんかい。二枚、足らんのはどういうわけや」

「堤田にやったのは五枚たい」

「どいつもこいつも、嘘ばっかりつきくさって」

伊達は舌打ちした。「鍵、出せ。貸金庫の鍵や」

豊川はパーカのポケットに手を入れた。ボックス番号のプレートのついた鍵を出して伊達に渡した。

「誠やん、いまどきの貸金庫は鍵だけではあかん。カードも要るんや」堀内はいった。

「ええ加減にせいよ、こら。カードを出さんかい」

豊川はパーカの内ポケットから札入れを出した。キャッシュカードに似たカードを抜く。それを伊達はとりあげて、

「堀やん、これでええんか」

「まだや。暗証番号も訊け」

「このガキ……」

伊達はまた、豊川の襟首をつかんだ。

「0326」豊川はいった。

「なんじゃい、その番号は」

「博多の強奪事件。去年の三月二十六日」

「おもしろいのう、おまえ」

0326――。伊達は復唱して、「ベンツのキー、出せ」

「なんで……」

「トランクを調べるんやないけ」

「金塊は積んどらん」

「じゃかましい。出せ」

「家ん中や。玄関においとる」

「来い」

伊達は豊川を立たせた。脇に肩を入れ、縁側から座敷に運び入れて畳の上にころがした。


堀内は庭から外に出た。ビニールハウスのところにもどってレクサスに乗り、農道を走って堤田の家にもどり、ベンツの横に駐めた。


車を降りて土足のまま玄関から座敷に入ると、縁側の雨戸が閉まっていた。豊川は廊下側の柱に背中をつけて座らされ、柱ごと後ろ手に布テープを何重にも巻かれていた。豊川は口にテープを貼られ、膝と足首もテープを巻きなおされて、呆けたように虚空を見つめている。悪党とはいえ、哀れをもよおした。

「誠やん、堤田はどうする」

「トランクに積んだままというわけにもいかんのう」

「ここで寝さすか」

「そうやな」

伊達とふたり、母屋を出た。レクサスのトランクから堤田を出し、座敷に運んだ。襖を外して、廊下側のもう一本の柱に堤田を括りつけた。

「——さて、一段落ついた」

伊達は時計を見て、三角巾に腕をとおした。「昼飯はいつ食うた」

「二時前やろ」どこかのサービスエリアで食った。

「八時間も経ってるぞ。わしはもうガス欠や」

「弁当でも買うてくるか」使い切った布テープも買いたい。

「いや、ちゃんとしたもんを食お」

「このふたりは」

「どうもない。これで逃げられるやつはおらん」

伊達は豊川と堤田を見て腰をあげた。


ベンツの車内——グローブボックス、コンソールボックス、ドアポケット——と、トランクルーム——シートを外してタイヤハウスまで調べたが、金の延べ板はなかった。豊川が貸金庫にすべての延べ板を預けているといったのは、嘘ではないらしい。

「堀やん、コンビニにZ4を駐めたままやけど、ええんかな」

「いまから大須にもどるわけにもいかんやろ。明日、朝いちばんに行こ」

レクサスを大須の月極駐車場にもどしてコンビニへ行き、Z４に乗って名和銀行大須支店へ行くのだ。

堀内がベンツを運転し、来た道をもどった。常滑消防署の交差点を右折すると、定食のチェーン店があった。

18

伊達と交代で眠り、堀内が起きたのは午前八時だった。伊達は床の間に胡座をかいて腕を組み、頭をたれている。豊川と堤田も柱に縛りつけられたまま眠っているようだ。

堀内は座敷に敷いた布団から出た。伊達のそばへ行って、

「誠やん、風邪ひくぞ」声をかけた。

伊達は眼をあけた。顔をあげる。

「すまん。寝てたか」

伊達は腕の時計に眼をやった。「もう八時かい」

「腕は」

「ノープロブレム。明け方にガーゼを替えた」

「あと一時間で銀行が開く。朝飯、食うか」

「そうやの。市内で食お。それから大須の名和銀行や」

伊達は煙草をくわえて腰をあげた。

ふたりで豊川と堤田に巻きつけた布テープを確認した。緩んでいない。猿ぐつわのテープを貼り直し、豊川のガラケーと堤田のスマホの電源が切れているのを確かめて座敷を出た。レクサスに乗り、堀内が運転して堤田の生家をあとにした。


名古屋高速3号大高線で朝の渋滞にひっかかり、高辻出口をおりたときは九時近かった。側道を北上し、大須通を左折する。

「どこか、こましな食いもん屋はないんかい」

開いているのはファミリーレストランと牛丼屋だけだと、伊達はぶつぶついう。

裏門前町の交差点を左折すると、Z4を駐めたコンビニが見えた。

「誠やんはここで待っててくれ」

レクサスを停めて、Z4のキーを伊達に渡した。

「煙草でも買うとく。一カートン」

伊達は車を降りていった。

堀内はアーケードの商店街を迂回して月極駐車場に入った。《バンクス》というプレートのある出入口近くの区画にレクサスを駐めて車外に出た。

ステッキをついて商店街を歩いた。まだ、ほとんどの店が閉まっている。『バンクス』は、昨日、堀内たちが出たときと同じ状態でシャッターがおりていた。

コンビニにもどると、伊達はZ4の助手席に座っていた。こちらを見てメビウスのカートンを振る。堀内は運転席に乗り込み、スターターボタンを押した。

「コンビニのスタッフに名和銀行の場所を聞いた」

伊達がいう。「さっきの大須通を西へ行って、ふたつめの信号の手前や」

コンビニのパーキングを出た。裏門前町の交差点を左折する。少し走ると、シティーホテルがあった。

「誠やん、ここで食お」

ホテルのパーキングにZ4を乗り入れた。


ホテル二階のレストランで、堀内はカツサンドとコーヒー、伊達はシーフードサラダとオニオンスープ、カレーライスを食った。伊達は、煙草を吸いたいといったが、灰皿がない。近ごろのホテルは全館禁煙なのだろう。

「誠やん、いまの日本の喫煙率は十七パーセントを切ってる」

「哀しいのう。堀やんもわしもマイナーさんか」

「煙草を吸うような無法者は外を出歩くな、ということや」

「わしは家でも隠れて吸うてるんやぞ」

「カニの脚みたいなんをチューチューしたらどうや」

「チューチューするのはスレンダーな女の脚や」

「よめさんの脚か」

「怖いことをいうのう。よめはんは手足は細いけど、胴が太いんや」

「い、い、いリンゴ体形やな」

「まだ結婚する前や。島之内のラブホで、風呂から出てきたよめはんが紺色のバスタオルを巻いてた。わしはすぐにでも飛びかかりたかったけど、なんでかしらん、ナスビに爪楊枝を刺したみたいや、というてしもた」

「それで、どうなった」

「殴られた。三発」

笑いもせずに伊達がいったから、堀内も笑わなかった。

「さて、行くか、銀行」

「このごろの貸金庫て、どんなシステムや」

「金庫室に入るのに、カードキーと暗証番号が要る」

「ひとむかし前は行員も金庫室に入ってきた。客と行員がボックスに二本のキーを挿して、同時にひねったもんや」

ボックスを引き出すと、行員は金庫室を出る。客は用事を済ませるとコールボタンを押し、行員とふたりで施錠をした、と伊達はいった。

「それはいつのことや」

「西成署のころやったな。極道が女にチャカを預けて、女が貸金庫に隠してた」

伊達は三協銀行天下茶屋支店の貸金庫室に入ったことがあるという。「銀行いうとこはしぶとい。ガサ状を見せても、鍵を持ってこいとか、手帳の職員番号を控えさせろとか、難癖をつけよった」

「難癖というよりは、それがマニュアルなんやろ。……チャカはあったんか」

「マカロフや。実包《マメ》、十発。油紙に包んでた」

「そら大手柄や」

「後輩に譲った。成績のわるい後輩にな」

「誠やんらしいわ」伝票をとった。

「延べ板を入れるバッグが要るで」

「一階のブティックで買お」

「そうやの」

伊達は小さく拳を振った。ジャンケンは堀内が勝った。

レストランの払いは伊達がし、黒いスポーツバッグは堀内が買った。


名和銀行大須支店――。駐車場にZ4を駐めたのは十時すぎだった。

「誠やん、貸金庫室はひとりしか入れん」

「堀やんが行け。わしはここで待ってる」伊達は三角巾で吊った左腕を小さく振った。

堀内はステッキをおいて車を降りた。銀行に入る。フロア係に貸金庫の入室カードと鍵を提示すると、ロビー奥に案内された。金庫室入口横のカードリーダーにカードを差し込み、タッチパネルに暗証番号の〝0326〟を入力すると、赤のランプが緑に変わって自動ドアが開いた。堀内は金庫室に入り、フロア係はドアが閉まるまで頭をさげていた。

金庫室はけっこう広く、明るい。中央に縦長のスチールテーブル、左右の壁面に並んでいる抽斗《ひきだし》状のステンレスボックスの数は五百を超えているようだ。天井の隅に監視カメラがふたつ、設置されている。

〝B－068〟――中段のボックスにカードを挿し、キーをひねるとロックが解除された。ボックスを抜いてテーブルにおく。けっこう重い。蓋をスライドさせると、紺色の布袋があった。

袋を出して、口の紐を解いた。中はアルミケースだった。

ケースの蓋をあけた。石だ――。かまぼこ板のような御影石が約三十個。ぎっしり詰まっていた。

こういうことか――。堀内は笑った。怒る気もしない。二十キロに近い金塊がすんなり手に入るわけはなかったのだ。

アルミケースを袋に入れて口を絞った。ボックスをもとにもどしてカードとキーを抜き、コールボタンを押した。

駐車場にもどった。伊達がこちらを見る。堀内は小さく首を振り、Z4に乗った。

「金庫室には入れた。ボックスの中身は石やった」

「石ころか」

「建築の外装材やろ。ご丁寧に、アルミケースに詰めて、袱紗《ふくさ》みたいな袋に入れてた」

「やっぱりな……」伊達はさほど落胆した顔もせず、「あのふたり、どないする」

「ペンチで足の爪でも剝ぐか。一本ずつ」

「そら、痛そうや。……けど、痕が残るな」

いい、いい、濡れタオルにしよう、と伊達はいった。

十一時――。堤田の生家にもどった。ベンツの隣にZ4を駐めて門をくぐり、母屋の玄関へ。閉めて出たはずの板戸が開いている。
伊達は土足で廊下にあがった。堀内もつづく。座敷に入ると、豊川しかいなかった。堤田を縛りつけていた廊下側の柱が傾いて一部がささくれ立ち、捩《よじ》れて輪になった布テープが敷居に貼りついていた。

　伊達は豊川の口のテープを剝いだ。

「これはどういうこっちゃ」

「見てのとおりや」

　豊川は唾を吐いた。「逃げやがった」

「どうやって逃げた」

「あいつは必死で暴れとった。脚ば突っ張って、身体ばひねって」

　布テープが緩み、ミシッと柱に罅《ひび》の入った音がした。堤田はなおも暴れて、柱から背中が離れ、身体が離れた。堤田は膝と肩で芋虫のように廊下を這い、台所のほうに進んでいった――。

「おまえはただ、見てただけか」

「それでよかろうもん。あいつが自由になったら、おれも助かるっちゃけん」

　台所で長いあいだ、カタカタと音がしていた、と豊川はいう。「包丁でも使《つこ》うたんやろ。あの野郎、歩いてもどってきたったい」

　堤田は両手首から血を滴らせていた。テープをほどいてくれ、と豊川は柱を揺すった。堤田は豊川を見おろすだけで、なにもいわない――。「なにをボーッとしとるとや。ほどけや……。なんべんも眼で合図をした。……やけど、黙って出ていきやがった」

「いつや、堤田が消えたんは」

「さっきや。二十分か、三十分前」豊川は舌打ちした。

「哀れやのう。棄てられたか。堤田に」

　伊達は笑う。「堀やん、ベンツのキーは」

「おれが持ってる」ポケットからキーを出した。

「堤田のボケ、キーを探したけどなかったんや。まだその辺を歩いとるかのう」

「いや、あいつは土地勘がある。二十分もあったら車を拾うか、駅へ行けるやろ」

「くそったれ、いまごろは名古屋に向かっとんのか」

「な、おっさん、小便がしたい。ほどいてくれんね」

「なにを寝言いうとんのじゃ、こら」

伊達は豊川の前にかがんだ。「なんで、堤田と同じようにして逃げんかったんや。おまえ、これから死ぬほど後悔するんやぞ」

「なんやと……」

「名和銀行大須支店、貸金庫に入った。ボックスの中身は石やったがな」

「ばかいえ。嘘もいい加減にしろ」

「堀やん、こいつは自分の立場が分かっとらんぞ」

伊達は豊川の耳朶《みみたぶ》をつかんだ。豊川の顔がゆがむ。

「待て。水汲んでくる」

堀内は台所へ行った。流しの扉が開き、包丁と布テープの切れ端が床に落ちている。テープは赤い。床にも点々と血が付着している。堤田はやみくもに手首のテープに刃をあてたらしい。

ボウルに水を汲み、タオルを持って座敷にもどった。

「豊川くん、おまえはいまから窒息する。わしらを騙した罰や」

伊達は柱の後ろにまわり、豊川の髪をつかんで上を向かせた。堀内はタオルを広げて豊川の顔にかけ、ボウルの水を少しずつ注ぐ。

豊川は暴れた。頭を振ってタオルをとろうとするが、上体が動かない。膝と足首も縛られている。必死で身体をくねらせた。

堀内はなおも水を注いだ。タオルに豊川の顔が浮かびあがる。豊川は濁った叫び声をあげ、死にものぐるいでのたうつ。

一、二、三……。堀内はカウントした。六十まで数えてタオルをとった。豊川の胸が上下し、激しく咳き込んで、グォッ、グォッと空えずきをする。

「よう聞け」伊達がいう。「被疑者の口を割らせることにおいて、わしら以上のプロはおらん。おまえはどっちにしろ金塊の在り処を吐く。……全部、寄越せとはいわんわい。おまえとわしと堀やんで分け分けや。金塊が二十キロなら、おまえは七キロ。わしと堀やんは六・五キロずつや。……けどな、おまえがどこまでもとぼけるつもりなら、おまえの取り分は減る。……そう、いますぐ吐いたら七キロ、次に吐いたら六キロ、その次に吐いたら五キロや。分かったら肚を決めんかい」

「待て。待ってくれんね」

掠れた声で豊川はいう。「おれは貸金庫に延べ板を入れた。ほんとたい。嘘やない」

「はい、七キロはパス。次は六キロにチャレンジや」

伊達はまた豊川の髪をつかんで上を向かせた。

「誠やん、こいつの話はおかしい。もうちょっと聞いたろ」

堀内はタオルをかける手をとめた。「どういうことや。詳しいにいうてみい」

「おれは代官町の『SGC』に行った。堤田といっしょにな」

SGC——。テレビCMを見たことがある。いちおう、まともな貴金属商だ。大阪にもいくつか買取のチェーン店がある。

「いつのことや」

「水曜日や」一昨日だ。

「車で行ったんか」

「堤田のレクサスで行った。おれと堤田は『SGC』で、鋳直した延べ板を受けとったんや」

百グラムの延べ板が百五十枚、小振りのアルミケースに入っていたという。

豊川は五枚の延べ板を手数料として堤田にやり、持参した一キロの延べ板五枚をケースに入れ、堤田が用意していた紺色の布袋に入れて口を縛った。

ふたりは名和銀行大須支店へ行った。豊川はロビーで待ち、堤田が布袋を持って貸金庫室に入った。そうして、貸金庫室から出てきた堤田から、豊川はカードキーと鍵を受けとった――。

「なんで、おまえが金庫室に入らんかったんや」伊達が訊く。

「あの貸金庫は堤田の名義で借りたけんたい」

「堤田が布袋を持って金庫室に入ったとこは見てたんやな」

「あたりまえや。おれは金庫室の前まで堤田についとった」

「布袋は重かったか」

「重かった」

大須支店のロビーに布袋を持ち込んだのは豊川だった――。

「堀やん、どう思う」

「うん……」

豊川の話には信憑性があると感じた。「おまえ、アルミケースを布袋に入れて口を縛ったあと、どうした」

「堤田がトランクに入れた。レクサスのな」

「そのトランクから布袋を出したんはどっちや」

「おれや。おれが出した」

「トランクの中にあったんは布袋だけか」

「いや、ゴルフバッグとか、車のカバーとか、いっぱい積んどった。汚いトランクやった」

「そういうことか」

堤田の動きが見えた。車のカバーの下から石材入りの布袋を出し、金塊の入った布袋をカバーの下に隠したのだ——。

「誠やん、こいつのいうことがほんまやったら、堤田はトランクで金塊と石をすり替えたんや」

「あん外道、殺したる」豊川は叫んだ。

「おいおい、元気がええがな」

伊達は舌打ちした。「けどな、おまえの嫌疑が晴れたわけやないんやぞ」

「ばかったれ。堤田を捕まえろや」

「やかましい。おまえにいわれんでもパクったる」

「誠やん、堤田がひとりで逃げた理由が分かったような気がする」

堀内はいった。「二十キロの金塊は一億円。それを独り占めするには、こいつが邪魔やったんや。おれらがこいつを責めてずたぼろにしてしもたら、堤田は万々歳や。そもそも堤田は折をみて、こいつを始末しようとしてたかもしれんぞ。こんな田舎のあばら家にこいつを匿うてたんも、それが理由やろ」

「しかし、堤田にそんな根性があるんか」

「堤田にはなかっても、極道にはある」

「ケツ持ちか。木犀会系永犀会。安永とかいうてたな」

「その安永が画《え》を描いたんとちがうか。おれはそう思うな」

「豊川、安永いうのを知ってるか」

伊達は豊川に訊いた。豊川はかぶりを振る。

「おまえな、わしらが名古屋に来んかったら、知多半島あたりの山に埋められてたかもしれんのやぞ。ちぃとは感謝せいや」

「くそっ、あん外道……」豊川は歯噛みをする。

「堤田のヤサはどこや」

「大須や。店の二階と三階が家や」

「よめはん、子供は」

「おらん。独りや」

「どないする、堀やん」

「大須へ行こ。それから永犀会や。おれは堤田が永犀会に逃げ込んだ気がする」

「こいつはどうする」

「積《つ》んで行こ。ベンツに」

「ばかか、おまえら。おれは行かん」豊川が喚く。

「豊川くん、わしらはおまえの言い分を、まるっきり信じたわけやない」

さもおかしそうに伊達はいい、台所へ行って包丁を持ってきた。

「な、なんするとや」豊川は怯える。

「黙っとれ」

伊達は柱に包丁をあてて、豊川の上体に巻いた布テープを切りはじめた。


Z4を近くのビニールハウスの陰に移動させた。

ベンツのトランクに毛布を敷き、小便をさせた豊川の口と眼にテープを貼って放り込んだ。中からフェンダーを蹴らないよう膝にテープを巻く。伊達は助手席、堀内が運転して堤田の生家をあとにした。

伊達は荒木に電話をした。

「――健ちゃん、わしや。頼みごとをしたいんやけど、かまへんんか。――川坂の枝で、名古屋の木犀会。その下に永犀会いうのがあるんやけど、その事務所と安永いう組長のヤサ、あと兵隊の数を知りたいんや。調べてくれるか。――ついでに、永犀会と堤田靖夫いう貴金属の買取屋との関係が分かったらありがたい。――堤田は名古屋の大須で『バンクス』いう買取店をやってる。――『バンクス』のケツ持ちは永犀会や。――そう、いま名古屋におるんや。堀やんとな――。ごめんな。片付いたら飲も」

伊達は電話を切った。堀内は落合東から常滑インターに向かう。

「豊川のやつ、おとなしいな」トランクからは物音ひとつ聞こえない。

「一年以上も逃げまわったあげくに、金塊二十キロを騙しとられよった。あいつにはもう、なにも残ってへん。盛者必衰《じょうしゃ》。犯罪者の末路いうのは、そういうもんやで」

「盛者か……。誠やんにそんなころはあったか」

「なかったな。これからもないやろ」

「おれは今里署のころが盛者やったかもしれん。肩で風切って歩いてた」

そう、日々が充実していた。世の中に怖いものはなかった。上司など屁とも思わなかったし、筋者は誰もが頭をさげた。遊ぶ金にも不自由しなかった。そしてなによりマル暴刑事という矜持《きょうじ》があった。「――それがいまは杖ついて歩いている」

「堀やんの杖も年季が入ってきたな。大阪に帰ったら、また新しいのを作るか」

「あの鉄工所のおやっさん、誰やった」

「岸本。気のええおやじや」

岸本はカーボンシャフトのステッキに十六ミリの鉄筋を嵌めてセメント系の充塡材で隙間を埋め、T字型のハンドルを熔接してゴム製のハンドルカバーをつけてくれた。ステッキは市販の華奢なものにしか見えないから、振りおろしても相手は逃げずに肘でブロックする。その肘が潰れるのだ。

常滑インターから知多横断道路、知多半島道路を経由し、大高線に入ったところで伊達のスマホが鳴った。

「――はい、伊達。――すまん。ありがとうな」

相手は荒木だろう。「――いや、メモができんのや。ゆっくりいうてくれるか。――中川区内新町六丁目の二。これが事務所やな。安永光次、五十八。――おう、三人やな」伊達はしばらく話をして電話を切った。ナビを拡大して、

「堀やん、永犀会の事務所は中川区や」

自宅を兼ねているという。「構成員は五人やけど、ふたりが懲役。いまは安永をふくめて三

人しかおらん。それと、堤田靖夫は木犀会の密接関係者として名前があがってるけど、詳しい記録はない」

「了解。『バンクス』に寄ってから行こ」

堀内もナビを見た。中川区は大須の西だった。


高辻出口で名古屋高速道路をおりた。数時間前に走ったのと同じルートで側道を北上し、大須通を左折して、裏門前町の交差点を左折する。

『バンクス』の契約駐車場に行くと、レクサスはなかった。

「堀やん、レクサスのキーは」

「持ってる」

ポケットから出して見せた。「堤田のやつ、店に寄って予備のキーを持ってきたんや」

「まさか、店に隠れてるてなことはないやろな」

「そこまで肚が据わってるとは思えん」

「見てくる。堀やんはここで待っててくれ」

伊達は車を降りて商店街のアーケードのほうへ歩いていった。

堀内は煙草を吸いつけた。白い猫が駐車場のフェンスのそばにいる。そこへひとまわり大きい三毛猫が近づいてきた。白猫は腰をあげて三毛猫について行き、近くの民家の塀の向こうに消えた。なぜかしらん、三毛猫は伊達、白猫は堀内のように思えた。

ほどなくして、伊達がもどってきた。ベンツに乗る。

「やっぱり、堤田はもどってた。店は閉まってる。シャッターに錠がおりてた」

伊達はしばらくシャッターのそばに立っていたが物音は聞こえず、中にひとがいる気配はなかったという。

「行くか、永犀会」

「行こ」

セレクターを〝ドライブ〟に入れた。


内新町六丁目でナビの誘導は終わった。あと百メートルほど西へ行くと中川運河、その手前の道を南へ行くと国道1号に出る。

堀内は四つ角を右折して北へ向かった。

「この辺りが六丁目の二や」

伊達はいい、「停めてくれ」

酒屋の前でベンツを停めた。伊達は降りて酒屋に入り、ビールの六缶パックを持ってもどってきた。

「次の四つ角を右や。三階建の茶色の建物。壁にカメラがついてる」

「よう教えてくれたな」

「永犀会の事務所はどこでっか、と訊いた。わしのことも極道やと思たんやろ、はいはい、と教えてくれた」

「そら、怖かったんや」

「わしのものいいが、か」

「顔と装《な》りや」

「装りは堅気やぞ」

「そうは見えん」

黒のブルゾンに黒のオープンシャツ、グレーのゴルフズボン、頭はスポーツ刈りで、おまけに腕を三角巾で吊っている堅気はめったといない。

伊達を乗せて、四つ角を右へ行った。焦げ茶色の外装、二階の出窓の下に監視カメラ、いかにも組事務所らしい建物があった。車寄せに黒のアルファードが駐められている。

「どうする」訊いた。

「カチ込も」

建物の前でベンツを切り返し、バックして車寄せに入った。アルファードの隣に駐め、ステッキをもって車を降りた。《安永》の表札を確認し、インターホンを押す。

——どちらさんですか。

——大阪のヒマラヤ企画、堀内と伊達です。

——あの、ヒマラヤ企画というのは。

——不動産開発です。

——ご用件は。

——『バンクス』の堤田さんに託《ことづ》かってきました。安永さんにお会いしたいんですが。

——社長は留守ですが。

——いつ、おもどりですか。

——四、五日は帰ってきません。

——どこへ行かれたんですか。

――聞いてません。

――それやったら、お渡ししたいもんがあります。

インターホンのレンズに向けてレクサスのキーをかざした。

――はい、いま開けます。

スチールドアが開いた。白いジャージの男が、預かります、と手を出した。

「あんたね、わしらは客でっせ。わざわざ大阪から来たんやで」

伊達がいった。「挨拶もなしに、ドア越しの応対はないのとちがいますか」

「あ、それは失礼しました」男はひょいと頭をさげた。

「あんた、名前は」

「矢代です」

「わしは伊達。こっちは堀内。矢代さん、茶でも飲ましてくれんですか」

「いや、その、見ず知らずのひとを事務所に入れるのは……」

「見ず知らずやない。あんたはいま、わしらを見てるし、名乗りもしましたがな」

伊達は前に出る。「なんやったら、ボディーチェックをしてもろてもよろしいで」

「分かりました。どうぞ」投げるように矢代はいった。

中に入った。真ん中に六人掛けの応接セット。奥にスチールデスクとキャビネット。左にファクスと観葉植物。代紋も神棚も肖像額もない。ただの殺風景な事務所だ。

「あんた、たったひとりで当番かいな」

「そうです」矢代はうなずいた。

「座ってもええかな」

「あ、どうぞ」

矢代は若い。二十歳前後か。金色のロン毛、眉を細く剃り、小鼻にピアスリングをつけている。平均年齢が五十を超えたヤクザの世界で、こんな若造は珍しい。

ソファに腰をおろして、堀内は訊いた。

「矢代さん、盃は」

「いえ……」矢代はかぶりを振った。

「余計なことかもしらんけど、足を洗うんやったら、いまのうちやで。極道てなもんは絶滅危惧種なんやから」

「あんた、元はこれか」伊達はハンドルのアクセルを絞る仕種をした。

「二ケツで事故りました」

自分が運転していた、と矢代はいい、パトカーに追われて対向車に衝突したという。

「そらひどいな。後ろの子はどうなった」

「いまは堅気です。……自分は後遺症があります」

「ほう、そうは見えんけどな」

「膝から下が痺れてます」矢代は右の太股に手をやった。

「座骨神経損傷か」堀内はいった。

「そうです」

「おれといっしょやな」

「そうかな、と思いました。だから入ってもらいました」

「このステッキも役に立ったわけや」

「自分は警察が嫌いです」

「おれも嫌いや」

「堀内さんの足は」

「極道に刺された。尻をな」舌打ちした。

「な、金髪《パツキン》くん、警察が嫌いやからいうて極道修業するのは、筋がちがうやろ」伊達はソファにもたれて煙草をくわえた。

「自分には自分の考えがありますから」矢代はいって、「茶を淹れてきます」

「茶はええから、訊くことに答えてくれ。堤田は今日、ここに来たか」

「誰ですか、堤田って」

「さっき、『バンクス』の堤田というたやないけ」

「知りませんね」

「語るに落ちたのう。下手なおとぼけは為にならんぞ」

「伊達さん、調子こかないでくださいよ」矢代は凄みを利かせる。

「監視カメラを見せてくれや。映像を記録してるやろ」

「…………」矢代は伊達を睨めつける。

「どこや、デッキは」

伊達はライターの火をつけた。「隠しとんのか」

「出ていってくれ」矢代はいった。「ほかを呼ぶぞ」

「呼ばんかい。怖いおにいさんがたをな」

伊達は煙草を吸いつけて立ちあがった。堀内も立つ。矢代の顔がこわばった。

「けど、いうとくぞ。組筋の事務所でホンチャンが堅気にぶち叩かれたら稼業の名折れや。当番のおまえは指を飛ばして詫びを入れるんじゃ。その肚があるんなら、電話せいや」

「…………」矢代はジャージのポケットからスマホを出した。キーに触れた瞬間、伊達に殴り倒されるだろう。

「ほら、かけんかい。極道どもを呼ぶんやろ」

伊達はいった。矢代はしばらくスマホを見つめていたが、

「堤田は知ってるよ。会長がケツ持ちをしてる」低くいった。

「んなことは分かっとるわ。わしは、堤田がここに来たかどうかを訊いとんのや」

「堤田は来てない。そういっただろ」

「せやから、カメラの映像を見せろや。なんも映ってなかったら、機嫌よう帰るがな」

「な、あんた、ここをどこだと思ってんだ」

「泣く子も黙る、組事務所やないけ」

伊達は立ったまま、煙草をふかす。「けど、当番はおまえひとりや。カマシが利かんのう」

矢代の視線が動いた。ロッカーの脇にゴルフのキャディバッグがある。フードは開いていて、ドライバーやアイアンセットが見えた。

「やめとけ」

堀内はいった。「あんなもんでゴロはまけん」

矢代は視線をもどした。

「来たよ。堤田は」

一時間ほど前に来たという。「会長を訪ねてきた。いない、といったら帰った」

「電話もなしに、いきなり来たんかい」と、伊達。

「そうだ」

「車で来たんやな。白のレクサスで」

「ああ……」

「堤田はどこへ行くというてた」

「聞いてないな」

矢代はかぶりを振った。「だから、もう帰ってくれ。迷惑なんだよ」

「分かった。帰ろ」

伊達はテーブルの灰皿に煙草を捨てた。「ただし、堤田がレクサスに乗って帰るとこを見せてくれ」

「いい加減にしろ、この野郎」

「どこや、デッキは」

伊達は事務所を見まわして、「会長室か」

「ないものはないんだよ。外のカメラはダミーだ」

「シラこいのう、こいつは」

伊達は一歩、間合いを詰めた。矢代はあとずさる。堀内は後ろにまわった。瞬間、矢代は横へ走った。キャディバッグのアイアンをつかんだが、伊達に蹴られてバッグごと倒れ、すぐに起きあがってアイアンを振りかぶる。堀内は矢代の上腕にステッキを叩きつけた。アイアンが飛び、矢代は膝をつく。その脇腹を伊達が蹴りあげた。横倒しになった矢代は右腕を抱えて呻く。

「大丈夫か、おい」伊達は矢代のそばにかがんだ。

「腕、折れたかもな」
堀内は事務所の奥へ行った。ドアを開ける。狭い部屋だ。正面にアンティーク風の両袖机。その後ろの壁に《黙誓》と、墨書の額。左のサイドボードの上に液晶ディスプレーとデッキ――。
部屋に入り、ディスプレーを覗き込んだ。玄関前の道路が映っている。デッキの早戻しボタンを押した。映像が飛び飛びになり、時間がもどる。十二時でとめて、通常再生にもどした。
12：43――。車寄せに白のレクサスが駐まった。堤田が降りてきて、インターホンを押す。音声はない。堤田は攫って柱に縛りつけたときの装《な》りではなく、ライトグレーのスーツに着替えて、両手首に黒いリストバンドをしていた。布テープを切ったときの傷を隠すためだろう。
12：44――。堤田は事務所内に入った。
13：06――。玄関ドアが開き、男が三人、外に出た。ひとりは堤田、ひとりは短髪でオフホワイトのパーカとジーンズ、もうひとりはハンチングを被り、黒いスーツを着ている。短髪がレクサスに向けてスマートキーを押し、堤田とハンチングはリアシートに乗り込んだ。短髪が運転して、レクサスは前の道路を北へ走り去った。

伊達たちがいる部屋にもどった。

「誠やん、堤田が来た。レクサスでな。……十二時四十四分にこの事務所に入って、一時六分に出た」

堀内はいい、「堤田といっしょに出たんは、安永とガードやろ」と、矢代に訊いた。

矢代は右腕を抱え込んだまま、返事をしない。

「答えんかい」伊達が矢代の顔をこちらに向ける。

「白のパーカはガードで、ハンチングが安永やな」

堀内は訊く。矢代は小さくうなずいた。

「ガードの名前は」

「梁井《やない》」

「堤田と安永と梁井はどこへ行ったんや」伊達がいった。

「知らん……」

「知らん、では済まんのや」

伊達は矢代をうつ伏せにし、首の後ろに片膝をあてた。あごに手をまわして引きつける。矢代の首は不自然に反り、悲鳴すら出ない。

「誠やん、落ちるぞ」堀内はいった。

伊達は力を緩めた。矢代は喘ぎ、濁った息をする。

「な、矢代、次は首が折れる」

堀内はいった。「喋りとうても喋れんようになる。……もういっぺんだけ訊こ。堤田と安永はどこへ行った」

「………」矢代は眼を瞑った。

「堀やん、もうええ。こいつはめんどい」

伊達は矢代のあごから首に腕をまわした。

「揖斐《いび》高原」矢代は叫んだ。「スキー場」

「スキー場がどうした」

「マンションがある。リゾートマンション」

「いまは四月や。スキーシーズンでもないのに揖斐高原へ行ったんかい。堤田と安永は」

「会長が連れて行ったんだ。堤田をな」

「堀やん、どう思う」伊達は振り向いた。

「嘘やないやろ」バブルのころ、大規模スキー場の周辺は投資用リゾートマンションが林立したという。いまは一室を五万、十万で売りに出しても買い手がいないらしい。

「なんちゅうマンションや」

伊達が訊く。矢代は首を振る。

「いまさらとぼけんなよ、こら」

「知らないんだ。ほんとだ」

「そのマンションは安永の持ちもんか」

「だと思う」

「堀やん、安永は堤田の身体を躱《かわ》したんや」

「行くか、揖斐高原」

「行こ」

伊達は矢代を引き起こした。矢代は右腕をかばいながら立つ。

「おまえとわしは仲間やのう」

「なにが……」

「ふたりとも片腕が利かんというこっちゃ」

伊達は後ろから矢代の首をつかんだ。「つきあえ。揖斐高原にドライブや」

「なぜだ……」

「おまえをここで放したら、安永に注進するやないけ」

伊達は笑い声をあげた。「それにや、揖斐高原に行って、おまえのいうたことが嘘やったら、わしはおまえの首をへし折ってゲレンデに埋めないかんのや」

伊達は矢代を押した。矢代は抵抗しなかった。

事務所を出た。ベンツのロックを解除する。伊達と矢代は並んでリアシートに座った。堀内はトランクリッドをあげた。豊川が横たわっている。眩しそうに堀内を見あげた。

「喉渇いたやろ。なんぞ飲むか」

豊川は首を振った。口に布テープを貼られているからものがいえない。

「これから一時間半ほど走る。もうちょっと辛抱せい」

リッドをおろして、運転席に乗り込んだ。エンジンスタートボタンを押す。

「誠やん、この調子で人攫いばっかりしてたらパスが要るな」

「誘拐は重罪やのう」

「刑法二百二十五条。ひとを略取し、または誘拐した者は、一年以上十年以下の懲役や」

「怖いのう。こういうチンピラもひとのうちや」

伊達は矢代のシートベルトを締めてバックルに布テープを巻いた。

堀内はナビに〝揖斐高原〟を入力した。

19

黄金入口から名古屋高速道路にあがった。清須線、一宮線を経由し、一宮インターから名神高速道路。養老ジャンクションから東海環状自動車道に入り、大垣から国道４１７号を北上する。渋滞はなく、スムーズな行程だ。

伊達は煙草をくわえた。吸うか――。矢代にも一本やって火をつけた。

「な、矢代くん、歯の色がわるいのはトルエンか」

「シンナーだ」

「シンナーの主成分はトルエンや。それも知らんと吸うとんのか」

「あんなものはとっくにやめた。ばかになる」

「ほな、いまはなんや。シャブか」

「やってねえよ」

「おまえのその痩せ方はシャブや。目付きもわるいぞ」

「うるせえ。ばか野郎」

「図星か」

伊達はサイドウインドーをおろした。「永犀会のシノギはシャブで、おまえはコシャや。ちがうか」

「なんだよ、コシャって」

「末端の売人や。大阪ではそういう」

「だったら、おまえもコシャかよ」

「わしみたいなデブはシャブなんぞ弄《いじ》らへん」

「じゃ、なんだ、おまえのシノギは」

「切り取りや。債権回収」

「堤田は借金があんのか」

「一億ほどな」

「ほんとかよ」

「堤田を見つけて債権を回収したら、おまえに百万ほどやってもええぞ」

「へっ、与太をいうな」

「与太やない。治療費や。百万でその腕を治せ。おまえは芯からの極道やない。足を洗わんかい」

「そんな端金で足抜きはできねえよ」

「ほな、二百万や。治療費と慰謝料」

伊達は餌を投げる。矢代が食いついたら、少しは協力的になるかもしれない。

「堀やん、かまへんか」

「ああ、好きにせいや」

堀内はいった。伊達がほんとうに金をやることは万に一つもないが。

「おまえ、ほんまに知らんのかい。リゾートマンションの名前」伊達が訊く。

「知ってたらいうよ。会長は揖斐高原のほかにも土地やマンション持ってんだ」

「そうかい。安永のシノギはシャブと原野商法か」

——と、トランクからゴトッという音がした。豊川が蹴ったらしい。

「なんだ、いまのは」矢代がいった。

「コロボックルや。この車に乗ってんのは、わしら三人だけやない」

さもおかしそうに伊達はいい、けむりを吐いた。

東津汲《ひがしつくみ》で揖斐川にかかる橋を渡り、県道40号を西へ走った。日坂川に沿って緩やかな上り坂がつづく。《揖斐高原》というゲートの手前でナビの誘導が終わった。

「着いたな」伊達がいった。

「着いた」インパネの時計は三時二十分を表示している。

ゲートを抜けた。スピードを落として県道を走る。遠く左の山裾にリフトが見えた。冬はゲレンデになるのだろう。

「日本のスキー人口てどうなんや。このごろはスキーバスてなもんも聞かんな」

「激減やろ。なにかのニュースで見た。スキーもスノボも九〇年代の三分の一になったらしい」

「堀やんはスキーしたことあるんか」

「ないな。いっぺんもない」

「わしはあるぞ。高校の修学旅行は長野の白馬でスキーや」

「滑れたんか」

「滑るもなにも、リフトに乗れんかった」

忘れていた。伊達は高所恐怖症だった。

「夜這いはせんかったんか」

「未遂や。廊下で教師が寝ずの番をしてた」

同じ柔道部の内田は逮捕されて教頭の部屋に三晩も留置され、原稿用紙十枚もの反省文を書かされたという。「内田はいま、私立高校の体育の教師や。修学旅行はグアムやと」

「女子高生はスクール水着でビーチに出るんか」

「修学旅行やで。なんぼ常夏の島でも、それはない」

生徒に水遊びをさせて事故が起これば学校が潰れる、と伊達はいった。「まずはリスク回避。いまは国内旅行より海外へ行くほうが安いし、他校の生徒と鉢合わせして喧嘩することもないそうや」

「誠やんは喧嘩したんか。高校のとき」

「わしは気があかんかった。ガラのわるそうなんがガンつけてきたら眼を伏せてた」

──と、矢代の笑い声が聞こえた。こばかにしたような笑いだった。

「なにがおかしいんや」伊達がいった。

「いや、なにもない」矢代は俯いた。

県道の左右を見ながら日坂峠の麓まで走った。リゾートマンションやコテージらしい建物はいくつかあったが、白いレクサスLSは駐められていなかった。

堀内はUターンして県道をもどった。煉瓦タイルのビルの一階に《エステート日坂》という看板を見つけて、ベンツを停めた。

「安永がやってる不動産の会社はなんというんや」矢代に訊いた。

「ERC《エルク》。永犀リゾートカンパニー」

「誠やん、名刺くれ」

「なんでや」

「不動産屋いうのは横のつながりが広い」

伊達の名刺をもらって車を降りた。『エステート日坂』に入る。短いカウンターの向こう、スチールデスクに五十がらみの男が座っていた。

いらっしゃいませ――。男が立って、こちらに来た。スーツにネクタイ、半白の髪をきっちり七三に分けている。

「つかぬことを訊きますけど、こちらさんはＥＲＣと提携されてませんか。名古屋の永犀リゾートカンパニーという不動産会社です」

「あ、ＥＲＣさんとは取引させていただいてます」

ＥＲＣが所有するマンションのいくつかの部屋を委託管理し、売買の際の仲介斡旋をしている、と男はいった。

「実は、ＥＲＣの社長の安永さんにリゾートマンションを紹介されて、現地調査に来ました。……わたし、伊達といいます」

ヒラヤマ総業の名刺を渡した。男も名刺を出す。『エステート日坂　榎本敬』とあった。

「榎本さんはおひとりで？」

「はい。いまはわたしだけです」

事務所はけっこう広い。デスクが四つもある。スキー客が多く、リゾートマンションの建設ブームのころはスタッフがいたのだろう。

「安永社長にＥＲＣ所有の部屋をいくつか紹介されて大阪から来たんですけど、そのリストを紛失してしもたんです。たぶん、途中のサービスエリアです。いまから取りにもどるわけにもいかんし、安永社長に連絡もつかんのです。……そんなわけで、榎本さんに教えてもらえたら、と、すみません、勝手なお願いです」

「それはお困りでしょう」

榎本はあっさりうなずいた。「少し、お待ちください」

デスクに座ってパソコンを操作し、プリントアウトした紙片を持ってきた。

「どうぞ。お持ちください」

「ありがとうございます。成約した際は、またご挨拶にあがります」

「はいはい、お待ちしてます」

愛想よく、榎本はいった。


ベンツにもどった。

「どうやった」伊達が訊く。

「提携してた。ＥＲＣと」

運転席に座り、リアシートの伊達にコピーを渡した。

「ほう、けっこう多いやないか」

伊達はコピーを見ながら、「マンション一棟と、ほかのマンションに部屋が十三室」

「隣に住人がおるかもしれん個別の部屋に堤田を匿うとは思えん。一棟所有のマンションやろ」

「これやな。『ＥＲＣリゾート　揖斐高原』」

「そこは何室や」

「1LDKが八室。二階建。敷地は千五百平米。……四百五十坪ほどか」

「たぶん、それや。住所をいうてくれ」

「揖斐川町日坂西二の八の十六」

住所をナビに入力するとルートが表示された。シートベルトを締めて走り出した。ナビの誘導に従って曲がりくねった二車線の道路を一キロほど西へ走り、日坂峠を越えた。ナビの誘導に従って脇道に入る。五十メートルほど行ったところが目的地だった。

「あれやな」

疎らな雑木林の向こうに赤いスレート屋根の白い建物が見えた。堀内は車を停めた。

「おまえ、来たことあるんか」伊達が矢代に訊いた。

「ない。おれはスキーなんかしないしな」

矢代は安永がマンション一棟を所有していることも知らなかったという。

堀内はステッキをもって車を降りた。雑木林の中を、下草を避けながら白い建物に向かって近づいていく。

視界が開けた。立木の陰に身をひそめて建物の全景を見る。軒の深い連棟風のリゾートマンションだ。白いレクサスが左の階段室のそばに駐められていた。辺りに人影はない。

立木にもたれて煙草を一本吸い、ベンツのところにもどった。

「誠やん、当たりや。レクサスが駐まってた」

「おう、どの部屋か分かるか」

「分からん。もっと近づかんとな」

建物には八つのベランダがあり、その奥は掃き出し窓だった――。「どの窓もオレンジや。ロールスクリーンかブラインドやろ」

「よっしゃ、カチ込も」

「カチ込むのはええけど、こいつを連れていくわけにはいかんぞ」矢代に眼をやった。

「しゃあない、ここで縊《くび》り殺すか」

「ばかいえ。おれは協力してんだぞ」矢代がわめく。

「ま、そうやの。おまえはよういうことをきいてくれた」

伊達は笑って、「降りんかい」

「くそっ、触るな」矢代は怯えている。

「キャンキャンとうるさいのう」

伊達は矢代の首に右腕をまわした。締めあげる。右腕の利かない矢代は必死でもがき、シートやドアを蹴るが、伊達の腕はびくともしない。そうして、ふいに矢代の動きはとまった。

「落ちたな」矢代の鼻のあたりに手をやった。呼吸をしている。

堀内はウェットティッシュを丸めて矢代の口に押し込み、布テープでふさいだ。伊達が矢代のベルトをつかんで車外に引きずり出し、雑木林に運んで太い立木を抱えさせた。堀内は反対側にまわって矢代の両手をテープで縛り、両足首も固定した。

「こういうの、動物園で見たことがあるのう」

「オランウータンか」

「ちがうな」

「コアラか」

「おう、それや」伊達は笑った。

堀内はベンツのトランクリッドをあげた。

「いま、揖斐高原や。このあと、安永のヤサにカチ込んで堤田をパクる」

豊川はじっと堀内を見つめて微かにうなずいた。「もうちょっと待っとけ。おまえの金塊を取りもどしたる」リッドをおろした。

「親切やのう、堀やんは」

「パトロンには優しいせんとな」

ステッキを振った。ヒュッと音がした。


雑木林の中を歩いた。伊達がついて来る。

「暗いのう」

「暗いな」腕の時計を見た。四時二十分――。

「高地は日没が遅いんとちがうんか」

「なんやて」

「高いとこからやと、地平線がさがって太陽が長いこと見えるやろ」

「理屈やな」

「子供のころ、望遠鏡を買うてもろた。口径六センチの天体望遠鏡や。はじめは物干し台にのぼって星を見てたけど、すぐに飽きた」

「近所の家を覗いたんやろ」

「森山香枝ちゃん。かわいかったな」

小学三、四年の同級生だったという。「庭の隅にパンツを干してた。赤とか黒のな」

「小学生が黒のパンツは穿かんやろ」

「おかあさんもきれいやったけど、香枝ちゃんが五年生になったときに引っ越した。次に越してきたんが四人家族で女子高生の娘がおった」

「そら、ますます楽しみやな」

「ところがや、おふくろに見つかった。……誠一、なに見てるんや。……お月さん。……このごろのお月さんは変わったとこにのぼるんやな。……おふくろは望遠鏡を覗いたがな」

「それで、どうなった」

「物干し台、出禁。望遠鏡、没収。次の日に従弟の雄介の家にもらわれていった。雄介はいま、海上保安庁の巡視船で双眼鏡を覗いてる」

「海上保安官……。響きがええな」

「雄介はデブの薄毛や。よう陽にあたって、頭が黒光りしとる」

——立木のあいだに赤い屋根が見えた。

「どうする」

「正面からは行けんな」

雑木林の中を左に迂回し、窓のない建物の側面に出た。雑木林と建物のあいだは丈の低いクマザサの繁みだ。

「あのレクサスがややこしいの」

伊達がいう。「カチ込んだはええが、車に乗って逃げられたらワヤやで」

「あとひとり、おったらな」

現役のころ、ガサ入れの際は必ず捜査員を車のそばにつけていた。「タイヤをパンクさせとくか」

「ナイフがない。包丁も千枚通しもな」

伊達は足もとの枯れ枝を拾った。「あかん。軽い」

伊達は枯れ枝を捨て、立木の太い枝をつかんで引いた。ミシッと枝もとが裂ける。伊達は枝を折りとった。

「堀やん、葉っぱを毟《むし》ってくれ」

「木刀か」

「ホイールに挿す」伊達は枝の使い途をいった。

ふたりで五十センチほどの木刀を十本作り、抱えて雑木林を出た。伊達がクマザサと蔓草を分けて建物に近づき、堀内はあとにつづいた。

建物の陰に入った。静寂。県道からは百メートルも離れていないが、車の走行音は聞こえず、鳥の啼き声も風のざわめきもない。

伊達は枝を抱えてレクサスに近づいた。フロントタイヤのそばにかがみ、アルミホイールの隙間——ブレーキディスクとフロアパネルのあいだに、次々に枝を挿し込んでいく。車を発進させようとしても枝が切断されないかぎり、ホイールは回転しないのだ。

堀内は建物の裏にまわった。日暮れが近い。一階の端の部屋の窓から明かりが洩れている。それを確かめて、もとの場所にもどると、レクサスのホイールをハリネズミのようにした伊達ももどってきた。

「一階のいちばん向こうの部屋や。裏もベランダになってる」

「そら、ようないな。裏からも表からも外に出られる」

「ま、車では逃げられんけどな」

「というより、向こうは三人や。それも極道がふたり。安永はともかく、梁井とかいうガードがめんどいぞ」

ガードは得物を持っているのが普通だと、伊達はいう。「いまどき、チャカはないやろけど、ナイフの一本ぐらいは持っとるわな」

「ガードはおれがやる」

堀内はステッキをかざした。「安永は誠やんがやってくれ」

「堤田は」

「逃げるやろ」

「わしが捕まえたろ」

伊達は三角巾から左腕を抜いた。肘を伸ばして肩をまわす。

「ええんか」

「片腕でガサかけるわけにもいかんしの」

伊達は残しておいた太い枝を手にとった。「行くか」

「行こ」

――と、微かにドアが閉まるような音がした。堀内は壁に肩をつけてレクサスのほうを見る。

階段室から男が現れた。オフホワイトのパーカにジーンズ、ガードの梁井だ。

梁井はレクサスにスマートキーを向けた。ハザードランプが点滅する。食料品の買い出しにでも行くのか。

梁井はレクサスに近づき、ドアを開けようとしたが、異変に気づいたのか、フロントホイールのそばにかがみ込んだ。

伊達が飛び出した。梁井に向かって走る。堀内も走った。

足音に振り向いた梁井に、伊達は枝を振りおろした。梁井は倒れない。伊達は梁井の膝裏に足をかけて突き倒した。股間を蹴りあげる。その脇を抜けて、堀内は階段室に入った。左右にドアがある。右のドアを引くと抵抗なく開いた。飛び込む。

黒いスーツの男が部屋の真ん中にいた。そろえた両腕をこちらに向けている。堀内は咄嗟に身体を躱した。パンッと乾いた音。堀内は左に跳び、右に跳んで男の腕にステッキを叩きつけた。また赤い光が走る。反動で銃は半回転し、男の指にトリガーガードがひっかかった。その手指を堀内はステッキで薙ぐ。銃が飛び、男は手首を抱えてうずくまる。堀内は飛んだ銃を眼で追った。ない。

瞬間、膝をすくわれた。倒れる。男はストーブのそばに走った。火かき棒をとって、堀内に振りおろす。躱した。男は二度、三度と振りおろす。堀内はステッキで受けた。尻と肘であとずさる。背中が壁についた。男は喚き声をあげて、火かき棒を振りかぶった。

ガツッと鈍い音がして、男が膝をついた。横倒しになる。後ろに伊達がいた。

「大丈夫か」伊達は木刀を捨てた。

「ああ……」

出血はない。どこも撃たれていない。「――ガードは」

「寝てる。植込みの裏」

伊達は部屋を見まわして、「堀やん、チャカや」

「ん……？」壁にもたれた堀内のすぐ右、鉢植えのそばに銃があった。

伊達は銃を拾った。

「銀ダラや。まだ熱い」

銀ダラ――。ロシアの軍用拳銃トカレフをコピーした中国製のノリンコM54だ。粗悪な材質と仕上げをごまかすため、クロームメッキを施している。銀ダラは五メートル先のドラム缶にも当たらないといわれるが、それが幸いしたのかもしれない。

堀内はステッキを支えに立ちあがった。

「堤田は」

「見てない」

「外にもおらん」

伊達は奥の部屋に入っていった。「堀やん、逃げよった」

掃き出し窓が開いている、と声が聞こえる。

――そのとき、エンジン音がした。ゴリゴリッと異様な音もする。

堀内は玄関から外に出た。レクサスが揺れている。ホイールから枝が何本か弾け飛んだ。

運転席に走り寄った。ステッキのハンドルでサイドウインドーを突く。破《わ》れない。堤田は必死の形相でステアリングを握っている。

銃声がした。助手席のウインドーが破れて、エンジンの回転数が落ち、車の揺れもとまった。

伊達はノリンコのグリップでウインドーのガラス片を落とした。

「キーや。寄越せ」

銃口を堤田に向ける。「聞こえんのか。キーを寄越せ」

堤田はズボンのポケットからスマートキーを出した。伊達はロックを解除して運転席のドアを開け、堤田の髪をつかんで車外に引きずり出した。

「立て」

いったが、堤田は動かない。呆《ほう》けたように地面に座り込んでいる。伊達は堤田のこめかみにノリンコを突きつけた。

「分かった……」

堤田は片膝をつき、レクサスにもたれてよろよろと立った。ステアリングにぶつけたのか、鼻からあごへ血が滴る。その視線の先、リアシートに黒いアタッシェケースがあった。


伊達が堤田の襟首をつかんで部屋にもどった。安永は床に倒れたままピクリともしない。

堀内は安永の首筋に指をあてた。脈はある。伊達に向かって、ひとつうなずいた。

堤田を安永のそばに座らせて、アタッシェケースをテーブルにおいた。

「欲に眼が眩《くら》んだのう。こんなもん放っといて、とっとと山ん中に逃げ込んだらよかったんや」

伊達は堤田にいい、ケースを開いた。中に紺色の布袋があった。

堀内は両手で布袋を抱えた。ずっしりと重い。そう、二十キロの純金の重みだ。袋の紐をほどいてアルミケースを出し、蓋をあけた。

かまぼこ板大の延べ板五本と、その下に切手大の延べ板が小振りのケースいっぱいに詰まっていた。まさに輝くような黄金色だ。

「全部で何キロや」

伊達は訊いた。堤田は答えない。

「もういっぺんだけ訊こ。何キロや」

「――二十キロ」

「ちがうな。おまえは五百グラム、豊川からとった」

「誰に訊いた」

「豊川や。おまえは豊川を置き去りにして自分だけ逃げた。わしらが豊川を始末することを期待してな」

「…………」堤田の表情は変わらない。

「わしらは豊川に頼まれた。金塊を取りもどしてくれ、とな。豊川はいま、わしらのクライアントや」

「待て。だったら半分やる。それで終わりにしよう」

「なにを終わりにするんじゃ」

「金塊十キロを持って大阪に帰れ。あとの始末はこっちでする」

「豊川を永遠に失踪させるんかい」

「あんたたちは大阪に帰って、豊川は見つからなかったと報告すればいい。あんたたちの組織から木犀会に問い合わせがあっても話は合わせる。金塊十キロがあんたたちふたりのものになるんだ」

「なんと、策士やのう、おまえ」

「あんたたちが金塊をみんな持って帰れば、この話はなしだ」

「堀やん、こいつはほんまもんのワルや。どつかれてもどつかれても、まだわしらをペテンにかけようとしとるぞ」

「教えてくれ。豊川はどこだ」堤田はいう。

「なんやと」

「いないんだ。久米に」

「おまえ、豊川を縊り殺してどこぞに埋める肚やったんかい」

「…………」堤田は下を向いた。リストバンドであごの血を拭う。

「おまえは安永のケツ掻いて、何人か久米に走らせた。柱に括りつけられてるはずの豊川はおらんかった。そういうことやろ」

「豊川の居所を教えてくれ」

「豊川は消えた。わしらの知らんとこにな」

伊達はアルミケースの蓋を閉じた。布袋に入れて紐を括り、アタッシェケースに収めた。

「な、堤田よ、この金塊は豊川のもんや。もし豊川を見つけたら、わしに連絡せい。わしが豊川に会うて返却したる」

「ま、待て」

「なにを待つんじゃ」

伊達は銃口を堤田に向けた。堤田は上体を退《ひ》く。

「文句があるんやったら、いつでも来い。ヒラヤマ総業の伊達や。逃げも隠れもせん」

伊達はノリンコをベルトに差し、アタッシェケースを提げて部屋を出た。堀内も出てマンションを離れる。レクサスのスマートキーをクマザサの繁みに投げた。

雑木林を抜けてベンツのところにもどった。コアラ状態の矢代がこちらを見る。伊達は近づいて、矢代の両足と両手に巻いていたテープを剝いだ。

「安永と梁井をボロにした。おまえのことは一言もいうてへん」

伊達は札入れから一万円札を十枚ほど抜いて矢代のジャージのポケットに入れた。「堤田のレクサスは動かん。おまえは町まで走ってタクシーに乗れ。内新町の事務所にもどって、わしらの映像を消すんや。でないと、おまえが揖斐まで案内してきたことがバレる。分かったな」

口にテープを貼られている矢代は何度もうなずいた。

「もう極道の食える時代やない。おまえは若い。足を洗え」

伊達はいって、踵を返した。矢代は県道へ走り去った。

堀内はベンツのロックを解除した。伊達はリアドアを引いてアタッシェケースをシートにおいた。

「堀やん、わしが運転しよか」

「大丈夫か、左腕」

「おう、そうやったな」

伊達はブルゾンを脱いだ。下はTシャツだ。左上腕の包帯に赤い染みがあった。

「ほら、傷口が開いたんや」

「しゃあないの」伊達は包帯に手をあてて肘を曲げ伸ばしする。「ちぃと痛い」

伊達は顔をしかめた。かなり痛いのだ。

「吊っとけ、三角巾で」

「捨てた。替えはない」

伊達はブルゾンを持って助手席に乗り込んだ。堀内は運転席に座り、走り出した。

伊達はベルトに差していたノリンコを抜いた。

「安永のボケ、まさかチャカを持ってたとはな」

「おまけに二発も撃ちよった」

「わしは銃声を聞いて青うなった。部屋に飛び込んだあとは憶えてへん」

「運やな。弾がおれを避けた」

「チャカで撃たれたことのあるやつは、痛いより、熱いというな」

「燃焼ガスや。弾は熱い」

県道40号に出た。左折して東へ走る。

「しかし、不細工なチャカやで。見た目はプラスチックや」

伊達はノリンコのリリースボタンを押してマガジンを膝上に落とした。「まだ四発も残っとるわ」

「どうするんや、それ」

「荒木にやる。よろこぶやろ」

荒木は鴻池署の暴対係だから拳銃はなによりの土産になる。それも真正拳銃のノリンコだ。荒木が単独で管轄の駅のロッカーから〝首なし拳銃〟を挙げれば、府警本部長褒賞はまちがいない——。

伊達はマガジンをグリップにもどして、ノリンコをグローブボックスに入れた。

「な、堀やん、安永はヒラヤマ総業に咬んできよるかのう」

「安永も組持ちの極道や。この上、代紋に泥塗るような恥さらしはせんやろ」

「木犀会に尻《ケツ》持っていったりせんか」

「それこそ恥の上塗りや」

堀内は嗤った。「けど、堤田はとことん毟られる。極道を虚仮《こけ》にした」

「怖いのう、〝や印〟は」

伊達はスマホを出した。キーをタップして耳にあてた。

「――どうも。伊達です。――そう、それでちょっと込み合うたんですわ。相手は名古屋の木犀会系永犀会。会長は安永。――万が一にもないとは思うけど、生野さんになんぞいうてきよったら、わしにまわしてください。――いま、岐阜ですねん。揖斐高原。――いや、リゾートマンションを見にきただけです。――はい、落ち着いたら報告しますわ」

伊達はスマホを放した。「みんな終わったら、生野の爺さんに延べ板をやるか。百グラムを一枚」

「そら、よろこぶやろ」

「それでや、後ろの〝荷物〟はどうする」

「金塊か」

「金塊と豊川や」

「誠やんの思うようにせい」

「十九・五キロをきっちり三等分でええか。豊川、堀やん、わしで、六・五キロずつや」

「律儀やな、誠やんは」

「あかんか」

「それでええ」

伊達の気質を考えると同意するしかなかった。伊達は堤田の生家で、豊川に〝三人で分け分ける〃といった。下関の『カネイ』で、伊達が兼井に〃四千万円を回収してくる〃といった契約も履行するだろう。伊達はそういう男なのだ。

堀内は考えた。いまの金価格相場は一グラム五千円——。伊達と堀内で十三キロだと、六千五百万になる——。

「誠やんは兼井に四千万を渡すんか」

「渡す。いったんはな」

「それで……」

「債権回収は折れがルールや。兼井に二千万、堀やんとわしが二千万」

「なるほどな」

「延べ板の換金は生野に頼も」

「それやったら百グラム一枚では足らんな」

「そうか。二枚やろ。わしが一枚……」

「おれが一枚や」

東津汲の交差点を右折した。国道303号を南へ行く。

「豊川をどこで放す」

「久米や。Z4を駐めてる」

豊川をベンツのトランクに乗せる前、堤田の生家の門前に駐めていたZ4を近くのビニールハウスの陰に移動させた。安永の指示で永犀会の連中が久米まで豊川を捜しに行ったというから、Z4をかわしておいたのは、いい判断だったのだ。

前から来たパトカーとすれちがった。堀内はヘッドランプを点けた。

国道303号から名神高速道路、名古屋高速道路、知多半島道路から知多横断道路を経由し、久米に着いたときは午後九時に近かった。

堀内はビニールハウスのそばにベンツを駐めた。Z4に異状はない。

堀内は車外に出た。伊達がアタッシェケースとペットボトルの烏龍茶を持ってトランクリッドをあげる。豊川がこちらを向いた。

「長い旅路を、ご苦労さんやったのう。おまえを解放する」

伊達は豊川の手と膝と足首を縛っていた布テープを巻きとり、口に貼っていたテープを剝いだ。豊川は肘を支えに起きあがったが、トランクから出ようとはしなかった。

「どうした。元気がないな」

「………」豊川は弱っている。喋る気力もないようだ。

伊達は烏龍茶を渡した。豊川はキャップをとるなり、むさぼるように飲んだ。

「吸うか」

伊達は煙草も差し出した。豊川は首を振る。

「おまえがトランクで寝てるまに金塊を取りもどした」

伊達は煙草を吸いつけた。「約束したよな。三人で分けると」

豊川に反応はない。ただぼんやり伊達を見ている。

「聞いとんのか」

豊川はうなずいた。

「降りんかい」

豊川はトランクから出たが、ふらついてフェンダーにもたれかかった。

「座れ」

伊達は豊川を地面に座らせて、膝前にアタッシェケースを置いた。暗いが、トランクランプの明かりがとどく。伊達はアタッシェケースを開いて布袋を出した。

「見覚えあるやろ」

「会ったのか、堤田に」つぶやくように、豊川はいった。

「ひっ捕まえて、どつきまわした。あれはおまえなんぞが及びもつかん本物《モノホン》の腐れや」

伊達は布袋の紐をほどいてアルミケースを出した。「トランクに載せられてよかったのう。おまえを柱に括りつけたままにしてたら、いまごろは山ん中でモグラの餌になってたんやぞ。……堤田はケツ持ちの極道にいうて、おまえを消す肚やったんや」

「…………」豊川はただ俯いている。

「ちぃとは感謝せいや。わしらは命の恩人やぞ」

伊達はアルミケースの蓋をあけた。「おまえに聞いたとおりや。金の延べ板が十九・五キロ……。よう見とけ。いまから数える」

伊達は一キロの延べ板五本を地面においた。次に百グラムの延べ板を十枚ずつ、横に並べていく。切手大の延べ板は百四十五枚あった。

「刻印のない延べ板は使いにくいやろから、おまえにはこっちをやる。サービスや」

伊達は六十五枚の小さい延べ板を残して、あとをアタッシェケースに入れた。

「これで解散やのう」伊達はアタッシェケースを提げて立ちあがった。

「待て」

「なにを待つんや」

「昨日、おれはいったやろ。博多の狂言強盗で、おれの取り分は五十キロやったと」

「おう、聞いた」

「おれは二十五キロを当銘に預けた。当銘も自分の二、三十キロを合わせて名古屋の高山んとこに持ち込んで換金しようとしたっちゃけど、高山は逮捕されて金塊は警察に没収されたったい」

「おう、それも聞いた」

「あの話は半分、嘘や」

「なんやと、おい……」

「当銘が金塊を持ち込んだのは、高山と堤田んとこたい。……たぶん、高山に四十キロ。堤田に十キロくらいやろう」

「堤田はなんで逮捕されんかったんや」

「おれたちが密輸した金塊の換金は、高山が一手に引き受けとった」

当銘も警察の調べに対して『バンクス』に持ち込んだことは喋らなかったのだろう、という。

「そら、当銘も喋って得することはないわな。出所したら回収に行ける」

「やけん、堤田はまだ、おれと当銘の金塊を隠しとるったい」

「そうか、おまえが名古屋に来た目的は、延べ板の鋳直しと債権回収かい」

「堤田のやつ、金塊は当銘に返す、と横を向いた」

「どうしようもないワルやのう。芯から腐っとる」

「さっきいっとった堤田のケツ持ちは、安永とかいうヤクザか」

「知ってんのか」

「名前は聞いとる。会ったことはない」

「組持ちのヤクザや。兵隊が二人おる」

「安永はおれを殺そうとしたとか」

「堤田の示唆でな。殺人教唆というやっちゃ」

「おれは甘いな」

「そうでもないやろ」

「ふん……」

豊川は笑い声をもらして、伊達と堀内を見た。「な、おれの頼みを聞いてくれや」

「いうてみい」

「堤田はおれと当銘の金塊を持っとる。奪《と》って分けよう」

「誰が奪るんや」

「あんたらたい」

「おもしろいのう、おまえ」

伊達も笑った。「これからは土地勘のないとこへ行け。知り合いを頼るな。ひとは喋る。必ず足がつく」

「おれは喋らん。あんたらのことはな」

「ええ男《こ》や」

伊達は豊川にベンツのスマートキーを放って、背中を向けた。

20

　名古屋から下関まで名神高速道路、中国自動車道を経由して九時間ほどかかった。午前六時に下関市内に入り、電話で予約していたシティーホテルにチェックインし、起きたのは午前十時だった。伊達とふたり、ビュッフェで朝食を食い、十二時前にチェックアウトした。シングルルーム二室、四万六千円の宿泊費はジャンケンで伊達が支払いをした。

　南武久町の『カネイ』にZ４を乗り入れたのは十二時半だった。アタッシェケースを持って事務所に入ると、窓際のデスクで、このあいだ見た小豆色の上っ張りを着た女が弁当を食っていた。

「こんちは。社長さんは」

「すみません。お昼休みです」

　兼井は自宅にいるという。「一時に来ます」

「ほな、待たせてもらいますわ」

「じゃ、あちらへどうぞ」

　女に案内されて応接室に入った。壁は白のビニールクロス、ベージュのブラインド、小ぶりのソファとテーブル、ガラス扉のキャビネットがあるだけの殺風景な部屋だ。

「お飲み物は」

「いや、さっき飲んだばっかりです」

いうと、女は一礼して出ていった。

「堀やん、女はなんで髪を染めるんや」

「なんやて……」

「あのおばさんや。髪の生え際が白かった」

伊達は脚を組んで、「頭と顔だけやない。胸と尻はチェックする。わしの礼儀や」

「そういうたら、四十代、五十代で、髪を染めてない女はほとんど、おらんな」

「男は染める前に禿げるからか」

「それもあるな」

「わしも禿げるんかのう」

「嫌か」

「でもないな。わしは子供のころからずっとスポーツ刈りのデブや。美醜は超越してる」

伊達はいって、「うちのよめはんは七、八年前から染めとる。美容院でな。ひと月ごとに行くから高うついてしゃあない。わしの散髪代は千五百円やのに、よめはんの美容院代は四千五百円やぞ。いっぺんだけ、そのことをいうたら、バッタみたいに跳びあがってハイキックをかまされた」

「そら誠やん、セクハラや」

「セクハラもなにも、よめはんの頭が白かろうと黒かろうと、誰も気にせんがな」

「そろそろ更年期か。誠やんのよめさん」

「どうやろな。よめはんは年がら年中、怒っとる」

「忙しすぎるからやろ」伊達のよめは小学校の教師だ。

「根がまじめなんや。わしみたいなチャランポランが気に障るんやろ」

「破れ鍋に綴じ蓋か」

「どっちが破れ鍋や」

「そら、誠やんに決まってる」

煙草をくわえたが、灰皿が見あたらない。キャビネットの上の花瓶をとってテーブルにおいた。


一時五分前――。伊達と堀内はスマホを録音状態にした。

一時――。ノック。兼井が部屋に入ってきた。

「どうも。お待たせしました」

テーブルのアタッシェケースと花瓶を見ながらソファに腰をおろして、「前に来られたのはいつでした」

「一昨日ですわ」伊達がいった。「あれから名古屋に行って、豊川に会いましたんや」

「ほう、豊川に……」

「兼井さんの出資金、四千万。回収してきました」

「…………」兼井は訝しげに伊達を見る。

「これがそうですわ」

伊達はアタッシェケースを開いた。「ただし、四千万円は現金やない」

紺色の布袋を出して紐を解き、中の金塊をテーブルに並べていく。

「一キロの延べ板が五本と、百グラムの延べ板が三十枚。全部で八キロ。いまの金相場はグラム五千円やから、四千万ですわ」

兼井は黙って金塊を見つめている。

「兼井さん、わしはあんたに説明しましたな。債権取り立ての手数料は五十パーセントが定《き》めやと。あんたは確かに了承した」

兼井は眉根を寄せた。

「せやから、この金塊四本があんたの取り分ですわ」

伊達は一キロの延べ板四本を兼井の前に押し出した。

「あんた、豊川からどれほどの金塊を回収したんや」

「それはあんたには関係ない。わしらのビジネスですわ」

伊達は笑った。「――わたしこと兼井大輔は、豊川聖一が拐帯した、わたしの出資金四千万円の回収を、伊達誠一と堀内信也氏に委任します、とあんたは約束したんや」

「そんなことをいった憶えはない」

兼井は舌打ちして、「そもそも、おれが豊川に出資したのは四千万どころやない。二億、三億は出資した」

「そら話がちがうな、え」

「だから、あんたたちを警戒したんや」

「警戒したから少なめにいうたんかい」

「そういうことや」

「残念やったのう。わしらとあんたの契約は四千万で締結した」

「手数料が五十パーセントというような話は聞いてない」

「へっ、そういうやろと思た」

伊達はソファにもたれた。「二億、三億の出資はあんただけの金やないやろ」

「なにがいいたいんや」

「豊川の金主はあんただけやない。下関の橘連合。その枝の組筋も豊川に出資して、億の金をババにされてる」

「…………」兼井は俯いた。

「橘連合に内緒で、あんたは豊川から四千万の金塊を回収した」

伊達はにやりとした。「な、社長さんよ、このことを橘連合が知ったら、あんた、タダでは済まんのとちがうか。極道が反目にまわったら、なにをしよるかわからんぞ」

「…………」兼井はじっと動かない。

「どうなんや、え。この四キロが不服かい。なんやったら豊川に返したってもええんやで」

伊達は延べ板を布袋にもどす。

「──分かった。それでいい」

兼井はうなずいた。「ただし、ここだけの話にしてくれ」

「これでええんやな。豊川から回収した金塊のうち、あんたが四キロをとって、わしらが四キロをとる。……あんたとの依頼受諾契約は解消や」

「…………」兼井はまた、うなずいた。

「ほら、めでたいときは一丁締めや」

伊達は両腕を広げた。堀内も広げる。

「なにしてるんや。一丁締めを知らんのか」

兼井も腕を広げた。ヨーオッ――。伊達の掛け声でパンッと一回、手を打った。

「ほな、帰るわ」

伊達はアタッシェケースに残りの金塊を入れた。ケースを提げて立ちあがり、兼井に向かって、「――ひとつ言い忘れた。一昨日と今日の話は録音した」ブルゾンのポケットからスマホを出して見せた。


事務所を出て車に乗った。堀内が運転して県道258号を東へ走る。

「一丁締めはよかったな」

「ちょいと調子にのった。兼井の聞き分けがよかったからや」

「そら、文句はいえんやろ」

「二千万も兼井にやって、もったいなかったかのう」

「いいや。ものごとには名目が要る。兼井を嚙ましてなかったら、豊川の金を奪《と》っただけになる。誠やんのやりかたでええんや」

「そういうてくれるのは堀やんだけやで」

「金塊がふたりで九キロ。実感がないんや」

「荒木を呼んで祝いをしよ」

今日にでもノリンコを渡したい、と伊達はいう。「堀やん、段取りしてくれるか」

堀内はスマホを出した。左の指で荒木の携帯番号をタップする。すぐにつながった。

――荒木です。

――堀内です。今晩、会いたいんやけど、都合はどうですか。

——八時すぎからやったらＯＫです。

——ほな、九時やね。伊達もいっしょです。

場所はミナミ。宗右衛門町の『景福宮《キョンボックン》』で会うことにして電話を切った。

「大阪まで何時間や」

「六時間はかかるやろ」

「ほな、着いたら七時半か。……車は西天満に駐めて、生野に会うてからミナミへ行こ」

「分かった」

生野に電話をした。

——はいはい。堀内さん、生野です。

——いま、下関です。これから大阪へ走って、七時半に会いたいんです。

——あ、それやったら待ってますわ。……けど、昨日は岐阜やなかったんですか。

——あのあと、名古屋へ行って、夜のうちに下関へ来たんです。

——走りまわってますな。日本中を。

——話は変わるけど、生野さんは金塊を換金できるとこ知ってますか。

——いっぱいありますやろ。『吉田貴金属』とか、『ベルギー・ゴールド』とか。

——中に刻印のないのが混じってますねん。一キロの延べ板が一本。

——刻印がない……。パチもんですか。

——純金のインゴットです。密輸品ですわ。

——はいはい、それやったらルートがある。知り合いもいてますわ。

——車を駐車場に駐めたら電話します。

——了解です。『信濃庵』で会いましょ。

電話は切れた。

「ふたつ返事やった。密輸品というてもな」

「あの爺さんこそ、ほんまの古狸や。海千山千のな」こともなげに伊達はいった。

堀内はナビの縮尺を変えた。一キロ先に中国自動車道の下関インターが見えた。

西天満——。月極駐車場にＺ４を駐めたときは七時四十分だった。歩いてヒラヤマ総業へ。道幅の狭い一方通行路に面した七階建、コンクリート打ち放しの細長いペンシルビル。間口は三間で、一階に『信濃庵』という蕎麦屋がテナントで入っている。

事前に電話をしていたので、生野は小あがりに座っていた。卓に鴨のたたきと冷酒のグラスをおいている。

「すんませんな。先にやってました」

「どうぞ、どうぞ」

ステッキを壁に立てかけて、生野の前に腰をおろした。伊達は生ビールと厚焼き玉子、堀内は生ビールとじゃこおろしを注文した。

「久しぶりですな。前にここで会うたんはいつでした」

「二十日《はつか》ほど前とちがいますか」

伊達はアタッシェケースを傍らにおいて、「あのあと、扇町へ行って、Ｚ４を買いましてん。堀内が」

「Ｚ４……。フェアレディを買うたんですか」

「BMWです。ふたり乗りのスポーツカー」

「よう走りそうですな」

「いっぺん乗りたかったんですわ、ルーフがオープンになる車に。九州、下関、愛知、岐阜……。淡路島も行きました」

「それは前にいうてはった金塊密輸がらみですな」

「占有屋の松本を調べるうちにズブズブはまってしもて、いつのまにやら、むかしのマル暴刑《デ》事《カ》にもどってましたわ」

「誠やん、堀やんのコンビ復活ですな」

生野は堀内のステッキに視線をやった。ステッキはS状に曲がって石突きのゴムがとれ、ハンドルカバーの端が破《わ》れて鉄筋が見えている。

「大もとは松本がパシリをしてた豊川いう福岡の半グレですわ」

伊達がつづける。「こいつが下関の金物屋や組筋を金主にして、韓国から金塊を密輸してたんです。関釜フェリーと活魚のトラックを使うて。……いっときは大きなシノギになったんやけど、下関東署に検挙されて、密輸グループはちりぢりになり、豊川は指名手配された。その指名手配中の去年の三月、豊川は当銘いう大阪の半グレと福岡の金塊強奪事件を偽装して……」

「いやいや、そこまででけっこうです」

生野は伊達の話をさえぎった。「詳しいことを聞いてしもたら、あとがややこしい。わしは善意の第三者で、金塊の換金に協力します」

さすがに古狸だ。生臭いことには首を突っ込まない、という肚だろう。

「知り合いのブローカーに連絡とって話を聞きました。いま、金の買い取り価格は五百グラム以上のインゴットで四千九百円。百グラム以上のインゴットで四千八百五十円です」

生野は堀内を見て、「一キロのインゴットが一本やというてはりましたな」

「そう、刻印なし、のね」

「その場合は闇の取引になるから、四千七百円ですわ」

「それでOKです」

伊達がいった。「あと、百グラムで刻印入りの延べ板が八十枚ありますねん」

「なんと、全部で九キロもですか」

「ここにあります」

伊達はアタッシェケースを卓上においた。「見ますか」

「いや、おふたりが九キロというんやから、まちがいはない」

生野はアタッシェケースを引き寄せて、両手で持ちあげた。「こら重いわ」

「全部でいくらですか。買い取りは」

「さぁ、なんぼやろ……」

生野は振り向いて、「女将、電卓貸してくれるか」

女将が電卓を持ってきた。生野は受け取ってボタンを押す。

「四千八百五十が八十で、三千八百八十万。……四千七百が一キロで……。全部で四千三百五十万ですな」

「四千三百万でよろしいわ。五十万は生野さんの仲介手数料にしてください」

「そんなにもろてもええんですか」

「わしと堀内からです」

「そらうれしいな。ほな、遠慮なしに」

しれっとして生野はいい、「明日、換金します」

「明日は日曜日やけど、銀行振込はできますな」

「できます。入金は月曜やけど」

「ほな、振り込んでくれますか。堀内とわしに二千百五十万ずつ」

「はいはい、そうしましょ」

伊達はメモ帳を出して三協銀行の口座番号を書いた。堀内も大同銀行の口座番号をいい、伊達は紙片をちぎって生野に渡した。

生ビールとじゃこおろし、厚焼き玉子が来た。

「はい、乾杯しましょ」

生野は冷酒のグラスを手にとった。


九時――。景福宮に入った。荒木はいない。

レジ近くに席をとった。土曜の夜、店内は広いが、ほぼ満席だ。

伊達はメニューを手にとって、生ビールふたつと、ユッケ、塩タン、ロース、ハラミ、レバー、上ミノを三人前ずつ注文した。

「堀やん、新しい杖を作らんといかんな」伊達がいう。「明日、岸本鉄工所に行くか」

「おれはもう、普通のステッキでええけどな」鉄筋入りの杖は重い。

「ま、そういうな。万が一、いうことがある。堀やんが仕込み杖を持っててくれたら、わしも安心や」

「分かった。そうしよ」堀内はいって、「誠やんの腕はどうなんや」

「別状ない」

伊達は左手を握って開いた。「岸本鉄工所に行ってから内藤医院へ行く」

「握力、なんぼや」

「左は八十、右は八十五か」

「化け物やな」

「荒木は左右が九十超えや」

そこへ、すんません、遅うなりました、と荒木が現れた。伊達は隣に座らせる。ふたりが並ぶと相撲部屋が引っ越してきたようだ。

「ご苦労さん。便利使いばっかりしてわるいな」

「そんなん、いわんとってください。先輩らしいない」

荒木は笑う。眼と鼻と口が顔の真ん中に集まっているから愛嬌がある。

「肉は頼んだ。飲みもんは」

「ビール、いただきます」

伊達は手をあげてスタッフを呼んだ。

ビールとユッケが来た。乾杯してユッケをつまむ。

「先に土産を渡しとこ」

伊達はいって、ブルゾンのジッパーをおろした。ベルトに差していた紙袋をテーブルにおく。

荒木は袋を少し開いて、

「銀ダラやないですか」表情は変わらない。

「マガジンに実包《マメ》が四つ入ってる。指紋は拭いといた」

「ありがとうございます。自分も拭きますわ」

荒木は紙袋を鼻に近づけた。「匂いますね」

「硝煙か」

「最近、撃ったんですかね」

「分からん」伊達は首を振った。

どこで入手したとか、所有者は誰だったとか、質問はせず、荒木は無造作に紙袋を上着の裾ポケットに入れた。

「こないだ、部屋長が勇退したそうやな」

「そう、この三月が定年でした」

部屋長——。デカ長ともいう。巡査部長の最古参で、係長＝班長（警部補）の下で班員をまとめている。むかしの軍隊でいえば軍曹か。将校と兵隊に挟まれて気苦労が多く、激務の部屋長を長くつづけた刑事には係長や課長も一目おく存在感がある。部屋長が定年退職するときは、その功を労われて警部補に昇進することが多い。

「次の部屋長は」

「橋爪さんいう五十すぎのおっさんですけど、これがもう、まるで自覚がない。上にいわれたことを、そのままぼくらに伝えるだけですわ」

「茶坊主か」

「でもないんです。上にも下にも忖度《そんたく》いうことをしません」

「協調性ゼロか」

「ひとはわるうないけど、チームプレイには向いてないと思います」

「堀やん、わしらはどうやった」

「どう見ても協調性はなかったな。班員はみんな明後日を向いてた」

そう、部屋長の落合からして、外にシノギをもっていた。刑事としては切れ者だったが、ひとのよさというやつはかけらもなかった。落合は堀内と伊達が辞めたあと、早期退職して大阪府の外郭団体――新築建造物の完了検査をするらしい――に天下りしたと、風の噂に聞いた。

班長の佐伯は後ろ楯だった今里署長が退職したあと、大阪府最南端の岬署に異動した。定年間近のはずだが、いまの役職は知らない。

肉が来た。伊達はトングでタンをとり、鉄板の上に広げる。

「健ちゃんは引いてくれるひとおるんか」

「どうですかね。本社の西出さんは、ときどき飲み会に誘うてくれます」

西出――。聞いたことがある。府警組織犯罪対策本部の管理官だ。若いころは府警の柔道師範だったから、そのころに強化選手の荒木とつながりができたのだろう。

「健ちゃん、親と上司は選ばれへん。上が転《こ》けたら下も転ける。大事なんはヒキや」

「そうですね。先輩にも、いろいろしてもらいました」

ふたりは口にしないが、鴻池署のマル暴班長に荒木を紹介したのは伊達だ。荒木はそれまで登美丘署の地域課にいた。

「わしはなにもしてへん。いまは健ちゃんに世話かけるばっかりや」

「そんなこといわんでください。水臭いやないですか」荒木は上着の裾ポケットを叩いた。

タンが焼けた。レモンを搾って口に入れる。旨い。

「さ、とことん食お。食うたら、高級クラブへ行こ」

伊達もタンをほおばって、「健ちゃんはなにフェチや」

「ぼくですか……。ぼくは脚フェチですね」

モデルタイプで、身長は高いほどいい、と荒木はいう。

「ハリガネでもええんか」

「理想はパリコレのモデルです」

「わしはあかんな。まず、あのウォーキングが気に入らん。ロボットみたいで愛想がない」

「誠やん、愛想よりファッションや」

「東京ガールズなんとか、いうのがあるな。あれはよろしい」

伊達の話はあちらこちらに飛ぶ。いつにも増して機嫌がいい。それはそうだろう、週明けの月曜日には二千百五十万円が口座に入っているのだから。

堀内はスタッフを手招きして、スコッチの水割りを頼んだ。

21

日曜日――。昼すぎに起きた。頭が痛い。二日酔いか。
景福宮のあと、宗右衛門町のクラブと笠屋町のクラブで飲み、一時すぎに出た。二軒とも高そうな店だったが、コイントスをして堀内が勝ったから料金は分からない。伊達はカラオケをしたいといい、旧知の中央署捜査四課のOBがやっている坂町の『ボーダー』というスナックに行った。伊達が歌えば荒木も歌う。ふたりともやたら大きな声だから、マスターはマイクをオフにしていた。仏頂面で愛想のないマスターだったが、カウンターだけの狭い店は満員だった。何時に帰ったんや――。まるで思い出せない。ジャケットやシャツ、ズボンと靴下が布団のまわりに脱ぎ散らかっている。

小腹が空いていたから、天神橋筋商店街でたこ焼きを買い、アパートにもどってテレビを見ていたら、またいつのまにか眠っていた。無為な一日だった。

月曜日――。スマホが鳴った。布団から手を出して、とる。

――はい。

――ナマステ。

伊達だ。

――堀やん、車、駐めたままやろ。ヒラヤマの駐車場に。

――ああ、そうやったな。

――わしは昨日、イプサムをとりに行った。よめはんにせっつかれてな。

――よめさんは自分の車があるんとちがうんか。

――そこらのスーパーへ買い物に行くんは、イプサムが便利ならしい。

――なんぼ、ぶつけても気にならんもんな。

――入金、確かめたか。

――まだや。寝てた。

枕もとの時計を見た。十時前だ。

——二千百五十万、わしの口座には入ってたぞ。

——そら、よかった。

——飯、食お。信濃庵で。

——信濃庵……。

——朝、生野から電話があった。名古屋の木犀会がなにやらいうてきよったらしい。

——木犀会……。安永か。

——安永やない。木犀会の誰かや。

安永が泣きを入れたのだろう、と伊達はいう。

——わしはいま、タクシーでヒラヤマに走ってる。堀やんも来てくれるか。

——分かった。出る。

電話を切った。裸になって簞笥の抽斗をあける。パンツ、Tシャツ、靴下を替えてズボンを穿き、ジャケットをはおった。


歩いて西天満へ行った。十時半——。信濃庵は開いていた。

伊達と生野がテーブル席にいた。たたみいわしとわけぎのぬた和えを肴にビールを飲んでいた。

「おはようさん」生野がいった。「ビールは」

「いや、あとで運転するかもしれんし……」

「よろしいがな。ずっと駐めといたら」

生野は中ジョッキを注文した。「スポーツカーを見ました。かっこよろしいな」

「伊達の見立てです」

「わしはポルシェにせいというたんやけど、左ハンドルしかなかったんですわ」

「左ハンドルはあきません。右折のときが怖い」

対向車線に右折車がいると、その陰の直進車が見にくい、と生野はいう。「バブルのころ、ベンツのSクラスに乗ってましたんや。左ハンドルのS560。名神の山崎あたりで左から右の車線に出たとき、追突されましてな、一回転して、我に返ったときは左の路側帯に頭から突っ込んでた。相手は長距離のトラックやからびくともしてませんがな」

「怪我は」

「これですわ」

生野は前歯を見せた。「この四本、差し歯です」

「よかったやないですか。歯だけで済んで」

「保険会社の査定で過失は五分五分でした。……それはまぁ、よかったんやけど、問題はこれですねん」

生野は小指を立てた。「横に乗せてたんが新地のクラブの子でしたんや。やっと口説き落として、恵那峡の鄙びた温泉宿に泊まるつもりが、みんなパーですわ」

「その子も怪我したんですか」

「デコにたんこぶこしらえて、歯も二本折ってたけど、んなことをよめはんに知られたら殺されますがな。治療費と慰謝料で、わしはその子に三百万ほど払いました」

「一回もせんと三百万は惜しいですな」

「いやいや、その子とは同じ歯医者に通いましたんや。なんやしらん同じ災厄をくぐった戦友というんか、差し歯同士の連帯感というんか、二十ぺんはしましたな」

「〝差し歯ラブ〟なんや」

「まぁね。『スターシップ』のセーラちゃん。ええ子でした」

あっけらかんと生野は笑う。この爺は図太いくせに軽い。なんというか、柳に雪折れなし、の風情がある。

堀内のビールが来た。たたみいわしをつまんで、飲む。空きっ腹に染みた。

「堀やん、蕎麦食うか」

「そうやな、おろし蕎麦にしよ」

「わしはとろろ蕎麦と筍ごはんや」

伊達は注文して、「話を聞きましょか」と、生野を見た。

「今朝、会社に出て新聞読んでるとこに電話がかかったんですわ」

生野は真顔になった。「横柄なものいいで、営業の生野部長は、というから、わしです、と答えましたんや。そしたら、いきなり、伊達いうのはおるか、とこうですわ。……わしはぴんときて、どちらさんです、と訊きました」

名古屋の木犀会、おたくのことはよく知ってる――と、相手はいった。

木犀会……。どういう筋ですか――。生野は訊いた。

伊達に訊け――。

伊達には訊きますけど、おたくの名前も分からんでは、取り次ぎようがない――。

杢侑会《もくゆうかい》の横井英次。永犀会の安永はうちの身内だ――。

伊達にどういう用事ですか——。

だから、会いたいんだよ、おたくの調査員の伊達に——。

伊達は契約調査員やから、毎日、出社してません——。

だったら、家を教えてくれ——。

それはできんですね。おたく、堅気やないみたいやし——。

あんた、堅気か——。

当然ですやろ。うちはまっとうな不動産会社なんやから——。

伊達の携帯番号は——。

まぁ、待ってください。伊達がＯＫしたら教えてもええけど、おたくの番号は——。

「そのときには電話が切れてました。向こうの番号は非通知です。アクセントは名古屋弁でしたな」

生野はひとつ間をおいて、「わしは調査網を駆使して調べました。神戸川坂会系木犀会内杢俑会は実在します。杢俑会の若頭《かしら》補佐が横井英次こと横井秀夫で、横井の兄弟分が永犀会の安永です」横井の齢は五十前後だろうという。

「杢俑会の兵隊は」伊達が訊いた。

「九人。五年前の記録ではね」

「木犀会の本体は何人です」

「五十人。会長は斎藤正昭。引退した先代の会長は大木享いうて、うちの平山とは知った仲ですわ」

「そら、よろしいな。……どの程度の仲ですか」

「詳しいには聞いてません。金子《かねこ》がそういうてました」

「金子さんは大木亭を知ってますんか」

「どうですやろ。金子は今日、出社してるし、あとで訊きに行きましょ」

「すんませんな。いつもいつも、めんどいことばっかり持ち込んで」

「伊達さん、あんたをスカウトしたんはわしでっせ。堀内さんもね」

生野はいって、「営業部員をサポートするのは、わしの務めですがな」

「ほんまにね、感謝してますねん」

「いやいや、おふたりにはたいそうな小遣いをもろて、感謝するのはわしのほうですわ」

五十万円の小遣いが効いたのか、生野は上機嫌で、「わしもなんか食いましょ」

壁の品書きに眼をやって、鴨汁蕎麦を注文した。


信濃庵の払いは生野がした。レシートをもらっていたから、経費で落とすのだろう。新地やミナミで飲むときも生野はカードを使って領収書を受けとる。家で晩飯を食う日はないというから、一カ月の交際費は百万円を超えるはずだ。

生野を知ったころ、訊いたことがある。いままでにどれくらいの経費を遣いました、と。それら堀内さん、三億や四億は遣うてまっしゃろ、こともなげにそういった。それほどの金を遣いながら、生野の家は玉造の木造三階建住宅で、外に女もいない。車は旧型のカローラに乗っている——。

五階、役員フロアにあがった。生野が専務室のドアをノックする。返答があり、堀内たちは中に入った。

金子はマッサージチェアに横たわってテレビを眺めていた。小柄で手足が短いからチェアに埋もれているように見える。

「どうも、お久しぶりです」伊達がいった。

「はいはい、久しぶりです」

金子は背もたれを起こしながら、「生野から話は聞いてます」

テレビを消して、こちらに来た。

「ま、どうぞ」

伊達と堀内はソファに座り、金子と生野も並んで腰をおろした。

金子はいまでこそ堅気面をしているが、元は平山組の若頭で、恐喝、傷害、凶器準備集合、銃刀法違反などの前科があり、計十二年の刑務所暮らしをしている。

堀内は会ったことがないが、ヒラヤマ総業社長の平山康市は神戸川坂会系義享会内平山組の元組長で、三十年ほど前に盃を返して企業舎弟になり、シノギを不動産金融から競売にシフトして、名称もヒラヤマ総業に変えた。競売は不況、倒産増という時勢もあってマーケットが増大し、社員はいま五十人。名古屋と広島、福岡に支社を置き、その資金力は四十億とも五十億ともいわれている――。

金子はソファに片肘をついて脚を組んだ。伊達を見て、

「なんぞありましたんか、名古屋の木犀会と」

「木犀会の構成員の安永いうのと込み合うたんです」

「安永……。幹部ですか」

「木犀会内杢倆会傘下、永犀会の会長です」

「ヤクザの系列はややこしいですな」

金子は笑うでもなく、「永犀会いうのは、どれほどの組ですか」

「安永のほかに兵隊二人です」

「たった三人で組の看板を揚げてますんか。……シノギは」

「よう知らんのです。安永は揖斐高原でリゾートマンションの仲介をしてるけど、子分には触らせてないみたいです」

「吹けば飛ぶような組ですな」

「組事務所は安永の自宅です」

「アヤをかけてきたんは誰や」金子は生野に訊いた。

「李倆会の若頭補佐で横井いう男です」

横井は安永の兄弟分だと、生野はいった。

「兄弟の喧嘩を買うて出る……」

金子は伊達を見た。「いったい、どういう事情《わけ》ですか」

「話せば長いんやけど、よろしいか」と、伊達。

「はい。聞きましょ」金子はうなずいた。当たりは柔らかいが、眼光は鋭い。

「去年の三月、博多で金塊強奪事件があったん、知ってはりますか」

「ああ、憶えてます。百キロもの金塊でしたな」

「あれは半グレどもが仕組んだ狂言強盗です。共謀者のひとりの豊川いうのが、山分けした五十キロの金塊を持って逃亡生活に入りました――」

伊達はことの経緯を話しはじめた。金子は黙って聞く。

伊達は話を端折ったが、堤田、安永から金塊を入手し、豊川と兼井に分配したことを含めて、嘘はいわなかった。話し終えたのは二十分後だった。

「――なるほど。大したもんや。不眠不休のがんばりでしたな」金子はいった。

「ま、成り行きというか、モグラ叩きというか、こっちを叩いたら、あっちが顔を出す。あっちを叩いたら、また別口が出てくるで、走りまわってるうちに半月が経ちましたわ」

「しかし、安永をいわしたんはめんどい。横井が出てきたんも、そこですわ」

「けど、堤田と安永から掠めたんは豊川の金塊ですわ。わしらは豊川の名代で金塊を取りもどしたんです」

「揖斐高原のマンションにカチ込んだとき、安永は怪我しましたか」

「たぶん、右の手首が折れてます」

堀内はいった。「チャカを構えてたから」ステッキを振ってみせた。

「構えてただけですか」

「いや、撃ちました。二発」

「逸れたんですな」

「逸れるもなにも、必死でした」

安永は手首のほかに頭と首も怪我しただろう、と堀内はいった。

「堀内さんが安永に撃たれて、死んだとか大怪我をしたというんなら話は別やけど、結果的に向こうはやられっ放しですわな」

金子は表情を変えず、「よう分かりました。安永の怪我は手首だけ。金塊は豊川が堤田に預けたもんやから、安永に実害はない。……理はこっちにあるけど、ヤクザに理や理屈をいうてもとおりませんわな」

「やっぱり、金ですか」

「いまどきのヤクザは金ですわ」

金子は少し考えて、「安永の殴られ賃に百万、医者代に百万、横井の顔に百万。それで片をつけましょ」

三百万は妥当だろう――。堀内はそう思った。

「あと、木犀会の先代の大木さんは、うちの平山と知り合いです」

四十年ほど前、平山と大木は岐阜刑務所で同じ工場勤めをしていた時期がある、と金子はいった。

「平山から大木さんに電話を一本、入れてもらいますわ。ほいで、生野に金をとどけさせましょ。先代の口利きで、当代に横井を抑えてもらいますんや」

「口利き料はいくらですか」

「百万……ではあかんな。ほかと釣り合いがとれん。二百万は要りますやろ」

「堀やん、ええか」伊達は堀内を見た。

「ああ、かまへん」堀内はいった。

「ほな、五百万。振り込みますわ。口座を教えてください」

「いや、振込は困る。現金を生野に渡してください」

「了解です」

「生野はこういうのに慣れてます」

こともなげに金子はいった。

ステッキをついて専務室を出た。

「なかなかの猿芝居やったな。恩着せがましいに、五百も出せといいよった」

伊達はエレベーターのボタンを押す。「三百はしゃあないとしても、口利きに二百はない。百は抜く肚やろ」

「食えんな」

「食えん。あれはいまだに極道や」

ヒラヤマ総業のオーナーは平山だが経営にはほとんどタッチせず、実務は金子が仕切っている。そこはヤクザの組長と若頭の関係のままだと、伊達はいった。

一階に降りて外に出た。舗道にポツポツと滴が落ちている。掌《て》をかざすと、雨。空を見あげた。曇ってはいるが、晴れ間もある。

「おかしいのう。大阪は晴れですと、朝の天気予報でいうてた」

「天気予報なんか見るんか」

「NHKや。お天気キャスターの中瀬あさみちゃんは、乳がでかい」

「それかい」お天気キャスターを食い入るように見つめる伊達の姿が眼に浮かんだ。

「堀やん、銀行へ行こ」

「行っても、五百万はおろせんやろ」

「朝、記帳したんや。通帳と印鑑、持ってる」

「二百五十万円は誠やんの口座に振り込む」

「分かった。そうしてくれ」

西天満小学校前の三協銀行へ行き、伊達は通帳と印鑑で五百万円をおろした。
堀内はＡＴＭで大同銀行の預金残高を照会した。二千百五十万円は入金されていた。

ヒラヤマ総業にもどって生野に五百万円を渡した。

梅田新道まで歩いて、伊達がタクシーをとめた。「阿倍野。近鉄デパート」と、運転手にいう。デパートでステッキを買う、と伊達は堀内にいった。

近鉄デパートで買ったのは、前のものより三センチほど長いモスグリーンのステッキだった。石突きのゴムが厚く、ハンドルも少し太い。代金の一万二千円は伊達がさっさと払った。

またタクシーに乗り、天下茶屋の『岸本鉄工所』へ行った。間口の広い出入口の両側に鉄材やパレットを積みあげている。伊達と堀内は車を降り、工場に入った。

「大将、こんちは」

伊達はフォークリフトのそばで円椅子に座り、煙草をふかしている岸本に声をかけた。岸本は振り向いて、

「おう、伊達さん。堀内さんも、こんちは」

「大将にまた、頼みですねん。新しい特殊警棒を作ってくださいな」

「はいはい、作りまっせ」岸本は作業帽のツバをあげた。

伊達が岸本を知っているのは、西成署のマル暴担のころ、津守の盆にガサをかけたからだ。

伊達は検挙した岸本の調べをしたが、供述調書は〝賭けた金額は些少〟とし、〝常習性はない〟と添え書きをした。岸本は不起訴となり、それを恩に着たのか、盆暮れに一升瓶を送ってくるという――。

堀内は二本のステッキを岸本に渡した。岸本は古いステッキを手にして、

「えらい曲がってますな。傷だらけや」

「前に作ってもろたんは、半年前です」

「そら、傷みますな」どんな使い方をしたのか、岸本は訊かない。

「処分してください。そこらのゴミ箱に捨てるわけにもいかんし」

「はい。そうしましょ」

岸本はステッキをバケットに放った。新しいステッキの石突きを外してシャフトの口径を見る。

「太さはいっしょやね。十六ミリの鉄筋を入れて、セメント系の接着剤を詰めましょ」

前のステッキと同じように鉄筋をT字形に熔接し、持ち手の部分に、いま付いているハンドルカバーを被せる、と岸本はいった。「二時間ほどかかりますやろ」

「すんませんな。頼みますわ」

伊達は腕の時計を見た。「飯、食うてきてもよろしいか」

「はいはい。やっときます」

「この辺で、旨い店は」

「商店街の『ベル』いうグリルはランチが旨いですわ」

それを聞いて、鉄工所を出た。天下茶屋商店街へ歩く。

ちょうど昼時で、『ベル』の前には五、六人の客が並んでいた。待ってまで食う気はないから、隣のラーメン屋に入った。伊達は餃子と天津飯定食、堀内はラーメンを注文し、搾菜《ザーサイ》をつ

まみながらビールを飲む。

「堀やん、このあと、もう一軒だけつきおうてくれ」

「内藤医院か」

「そうや。土、日は行けんかった」

「傷はどうなんや」

「ちぃと痛い。腕をあげたりしたときだけやけど」

傷口が赤く腫れているが、膿は出ていないという。「毎日、化膿どめを塗って抗生剤を服《の》んでるけど、その薬が今朝、切れた」

「よめさんは知ってんのか」

「あほいうな。よめはんに知られたら、腕をつかんでベランダからブン投げられる」

「いっぺん投げられたらどうや」

「死ぬな。うちは四階や」

笑ってしまった。この夫婦はほんとうに仲がわるいのだろうか。伊達が留守のとき、ベランダのメダカの世話をするのはよめさんだし、スーパーへ買い物に行くときは伊達が荷物持ちをする。今里署にいたころは、夫婦で麻雀をするとも聞いた。

「このごろはせんのか、ふたり麻雀」

「よめはんは弱い。わしは勝ちすぎた」

伊達が大勝した日、よめさんが卓にお好み焼きをぶちまけたという。

「堀やん、わしはマゾかいのう」

「ほかではどうなんや」

「極めてノーマル。ちょっと早い」

「おれといっしょや」

ラーメンが来た。スープをすする。客の少ない理由が分かった。


岸本鉄工所にもどったのは一時だった。出来あがったステッキを振ってみる。前のステッキと同じようにしっかりした造りで、ほんの少し重い。

「これ、重さは」岸本に訊いた。

「さぁ、一キロぐらいかね」

「日本刀と同じぐらいか……」

「へーえ、刀てそんなに軽いんですな」

「軽くはない。金属バットよりはちょっと重いかな」

「堀内さん、刀、持ってますんか」

「むかし、カチ込みで押収したことがあります」

「ヤクザの事務所で？」

「いや、解体屋の事務所でした。いまでいう密接関係者の」

その鋳刀は登録がされていなかったから押収した。組関係者にも日本刀のコレクターがいるが、公式に登録して所持しているものは押収することができない。いまどき、組筋の抗争で日本刀が使われることはないだろう。

「こんな杖を持ち歩いても大丈夫なんですか」

「違法でしょ。正当な理由のない特殊警棒の携帯は軽犯罪法違反です」

「大将、ありがとう」伊達がいって、二万円を差し出した。

「そんなん、よろしいがな」岸本は手を振る。

「前はタダやった。今度だけは受けとって」

伊達は岸本の作業着のポケットに札をねじ込んだ。

島之内――。旧南府税事務所の斜向かい、ハングルとアルファベットの袖看板が並ぶ雑居ビルの隣に、木造瓦葺きの商家がある。煤けて黒ずんだ板塀、枝振りの疎らな柳が玄関先に影を落とし、ガラス戸に金文字で《内藤醫院》と書かれている。この医院だけが時代に取り残されているようだ。

タクシーを降り、伊達と堀内は医院に入った。待合室にひとが五人もいる。

伊達は白いカーディガンの受付嬢に保険証を差し出した。症状は――、と女が訊く。

「腕を怪我したんですわ。いっぺん縫うたんやけど、また傷口が開いたみたいで」

「その治療は、うちでしたんですか」

「いや、八幡です。北九州の」

一週間ほど前、八幡の医院で縫ってもらった、と伊達はいった。

「分かりました。これをお願いします」

女はにこやかにいい、問診票を伊達に渡した。保険証をもってコピー機の前に立つ。

「愛想がええな」

小さく伊達はいう。「お水の匂いがする。昼は医院、夜はキャバクラか」

「あの齢でキャバクラは無理やろ」

女は三十前後だ。「スナックとかラウンジとちがうか」

「堀やん、訊いてみい」

「なにを……」

「夜はどこにお勤めですか、と」

「誠やんが訊けや」

「わしはあかん。セクハラになる」

「おれが訊いてもセクハラやろ」油断がならない。

先客がひとりずつ減り、伊達の順番が来た——。

伊達とふたりで診察室に入った。ピンクのナース服の看護師がいる。内藤は椅子にもたれていた。着古した白衣に麻のズボン、サンダルの先に出た靴下は五本指、レンズの厚い銀縁眼鏡、ちょび髭は真っ白だ。

「なんや、君らは」内藤は振り向いて、「なんで、ふたりなんや」

「いや、先生に一言、挨拶をしようと思いました。堀内です」

「ああ、そうやったな。君は堀内、こっちが伊達や」

さもめんどうそうに内藤はいう。「君も具合がわるいんか」

「脚はわるいけど、もう治りませんわ」

「すみません。お付き添いの方は外でお待ち願えますか」看護師がいった。

「はいはい。よろしくお願いします」

伊達を残して診察室を出た。待合室は禁煙だから、医院の外に出て煙草に火をつける。通りかかった赤いワンピースの女と眼が合った。女はほほえんで、そばに来た。

「ひとつ、ください」言葉がぎごちない。

堀内は煙草をやった。女はくわえる。ライターを擦ってやると、女は吸いつけて、礼もいわずに立ち去った。

なんやねん――。つい笑ってしまった。近頃の煙草は一本が二十五円くらいだから、もらう値打ちがあるのかもしれない。ベトナム系のけっこうきれいな女だった。

煙草を二本灰にし、宗右衛門町から道頓堀をひとまわりして内藤医院にもどると、伊達は待合室の奥で会計をしていた。黒いベルト状のアームホルダーで左腕を吊っている。

「どうやった」

「縫うてた糸で傷口のまわりが切れてた。腫れてるけど、膿んではない。抜糸して、傷の中を消毒して、縫い直してもろた。今度、傷口が開いたら傷跡が残るといわれた」

「怪我の理由は訊かれたか」

「なにも訊かれんかった。ひと目で分かったんやろ」

伊達は処方箋をもらって会計を終えた。「九千円や。えらい安い」

内藤医院を出た。道仁公園近くの調剤薬局へ歩く。

「誠やんが保険証を持ってるとは知らんかった」

「ヒラヤマ総業で入ってる。堀やんも入れ」

「正社員にならんとあかんのやろ」

「そういうこっちゃ」

競売屋の正社員になることにメリットはあるのだろうか。伊達は家族持ちだからいいかもしれないが、堀内にはいない。大阪府警を依願退職したとき、あとは生涯、会社勤めはしないと決めたのだ。

今朝は二千百五十万円が口座に入っていた。Z4を買った残りの金も一千万はある。伊達に二百五十万を振り込んでも二千九百万は手もとに残るということだ。アパートの家賃と食費と雑費で月に三十万を使うとしたら、八年ほどは寝て暮らせる。

「な、誠やん、二千百五十万いうのは大きな金やな」

「そら大きいわ。勤め人が節約して年に百万貯めたとしても、二十年以上はかかる」

「おれは今里署のころ、給料のほかに五十万ほどのシノギがあった」

「ほんまやで。堀やんは羽振りがよかった。毎晩のように飲み歩いて、杏子という女もおって、いったいなにで稼いでるんやろと不思議やった」

そう、堀内は業界紙の発行人と組んで企業を強請《ゆす》っていた。その発行人が殺されて堀内もヤクザに脅され、伊達に助けてもらった経緯がある。ずいぶんむかしのようだが、つい四年前の話だ。あのころからの伊達との利害を考えると、その天秤は釣り合うどころか、八：二、九：一で堀内のほうに傾いている――。

「おれが正社員になったら、年がら年中、誠やんといっしょや。この足で満足なことはできん」

「堀やん、今日、ステッキを新調したんはなんのためや」

「護身やろ。ちがうか」

「わしらはチームなんや。一蓮托生、二人三脚、共に白髪の生えるまでや」

熱いな、誠やんは――。思ったが、いわない。

「おれはいまのままでええ。またシノギがあったら召集してくれ」

「分かった。そうしよ」

伊達はいって、「さて、どうする」

「解散か」

「そうやの。飯も食うたし」伊達は笑った。

調剤薬局で伊達は消炎剤や消毒薬をもらい、堺筋まで出てタクシーをとめた。

22

堀内は西天満でタクシーを降り、伊達は南千里へ帰っていった。

ヒラヤマ総業の月極駐車場に入った。Ｚ４に乗り、エンジンをかける。シートベルトを締めて駐車場を出た瞬間、黒いものが視野に入った。ガツッと衝撃を受けて車は半回転し、フロントを電柱にぶつけた。歩道に乗りあげている。

左のサイドミラーに黒いミニバンが見えた。男がひとり、降りてくる。堀内は振り返った。男はかまえた両腕をこちらに向けている。

アクセルを踏み込んだ。タイヤが軋み、車体が横にスライドする。セレクターをバックに入れた。Ｚ４はバウンドして縁石を乗り越え、男を撥ね飛ばした。堀内はステアリングを右に切り、セレクターをドライブにして大通りへ走る。西天満の交差点を直進し、兎我野町に差しかかったあたりで車を左に寄せて停めた。左の太股に血がしたたっている。耳を触ると、掌が真っ赤に染まっていた。

窓拭きのタオルで耳を押さえ、リアウインドーを見た。真ん中あたりにクモの巣のような穴がある。

伊達に電話をした。

――はい、わしや。

――誠やん、撃たれた。

――なんやて……。

――駐車場を出たとこでやられた。相手はたぶん、ふたり。黒のミニバンや。

――怪我は。

――左の耳から血が出てる。

――おいおい、頭か。

――耳や。頭を撃たれたら喋ってへん。

インパネを見た。ＣＤデッキが破《わ》れている。弾は耳を掠めてデッキを貫通し、エンジンブロックに食い込んだようだ。

――耳の傷はどうなんや。

――分からん。見るのが怖い。

――いま、どこや。

――兎我野町。読売新聞の前あたりや。

――そこで待っとけ。すぐに行く。

電話は切れた。堀内は近くのコインパーキングに車を入れ、バックして駐めた。

伊達は二十分後に現れた。タクシーのそばに立って周囲を見まわしている。

堀内は車を降りて手をあげた。伊達は料金を払い、パーキングに入ってきた。

「どうなんや」眉根を寄せて訊く。

「痛い。ずきずきする」タオルをとった。

「大したことないな」

「そうか……」

「耳がちぎれかけとる」

「そら困る。マスクができん」

「撃ったんは、どんなやつや」伊達は紺色のハンドタオルをくれた。

「分からん。服は黒かった」ハンドタオルを耳にあてた。

「端《はな》から堀やんを殺《と》る肚やったんか」

「それやったら、Z4に乗る前にやるやろ。おれをチャカで脅して攫うつもりやったんかもしれん」

「攫うて金塊を奪《と》るか」

「おれを殺《と》っても一銭にもならんからな」

「堀やん、相手は極道や。舐めてかかったらあかんぞ」

「舐めてはない。現にチャカを撃ちよった。この街中でな」

「島之内へ行こ。内藤医院」

「車はどうしよ」

Z4の右ヘッドランプは割れ、バンパーが凹んでボンネットが膨れている。

「ここに駐めとくわけにはいかんな」

伊達はＺ４のフロントとリアを見分した。「――リアウインドーの穴や。見るもんが見たらチャカの穴と分かる。ラジエーターから水が漏れてるし、長い距離は走れん。わしの知り合いにいうて、レッカー移動しよ」

西成署のころ、世話をした自動車工場があるという。「族《ゾク》の違法改造車に車検をおろした容疑でガサに入ったことがある」

「怪しげやな」

「いうても民間車検の工場や。たいていの修理はできるやろ」

伊達はスマホのキーをタップした。「――鶴見橋モータースさん？　――大将、いてはりますか。――あ、どうも。伊達です。――はい、その節はどうも。――それで、大将に頼みがありますねん――」

伊達は状況を説明して通話を終えた。

「レッカーで取りに来る。キー、くれ」

岸本鉄工所といい、鶴見橋モータースといい、伊達は顔が広い。堀内はリングホルダーからＺ４のキーを外して伊達に渡した。伊達は左のリアタイヤの上にキーを置いて、「さ、行こ」と、パーキングを出た。


内藤医院の前でタクシーを降りた。

「受付をしてくる。堀やんはここで待っとけ」

伊達は医院に入っていった。堀内はハンドタオルで耳を押さえて待つ。

十分後、伊達に手招きされ、堀内は診察室に入った。看護師はおらず、内藤がひとり椅子にもたれていた。

「君らはいったい、なにをしとんのや、え」

呆れたように内藤はいう。「さっきは機嫌ようしとったのに、今度はなんや」

「ま、センセ、そういわんと診てください」伊達がいう。

「センセやない。先生や」

内藤は両手にゴム手袋をつけて、「そこにあがれ」堀内にいった。

「堀やん、わしは生野に電話をする」伊達は診察室を出ていった。

堀内は靴を脱ぎ、左半身を上にして診察台に横になった。

ハンドタオルをとられた。耳たぶを触診される。

「これはなんの傷や」

「転《こ》けて、机の角で打ちました」銃で撃たれたとはいえない。

「そうか、机の角にぶつけたんやな」

内藤は詮索せず、器具台を傍らに寄せた。ガーゼに消毒液を浸して耳を拭く。「――ネズミが餃子を齧ったみたいな穴があいとる」

「縫うてください」

「けど、もとの形にはもどらんぞ。ちぎれた部品が足らんからな」

「眼鏡とマスクがつけられたらええんです」

「麻酔は」

「お願いします」麻酔もせずに縫うつもりだったのか――。

内藤は鋏をとって、左耳のまわりの髪を切りはじめた。

形成手術は三十分もかかった。請求された無保険の治療費、四万円は思ったより安かったから、五万円を渡した。

内藤医院を出た。まだ麻酔が効いているのか、耳のあたりの感覚がない。

「生野に電話したんか」

「した。堀やんが撃たれたというたら、どえらいびっくりしてた」

「それで……」

「月極駐車場のようすを見に行ってる」

まだ返事はない、と伊達はいった。

歩いて道頓堀へ行き、喫茶店に入った。コーヒーを注文して、トイレに行き、洗面所の鏡で顔を見た。できそこないのミイラだ――。

頭のてっぺんからあごの下にかけて幾重にも包帯が巻かれていた。左の耳はそこだけソフトボールの半切りを貼り付けたように膨らんでいる。そう、包帯は内藤ではなく、看護師が巻いた。頭に包帯ネットをかぶせようとしたが、それは堀内が断った。

放尿し、席にもどると、伊達はくわえ煙草で電話をしていた。

「――で、警察は。――調べてましたか。――了解です。すんませんでした」

伊達はスマホをテーブルにおき、けむりを吐いた。「生野や。駐車場の前にパトカーが一台、来たそうや」

「誰かが通報したんやな」

「けど、見分は十分もせんうちに終わったらしい」

警官は電柱の衝突痕と歩道の縁石を撮影していたという――。

「そら、加害車両も被害車両もないんやからな」

「問題は発砲や。その通報者がチャカを目撃したかどうかやな」

「男は両手でチャカをかまえてた」

「撃った音は」

「聞こえるわけない」

実際の拳銃の発砲音はそう大きくない。映画やドラマで聞く重い濁った音ではなく、バンッと乾いた破裂音だから、タイヤがパンクしたようにも聞こえる。

「けど、男を撥ね飛ばしたんは確かや」

「そいつは起きあがったか」

「見てない」

「そうか……」伊達はまた、けむりを吐いて、「わしは大丈夫やと思うな。チャカの発砲事件がたった十分の見分や検証で終わるはずないし、付近の防犯カメラも徹底して調べるやろ」

「ま、誠やんのいうとおりやろな」

「しかし、希望的観測というやつは当てにならん」

伊達はまたスマホをとりあげた。キーをタップして耳にあてる。「――健ちゃん、わしや。――すまんけど、また教えて欲しいんや。――今日の昼、いまから二時間ほど前に、西天満で発砲事件があったかどうか、調べてくれんか。――いや、車二台の事故がらみや。一台はシルバーのＺ４、一台は黒のミニバン。――そう、堀やんが駐車場から出たとこにミニバンが突っ込んできた。——怪我はしてへん。——すまんな。頼むわ」

そこへ、コーヒーが来た。伊達は電話を切り、堀内は煙草を吸いつける。「堀やん、しばらくアパートに帰るのはやめとけ。リスキーや」木犀会が張ってるかもしれない、という。

「木犀会がおれのアパートまで知ってるとは思えんけどな」

「なにごとも最悪の事態を想定するんや。金子が木犀会と話《ナシ》をつけるまではな」

「分かった。今週はホテル住まいをしよ。……ロイヤル、帝国、リッツ、ウェスティン、どこがええかな」

「堀やん、わしもいっしょやぞ」

「あ、そうか……」伊達の自宅も張られている可能性があることを忘れていた。

「どうせ泊まるんなら、ベネチアンとかギャラクシーはどうや」

「ラブホテルか」

「わしは博打がしたいんや」

伊達はマカオへ飛ぼうといっているのだ——。

「ベネチアンのスイートは一泊が二、三万やと聞いた。ビザも要らん」

「マカオか……。ええな」

「パスポートは」

「ある。アパートに」今里署のころ、十年間有効の数次旅券をとった。杏子を連れて韓国へ行くつもりだったが、MERSの流行でキャンセルした。

「ふたりでアパートに取りに行こ」

そのあと南千里に寄って伊達のパスポートを持ち、関空へ走る。夕方発の飛行機に乗ったら、十時ごろにはマカオか香港に着く。晩飯はポルトガル料理か中国料理を食おう、と伊達はいった。

「よめさんにはどういうんや」

「堀やんが電話してくれ。急な仕事が入った、今週いっぱい出張する、と」

「ええ加減、ばれるぞ。嘘ばっかりついてたら」

「堀やんのいうことは信用するんや。なんでか知らんけどな」

伊達はコーヒーに砂糖を三杯も入れた。


天満四丁目――。滝川公園の近くでタクシーをとめた。堀内は降りようとしてステッキを持ったが、「待て」と、伊達にとめられた。

「どうした」

「あのミニバンや」

伊達の指さす先、アパートから少し離れた四つ角に黒のミニバンが、こちらにリアを向けて駐まっている。

「見憶えあるか」

「分からん」ミニバンは大きい。アルファードかグランエースだろうか。

「運転手さん、このまま、まっすぐ行ってくれるか」

伊達はいった。タクシーは発進してミニバンの横を通りすぎた。車内にひとがいる。ミニバンの左フロントはバンパーの一部が凹んでいた。

「堀やん、あれや」

「そうか……」

タクシーは滝川公園を通りすぎて天満橋筋に差しかかった。手前の四つ角で、伊達はタクシーを左折させ、次の四つ角をまた左折させた。滝川公園の北側の道を西へもどっていく。さっきのミニバンが見とおせる滝川公園の北入口の前で、伊達はタクシーを停めた。堀内は車外に出る。伊達も料金を払って降りてきた。

「さて、どうするかのう」伊達は夾竹桃の陰からミニバンを見る。

「通報するか、一一〇番に」

「暴力団の車が駐まってます、職質してください、か。……そんなもんでパトカーは来んやろ」携帯番号を知られるし、こちらの名前も訊かれる、と伊達はいう。

「おれが通報する。車のそばを通ったら大麻の匂いがしました、というのはどうや」

「一般市民は大麻の匂いを知らんぞ。それに、あいつらはチャカを持ってる。素直に職質を受けるとは思えん。カーチェイスになったりしたらおおごとや」

「そうか。誠やんのいうとおりやな」

堀内は煙草をくわえた。「いま、拳銃所持は何年や」

「一般人で三年から四年、極道は最低でも七年は食らうやろ」

「七年なら、この耳の傷と釣り合いがとれるか」

「よう笑うてられるな。ひとつまちごうたら頭に穴があいてたんやぞ」

「ほんまやな……」

安永に撃たれたときは弾が逸れ、今日撃たれたときは耳がちぎれかけた。生と死の境目はたぶん、ジグザグになっている。そのジグザグの縁が、たまたまいいほうにつながったとしか考えようがない。

「けど堀やん、落とし前はつけたいのう」つけてマカオに行きたい、と伊達はいう。

「落とし前な……」

空を仰いだ。雲が厚い。「しゃあない。おれが餌になるか」

「どう餌になるんや」

「アパートに入る。玄関からな」

堀内は煙草に火をつけた。


伊達とふたり、滝川公園を北から南へ歩いた。南入口——。斜向かいに堀内のアパートがある。ミニバンが駐まっている四つ角はアパートから二十メートルほど離れている。

「ええか」ステッキを伊達に渡した。

「ああ……」伊達はステッキを振る。

堀内は道路を渡った。アパートの敷地に入る。102号室のドアに鍵を挿し、中に入って施錠した。靴は脱がず、傘立てから鉄パイプを抜いてダイニングにあがる。遮光カーテンを閉じ、壁に肩をつけてカーテンの隙間から外を窺った。

アパートの前、ブロック塀の向こうに黒いミニバンが停まったのは五分後だった。男がふたり、ポーチに入ってくる。ひとりはグレーのジップパーカにジーンズ、ひとりは黒のトレーナーに黒のズボン、黒のキャップをかぶっている。この黒ずくめの男が堀内を撃ったのだ。

堀内は玄関に移動した。鉄パイプを短く持った。

ドアノブが少しまわった。ドアが引かれる。開かない。

——瞬間、ドサッという音がした。堀内は錠を外して外に出る。伊達がいた。足もとに黒ずくめが倒れている。ジップパーカはドアのそばにうずくまっていた。

伊達は黒ずくめを蹴った。ぴくりともしない。黒ずくめのズボンを探ってベルトの後ろに挿さっていた拳銃を抜き、自分のベルトに挿した。

堀内は鉄パイプを置き、ジップパーカのポケットから札入れを出して運転免許証を抜きとった。

《根本祥雄。昭和48年8月30日生。愛知県名古屋市港区八反町1－6－34－502》とある。

「やっぱりな。根本《ねもと》さんは木犀会か」札入れを放った。

「………」根本に反応はない。

「堀やん、こいつは江木《えぎ》。住所は名古屋や」

伊達も黒ずくめの免許証を手にとって、「解散や。こいつを起こして名古屋に帰れ」根本にいった。

根本は札入れを拾って、膝を支えによろよろと立ちあがった。江木のそばにかがんで引き起こす。江木は呻いてポーチに座り込んだ。

「イエローカードを出しとこ」

伊達はつづける。「押収したチャカと実包《マメ》には江木の指紋が付いてる。硝煙反応もある。今後、堀やんかわしが誰ぞに尾けられたり、犬に噛まれたり、駅のホームで転《こ》けたりしたら、どこぞのロッカーから拳銃が発見される。その拳銃には免許証が二枚、おまけで付いとんのや。……ええか、分かったか」

「………」根本は舌打ちした。

「ほら、行け。二度と大阪には来るな」低く、伊達はいった。

根本は江木の脇に肩を入れ、引きずるようにポーチを出ていく。江木をミニバンの助手席に押し込み、自分は運転席にまわる。エンジンがかかって、ミニバンは走り去った。

「どないや、堀やん、あれでよかったか」

「よかった。落とし前がついた」

「行くか、関空」

「行こ」

「パスポートは」

「おっと、忘れてた」

鉄パイプを拾って部屋にもどり、ダイニングボードの抽斗からパスポートを出した。有効期限は2025年だ。ポケットに入れて外に出た。

「誠やん、チャカはどうするんや。飛行機に乗れんぞ」

「関空のコインロッカーにでも預けるか」

「あほいえ。三日経ったら回収される」

「冗談や」伊達は笑った。「うちの団地は広い。そこら中が植え込みと芝生や」

どこかに埋めるつもりなのかもしれない――。

ドアを施錠したとき、ワッチキャップの男がポーチに入ってきた。隣の部屋のバーテンダーだ。

こんちは――。あ、どうも――。挨拶を交わした。

滝川公園に入ってベンチに座った。伊達は周囲を見まわして、ベルトに挿していた拳銃を抜いた。二十五口径くらいのスナップノーズリボルバーだが、刻印がない。

「改造銃やな。フィリピンあたりで売ってる」

「こんなしょぼい銃でひとは殺せん」

「けど、堀やんは撃たれた。リアウインドーに穴があいた」

伊達はいって、「そうや。この公園に埋めよ」

「ビニール袋が要るやろ」

「ま、待て」

伊達はベンチ横のトラッシュボックスを覗いてレジ袋を出した。中の弁当容器を捨てて拳銃と二枚の免許証を入れ、そばの植込みの陰に行く。折りとった枝で浅い穴を掘り、レジ袋を埋めて土をかけた。

「はい、一丁あがり」

伊達は植込みから出てきて、「次は杖や。堀やんの旅行用の杖を買お」

「よう気がつくな」

「キクバリマメオや」

伊達は手の土を払った。

商店街の洋品雑貨店で新しいステッキを買い、天神橋筋からタクシーに乗ったとき、伊達のスマホが鳴った。

「──はい、わしや。なんべんもすまんな。──そうか。なかったんやな。──これからパスポート持って関空へ行く。──マカオや。堀やんとふたりでな。──ごめんな。またや印から取りあげたもんがあるし、帰ってきたら連絡するわ」

伊達は電話を切った。小声で、「健ちゃんや。いまんとこ、発砲事案はない。ただの交通事故で処理されたらしい」

「不幸中の幸いか」

ヤクザの拳銃等発射罪は無期もしくは五年以上の懲役または三千万円以下の罰金だから、撃たれた堀内もただではすまない。

「ほんまにな。堀やんはツキがある」

「耳がなくなりかけたのにか」麻酔が切れたのだろう、少し痛い。

南千里──。伊達はタクシーを待たせて団地に入り、パスポートとバッグを持ってもどってきた。

関西国際空港──。四階国際線フロアの総合案内カウンターで、マカオへのフライト状況を訊いた。直行便は二十時発のマカオ航空だったが、ビジネスクラスは売り切れていて、出発まであと一時間しかなかった。

エコノミーにするか──。伊達に訊くと、四時間以上も窮屈なシートに座るのはつらい、といい、マカオはやめてゲンティンにしよう、といいだした。

「ゲンティン？　マレーシアか」

「そう。クアラルンプル。ひとむかし前はゲンティンハイランドのカジノが東洋一やった」マカオは何度か行ったことがある、ゲンティンは初めてだ、と伊達はいった。

結局、予定を変更し、明日九時五十五分発のマレーシア航空クアラルンプル直行便のビジネスクラスをとり、ゲンティン・ファーストワールドホテル──七千を超える客室があったから驚いた──を予約した。

「楽しみやのう、マレーシア。ついでにシンガポールも寄ってみるか」

「誠やんの好きにせい」

「そうやって、どこでもつきおうてくれるのは堀やんだけや」

「しかしな、博打に負けすぎたらシンガポールは行けんぞ」

「三百や。わしは三百までは行くけど、それが溶けたらきっぱりやめる」

「ほな、おれは二百にしよ」

「なんで、わしより百少ないんや」

「カジノで勝てるてなことは、端から考えてへんのや」

堀内は時計に眼をやった。「で、どうする。明日の朝まで」

「とりあえず、飯食お。泉佐野にワタリガニの専門店がある」

カニのあとは近くの店で飲み、ビジネスホテルにでも泊まろう、と伊達はいい、エスカレーターに向かった。

23

四月二十四日水曜、十五時四十五分、マレーシア航空MH53便はクアラルンプル国際空港に到着した。堀内は伊達にもらったショルダーバッグ、伊達は少し大きめのスポーツバッグを提げて空港ビルに入り、入国手続きを済ませて税関を出る。十万円を両替すると、一リンギットが二十五円ほどのレートだった。インフォメーションでクアラルンプルの地図をもらい、ロビーを出た。

暑い。到着時の機内アナウンスによると、現地の気温は三十度だった。

一階、タクシー乗り場のカウンターでタクシークーポンを買った。地図を見ると、空港から市内までは四十数キロの距離がある。

「とりあえず市内に入るか」

「どこでもええ。ホテルのラウンジでビールでも飲も」伊達はタオル地のハンカチで首筋の汗を拭った。

タクシーに乗った。空港を出る。

「風景がちがうな」

「地球はでかい」

ハイウェイはパームヤシの林とゴム園の真ん中を突っ切っている。立ち並ぶヤシの高木を見て、熱帯アジアを実感した。

左にクラン川が見え、市街に近づいた。緑の丘陵のあいだにモスクと高層ビルがのぞく。

「マレーシアはイスラム教か」

「マレー人はイスラム教で、中国人は仏教とちがうか。あと、インド人はヒンズー教やろ」

関空のラウンジで読んだガイドブックに、そう書いてあった。

ブキッ・ナナス丘陵のふもと、シャングリ＝ラ・ホテルでタクシーを降りた。ロビーラウンジに入ってビールを注文する。

「小腹が空いたな」

「機内食、食うたやろ」

「あれでは足らん」

伊達はメニューを見ながら、「堀やん、ドリアンて食うたことあるか」

「ある。けっこう旨い」

「マンゴスチンは」

「ドリアンより好きやな」

「食いたいのう、ドリアン」

タクシーが市街に入ったとき、フルーツの屋台を見た、と伊達はいう。「あとで気がついたんや。タクシーを停めたらよかったと」

ビールが来た。伊達はウェイターに「ドゥー・ユー・ハブ・ドリアン?」といったが、通じない。「ドリアン。フルーツ。ドリアン」といったら、ウェイターは小さく首を振って離れていった。

「誠やん、ドリアンは匂いがきつい。ちゃんとしたホテルやレストランでは食えんのや」

「しもたな。マンゴスチンにしたらよかった」伊達はビールに口をつけた。

ナッツをアテにビールを二杯ずつ飲み、ジャンケンをした。堀内が勝って伊達が勘定をし、ホテルを出た。マレー料理を食お、と伊達がいう。

ブキッ・ビンタンという繁華街に行きあたった。大阪でいえば心斎橋か。しゃれたショッピングビルが建ち並んでいる。洋品店で、堀内はバティックの半袖シャツ、伊達はアロハ風のシャツを買った。

いつしか陽が傾いて、あたりは溢れるような人通りだ。若い女の子はすらりとしていてスタイルがいい。脚ばかり見て歩いているうちに、数十の屋台が軒を連ねる通りに出た。歩道いっぱいにテーブルと椅子を広げている。濃厚なスープと肉の匂いが食欲をそそった。

「ここで食おか」

「ええな」

瓶ビールを注文し、ナマズのような魚と骨つきの鶏を指さしたら、手早く炒めてテーブルに運んでくれた。チリソースがかかっていて、けっこういける。案外に淡白だ。

「これはマレー料理か」

「マレーで食う料理にはちがいない」乾杯した。

八時──。ブキッ・ビンタンからタクシーに乗ってゲンティンハイランドへ向かった。クアラルンプルから北東へ五十キロ、標高千七百メートルの高原だから、朝夕は肌寒いという。

「堀やん、わしは勝つような気がする」

システム的に勝負をする、と伊達はいった。「今日の予算は五十万。まずは負けんことに主眼をおいて、十万ずつでもええから、こつこつとプラスを積みあげて、五十万が百万になったら、その場で切り上げる。……高望みはせん。欲はかかん。見栄張りはせん。それをとおしたら勝機はある」

「要するに、今日は勝っても負けても五十万までか」

「そういうこっちゃ」

簡単すぎる。システムとはいえない。

いつのまにか眠っていたらしい。頭が横に揺れて眼を覚ますと、車の外は白く霞んでいた。ミルクのような霧に包まれて、ほとんど視界がきかない。運転手はスピードを落とさず、つづら折りの急坂をのぼっていく。

堀内は伊達を揺り起こした。

「ものすごい霧やぞ」

「――これは霧やない。雲やで」

伊達はサイドウインドーをおろして煙草をくわえた。

ゲートをくぐり、監視所を抜けた。ロープウェイ乗り場をすぎてなおも行くと、ふいに視界がひらけた。そこが山頂らしく、広場を囲んでいくつかのビルが見えた。ゲンティンハイランドはイギリス統治時代に英国人がひらいた避暑地を一九六〇年代から発展させた大規模高原リゾートであり、山頂にゴルフコースや遊園地があるという。

ゲンティン・ファーストワールドホテルに着いたのは九時半だった。タクシー料金は百七十リンギット。三十リンギットのチップを運転手に渡した。

チェックインし、ポーターの案内で十二階の部屋に入った。バティックのシャツに着替える。パスポートを持って部屋を出た。

エレベーターで三階に降りた。ホール正面に《CASINO DE GENTING》とある。金属探知機のゲートをくぐり、カジノに入った。入口近くにスロットマシンが並び、奥がボールルームになっている。いったいどこから湧いてきたのかと思うほど、多くの客がひしめいていた。そのほとんどは中国系だ。

「なんと騒々しい」

「カジノはこれでないとあかん」伊達はにやりとする。

ボールルームは、直径にして七十メートルはあるだろうか。天井高は十メートル、中央にラフレシアを模した巨大なシャンデリア。ざっと見渡して、ルーレットテーブルが十台、ブラックジャックテーブルとバカラテーブルが五十台か。

「まずは、酒でも飲も」

「煙草も吸いたい」

カフェラウンジを探して奥へ進んだ。換金カウンター脇の低い階段を降りると、そこにはまた広大なホールがあった。百台あまりのブラックジャックテーブルとバカラテーブルが並んでいる。一段高い赤絨毯の向こうはＶＩＰルームだ。

喫煙スペースのあるカフェラウンジに入った。席に座るなり、煙草を吸いつけてメニューを見る。伊達はバランタイン17年、堀内はブラントンの水割りを頼んだ。

「堀やん、作戦は」

「特にない。……ツキの波は見るけどな」

ツイてないときに熱くならないこと。それが博打の鉄則だろう。

伊達はウェイターに、シガーはないか、と訊いた。ある、という。

「堀やん、葉巻吸うか」

「ええな」

「ほな、二本や」

伊達が指を立てると、ウェイターはうなずいて離れていった。

コイントスをして、カフェラウンジの払いは堀内がした。カジノにもどって、伊達が《ミニマム・一〇〇〇リンギット》のバカラテーブルに座り、堀内は伊達の後ろで〝見《ケン》〟をする。

バカラの基本は『プレイヤー』と『バンカー』に配られた二枚ないし三枚のカードの合計数を比較して、端数が九に近いほうが勝つという、日本の『カブ』に似たシンプルなものだが、三枚目のカードを引くか引かないかに厳密なルールが定められている。テラ銭はバンカーが勝ったときに賭け金の五パーセントをとられ、プレイヤーが勝ったときはとられないが、その分、バンカーの勝つ確率が数パーセント高い――。

伊達は十万円をチップに換え、他の客のほとんどが『バンカー』に賭けているのを見て、二千リンギットをバンカーに張った。

結果はバンカーが〝ナチュラルエイト〟で勝った。幸先がいい。

伊達はチップを引かず、四千リンギットをバンカーに張り、これもまた勝った。あっというまに伊達のチップは八千リンギット＝二十万円＝になった。

「誠やん、まだ行くんか」

「どうやろのう。ここは〝ツラ〟か」

「おれは〝ツラ〟と見るな」ツラ、とは同じ目がつづくことをいい、これとは逆に目がそのたびに変わることを〝テンコ〟という。

堀内はテーブルに三千リンギットを投げた。ディーラーがチップに換える。伊達のチップの隣にそのまま置いた。テーブル客七人のチップはすべてバンカーに集まっている。

カードが配られた。プレイヤーはQ（クイーン）とJ（ジャック）のブタ目、バンカーは2と5のスタンド。

ディーラーがカードシューから三枚目のカードを抜いた。

「ピクチャー（絵札）！」全員が声をそろえた。

ディーラーが開いたカードは4だった。バンカーの勝ち。

伊達のチップは一万六千リンギットに増え、堀内のチップは六千リンギットになった。

こうなると、退き際がむずかしい。ツラ目が永遠につづくことはないからだ。

「堀やん、次は」

「さぁな……」

堀内は四千リンギットのチップをとり、二千リンギットをバンカーにおいた。伊達もそれを見て、バンカーに賭けたチップを三千リンギットに減らした。

勝負はバンカーが6、プレイヤーが6の引き分けだった。

「ツラは終わったか」

「そんな感じやな」

「しばらくは様子見やの」

伊達は賭けるチップをミニマムの千リンギットにした——。


それからの二時間は一進一退だった。バンカーとプレイヤーがテンコに出て、流れをつかみきれない。伊達はほぼイーブン、堀内はずっとミニマムを賭けつづけて二十万円ほどのマイナスだろうか。連敗はとまったが、上昇には転じない。

「誠やん、休憩する」

伊達のそばを離れた。カフェラウンジへ行ってパスタを食い、ビールを飲む。ラウンジはカジノの喧騒が嘘のように静かだ。

おれはいったい、なにしてるんや――。ふと考えた。勝っても負けても、うれしくはないし、悔しくもない。どこかしら投げやりな自分がいる。

現役のころはよく博打をした。半堅気と麻雀をし、競輪や競艇をし、ときには女を連れて三宮近辺の闇カジノにも行った。なのに、いまはマレーシアのカジノまで来て、愉しいという感覚がない。

そう、つい一日前までは熱に浮かされたように走りつづけていた。熱源は伊達だ。伊達といっしょにいると鬱屈した日々が忘れられた。

おれは二回、死にかけたんや――。その強運に比べたら、カジノの勝ち負けなどどうでもいい。片耳にガーゼをつけてバカラテーブルに座っているやつがどこにいる。

伊達も怪我をした。ベルトで腕を吊りながら、博打に没頭している。そこが堀内は羨ましい。伊達には家族があり、友だちがいる。堀内にはない。孤独だ。

金子と生野に始末は頼んだが、あれできれいに片づいたとは思えない。きっとまた、なにかある。伊達もそれを感じてマレーシアへ来たのだ。

あかん。今日はここまでや――。

伊達にはわるいが、ブラントンのハーフロックを飲み、部屋にもどって寝た。

24

クアラルンプル国際空港・十時五十五分発のＭＨ55便が関西国際空港に着いたのは十七時四十五分だった。

水曜の午前に関空を発って金曜の夕方に帰り着いた理由は、予定どおり伊達が三百万円、堀内が二百万円を溶かしたからだ。

シンガポールに行きたかったのう──伊達はいうが、堀内にはその気がなかった。

空港ビルを出てタクシーに乗った。伊達がスマホの電源を入れる。

「堀やん、生野からなんべんもメッセージが来てる」

「内容は」

「電話してくれ、やと」

伊達はディスプレーのボタンに触れた。

「──伊達です。──いや、ちょっとね、遊んでましてん。マレーシアのゲンティンカジノで。──そら、ややこしいな。──了解です。西成の修理工場に寄ってから、そっちへ行きます」

伊達は電話を切った。「生野んとこに刑事《デカ》が来たんやと」耳もとでいう。

「ほう、どこや」堀内も小さくいう。

「所轄やない。交通課でもない。本部の捜四や」

府警本部の捜査四課……。マル暴担当だ。

「やっぱりな。発砲か」

「たぶん、な」

刑事ふたりは生野に、ＢＭＷ・Ｚ４が堀内の所有車であることを確認し、ヒラヤマ総業の月極駐車場を利用していた理由を訊いたという。「生野は堀やんのことをヒラヤマの契約調査員やというた。捜四は堀やんのヤサも割って、堀やんを捜してるらしい」

「生野はほかに、なにか訊かれたか」

「訊かれたけど、知らぬ存ぜぬでとおした」

刑事がヒラヤマ総業に来たのは一回だけだという。

「今日はアパートに帰らんほうがええかもな」刑事が張っているような気がする。

「飲むか。ミナミで」

伊達は笑って、またスマホをスクロールした。「──鶴見橋モータースさん、伊達です。──で、修理はどないですか。──それがね、ちょっと急いでますねん。これから行ってもよろしいか。──はいはい、すんませんな」

伊達はスマホをおいた。「リアウインドーとＣＤデッキは換えたけど、板金がまだや」

「そらそうやろ。三日や四日では修理できんわな」

「ようすを見に行こ」

伊達は運転手に、鶴見橋、といった。

鶴見橋商店街から一筋北の一方通行路でタクシーを降りた。四台の軽自動車が並んだ駐車場の隣、錆の浮いたシャッターに白いペイントで《車検　修理　板金塗装　鶴見橋モータース》とある。古ぼけたスレート壁はところどころに隙間があいていて、いまにも廃業しそうな五十坪ほどの小さな町工場だ。

「大将は辻井いうて、偏屈や。ひとりで残業しとんのやろ」

伊達はノックもせず、シャッター通用口のノブをまわした。ドアは開き、伊達につづいて中に入った。

工場内は天井が高く、裸の蛍光灯が点いていた。カーリフトにピックアップトラック、その向こうにクラウン、タウンエース、軽自動車と並び、その隣にシルバーのZ4が駐められている。Z4のボンネットは開き、そばに青いツナギを着た小肥りの男が立っていた。

「大将、久しぶりです」伊達がいった。

「えらい遅かったな」ぼそっと辻井はいう。

「電話したんは、関空ですねん」

「どっか行ってたんか」

「クアラルンプルにね」

「インドネシアか」

「マレーシアです」

「そら遠い」

辻井はZ4に視線をやった。「今日はラジエーターを換えた。明日、右のヘッドランプを換えて板金にかかるつもりや」

「わしが気になるのはリアウインドーですわ」

伊達と堀内はＺ４の後ろにまわった。ウインドーに傷はなく、車室内のインパネのＣＤデッキも純正ではないが、真新しいものに換わっていた。

「穴のあいたウインドーはどうしました」

「粉々に割ってスクラップにした」

そのスクラップと壊れたＣＤデッキは昨日、業者に引き取らせたという。

「細かな気遣い、感謝します」

「で、警察はどうなんや」

「たぶん、ここにも来ると思いますわ」

「どういうたらええんや」

「リアウインドーとＣＤデッキに損傷はなかったと、それだけをいうてください」

あとは状況どおりのことを話してくれ、と伊達はいった。「決して迷惑はかけません」

「ひとつ貸しやな」はじめて、辻井は笑った。

「修理費は百万でどうですか」

「そら、ありがたい」

「それと大将、代車を貸して欲しいんですわ。Ｚ４が直るまで」

「ああ。どれでも乗っていけ。外に駐めてるやろ」

「軽四ですか」

「いや、黄色いのは軽やない。スイフトや」

辻井は事務所に行って、スマートキーを持ってきた。伊達に手渡す。

「ほな、よろしゅうに頼みます」

伊達は頭をさげた。堀内も一礼して工場を出た。

黄色の車はスイフトスポーツだった。伊達が運転して走り出した。

「堀やん、勝手に百万というたけど、かまわんかったか」

「かまへん。口止め料込みや」

「折れにしよ。五十万、わしも払う」

「あれはおれの車や。おれが払う」

「堀やん、わしらの経費はなんでも折れなんや」

一方通行路から大通りに出た。左折して北へ向かう。

「この車、めちゃくちゃ走るぞ。Z4よりはしこい」

はしこい——。久々に聞いた言葉だ。スイフトは確かに、すばしこい。

西天満——。月極駐車場にスイフトを駐めて、信濃庵へ歩いた。

生野は小座敷で、水なすの浅漬けを肴に冷酒を飲んでいた。

「生野さんがスーツて、珍しいな」

伊達は小座敷にあがった。堀内もあがる。

「今日は地裁に競売ファイルを見に行きましたんや」

「ええの、ありましたか」

「二、三件、ありましたな。また調査を頼みますわ」

生野はいって、堀内の耳に眼をやった。「どないです、具合は」

「もう、痛いも痒いもない。来週あたり、抜糸に行きます」

今朝、マレーシアのホテルで包帯をとり、耳のまわりの髪を剃ってガーゼを絆創膏でとめている。

「堀やん、飲もか」伊達がいった。

「ああ、飲も」スイフトは駐車場に駐めておけばいい。

「蕎麦、食いたかったんですわ」

伊達は生野にいって、品書きを手にとり、板わさとおろしそばを注文した。堀内はざるそばを頼む。

「で、堀内さんのスポーツカーはどないでした」生野が訊いた。

「リアウインドーもCDデッキも交換して、撃たれた痕跡はなしでした」

「ほな、なかったことですみますな」

「そこは四課のネタ次第ですね。どっちにしろ、こっちは徹底否認で行くしかない」

「がんばってくださいや」

生野の励ましがおかしい。笑ってしまった。


二十六日は明け方まで伊達と飲んでミナミのビジネスホテルに泊まり、二十七日の夕方、天満のアパートに帰った。ドアがノックされたのは三十分後だった。

はい――。ダイニングの椅子に座り、ステッキを脇において返事をした。

「堀内さん、警察です」

どこかで張っていたのだろう。

「警察？　なんの用や」

「ちょっと、開けてくれんですか」

「開ける前に用件を聞こか」

「今週の火曜日、西天満で交通事故せんかったですか」

「ああ、そうやったな」

「その事故のことで訊きたいことがあります」

「………」錠を外した。ドアが引かれる。スーツの男がふたり立っていた。

「名前と所属は」訊いた。

「府警捜査四課の辰巳《たつみ》です」年かさがいった。齢は五十すぎか。

「相勤の畑《はた》です」こちらは三十代か。がっしりしている。

ふたりは警察手帳を提示した。辰巳は警部補、畑は巡査部長だった。

「ま、入って」

ふたりを招じ入れた。辰巳が椅子に座り、畑が後ろに立つ。

「おたくら、何班」

「石川《いしかわ》班です」辰巳がいった。

「二郎《じろう》さんとこか」

「そうです」

石川二郎――。本部四課の名物班長だ。面識はない。多くの大物ヤクザを逮捕して有罪判決に追い込んだ切れ者でとおっている。

「分からんな。交通事故に四課の石川班が出張るとは穏やかやないで」

「な、堀内さんよ、おとぼけはやめようや」

辰巳がいった。「ネタは割れとんのや」

「ネタて、なんや」

「自分の胸に訊いてみいや」

「辰巳さんよ、横柄なものいいはやめとけ。おれは一般人や。星の数は関係ないんやで」

辰巳は舌打ちした。堀内を睨めつける。

「事故をした相手は誰です」畑が訊いた。

「知らんな」

「知らんはずはないでしょ。双方、けっこう損傷が大きいのに」

「なんで、そんなことが分かるんや」

防犯カメラの映像があるのか——。

「そういう証言があるんです」

「誰が証言したんや」

「それはいえません」

「相手は逃げよった。こっちは歩道に乗りあげてたから追いかけられんかった」

「相手の車は」

「黒のミニバンやったと思う」

「あんた、その耳はどないしたんや」辰巳がいった。

「辰巳さん、なんべんもいうけど、おれは一般市民で、あんたは地方公務員なんや。口の利き方に気をつけんとな」

「その耳の怪我は事故で負うたんですか」畑がいった。

「泉北ニュータウンの競売物件の調査に行ったとき、棚から大きな壺が落ちてきた。ゴミ屋敷は危ないいんや」半月ほど前の傷だといった。

「病院で治療したんですか」

「行くわけない。おれは保険証を持ってへん。警察を辞めてからはな」

こいつらはどこまで知ってるんや——。腹の探り合いだ。

「その傷、見せてくれんですか」

「断る。どうしても見たいんやったら令状持ってこいや」

「Z4はどうしたんですか」

「さあな……」

「どこに駐めてるんですか」

「修理してる」

「どこで」

「ノーコメント」

「堀内さん、正直いうて、現場周辺と、この界隈の修理工場はあたったんや」

辰巳がいった。「Z4はなかった」

「ほな、大阪中の自動車屋をあたれや」

「教えてくれたら手間が省けるんや」

「教えてもええ。その前に、逃げた相手を教えてくれ」

「それを訊きとうて、あんたのことを張ってたんや」

「いつから……」

「さぁな……」辰巳は答えない。

「ミニバンのナンバーは分からんのか」

「………」辰巳はにやりとした。

防犯カメラの映像は持っているようだ。が、ミニバンのナンバーまでは映っていないのかもしれない。

とすると、発砲は目撃者の証言に依拠しているにちがいない。

「な、辰巳さん、マル暴担が交通事故を調べる理由を教えてくれ」

「めんどいのう、あんた」

辰巳は笑い声をあげた。「さすがに、監察を手こずらせただけのことはある」

「監察てなんや。おれは一身上の都合による依願退職やで」

「いうとけ」辰巳は天井を仰いだ。ワイシャツがはだけて丸首シャツが見える。

「あんたら、逃げたミニバンの所有者を知ってんのか。知ってるんやったら教えてくれ」

「心得ちがいをすんな。訊くのはわしらで、答えるのはあんたや」

「そら、虫がよすぎるで」

「Z4はどこです」畑がいった。

「忘れた」煙草をくわえた。

「な、堀内さん、今度は令状《フダ》を持ってきてもええんやで」

「なんのフダや」

「捜索差押許可状や」

「被疑罪名は」

「競売妨害、とでもしとこか」

「なんでもありかい。いっそ、おれを引いたらどうや」

「いずれは引く」

「そら楽しみやな」

煙草に火をつけた。「去《い》ね。もう喋ることはない」

「修理工場だけでも教えてくれんですか」畑がいった。

「あほやろ、おまえら。自分の足で調べんかい」けむりを吹きあげた。

「こいつはゴミや。腐りきっとる」

辰巳が吐き捨てて、刑事ふたりは部屋を出ていった。


伊達に電話をした。

――誠やん、刑事が来た。府警四課の石川班や。

――石川班……。エースやないか。

――Z4を見たがってた。銃痕をな。

――鶴見橋モータースは割れてへんのやな。

――まだや。あと一、二日はかかるやろ。

――ミニバンは。

――どうやろな。木犀会のモの字も出んかった。

――探りを入れにきただけか。

——おれはそう読んだ。

——分かった。健ちゃんに話を聞こ。……明日の晩はどないや。

——ああ、かまへん。

——けど、刑事が来たんは、かえって好都合かもな。

——どういうことや。

——四課が出てきたとなったら、木犀会も派手なことはできん。

——保険がかかったということか。

——警察という保険がな。

伊達は笑って、

——生野に電話しとくわ。堀やんとこに府警四課が来たとな。金子が木犀会と話《ナシ》をつけるのに使えるネタやろ。

——おれの耳はネタのためにちぎれかけたんか。

——ものは考えようやで。

堀やんには災難やけどな——。伊達はいって、電話は切れた。


四月二十八日——。ミナミの『檜川』ですき焼きを食った。仲居がつきっきりで霜ふりの肉を焼き、一枚ずつ皿に取り分けてくれる。伊達は肉を三人前、追加し、荒木とふたりでビールとスコッチのロックを飲む。

「旨いですね。どこの肉ですか」荒木が仲居に訊く。

「近江牛です」仲居は着物の袖をあげて鍋にタマネギと豆腐を入れ、割り下をかけた。

「お姉さんも近江のひと」伊達がいった。

「わたしは三重です」

「松阪かいな」

「名張です」

「江戸川乱歩やな」

「はい……」

「いや、ちょっと思い出した」

仲居は若い。三十すぎだ。怪人二十面相など知らないのだろう。

「すまんけど、あとはわしらでやりますわ」

「承知しました」仲居はうなずいて部屋を出ていった。

「酔わんうちに渡しとこ」

伊達はブルゾンのポケットからレジ袋を出した。「木犀会のチンピラから取りあげた。免許証も入ってる。根本と江木。グリップと実包《マメ》に江木の指紋が付いてるやろ」

荒木は袋の口を少しあけて拳銃を見た。

「スナップノーズですね」

「刻印がない。さっき見たら、ライフリングは切ってた」

「ほな、ちゃんとした改造銃ですわ」

ライフリングのないバレルから発射された弾は旋回せず、空気抵抗を受けて横弾になるから、どこへ飛んでいくか分からない——。

「ありがたいです。二梃もチャカをもろて」

荒木はレジ袋をジャケットのポケットに入れた。「手伝えることがあったらいうてください」

「――石川班はどこまで知ってるんかな」

「今日、西成の修理工場へ行ったみたいです」

「それは聞いた。鶴見橋モータースのオヤジから。Ｚ４の写真だけ撮って帰ったそうや」

伊達はいって、「防犯カメラは」

「西天満のコンビニのカメラに、現場から走り去るＺ４とミニバンが映ってました」

二台ともプレートナンバーは不詳だと荒木はいい、ミニバンを降りた男が拳銃を撃ったという話は、目撃者ひとりの証言によるものだといった。「――ただし、発砲音は複数の人間が聞いてます」

「堀やん、耳の傷を見られたらめんどいぞ」

「今度は令状を持ってきよるかもな」

堀内はいった。「明日、抜糸をしよ。誠やんが抜いてくれ」

内藤医院で耳を縫ったのは火曜だ。今日で六日目になるから傷は癒合している。糸さえなければ医者が縫った痕跡はない。

「毛抜きが要るな。百均で買お」

伊達はいって、荒木を見た。「あとひとつだけ、頼みを聞いてくれるか」

「はい、なんです」

「木犀会の枝の李侑会に、横井秀夫いう若頭補佐がおる。こいつに電話をして、根本祥雄と江木洋一《よういち》の名前を出して欲しいんや」

「電話するだけでええんですか」

「健ちゃんの名前と身分……鴻池署のマル暴担、をいうてくれるか。……それで『根本と江木は黒のアルファードかグランエースに乗ってるか、運転免許証を所持してるか』とだけ訊いてもらいたい」

「李侑会の横井秀夫、根本祥雄と江木洋一、免許証の所持と、黒のアルファードかグランエースですね」荒木はもちろん、メモをとったりしない。

「わるいな。健ちゃんの名前と身分が、わしらの盾なんや」

伊達は頭をさげた。堀内もさげる。

「そんなん、やめてください」荒木はあわてて手を振った。

「なまぐさい話はここまで」

伊達は新しい卵を小鉢に割り入れた。「さ、食お。近江牛」

「いただきます」荒木も鉢を手にとって、「マレーシアはどうやったんですか」

「ゲンティンのホテルから一歩も出んかった」

「勝ちましたか」

「ちょっと負けた」

「堀内さんは」

「イーブンかな」

刑事の給料でやっている荒木に、ふたりで五百も溶かしたとはいえない。

「ぼく、本物《ホンチャン》のカジノ、行ったことないんですわ」

荒木は肉をとった。「裏カジノは一回、カチ込みましたけどね」

「わしも一回や。西成署で」

「おれは四回。中央署のころ」

闇カジノは鰻谷近辺に多くあった。表向きはラウンジだが、別室にルーレットやカジノテーブルを置き、口の固い客を選んで博打をさせる。たいていは一年ほどで撤収してほかに移り、ひと月ほどようすを見てから再開する――。

「経営は組筋ですか」

「いまでいう密接関係者やな。ソープランドのオーナーとか不動産屋とかの。もちろん、組筋にケツ持ちはさせてる」

ヤクザが直接、闇カジノをやると、摘発されたとき、全員が持っていかれて組が潰れる。

「しかし、四回もカチ込みしたんは、堀やんの勝ちやな」伊達がいった。

「賭場は誠やんが圧倒的に多いで」

「むかしはな、あちこちに盆があった」

「盆て、どんなんですか」と、荒木。

「ショボいな。カジノみたいな華やかさは欠片もない。暗いし、狭いし、煙草臭いし、張り金はせいぜい四、五万で、盆布《ぼんきれ》は染みだらけや。……汚い盆布ほど手入れにおうたことがない、いうて縁起をかつぎよるんや」

伊達は水割りを飲んだ。「けど、いまは極道が博打で食える時代やない。いずれは消滅する斜陽産業や」

「マル暴担も消えますか」

「それはない。あと五、六年もすりゃ、半グレが準暴力団から暴力団に昇格する」

いつの時代も不良はいる、と伊達は笑った――。

25

五月半ば──。伊達と堀内は生野が運転する金子のレクサスに同乗して泉佐野市の『りんくうプレジャータウン』へ行った。

大観覧車の乗り場には、パナマ帽に生成りの麻ジャケットの男とスーツの男がふたりいた。

「もう来てますな」生野がいった。

「しもたな。先を越された」

金子がいった。そう、ヤクザが会合に遅れることはない。約束の一時まで二十分もある。麻のジャケットが木犀会の舎弟頭、谷口光則《たにぐちみつのり》。あとのふたりはガードだろう。

三人のそばに行った。

「えらいすんません。お待たせしました」

金子が頭をさげた。堀内たちもさげる。

「いや、こちらが早く来すぎました」

麻ジャケットがパナマ帽をとった。「谷口です」

「金子です」

「キップは買ってあります。乗りましょう」

「ありがとうございます」

前のキャビンに谷口と金子、伊達、堀内。後ろのキャビンに生野とガードふたりが乗り込んだ。キャビンはゆっくり高度をあげていく。谷口は外を眺めながら、

「わたし、趣味といってはなんですが、観覧車が好きなんですよ」

エキスポの『レッドホース オオサカホイール』、葛西臨海公園の『ダイヤと花の大観覧車』、お台場の『パレットタウン大観覧車』、天保山ハーバービレッジの『天保山大観覧車』など、日本の大観覧車はみんな乗った、という。「この『りんくうの星』が楽しみでね、名古屋から飛行機で来ました」

「いやいや、観覧車いうのは趣向ですわ」金子も外を見る。

「天気予報だと、今日がいちばんの観覧日和です」

「なるほど。それで今日を指定されたんですね」

「おつきあいいただいて恐縮です」

谷口は笑った。齢は六十すぎ、パナマ帽と麻のジャケットにループタイといった装《な》りは上場企業を定年退職した〝おしゃれ爺さん〟ふうだが、木犀会谷口組の会長で、構成員は十五人もいる。李俑会の若頭補佐の横井秀夫は、もとは谷口組で修業したヤクザだから、横井にとって谷口はいま、伯父貴筋にあたる——。

「飛行機が飛びました」

「あがる角度がすごいですね」

「金子さんはお好きですか。飛行機が」

「いや、できたら乗りとうないです」

「観覧車は」

「正直いうと、ちょっと怖いです」

「それはわるいことしました」

「いや、気にせんでください」

「わたしは高いところが好きなのか、スカイツリーは三回もあがりました。……あれは淡路島ですか」

「みたいですね」

金子はいって、「お楽しみのとこ、わるいけど、杢側会はどうですか」

「ああ、あれはわたしが片をつけました。横井も安永も、ウンといいました」

「ほな、このふたりは無罪放免ですな」金子は伊達と堀内を見る。

「放免もなにも、わたしが仲裁したんです」

谷口は外の景色から視線を離さない。「――わたしは伊達さんと堀内さんを見たかった。なるほど、いい面構えだ」

「根本と江木は」

「横井が抑えました」

「ふたりの免許証、返しましょか」伊達がいった。

「伊達さん、あんたは関係ない」

谷口は伊達を睨めつけた。「ここは金子さんとわたしの話だ」

「………」伊達は横を向いた。

「ほな、今日で手打ちはできた。そう思てよろしいな」金子がいった。

「けっこうです」谷口はうなずいた。

キャビンは下に降り、谷口とガードはもう一周するといって、乗っていった。

「変わった爺やな」堀内はいった。

「あほとけむりは高いとこにのぼるんや」伊達が吐き捨てる。

「手打ちの五百万、どう分けたんですかね」金子に訊いた。

「さぁね……。横井と安永に百万ずつ。あとの三百万を木犀会の当代と谷口で分けたんとちがいますか」

金子は狸だ。自分がいくら抜いたかは素知らぬ顔だ。

「さて、飯でも食いますか」生野がいった。

「こないだ、泉佐野でワタリガニを食いましてん」と、伊達。

「そら旨そうや。行きましょ。専務の払いで」

生野につづいて駐車場へ歩いた。

初出　「小説新潮」二〇一八年七月号〜二〇二〇年九月号

黒川博行（くろかわ・ひろゆき）

1949（昭和24）年、愛媛県生れ。京都市立芸術大学卒業後、大阪の高校で美術の教鞭をとる。「二度のお別れ」「雨に殺せば」でサントリーミステリー大賞佳作賞を連続受賞する。1986年「キャッツアイころがった」でサントリーミステリー大賞、1996（平成8）年「カウント・プラン」で日本推理作家協会賞を受賞。2014（平成26）年『破門』で直木賞を、2020（令和2）年に日本ミステリー文学大賞を受賞した。他の作品に『疫病神』『国境』『悪果』『螻蛄』『後妻業』『泥濘』『桃源』『騙る』等がある。

装画　黒川雅子

装幀　新潮社装幀室

熔果《ようか》

二〇二一年十一月二十日発行

著者　黒川博行《くろかわひろゆき》

発行者　佐藤隆信

発行所　株式会社新潮社

東京都新宿区矢来町七一

郵便番号　一六二－八七一一

電話　編集部(03)三二六六－五四一一

読者係(03)三二六六－五一一一

https://www.shinchosha.co.jp

組版　新潮社デジタル編集支援室

印刷所　大日本印刷株式会社

製本所　大口製本印刷株式会社

乱丁・落丁本は、ご面倒ですが小社読者係宛お送り下さい。送料小社負担にてお取替えいたします。

価格はカバーに表示してあります。

ISBN 978-4-10-317402-8 C0093

神の悪手　芦沢央

たとえ破滅するとしても、この手を指してみたい——。運命に翻弄されながらも前に進もうとする人々の葛藤を、驚きの着想でミステリに昇華させた傑作短編集。

雷神　道尾秀介

ある〝善良〟な家族に隠された壮絶な過去とは。そして、縺れ絡み合う因果と殺意の記憶は、やがて衝撃の真相を浮かび上がらせる。道尾ミステリ史上、最強の破壊力！

神よ憐れみたまえ　小池真理子

私の人生は何度も塗り替えられた、死別と喪失とともに。最愛の伴侶を看取り、苦難を経た著者だから描けた別離と生。十年かけて紡がれた畢生の書下し長篇小説。

帆神　北前船を馳せた男・工楽松右衛門　玉岡かおる

「夢の帆」は俺が作る——。漁師から身を起こし、豪胆な船頭として廻船業で成功する傍ら、千石船の帆を革命的に改良。江戸海運を一変させた快男児を描く長編小説。

地中の星　門井慶喜

資金も経験もゼロ、夢だけを抱いた若者・早川徳次は、渋沢栄一を口説き、誰もが不可能だと嗤った地下鉄計画を東京で実現させる！　昭和二年のプロジェクトX物語。

灼熱　葉真中顕

「日本は戦争に勝った！」——戦後ブラジルの日本移民を二分した「勝ち負け抗争」。親友を引き裂き、人々を駆り立てた熱の正体とは。分断が進む現代に問う傑作巨篇！